# 정원의 기쁨과 슬픔

# 정원의 기쁨과 슬픔

The Garden Against Time

인간이 꿈꾼 가장 완벽한
낙원에 대하여

올리비아 랭

허진 옮김

**어크로스**

정원을 가꾸는 이들에게

그리고 폴린 크레이그를 추억하며

부지런한 벌은 일을 하면서
우리만큼이나 시간을 계산한다.
그토록 달콤하고 유익한 시간을
허브와 꽃이 아닌 무엇으로 계산할 수 있을까!

—앤드루 마벌, 〈정원〉


이 책은 폐쇄된 정원이라고 불리며,
모든 사과로 가득하고 잘 봉인된 낙원이다.

—리처드 롤, 《영국 시편》

# 차례

일러두기

- 모든 각주는 옮긴이의 것이다.
- 책에 등장하는 식물 용어의 원어와 번역어는 '식물 용어 목록'에 정리하였다.
- 식물 용어 중 품종명은 본문에서 작은따옴표(' ')로 구분하였다.

1

꿈의 장소

나는 가끔 꿈을 꾸지만, 자주는 아니다. 꿈속의 나는 어떤 집에서 있는지도 몰랐던 문을 발견한다. 문을 열면 생각지도 못했던 정원이 나오고, 덧없는 찰나의 순간 나는 어느새 잠재력 넘치는 새로운 영토에 살고 있다. 어쩌면 연못으로 내려가는 계단이나 낙엽에 둘러싸인 조각상도 있을 것이다. 절대 깔끔하지 않고 웃자란 것이 묘하게 매력적이며 따라서 풍성한 무언가가 숨겨진 느낌이 있다. 여기에서 무엇이 자라고 있을까, 어떤 희귀한 작약이나 붓꽃, 장미를 발견하게 될까? 나는 꽉 조여 있던 이음매가 풀린 느낌, 모든 것이 새로운 생명력으로 거침없이 흐르는 느낌을 받으며 잠에서 깬다.

　이런 꿈을 꾸었던 여러 해 동안 나에게는 나만의 정원이 없었다. 나는 마흔 살에 뒤늦게 집을 살 때까지 줄곧 세 들어 살았고 야외 공간이 있는 아파트에 산 적은 드물었다. 첫 번째 임시 정원은 브라이턴에 살 때였다. 어찌나 좁은지 양쪽 울타리에 손이 동시에 닿을 정도였다. 다운스* 정상에서 경사가 급한 계단식 대지를 세 단 내려온 곳이었다. 정원의 정점은 무성한 포도 덩굴이 자라고 금빛 눈의 두꺼비가 사는 온실이었다.

나는 금잔화를 심었는데, 16세기 식물학자 제러드에 따르면 이것은 "심장을 튼튼하고 편안하게 만들어준다".[1] 당시 약초의가 되기 위해 공부하는 중이었으므로 머리에 각종 식물과 복잡하게 얽힌 자연의 형태가 가득했다. 식물 연구는 보면서 배우는 학문이었다. 따라서 평범한 세상이 더욱 복잡하고 아주 섬세해졌고, 마치 눈보다 성능이 세 배 좋은 돋보기를 손에 넣은 듯했다. 각각의 식물은 인간의 역사와 너무나도 복잡하게 얽혀 있기 때문에 식물을 연구하는 것은 시간을 통과하는 도관을 따라 내려가는 것과 같았다. "만수국아재비는 홑꽃 정원 천수국과 비슷하지만 훨씬 작다. 겨울이 오자마자 전체가 죽고 씨앗이 떨어져 되살아난다."[2]

10년 뒤 케임브리지에서 살 때에는 정원에 샐비어와 금작화를 심고 연못의 악취가 심해 다시 만들었는데, 봄이면 연못을 가득 채운 영원蠑螈이 수면으로 올라와 은빛 공기 방울을 내뿜었다. 나는 단기 계약으로 살고 있었고 벽에 검은 곰팡이가 피었지만 정원 덕분에 영구적인 거처라는 느낌이 들거나 적어도 언젠가 이사해야 한다는 사실을 받아들일 수 있었다. 나는 뭔가를 만드는 작업 이외에도 노동에 푹 빠져 나를 잊고, 꿈속의 논리가 깨어 있을 때의 논리와 다르듯 일상적인 사고와는 다른 일종의 몰입 상태에 빠지는 것이 좋았

---

\* Downs: 영국 남동부의 낮은 초지성 구릉.

다. 시간이 멈추었다, 아니 나를 휩쓸어 삼켰다. 나는 20대 때 존재에 대한 규칙을 읽고 감동해 작은 검정색 노트에 베껴 적었는데, 당시 그 노트에는 인간에 대한 아포리즘과 조언이 가득했다. 내가 가장 좋아하는 규칙은 아무리 일시적인 거처에서 지내더라도 정원은 만들 가치가 있다는 것이었다. 정원이 언젠가 사라질지언정 조니 애플시드*처럼 꽃가루를 휘날리며 가는 것이 낫지 않을까?

정원을 만드는 것은 세 든 집에서 내 집처럼 편안하게 지내는 방법이었지만 나는 영구적인 나의 공간을 갈망했고, 집주인이 계약을 끝내고 절대 내 것이 아닌 공간을 팔아버릴 때마다 갈망은 더욱 커졌다. 나는 어릴 때부터 집 자체보다 나만의 공간을 간절하게 원했다. 모든 욕망 중에서 사랑을 제외하면 나만의 공간에 대한 갈망이 가장 끈질기고 집요했고, 어쩌다 보니 그로 인해 다른 사람을 내 인생에 끌어들였다. 지금도 믿기 힘든 크나큰 행운이었다. 나는 40대에 케임브리지 대학 교수를 만나 사랑에 빠졌고 곧 결혼했다. 지나칠 만큼 명석하고 수줍음이 많으며 사랑스러운 남자였다. 이언은 나보다 훨씬 나이가 많았고 바닥에서 천장까지 책이 빽빽하게 꽂힌 테라스하우스에 살았다. 그의 아내가 세상을 떠난 지 얼마 안 되었고, 내가 그의 집으로 들어간 직후 이언은 두 번의 수술을 받았다. 우리는 애초에 정원 가꾸기라는 공동의 취미 때문에 친구가 되

---

* Johnny Appleseed: 사과씨와 묘목을 나누어주며 다녔다고 하는 미국 서부 개척기의 전설적인 인물.

었고, 그가 은퇴한 후 정원을 복원하거나 처음부터 가꿀 수 있는 곳으로 이사하면 어떨까 이야기하기 시작했다. 우리가 함께할 시간이 얼마나 남았을지 알 수 없었고, 정원을 만드는 것은 우리에게 남은 시간의 일부를 보내기에 좋은 방법 같았다.

그렇게 탐색하던 시기에 친척 아주머니가 물받이까지 온통 장미로 휘감긴 주택 사진을 이메일로 보내주었다. 장미 넝쿨이 완만한 곡선을 그리며 타고 올라 작은 꽃가지들이 창문을 두드렸다. 현관문 양옆에는 과자 회사 미스터 키플링의 프렌치 팬시 스펀지케이크처럼 우스꽝스러운 모양으로 자른 네모난 회양목이 있었다. 딱 내가 어렸을 때 그려보던 탄탄한 정사각형 모양의 굴뚝 달린 집처럼 생겼고 내가 그 위태롭고 불확실한 시절에 그토록 갈망했던 뿌리내림을 그대로 구현했다. 나는 집 내부에 대한 설명을 대충 넘기고 '외부'라는 제목이 달린 부분으로 넘어갔다. "영국왕립원예협회 정원은 이 집의 독특한 특징으로, 노트커츠사社의 유명한 정원사 마크 루머리가 디자인함." 이쪽이 더 기대가 컸다! 나는 마크 루머리에 대해서는 못 들어봤지만 노트커츠는 알았다. 첼시 플라워 쇼*에서 자주 메달을 땄던 서픽의 유명한 종묘 회사였다.

우리는 2020년 1월에 그 집을 보러 가서 서픽의 작은 마을들을 거쳐 해안가에 도착했다. 목적지가 가까워질수록 땅이 점점 평평해지고 하늘이 빛을 더 많이 받아들이는 것 같았다. 무척 일찍 도착했

---

\* Chelsea: 영국왕립원예협회가 매년 개최하는 세계 최대의 정원 및 원예 박람회.

기 때문에 시간이 남아서 맞은편 카페에 앉아 수란과 토스트를 먹었지만 시선은 내내 시계에 머물러 있었다. 거리에서는 정원이 보이지 않았다. 집 뒤쪽에 숨겨진 것이 분명했다. 대문이 열리자마자 정원이 눈에 들어왔다. 길고 어둑한 복도가 유리로 만든 두 번째 문까지 이어지고 푸릇푸릇한 빛이 쏟아져 들어왔다.

바깥으로 나가니 헐벗은 나무들이 서 있었다. 담으로 둘러싸인 정원이었고 온갖 덩굴식물이 엉켜서 차분한 빨간색 서픽 벽돌을 뒤덮었다. 등나무, 클레마티스, 영춘화와 인동 그리고 담을 따라 담쟁이덩굴이 늘어져 있었다. 전부 방치되어 웃자랐지만 나는 레몬 껍질 같은 꽃이 최면을 거는 듯이 떫은 향을 풍기는 버지니아 풍년화나 절대 착각할 수 없는 모란의 검은 꽃봉오리 등 보기 드문 식물을 한눈에 알아볼 수 있었다. 제일 먼 벽에 난 문은 현재 임시 차고로 쓰는 빅토리아 양식의 마차 차고로 이어졌다. 그 너머에는 철제 구유가 놓인 마구간이 있었는데 《그린 노우의 아이들 The Children of Green Knowe》에서 톨리가 유령 말 페스트를 위해 각설탕을 놔두는 마구간과 똑같았다. 집주인은 화분 창고* 고리에 아직도 걸려 있는, 거미줄로 뒤덮인 마크 루머리의 원예용 앞치마를 보여주었다.

전체 면적은 3분의 1에이커도 안 됐지만 산울타리를 이용해서 여러 구획으로 영리하게 나누어놓았기 때문에 훨씬 크게 느껴졌다.

---

* potting shed: 화분식물을 키우거나 화분, 씨앗, 묘목, 원예용품 등을 보관하는 정원의 작은 건물.

산울타리는 너도밤나무도 있고 주목도 있었는데, 그래서 정원 전체를 한눈에 보는 것은 불가능했고 문과 아치를 통과할 때마다 숨어 있는 새로운 공간이 계속 나왔다. 어느 정원에는 네잎장식* 돌출연못이 있었고, 또 어느 정원은 완전히 버려져서 서양모과나무 한 그루를 포함한 과실수들이 썩고 있었다. 하녀들이 서양모과를 벌어진 엉덩이라고 부른다는 《로미오와 줄리엣》의 셰익스피어식 농담에서만 들어본 나무였다. 정원에서 결혼식이 열렸는지 둥근 타프가 그대로 남아 있고 쐐기풀과 디기탈리스가 타프를 뚫고 자랐다. 제일 안쪽 벽 너머에는 앙상한 단풍나무 가지 사이로 장밋빛 조지 시대 대저택을 둘러싼 경사진 초원이 간신히 보였다. 그 벽에도 윗부분이 둥근 문이 있었는데 자물쇠가 채워져 있고 오리알 같은 파란색 페인트가 벗겨지고 있었다. 그 문 때문에 이 집이 예전에 과부의 집**이었다는 소문이 돌았지만 나로서는 꿈속 정원에서 본 수수께끼 같은 문이 생각날 뿐이었다.

담은 대부분 장미로 뒤덮여 있었다. 몇 년은 가지치기를 하지 않은 듯했다. 나는 물론 얼굴이 황달에 걸린 것처럼 노랗고 시무룩한, 《비밀의 화원》여주인공 메리 레녹스가 이런 정원에 몰래 들어갔다가 전혀 다른 소녀가 된 이야기를 떠올렸다. 주머니칼로 장미 줄기

---

* quatrefoil: 네잎클로버처럼 네 개의 원이 일부 겹치는 모양의 대칭적 문양으로 건축 등에 쓰인다.
** dower house: 영지의 주인이 사망하고 상속자가 저택을 물려받은 경우 옛 주인의 부인이 거거하는 영지 내 작은 주택.

를 잘라 보면 심지가 초록색으로 살아 있을 것이 분명했다. 정원은 죽은 것처럼 보이기 쉽지만 실제로 죽은 경우는 드물고, 어쨌든 땅에서 스노드롭이 올라오면서 썩은 낙엽을 밀어내고 있었다. 그리고 나는 모퉁이에서 지금까지 본 것 가운데 가장 큰 서향을 발견했는데 담홍색 꽃송이가 달콤한 냄새를 드문드문 풍겼다. 서향은 내가 처음으로 사랑에 빠져서 어렸을 때 학명을 최초로 외운 식물이었다. 나는 무엇보다도 이 정원을 내 것으로 삼고 싶었다.

• • •

그때가 1월이었다. 2월이 되자 영국에서 코로나19 첫 사례들이 보고되었고 이미 병원의 정상 운영이 불가능해진 이탈리아에서는 곧 봉쇄 조치가 실시되었다. 영국에서는 얼마 못 가 바이러스로 죽을 고비를 넘기게 될 총리가 흐름을 바꿔야 한다고 명랑하게 이야기했다. 사람들은 마스크를 쓰기 시작했고, 집에서 나가지 않았고, 곧 우편물이나 장 본 물건을 통해 감염되지 않을까 걱정했다. 춘분 직후에 영국에서도 봉쇄 조치가 실시되었다. 거의 모든 사람이 집에 갇혔고 야외 운동은 하루에 한 시간만 허락되었다.

그렇게 해서 최근까지 너무나 빨리 움직이던 세상이 딱 멈췄다. 《실낙원》에서 밀턴은 지구가 사슬에 매달려 있다고 설명한다. 사탄이 지옥에서 혼돈의 황야를 통과할 때 사슬에 매달린 지구가 보인다. 사탄은 먼저 흥벽에 사파이어와 오팔이 장식된 천국을 보고, 그

다음 "황금 사슬에 단단히 매달린 / 달 바로 옆 제일 작은 / 별만 한 이 펜던트 세상"³을 보았다. 달랑거리는 작은 세상. 봉쇄 조치로 정지된 첫 계절은 바로 그런 모습이었다.

날씨는 시원하고 온화하고 말도 안 되게 사랑스러웠다. 다른 것은 전부 움츠러들었지만 봄이 되자 다시 아름다움이 밀려왔고 덧없는 벚꽃과 전호前胡가 끊임없이 피었다. 관광객과 학생이 떠난 케임브리지는 텅 비었다. 놀이터까지 폐쇄되었고 그네는 기둥에 묶여 자물쇠가 채워졌다. 이언은 70대였고 동맥류가 두 개나 있었으므로 나는 그를 안전하게 지켜야 한다는 생각에 이미 어찌할 바 모를 정도로 공포에 질렸다. 우리는 텅 빈 거리를 지나 텅 빈 공원으로 걸어 갔고, 낯선 사람이 등장하면 피했으며, 헐떡거리며 조깅하는 사람이 지나갈 때는 숨을 참았다. 자주 나가지도 않았다. 나는 봉쇄 조치가 실시되기 몇 주 전에 기침이 시작됐는데 떨칠 수가 없었고, 곧 늑막염으로 발전했다. 열에 시달리며 침대에만 누워 있던 나는 마음속으로 서퍽의 정원을 찾아가서 오랜 시간을 보냈고, 그 정원의 기원과 발전에 대해 찾을 수 있는 모든 것을 찾아내려 애썼다.

현재 정원의 주인이 그 정원에 대한 에세이 두 편을 보내주었다. 하나는 서퍽 정원 선집에 실린 루머리의 글이었고 또 하나는 〈컨트리 라이프〉 1974년호에 실린 글로, 흑백사진도 무척 많았다. 조경 건축가 래닝 로퍼의 글이었는데 알고 보니 루머리를 처음 고용한 사람이었다. 나는 깊이 파고들다가 로즈메리 비어리와 앨빌드 리스밀른이 편집한《영국인의 정원》에서 또 다른 에세이를 찾아냈다. 루머리의 어조가 너무나 따스하고 생생했기 때문에 열정적이고 겸손하고 식물을 잘 알고 무척 사랑하는 그가 같은 방에서 손을 흔들어 인사하는 것 같았다. 그는 이렇게 썼다. "나는 이 정원을 처음 봤을 때 느낀 흥분을 절대 잊지 못할 것이다."[4] 그는 1961년 파트너인 작곡가 데릭 멜빌과 함께 그 집으로 이사했는데 루머리는 2000년에도 여전히 멜빌을 친구라고 설명했다. 커밍아웃하지 않은 동성애자라니, 역시 1980년대에 동성애자 가정에서 어린 시절을 보낸 나에게는 무척 익숙한 언어였다.

두 사람이 처음 도착했을 때 정원은 방치되어 지저분했고 "산미나리라는 호사스러운 양탄자 위에서 늙은 사과나무와 자두나무가 자라는 작은 과수원이 있었는데 대부분 높은 담장에 둘러싸여서 감옥 마당처럼 폐소공포증을 유발하는 느낌이 들었다".[5] 좁고 다 부서져가는 소로小路가 여기저기 있었지만 어디로도 이어지는 것 같지 않았다. 흙은 가볍고 모래 같았고, 제일 안쪽 담장 너머에 늘어선 느릅나무가 빽빽하고 빗장 같은 그늘을 드리웠다. 루머리는 수백 개의 정원을 디자인했지만 자신을 위해 정원을 만드는 것은 처음이었다. 이렇게 긴 시간이 지난 뒤에 봐도 흥분한 기색이 뚜렷하다. 그는 성숙한 나무 몇 그루를 제외하고 전부 없앴는데 남겨진 나무 중에는 제임스 1세(1566~1625) 시대에 심은 아일랜드 주목 세 그루와 멋진 뽕나무도 있었다. 산미나리를 뽑고 병든 사과나무들을 뿌리째 뽑아낸 그는 땅의 모양이 불규칙하기 때문에 산울타리로 경계를 나누어 여러 공간으로 디자인하면 정원을 집의 연장으로 만들 수 있다는 사실을 깨달았다. 이는 고전적인 아트 앤 크래프트* 양식으로, 정원 디자이너 거트루드 지킬이 개척하고 작가이자 정원 디자이너인 비타 색빌웨스트와 외교관 해럴드 니컬슨 부부가 시싱허스트 성에 살면서 정원을 만들 때 능숙하게 이용했다. 사실, 내가 1월에 그 집을 방문했을 때 감탄했던 무화과나무는 시싱허스트 나무 중 하나를 삽목해서 키운 것이었다.

루머리의 원래 정원 계획에는 현재의 연못 정원 자리에 '퍼디난드 피처드'와 '팡틴 라투르' 같은 올드패션드 장미**가 심어져 있었다. 결혼식용 대형 천막이 있었던 주목 덤불 뒤의 공간은 그늘진 하얀 정원으로, 서로 다른 과실수가 각 모서리를 환하게 밝혔고 그중에는 티베트 벚나무와 겨울 벚나무도 있었다. 이렇게 층층이 핀 꽃들 아래 옥잠화와 대나무 둔덕이 있고 스키미아와 흰 양지꽃, 흰 플록스, 흰 수선화, 리걸 백합, 릴리 플라워드 튤립이 군데군데 섞여 있었다. 원형 잔디밭이 푸른 수영장처럼 펼쳐져 있고 최면에 걸릴 듯한 햇살이 나뭇잎 사이로 걸러져 들어오기 때문에 루머리는 숙취를 달래기 좋은 곳이라고 말했다. 나는 그곳이 미국 인상주의 화가 존 싱어 사전트의 그림 〈카네이션, 백합, 백합, 장미〉에 그려진 크림빛 도는 여름 저녁 풍경과 그리 다르지 않으리라 상상했다.

새로운 개량종과 원종原種을 시험하고 싶은 욕망이 루머리의 우

---

* Arts and Crafts style: 19세기 말~20세기 초 영국에서 시작되어 유럽 등으로 퍼져나간 장식미술과 순수미술의 사조.

** old-fashioned rose: 현대 장미의 조상 격인 장미 품종들.

아한 구성 감각을 계속 위협했다. 그는 이렇게 썼다. "지난 수년에 걸쳐 디자이너와 식물 애호가 사이에 끊임없는 전쟁이 계속되었다. 나는 디자이너로 교육을 받았지만 본능적으로는 식물 애호가에 속한다. 지킬 박사와 하이드 씨 같은 상황인데, 아니 이 경우에는 지킬 양과 하이드 씨가 어울리겠다! 초기에는 지킬이 우위를 점했지만… 하이드가 계속 튀어나왔고, 지금도 그렇다."[6] 나 역시 하이드에 훨씬 가까웠으므로 그런 식물광을 이해했다. 당시 정원에는 특이하고 시샘을 자아내는 식물이 마구잡이로 채워져 있었다. 나는 이 세 편의 글과 인터넷에서 찾아낸 사진 24점을 이용해서 거의 200개에 달하는 식물 목록을 힘들게 만들었다. 향기 때문에 선택된 것이 많았다. 나는 그 목록을 읽는 것이 정말 좋았고 사르코코카 콘푸사, 납매, 로사 루고사 '로즈레 드 라예'의 서로 다른 향기를 상상하며 끔찍한 미래의 불확정성에 대한 생각을 잊었다. 분명 지난 몇십 년 사이에 일부는 죽거나 뽑혔을 것이었다. 따뜻한 남향에 심어야 무성하게 자라는 파인애플 브룸은 어떻게 되었을까? 쇼팽의 무덤가에서 가지를 꺾어와 키운 식나무나 노앙에 있는 조르주 상드의 정원에서 채종한 씨앗으로 키운 패랭이꽃은 아직 있을까?

그해에 전염병의 공포가 커짐에 따라 나는 반은 상상이고 반은 실제인 이 정원에 한 번밖에 가보지 않았는데도 그곳에서 위안을 얻었고 나만의 특별 구역이라는 듯이 마음대로 드나들었다. 특이하게 느껴질지도 모르지만 그해 봄에 정원에서 위안을 얻은 사람은 나만이 아니었다. 내가 병석에 누워 지내는 동안 뜻밖에도 원예

바람이 불었다. 전 세계의 사람들이 식물과 열병 같은 사랑에 빠졌다. 아침마다 내 인스타그램은 산책에서 본 어린 클레마티스와 스위트피를 찍은 암녹색 사진으로 가득 찼다. 2020년 영국에서 300만 명이 처음으로 정원을 가꾸기 시작했고 그중 반 이상이 45세 이하였다. 사람들이 갇힌 공간을 바꾸는 데 에너지를 쏟아부으면서 원예용품 가게에서 퇴비와 씨앗 그리고 식물까지 바닥났다. 이탈리아에서 인도까지 전 세계에서 같은 현상이 보고되었다. 미국에서는 팬데믹 당시에 1830만 명이 정원을 가꾸기 시작했고 그중 다수가 밀레니얼 세대였다. 미국의 종묘 회사 W. 애틀리 버피는 봉쇄 기간 시작 후 첫 3월의 판매량이 144년 역사상 그 어느 때보다 많았다고 보고했고, 러시아 소매 회사 오존은 종자 판매가 30퍼센트 증가했다고 밝혔다. 마치 그 두렵고 정체된 계절에 모든 식물이 그 존재를 갑자기 드러내 우리를 구원하고 지지해 줄 버팀목이 된 것 같았다.

그 이유는 이해하기 어렵지 않다. 식량 재배는 불안한 시기의 본능적인 행동이며 팬데믹과 전쟁 때 정점에 이른다. 정원 가꾸기는 발을 땅에 붙이게 하고, 마음을 달래고, 유용하고, 아름다움을 더한다. 그것은 느슨한 나날을 바쁘게 만들었고 사무실의 일상에서 갑자기 해방된 사람들에게 동기를 부여했다. 정원을 가꾸는 것은 우리 모두가 갇혀버린 현재의 순간에 순응하는 방법이었다. 사망자 수가 급증하고, 치료법은 보이지 않고, 상상할 수 없는 재난의 문턱에서 웅크리고 있을 때, 이처럼 시간이 멈춘 때에 시간이 본래의 순리대로 흐른다는 증거를 보면, 씨앗이 퍼지고 싹이 움트고 나팔수선화가 흙을 밀며 올라오는 모습을 보면 마음이 놓였다. 세상이 어떤 모습이어야 하는지, 또 앞으로 어떤 모습을 되찾을지 보여주는 약속이었다. 식물을 심는 것은 더 나은 미래에 투자하는 방법이었다.

아무튼 몇몇 이들에게는 그랬다. 그러나 봉쇄 조치는 세상의 피난처인 정원이 어쩔 수 없이 정치적이라는 사실을 고통스러울 정도로 분명하게 드러냈다. 그 장엄한 봄, 모종삽을 들고 화분에 식물을 심거나 덱체어에 누워 타자를 치는 사람들과 고층 빌딩이나 흰곰팡이 핀 원룸에 갇힌 사람들 사이에는 음울한 불균형이 존재했다. 공원과 자연 공간을 폐쇄하거나 강력하게 단속한 탓에 그것이 가장 필요한 사람들이 접근할 수 없게 되면서 이러한 불균형은 한층 강화되었다. 그해 봄 영국통계청이 실시한 조사에 따르면 영국 인구의 대다수인 88퍼센트는 발코니, 중정, 공용 정원 등 일종의 정원에 접근할 수 있었지만 그 분포는 절대 무작위적이지 않다. 흑인은 백인보다 정원에 접근하지 못할 가능성이 거의 네 배 높고, 비숙련직이나 반숙련직 종사자, 임시직 노동자, 실업자는 정원에 접근하지 못할 가능성이 전문직이나 관리직 종사자보다 거의 세 배 높았다. 2021년 미국국립보건원의 연구에 따르면 미국의 정원은 대부분의 인구 사이에 널리 분포되어 있지만 백인은 정원에 접근할 수 있는 가능성이 흑인이나 아시아계 시민보다 거의 두 배 높다.

전 세계에서 '흑인의 생명도 소중하다Black Lives Matter' 시위가 벌어지면서 정원, 특히 내셔널 트러스트* 소유의 귀족 대저택 정원이 면밀한 조사의 대상이 되었다. 정원과 대정원은 노예 상인의 동상보다 무해하고 심지어는 고결해 보일지도 모르지만 역시 식민주의 및 노예제도와 숨겨진 관계가 있다. 목련과 유카부터 등나무와 자주군자란까지 우리에게 익숙한 수많은 정원식물이 '외래종'이며 식민지 시대 식물채집 열기의 유산이기 때문만은 아니다. 설탕 플랜테이션 농장에서 나온 기괴한 수익으로 영국에 호화로운 저택과 정원을 만들었으므로 노예제도는 경관을 아름답게 만드는 일치단결된 노력에도 자본을 제공한 셈이다.

일부 관람객에게는 용인할 수 없는 주장이었다. 그들이 중립적이고 논란을 비껴가는 아름다운 피난처라고 생각하는 것을 정치화했기 때문이다. 그들은 낙원을 건설하는 비용에 의문을 제기하거나 소위 말하는 유산 경관의 아늑한 매력을 훼손하고 싶지 않았다. 이러한 주장이 정원을 더럽히고 심지어는 오염된 지역, 의심의 여지 없는 특권의 원천이자 더러운 돈의 반짝이는 열매로 만든다고 생각하는 이들도 있었다. 나는 개인적으로 정원의 마법 같은 힘이 그 유예에서, 세상과 분리된 느낌에서 나오는 것이 사실이지만 정원이 역사나 정치 바깥에 존재할 수는 없다고 생각한다. 정원은 시간에서 벗어나는 문일 뿐만 아니라 타임캡슐이다.

---

* National Trust: 보전 가치가 큰 자연 자산이나 문화유산을 매입해 보존하는 비영리 기관.

정원을 소유하는 것은 사치이고 토지에 대한 권한이 권리가 아니라 사치이자 특권이라는 생각은 새로운 현상이 아니다. 정원 이야기는 그 시초인 에덴동산 때부터 항상 어떤 유형의 식물부터 어떤 유형의 민족까지 누가 제외되거나 쫓겨났느냐에 관한 이야기였다. 토니 모리슨이 말했듯이 "모든 낙원과 모든 유토피아는 그곳에 없는 사람에 의해서, 들어가는 것을 허락받지 못한 사람들에 의해서 만들어졌다".[7] 잉글랜드의 장엄한 정원 일부가 아메리카와 서인도 제도의 설탕, 면화, 담배 플랜테이션에 경제적으로 의존했다면 일부는 중세 시대의 공동경작지, 공유지, 황무지를 개인 소유로 만드는 법적 과정인 의회 인클로저가 실시되면서 만들어졌다. 1760년부터 1845년까지 인클로저 법안 수천 건이 통과되었다. 1914년까지 잉글랜드 전체 토지의 5분의 1 이상에 울타리가 생겼는데, 1퍼센트 미만의 인구가 국토의 절반을 소유하고 있다는 가공할 만한 현재 통계의 전조였다. 인클로저는 새로운 목가적 이상향을 가능하게 만들었다. 그것은 바로 도로와 교회, 농가부터 마을 전체에 이르기까지 조악한 인간적 요소를 모두 제거하여 무척 자연적으로 보이지만 사실은 꼼꼼하게 손질된 대정원에 섬처럼 호화롭게 고립된 대저택이다.

나는 이와 같은 정원의 문제적인 측면들에 대해서 오랫동안 생각했다. 소득 면에서나 성향 면에서나 나는 버려지거나 황폐해진 땅에 아주 적은 돈을 들여서 만든 자투리 정원을 가꿀 때가 훨씬 많았다. 나는 한동안 환경 운동을 하다가 약초학을 배웠고, 공부를 시작한 첫해 겨울에는 브라이턴 외곽의 버려진 돼지 농장에 텐트를 치고 정원을 가꾸려고 애쓰는 공동체의 일원으로 살았다. 내가 약초학을 공부하겠다고 결심한 것은 영화감독 데릭 저먼이 에이즈로 죽어가면서 던지니스의 자갈 해변에 정원을 가꾸는 이야기인 《현대 자연》의 매력적인 글 때문이었다. 그는 "중세 시대는 내가 상상하는 낙원을 만들었다"[8]라고 썼고 그의 일기에는 로즈메리, 보리지, 삼색제비꽃, 타임처럼 마법에 사용하거나 약용으로 쓰이는 식물의 조제서인, 중세 약초 의학서에서 발췌한 부분들이 섞여 있었다. 각각의 식물에 너무나 많은 추억과 연상이 담겨 있기 때문에 그의 정원은 모순적인 두 가지를, 즉 영원으로 가는 탈출구와 자신을 살아 있는 풍경과 연결하는 방법 ― 그가 실제로 사용한 단어는 "사슬로 묶는"[9]이었다 ― 을 합쳐놓은 것 같았다.

　뉴스에 코로나19 첫 감염 사례가 등장할 무렵 나는 데릭 저먼이 살던 프로스펙트 코티지와 그것을 둘러싼 유명한 정원을 구하는 캠페인에 참여했다. 봉쇄 조치가 2주째로 접어들었을 때 캠페인은 불가능할 정도로 야심 차 보였던 크라우드펀드 목표 금액 350만 파운드를 달성했다. 저먼은 이미 오래전에 세상을 떠났지만 그 특이한 곳을 지켜야 한다고 생각한 사람이 나 혼자만은 아닌 것 같았다. 그의 정원은 담장이나 울타리가 없어서 재배된 식물과 야생식물 사이의 경계를 의도적으로 지운다. 장미와 니포피아가 드문드문해지면 바람이 조각한 갯배추와 가시금작화 군락이 나타난다. 이러한 방식을 통해 정원의 가장 흥미로운 측면이 가시화된다. 바로 정원은 인

공과 자연, 의식적 결정과 야생의 우연 사이에 존재한다는 사실이다. 가장 꼼꼼하게 다듬은 땅조차도 날씨, 곤충의 활동, 토양 미생물부터 가루받이受粉 방식에 이르기까지 외부의 힘에 끊임없이 공격받는다. 정원이란 균형 잡기이며, 협력이나 전면전의 형태를 취할 수 있다. 이처럼 있는 그대로의 세상과 인간이 원하는 세상 사이의 긴장이 기후 위기의 핵심이며, 따라서 정원은 어떻게 하면 이 관계가 새롭고 어쩌면 덜 해로운 방식으로 존재할 수 있는지 실험하는 리허설 공간이 될 수 있다.

내가 경험에 따라 알고 있듯이 정원 이야기가 항상 특권과 배제라는 더 큰 패턴을 구현하는 것은 아니다. 정원은 반란의 전초기지이자 공동의 낙원이라는 꿈의 장소이기도 하다. 예를 들어 지구는 모두가 나누어야 하는 '공동의 금고'라는, 지금 봐도 급진적인 주장을 펼쳤던 영국 내전의 분파 디거스*가 있다. 디거스는 서리의 세인트 조지 힐에 지금은 러시아 신흥 재벌 올리가르히들이 선호하는 방식인 출입 제한 공동체를 만들어 식물의 에덴을 잠시 세웠다. 이러한 정원은 새로운 생활 방식과 권력 모델을 시도할 수 있고 실제로 시도했던 가능성의 공간이며, 사상과 그것을 표현하는 은유를 담는 그릇이다. 스코틀랜드에 조각 정원 '리틀 스파르타'를 만든 예술가 이언 해밀턴 핀레이가 말했듯이 "어떤 정원은 후퇴처럼 보이

---

* Diggers: 영국 내전 당시 평등을 주장한 수평파Levellers 내의 좌파로, '밭갈이파'라는 명칭이 말해 주듯 농업 사회주의를 주장했다.

지만 사실은 공격이다".[10]

나는 루머리의 정원을 갖게 되면 복원하는 동시에 그것이 역사와 어떻게 교차되는지 추적하기로 다짐했다. 모든 식물은 공간과 시간의 여행자이므로 아무리 작은 정원도 역사와 교차할 수밖에 없다. 나는 두 가지 유형의 정원 이야기를 모두 탐구하고 싶었다. 즉 낙원을 만드는 비용을 따질 뿐 아니라 과거를 들여다보면서 배제와 착취를 기반으로 하지 않는, 앞으로 다가올 힘든 시기에 반드시 필요한 사상이 담긴 에덴을 찾을 수 있는지 확인하고 싶었다. 두 가지 의문 모두 나에게는 무척 시급하게 느껴졌다. 우리는 역사적 전환점에 서서 대량 멸종의 시대, 인간과 자연의 관계가 파국적인 대단원에 이른 시대에 살고 있었다. 정원은 그러한 파국의 피난처이자 변화의 공간이 될 수 있지만 또 그러한 파괴를 초래한 권력 구조와 사고방식을 구현할 수 있으며, 실제로 구현하기도 했다.

또 다른 이유도 있었다. 나는 뉴스에서 끊임없이 흘러나오는 괴로운 현재에 지쳤다. 단순히 세기를 거스르는 여행을 하고 싶은 것은 아니었다. 나는 시간을 새롭게 이해하고 싶었다. 나선형으로 흐르거나 순환하는 시간, 부패와 비옥함, 빛과 어둠 사이에서 박동하는 시간을. 나는 정원사가 시간을 다르게 이해하는 비법을 전수받았으며, 그것이 지금 종말을 향해 전속력으로 돌진하는 우리를 막는 방법과 관련이 있을지도 모른다고 처음부터 어렴풋이 생각했다. 나는 깊이 파고들어서 무엇을 발견할 수 있을지 확인하고 싶었다. 우리 모두 알고 있듯이 정원에는 비밀이, 예상치 못한 곳에서 싹을

틔우거나 이상하게 성장할 수 있는 요소들이 파묻혀 있다. 내가 선택한 정원은 담장에 둘러싸여 있었지만 모든 정원이 그렇듯 탁 트인 세계와 연결되어 있었다.

# 2

# 밀턴과 이브의 정원

우리는 8월 중순에 마침내 이사했다. 무더운 여름날이라 땅이 바싹 마르고 갈라졌다. 12시면 기온이 31도까지 올랐고 공기가 젤리처럼 출렁거렸다. 나는 열쇠를 받자마자 곧장 정원으로 나갔다. 하지만 내 기억과 전혀 달랐다. 정원은 방치되고 지쳐 보였고 잔디는 파삭파삭했으며 경계 화단*의 식물은 축 처져 보였다. 회양목엔 마름병이 생겼다. 온실에는 반쯤 죽은 토마토가 잔뜩 있었고 마그놀리아 그란디플로라가 온실 문 앞에 잎을 수백 개나 떨어뜨렸는데 그 색도 단단함도 야구 글러브와 똑같았다. 우리가 실수한 걸까? 정원 담장 안으로 모여드는 듯했던 그 분위기를 내가 상상으로 만들어냈던 걸까? 나중에 나는 모든 정원이 쨍쨍 내리쬐는 태양에 과하게 노출된 8월에 늘 최악임을 알게 되었다.

이사 업체 사람들이 도착했고, 사랑스러운 텅 빈 방들이 하나씩

---

* border: 소로를 따라 길게 늘어선 화단. 또는 벽이나 담 앞에 조성된 화단.

하나씩 상자로 채워졌다. 일꾼들이 안에서 일하는 동안 나는 뜨거운 열기에도 불구하고 오래된 화분과 퇴비 자루들을 풀밭으로 꺼내 온실을 비웠다. 나는 화분대를 박박 문질러 닦고 내 원예 도구들을 정리했고, 지주대와 식물 지지대들을 정돈하여 차곡차곡 쌓았다. 솔직히 엉망이었다. 온실 건물은 내가 유혹적인 첫 방문 때 생각했던 것보다 상태가 훨씬 나빴다. 담쟁이덩굴의 두꺼운 덩굴손이 지붕 밑까지 기어들어 갔고 들보는 너무 썩어서 엄지로 누르면 푹 들어갔다. 뒤쪽 벽의 벽돌은 대부분 빠졌거나 전염성 강한 녹조에 침투당했다. 그렇다면 간단하게 페인트를 다시 칠해서 될 일이 아니었다. 아예 다시 지어야 했다.

우리는 내가 묘목부터 애지중지 키운 줄무늬 작약을 포함해 옛 정원의 식물을 하나도 옮겨오지 않았지만 거의 40종이나 수집한 펠라르고늄을 포함해 화분이 무척 많았다. '레이디 플리머스', '로드 부트', '애슈비', '브런즈윅', '미시즈 스테이플턴' 등 펠라르고늄의 이름은 꼭 제인 오스틴의 소설에 나오는 인물 같았다. 대형 트럭에서 화분을 꺼내면 내가 하나씩 연못 정원으로 가져가서 돌출 연못 옆에 정리했다. 연못에는 앞발을 베고 엎드린 사자 석상과 이언이 그리스에서 가져온 하얀 조약돌 두 줌이 있었다. 물은 해캄으로 뒤덮여 있었다. 알케밀라가 판석으로 거품처럼 흘러내렸고, 제일 안쪽 경계 화단에는 카르둔이 딱 한 송이 활짝 피어나 불안한 빛 속에서 당당한 보라색 꽃이 불타올랐다. 말라빠진 장미들 사이로 담자색 제라늄이 무성하게 자랐다. '로잰'일까? 너무 더워서 A12 고속도로의 아득한 자동차 소리와 벌들의 소리밖에 들리지 않았다.

이사 업체 직원들이 떠난 뒤 우리는 풀밭에 앉아서 체리를 먹었다. 길쭉한 그림자들이 잔디 위로 슬금슬금 올라왔다. 그날 새벽에 아버지가 이메일을 보내서 밤사이 부인의 병세가 악화되었다고 알렸다. 그녀는 5월부터 국립의료원 신경 및 신경외과에 입원 중이었는데, 뇌종양으로 인한 기나긴 병원 생활의 마지막이었다. 투병 기간 10년 동안 아버지가 병문안을 가지 못한 것은 그때가 처음이었다. 예전에는 입원할 때마다 아버지가 매일 기차를 타고 런던으로 가서 병상을 지키거나 직원들과 이야기하면서 종양학과와 신경병학 사이의 복잡한 치료를 조율했다. 부인이 퇴원하면 아버지가 혼자 그녀를 돌보았지만 상황이 점점 더 힘들어지고 있었다. 며칠 전까지만 해도 우리는 그녀의 퇴원에 대비해 간병인 문제를 논의했다. 하지만 이제 병세가 심각해져서 일주일도 넘기지 못할 거라고 했다.

우리는 월요일에 이사했다. 수요일이 되자 그녀는 지금까지 여러 번 그랬듯이 깜짝 놀랄 만큼 급격히 좋아져서 곧 건강을 회복할 것 같았다. 혈압과 체온이 정상으로 돌아왔다. 그러나 금요일 오전, 기쁜 소식을 마지막으로 전한 지 몇 시간 만에 그녀가 세상을 떠났고, 아버지는 퀸 스퀘어의 병원 앞 벤치에 앉아 그녀의 옷상자를 끌어안고 울면서 전화했다.

나에게 정원에 대한 사랑을 불어넣어 준 사람은 아버지였다. 내가 네 살 때 부모님이 이혼한 다음 아버지는 자식들을 만나는 주말이면 M25 고속도로에서 160킬로미터 반경 내에 있는 모든 내셔널 트러스트와 대저택 정원에 우리를 데려갔다. 우리는 M25 도로의 맨 아래쪽에, 아버지는 맨 위쪽에 살았기 때문에 함께 그 반경 안을 계속 돌아다녔다. 우리는 서식스의 엘리자베스 양식 저택 파럼Parham을 좋아했는데, 담장으로 둘러싸인 정원마다 구석에 거품이 이는 작은 웅덩이가 반들거리는 초록색 베이즈 천 같은 좀개구리밥으로 뒤덮여 있었다. 시싱허스트에 간 것은 내 생일이 있는 4월이었다. 길가에 사과꽃이 피어 흥겨웠고 우리는 비타 색빌웨스트의 탑 아래에서 햇볕을 듬뿍 받으며 무르익은 꽃무 향기에 취했다.

아버지는 놀러 갈 때 작고 까만 공책을 늘 가지고 다니면서 읽을 수 없는 글씨로 식물 이름을 적었고 흔치 않은 개량종이라면 뭐든지 달려들었다. 나는 특히 오래된 품종이 좋았고 앤틱 장미*나 '윈터 퀴닝', '캐츠헤드', '골든 하비', '그린 커스터드', '올드 퍼메인'처럼 16세기 과수원에서 유행했던 사과 품종 목록을 만들어 간직했다. 아버지의 부인은 거의 동행하지 않았다. 병원에서 건네준 상자에는 그녀가 개인 정보를 적어둔 A4 용지가 한 장 있었는데, 눈이 안 보여서 읽거나 쓰지 못했으므로 아마 간호사의 도움을 받아 작성한 것 같았다. 마지막 칸은 그녀가 이야기하기 싫거나 가능하면 이야기하고 싶지 않은 화제를 적는 난이었다. 거기에는 이렇게만 적혀 있었다. "정원 가꾸기. 남편이 보통 그런 이야기를 함."

아버지의 슬픔, 그리고 그녀의 예상치 못한 죽음으로 인한 충격

---

* antique rose: 1867년 이전부터 있었던 장미 품종.

과 공포가 이사 초기의 정원에 스며들었고 팬데믹 때문에 걱정이 더욱 커졌다. 지난겨울에 나는 사랑스러운 정원 구조와 앞으로의 가능성만을 보았고 사실 정원이 얼마나 방치되었는지 실감하지 못했다. 하지만 이제 다른 눈으로 보게 되었다. 나무는 균류가 잔뜩 끼거나 이상하고 뒤틀린 형태로 자랐고, 덩굴식물이 화려한 화관처럼 무성하게 얽혀 있었다. 식물은 줄기가 가느다랗거나 덜 자란 것 같고, 양분이 부족하고, 이미 오래전에 경계를 넘어온 생장력 뛰어난 초목에 압도당했다. 어느 날 오후에 까치밥나무가 내 눈앞에서 쓰러졌고, 그 위의 나무도 죽어가는 듯했다. 예전 소유자들이 집을 멋지게 복구했지만 본인들의 입으로 말했듯이 그들은 정원을 가꿀 줄 몰랐고, 몇 달간의 봉쇄 기간 동안 일손도 구할 수 없었다.

내가 깔끔한 정원을 좋아하는 것은 아니었다. 나는 프랜시스 호지슨 버넷의 《비밀의 화원》에 나오는, 정원이 너무 말쑥하면 모든 매력이 사라진다는 선언에 동의했다. 우리는 정원에서 스스로를 잃을 수 있어야 한다, 버넷의 표현처럼 세상과 거의 차단된 느낌을 받아야 한다. 이 정원에서 특히 마음에 드는 것은 기이한 비율이었다. 담장도, 아치가 두 군데 있는 너도밤나무 덤불도 둘 다 말도 안 되게 높아서 우리가 갈퀴를 들고 그 밑을 지날 때면 《걸리버 여행기》의 소인국 릴리퍼트인이 된 것 같았다. 몇몇 식물은 워낙 높이 자랐기 때문에 그 속에서는 아주 평범한 일을 해도 무척 몰입할 수 있었다.

이렇게 일상생활에서 멀어지는 것에는 뭔가 마법 같은 면이 있고 식물로 인한 기분 전환은 거의 황홀할 정도이다. 동시에 으스스하고 무질서와 부패가 침범한 버려진 집이 그렇듯 지나치게 방치된 정원은 불길해 보일 수 있다. 문학에서 돌보지 않은 정원이라는 이미지는 더 큰 태만에 대한 은유로 많이 쓰인다. 셰익스피어의 희곡《리처드 2세》에서 하인이 요크 공작의 정원에서 "달랑거리는 살구"[1]를 묶으라는 명령을 거부하면서 잉글랜드의 정원은 그토록 방치되어 "가장 아름다운 꽃들은 숨이 막히고 / 과실수는 전부 뿌리 뽑히고 산울타리는 망가지고 / 화단은 흩어지고 몸에 좋은 약초들에 / 벌레가 들끓는데" 왜 울타리 쳐진 공간의 잡초를 뽑아야 하느냐고 묻는 장면을 생각해 보자. 이 구절을 읽으면 공포가 파도처럼 밀려온다. 무언가가 잘못되었다, 잘 정돈되고 결실을 맺어야 할 무언가가 썩고 해충이 생겼다.

여기서 정원이 국가를 확실하게 상징한다면 셰익스피어가 5년 뒤에 집필한《햄릿》에서 정원은 정치적 풍경뿐 아니라 감정적 풍경을 보여준다. 아버지의 사망 이후 햄릿은 손상되고 오염된 새로운 세계를 "잡초가 씨를 뿌리도록 자란 / 김을 매지 않은 정원, 본래 역하고 무성한 것들이 / 온통 뒤덮은 곳"[2]에 비유한다. 이렇게 반복되는 불안한 이미지의 요점은 정원이란 식물을 심고 돌봐야 하는 곳이며 정원의 붕괴는 야생의 땅이나 황무지보다도 나쁜 쇠퇴를 암시한다는 것이다.

버지니아 울프의《등대로》중 으스스한 2부 '시간이 흐르다'에도 비슷한 불안이 등장하는데, 여기서 램지가의 집 역시 예상하지 못한 죽음의 여파로 방치된다. 양귀비는 달리아 사이에서 혼자 씨를 뿌리고, 우리 집 연못가 화단처럼 아티초크가 장미를 삼킨다. 이러한 무질서는 카네이션과 양배추가 짝을 짓는 것처럼 조경의 관점에서 보면 이상할지 모르지만 여기에는 비옥한 즐거움이 있다. 그러나 순식간에 더욱 황량하고 심지어는 치명적인 상태가 될 수 있다는 사실도 인정한다. "그 집은 깃털 하나만 떨어져도 무너지고 가라앉아서 깊은 어둠 속에 처박혔을 것이다."³ 그런 다음 집은 산산조각 나고, 부서진 파편들이 돌미나리와 가시나무에 파묻힌다.

이사 오고 처음 몇 주 동안 이 구절이 종종 떠올랐다. 전부 다 보살핌이 절실히 필요했다. 나는 정원 일기에 쐐기풀, 개밀, 나무딸기, 알카나라고 적었다. 돌미나리는 없었지만 그 대신 내 키보다 큰 호그위드의 하얀 꽃 수백 송이가 벌써 씨를 맺고 있었다. 흙은 마크 루머리가 말한 대로 갈색 설탕 같았다. 순전히 서퍽의 모래로만 이루어진 정원의 흙은 양분을 저장하지 못해서 유기물을 주기적으로 섞어야 했다. 지렁이는 거의 한 번도 못 봤고, 용기를 내서 꽃밭 뒤 담쟁이덩굴에 뒤덮인 쪽으로 갈 때마다 알 수 없는 원인으로 죽어서 수의壽衣 같은 잡초로 뒤덮인 시체, 즉 나무나 관목의 그루터기에 걸려 비틀거렸다.

나는 처음 몇 주 동안 땅의 배치를 파악하면서 머릿속의 지도를 현실에 맞게 고쳤다. 실제로는 작은 정원 네 개와 우리 집 북쪽 소로를 따라 만들어진 방치된 화단 몇 개였다. 소로는 화분 창고를 지나 경첩이 내려앉은 크림색 문을 통해 주요 정원으로 이어졌다. 소로 왼쪽에 위치한 집은 몇 세기에 걸쳐 뒤죽박죽 증축한 장밋빛 L자형

주택이었다. 두껍게 똘똘 말린 등나무가 한쪽 면을 거의 완전히 가려서 거실 창문이 열리지 않았다. L자 안쪽에는 테이블을 하나 놓을 만한 포장된 테라스가 있고 양옆에 작약과 장미가 빽빽한 회양목 파르테르*가 있었다.

테라스는 집 남쪽의 숨겨진 정원으로 이어졌는데, 중앙에 온실이 더없이 매혹적으로 서 있었기 때문에 온실 정원이라는 상상력 부족한 이름이 붙었다. 가운데 자두나무가 서 있는 바싹 마른 잔디밭이 자그맣게 있었고 가장자리에는 뿔남천, 아르부투스, 품종을 알 수 없는 목련, 당황스럽게도 짙은 그늘에 심어진 사과나무 두 그루를 비롯해 음울하고 구부정한 관목들이 있었다. 도로가의 담 앞에 가지가 얽힌 서어나무가 지자체에서 설치한 말뚝에 묶인 채 가림막처럼 자라 마치 병원 주차장 같았다. 나는 그 밑에서 흰색과 초록색의 윗드러프가 봄의 파도처럼 자라는 모습을 상상했다.

내 일기장에는 이런 메모가, 풍요와 복원의 꿈이 군데군데 흩뿌려진 걱정스러운 설명이 가득했다. 솔직히 나는 압도당했다. 어디서 시작해야 할까? 어떤 원칙을 적용해야 할까? 나는 전에도 정원을 손본 경험이 있지만 이렇게 고상한 유산을 가진 정원은 아니었다. 나는 무엇도 망치고 싶지 않았다, 무지나 실수 때문에 우리의 진주를 내던지고 싶지 않았다. 내 친구이자 옥스퍼드 우스터 칼리지의 수석 정원사인 사이먼이 최고의 조언을 해주었다. 그는 사계절

---

* parterre: 도안에 따라 만든 장식적 화단.

을 전부 겪으면서 정원의 정체성과 겉모습을 확실히 파악할 때까지 1년 동안 아무것도 없애지 말라고 했다. 나는 참을성이 뛰어나지 않았지만 무엇이 살아남았는지 알고 싶다면 지켜보며 기다리는 것만이 실패 없는 방법이었다.

주요 정원은 집 맞은편에 있었다. 잔디가 깔려 있고, 가장자리 경계 화단은 굴곡이 심했으며, 끝부분의 주목 산울타리가 결혼식 정원을 가렸다. 북쪽 경계 화단에는 한때 교외 정원에서 많이 보였던 마그놀리아 소울랑게아나가 주를 이루었는데, 부리 모양의 분홍색 꽃을 너무 일찍부터 지나치게 풍성하게 피웠기 때문에 종종 서리에 냉해를 입어 보도가 갈색 점액질로 뒤덮였다. 나는 할머니 집 앞에 있던 마그놀리아 소울랑게아나의 매력에 푹 빠져 내가 주인이라도 된 것처럼 바라보곤 했고, 우리의 방문이 꽃이 화려하게 피는 짧은 계절과 겹치기를 바랐다.

마그놀리아 소울랑게아나 밑에는 내가 한 번도 본 적 없는 수척한 수국이 자코메티의 조각상들처럼 일렬로 늘어서 있었다. 맞은편의 뽕나무는 말벌의 습격에 시달리고 수 세기에 걸쳐 구부정해지는 바람에 두 개의 지지대 위에 늘어져서 거의 누워 있었다. 같은 화단에 버지니아 풍년화가 있고 소로 건너편에는 코크스크루 헤이즐, 즉 '해리 로더의 지팡이*'라는 재미있는 별명으로도 알려진 코릴

---

* 스코틀랜드 가수 해리 로더Harry Lauder가 무대에 오를 때마다 반드시 가지고 올라가는 구불구불하고 뒤틀린 지팡이와 비슷해서 붙은 별명이다.

루스 아벨라나 '콘토르타'가 있었다. 그 앞에 서 있는 장대한 유카는 우리가 이사 온 날부터 상아색 종 모양의 꽃을 피웠다.

유카는 내가 〈컨트리 라이프〉의 사진에서 봤던 화려한 경계 화단에 속했다. 그 외에도 델피늄과 비단 같은 거대한 꽃에 까만색이 멋지게 튄 개양귀비가 사이좋게 빽빽이 늘어서 있었다. 지금은 유카가 제대로 자라지 못해 상태가 나빠 보였다. 잔디가 경계 화단까지 퍼져서 덩굴손을 뻗어 덧없는 노란 매트처럼 화단을 뒤덮고 앞쪽의 왜소한 식물들을 질식시켰다. 나는 원래 잔디를 별로 좋아하지 않았지만 이 광경에는 무질서에 대한 모든 당황스러운 감정을 구체화하는 무언가가 있었다. 어느 더운 아침에 나는 소형 갈퀴를 들고 경계 화단 가장자리에 앉아서 잔디를 조심스럽게 캐냈다. 그물처럼 얽힌 뿌리가 쉽게 뽑혔다. 모래흙의 유일한 장점이었다.

땅을 파다가 갈퀴에 뭔가 금속 같은 것이 부딪쳤다. 손가락으로 만져보니 예전에 잔디밭 가장자리를 둘러쌌던 구불구불한 금속 테두리였다. 깔끔하게 테두리를 친 잔디밭보다 유행에 뒤처지는 것도 없었을 것이다. 하지만 왠지 내겐 그것이 어떤 부적, 정원을 가꾸는 모든 사람이 스스로 결정해야만 하는 무질서와 통제, 풍요와 명료함 사이의 균형을 보여주는 확실한 표시 같았다.

• • •

물론 늘 그렇게 지내지는 않았다. 더니치와 사이즈웰 해변에서 헤엄도 쳤다. 첫날 잠자리에 들 때 올빼미 두 마리가 서로 부르고 대답하는 소리가 들렸고, 그 뒤로 올빼미의 대화는 밤마다 계속되었다. 가끔 나는 침대에서 일어나 창가에 서서 잔디밭과 별들이 점점이 뿌려진 하늘 아래 음울하고 어두운 공간을 내려다보았다. 날씨는 계속 좋았고 나는 매일 날이 밝은 직후 밖으로 나가 걸어 다니면서 차를 마셨다. 새벽이나 황혼이 정원에 나가기 제일 좋은 시간이었다. 색이 무척 부드러웠고 분홍빛, 라벤더빛, 때로는 금빛으로 물들었다.

나는 잔디를 가로질러 첫 번째 너도밤나무 산울타리의 아치를 통과해 제일 좋아하는 연못 정원으로 갔다. 정말 아무도 없고 아주 외딴곳에 있는 느낌이었다. 자동차 소리조차 안 들렸다. 굴곡진 담장에 짙은 녹색 나뭇잎들이 태피스트리처럼 드리워졌다. 무화과나무, 재스민, 아케비아 퀴나타, 곧 진홍색으로 변할 미국담쟁이덩굴. 방벽 위로 목향장미가 치솟았다가 늘어지면서 비밀 통로 같은 것을 만들었다. 항상 보이지 않는 곳에서 새가 지저귄 덕분에 혼자가 아니라는 느낌, 작고 눈에 보이지 않는 존재가 함께한다는 기분 좋은 느낌이 들었다.

이곳이 가장 정형적인 정원이었다. 네잎장식 연못이 한쪽 끝에 위치하고 반대쪽에는 두 개의 긴 화단 사이로 돌길이 나 있었다. 각 화단에는 제일 가까운 쪽에 사이프러스가 한 그루씩 서 있었는데 하나는 키가 아주 크고 하나는 약간 왜소했다. 두 화단의 가장자리에는 짝이 맞지 않고 건들거리는 네모난 회양목이 다섯 그루 있고,

제일 먼 끝에는 솜사탕 같은 꽃 때문에 축 늘어진 아까시나무가 있었다. 그 옆 벽에 난 나무문은 마구간으로 통했다. 산울타리 위로 보이는 낡은 대형 새장 꼭대기에는 힘 좋은 짐수레말인 서퍽 펀치 모양의 풍향계가 달려 있었다.

이 단정한 구조 안에서 식물들이 제멋대로 무성하게 자랐다. 처음에 슬쩍 보면 다양한 색이 사랑스럽게 뒤섞여 있었다. 더없이 엷은 담자색 제라늄, 달맞이꽃의 화려한 연노랑 꽃과 절굿대의 나방 같은 파란색이 삐죽삐죽한 두상화頭狀花. 넓은잎연리초가 사이프러스를 타고 올랐고 외목대로 키운 분홍색, 파란색, 흰색 히비스커스 삼총사가 있었다. 그러나 내가 '비스 레몬'일지도 모른다고 생각했던 특이한 니포피아 덤불을 빼면 대부분의 식물은 웨일스 양귀비와 달맞이장구채같이 자연 파종하는 난잡한 식물이거나 레몬 밤과 광대나물같이 화단 전체에 두터운 줄무늬 매트처럼 깔려서 다른 식물의 성장을 방해하는 생장력 뛰어난 식물이었다. 마구간 쪽에서도 이상한 일이 일어난 것 같았다. 그곳은 땅이 훨씬 낮았고 식물들이 무척 띄엄띄엄했다. 몇 달 뒤 나는 여기에도 결혼식용 대형 천막이 쳐져 있었음을 깨달았다.

이 공간의 원래 의도는 스페인 남부의 안뜰 정원 같은 분위기와 특징을 살리는 것이었다. 마크 루머리가 《영국인의 정원》에 쓴 바에 따르면 연못의 특이한 네잎장식 형태는 "지중해 지역의 고전적인 정원에서 자주 보이며 무어인 건축 양식에서 비롯된 것이 분명한 연못"[4]을 따라 했다. 전문용어로는 이러한 디자인을 파라다이스 정원이라고 하며, 루머리의 생각보다 훨씬 오래되었다. 파라다이스 정원은 기원전 6세기 페르시아에서 시작되었고 엄격한 기하학적 원칙에 의해 구성되었다. 파라다이스 정원은 봉쇄되어야 하고, 연못이나 수로, 실개천 등 물 관련 시설이 포함되어야 하며, 석류나무나 사이프러스 등 정형적으로 배치된 나무가 있어야 한다.

파라다이스 정원은 페르시아 제국을 건설한 키루스 대왕과 밀접한 관련이 있다. 박식한 영국 작가 토머스 브라운은 1658년에 키루스 대왕에 대한 기이하고 구슬픈 소책자 《키루스의 정원》을 썼다. 수백 년이 흐르면서 파라다이스 정원이 이슬람 세계에 널리 퍼졌는데 네 개의 정원으로 이루어졌기 때문에 차르바그charbagh라고 불렸다. 이란, 이집트, 스페인에서 이러한 정원을 찾아볼 수 있다(루머리는 알람브라의 유명한 무어식 정원에서 이를 처음 보았다). 16세기에 무굴 제국의 초대 황제 바베르가 인도 북부에 파라다이스 정원을 처음 들여왔고, 많은 정원이 사라지거나 파괴되었지만 무굴 소형 회화의 형태로 남아 있다. 테라스와 파빌리온*을 갖추고 붓꽃과 백합처럼 독특하고 알아볼 수 있는 꽃들이 심어져 있으며 새와 물고기와 정원사들이 바쁘게 움직이는 섬세한 공간이다.

처음에 나는 정원을 천국과 같은 낙원, 즉 파라다이스에 빗댄 말이라고 생각했지만 놀랍게도 그 반대였다. 매력적인 연상 작용을 가진 영어 단어 'paradise'의 어원은 기원전 2000년 페르시아에서 쓰

---

* pavilion: 주 건물과 붙어 있거나 떨어져 있는 부속 건물.

던 아베스타어로 '담으로 둘러싸인 정원'을 의미하던 pairidaēza에서 파생된 말인데 pairi는 '주변', daiz는 '세우다'라는 뜻이다. 토머스 브라운이 《키루스의 정원》에서 설명했듯이 식물학에 관심이 많은 이들이야말로 "우리에게 파라다이스라는 이름을 준 사람들이며, 그 이름은 솔로몬 시대 이전 성경에는 등장하지 않고 원래 페르시아어였다".[5]

그리스 역사학자이자 군인 크세노폰은 기원전 401년에 페르시아에서 그리스 용병들을 지휘해 전투하던 중 이 단어를 알게 되었다. 그가 키루스 대왕이 가는 곳마다 공공 정원을 만들었다고 설명하면서 이 단어가 그리스어에 처음으로 등장했다. 그리스어로는 παράδεισος, 알파벳으로 바꾸면 paradeisos가 된다. 구약성경에서 에덴동산과 천국을 지칭하는 그리스어가 바로 이 단어인데, 따라서 천상의 것과 지상의 것이 불가분하게 엮여버렸다. 이 단어는 구약성경에서 라틴어로, 또 고대 영어를 포함한 수많은 언어로 전파되어 더 많은 의미를 갖게 되었다. 13세기에 파라다이스는 '탁월한 아름다움이나 기쁨, 또는 최고의 행복을 누리는 장소'라는 뜻을 얻게 되었다. 말하자면 숭고함으로 치솟았다가 다시 지상으로 내려온 것이다.

나는 이러한 연상의 연쇄 작용을 발견하고 무척 놀랐다. 정원이 먼저였고 천국이 뒤를 따랐던 것이다. 폐쇄된 정원, 비옥하고 아름답게 경작된 공간이야말로 완벽의 정점, 세기와 대륙을 초월하는 이상이었다. 나는 물질이 숭고함을 앞섰다는 것이, 아니 숭고함이 물질에서 나왔다는 사실이 마음에 들었다. 정말 재미있게도 이로써 창조 신화가 뒤집혔다. 나는 정원에 낙원이 존재할 수 있다는 것은 영국의 이단적인 주장이라는 이야기를 들은 적이 있었지만 사실 낙원이라는 풍설이 바로 정원에서 나온 것이었다.

어쩌면 내가 낙원이라는 개념을 처음 알게 된 것이 실제 정원과 밀접하게 관련되어 있기 때문에 이 이야기가 그토록 와닿았는지도 모른다. 나는 버킹엄셔의 찰폰트 세인트 피터 마을에 살았고 수녀원에서 교육을 받았다. 학교 건물은 그레인지Grange라는 아주 오래된 저택이었다. 학생들은 그 저택이 원래 교수형絞 판사 제프리스의 집이었다고 말했다. 그의 피비린내 나는 순회재판이 지역 사람들의 기억에 아직 남아 있었다. 저택은 빽빽한 침엽수가 울타리처럼 둘러싼 상당히 큰 정원 안에 있었다. 테니스장 뒤에 과수원이 있었고 콘크리트 손바닥을 하늘로 향한 예수님과 아시시의 성 프란치스코 동상을 여기저기에서 마주쳤다.

유치원 선생님은 캔디다 수녀님이었는데, 나는 지금까지도 그보다 온화한 사람은 본 적이 없다. 수녀님은 늘 헌신적인 분위기를 풍겼다. 말하자면 그것이 수녀님의 외투였다. 캔디다 수녀님은 조용조용 말했고, 절대 불친절하지 않았으며, 종종 우리를 데리고 교실에서 벗어나 숲속 자연으로 산책을 갔다. 나는 그때 빙카 마요르, 즉 노란 줄무늬 잎과 맑은 파랑색 꽃잎을 가진 페리윙클을 알아보는 법을 배웠다. 한번은 수녀님이 깜짝 놀랄 만한 것을 보여주겠다고 약속했다. 우리는 그때까지 생각도 못했던 델 골짜기로 내려갔다.

경사면에 단단한 회색 돌로 만들어진 작은 동굴이 있고 그 안에 아기 예수님을 안고 고개를 숙인 작은 성모님 채색 조각상이 있었다.

요란한 가톨릭 장식품이었는데 나는 자꾸 신경이 쓰였다. 모든 선생님이 수녀님은 아니었지만 어디에나 성경이 배어 있었다. 대여섯 살 때 천지창조에 의문을 품었던 기억이 난다. 그보다 과학적인 이야기도 배웠는데, 천지창조 이야기와 맞지 않았기 때문에 나는 완전히 납득하지는 않았지만 속눈썹처럼 더 까다로운 부분은 하느님이 만드셨나 보다 하고 결론을 내렸다. 또 비슷한 시기에 **아궁이**라는 단어가 나오는 악몽을 꾸었다. 내가 아직까지도 꾸는, 단어와 관련된 꿈 중 하나이다. 나는 아궁이가 불탄다는 뜻임을 깨닫고 겁에 질려 잠에서 깼다. 밑에는 지옥, 위에는 천국 그리고 옆쪽 어딘가에 에덴동산이 있는데 여러 가지 형태로 존재하는 것 같았다. 영적 존재의 신비로운 위계질서가 지배하는 수녀원의 외딴 정원도 에덴의 한 형태였고 그린 노우와《비밀의 화원》에 나오는 미셀스와이트 장원부터《한밤중 톰의 정원에서》의 주인공 톰이 높다란 나무들 사이에서 노는 정원까지 어린 시절 책에서 읽은, 등장인물을 변화시키는 모든 정원도 마찬가지였다.

나는 성경 이야기가 너무 교훈적이고 잔인해서 좋아하지 않았지만 〈창세기〉에 나오는 두 번째 창조 이야기는 신기해서 좋았다. 모든 식물이 땅속에서 아직 형태를 갖추지 않은 채 존재하는데 하느님이 인간을 만들고 정원을 만든 다음 인간에게 정원을 가꾸고 지키라고 명령한다. 그것은 내가 기꺼이 받아들일 수 있는 신의 명령이었다. 나중에는 같은 이유로 〈아가서〉를 정말 좋아했다. 킹 제임스판 성경은 최면을 거는 듯한 언어로 봉쇄된 샘과 과수원, 초록 사과, 초록 무화과나무, 시더나무, 백합의 은유를 반복하며 엮는다.

에덴은 정확했고 비록 문이 잠겼다 해도 천국과는 다른 방식으로 존재했다. 젊은 이단자의 말처럼 들릴지도 모르지만 나는 실제로 젊은 이단자였고, 에덴이 만질 수 있고 실재하는 공간처럼 느껴졌다. 수 세기에 걸쳐 많은 종교 사상가들도 그렇게 생각했다. 에덴의 문제는 중세 시대의 상상력을 사로잡았고 외부의 낙원으로 존재했다. 천국이 추상적인 영역이라면 에덴은 상상으로든 물리적으로든 접근 가능성이 더 높고 더 매혹적인 곳이었다. 에덴은 정확히 어디였을까? 그곳에서 어떤 식물이 자랐을까? 지도에서 찾을 수 있을까?

나는 예전에 런던 와버그연구소에서 절절 끓는 라디에이터 옆에 앉아 중세 성경과 기사 이야기, 기도서에 그려진 에덴을 종일 찾아본 적이 있다. 가장 이상한 삽화에서 에덴동산은 대양으로 둘러싸인 작은 섬이었고 네 줄기의 강이 땅으로 위험하게 파고들었다. 아마도 〈창세기〉에 나오는 비손, 기혼, 티그리스, 유프라테스였을 것이다. 사람들이 코러클*로 보이는 호두 껍데기 같은 배를 타고 빠르게 흐르는 강을 통해 접근하고 있었다. 섬 자체는 담장으로 막혀 있고 물이 흘러들어 가는 아치가 있으며 담장 안에 분수가 하나 있다.

---

* coracle: 버드나무 가지로 짜서 가죽을 씌운 작은 배.

고대 로마 양식의 광장에서 흔히 볼 수 있는 분수로, 네 개의 사자 석상이 뱉어내는 물이 강으로 흘러들어 간다. 둥굴레처럼 보이는 노란 꽃이 있고 담장 밖에는 크기가 두둑 정도밖에 안 되는 작은 산 두 개의 기슭에 나무가 두 그루 서 있다.

이 간소하고 양식화된 그림에 맞서는 것은 독일 화가 루카스 크라나흐가 그린 에덴동산으로, 무굴제국의 소형 회화처럼 농부부터 뚱뚱한 곰까지 알아볼 수 있는 실존 동물과 식물로 가득하다. 동시성에 탐닉하는 이 그림에서는 모든 일이 한꺼번에 일어난다. 원경에서는 이브가 아담의 옆구리에서 나오는 중인데 다리는 아직 그의 배 속에 들어 있다. 배나무 반대편에서는 두 연인이 반은 뱀, 반은 아이의 모습을 한 악마의 꼬드김에 넘어가 금단의 열매를 먹고 있다. 하느님은 여러 곳에 존재하고, 메추라기와 풀을 뜯는 사슴이 하느님을 곁눈질한다. 백로 여러 마리와 칼을 든 천사도 있다. 하지만 나는 새롭고 오염되지 않은 시절의 초목과 과실이 가득한 세계의 세세함에 가장 매료되었다.

크라나흐는 풍요와 쾌락의 장소이자 죄의 현장이라는 에덴의 이중적인 본질을 한 장면에 담아냈다. 인간은 존재를 얻지만 복종하지 않은 죄로 에덴에서 내쫓기고, 그 일로 인해 인류 전체가 저주받는다(19세기 초 잉글랜드의 농민 시인 존 클레어는 아담과 이브가 유혹에 넘어갔기 때문에 자신이 여전히 고생하며 농사를 짓는다고 한탄한다). 이 추방 역시 에덴의 강력한 매력 중 하나이다. 에덴은 우리가 잃어버린 곳, 모든 욕구가 충족되고 고통이 아직 발명되지 않은 곳, 타락

이전의 낙원으로 기능하며 오염되지 않은 생태 환경, 온전하고 더러워지지 않은 풍경, 배고픔과 분리를 모르는 출생 이전 자궁 속의 천국 같은 삶에 대한 갈망을 불러일으키기 때문이다.

우습게도 나는 내 어린 시절 수녀원 정원에 에덴의 이러한 측면 역시 반영되어 있었음을 이제야 깨닫는다. 당시 어머니는 커밍아웃을 하지 않았지만 여자를 사귀고 있었는데, 내가 아홉 살 때 수녀원의 학부모들 사이에서 아웃팅을 당했다. 우리 동네에 계속 살면서 학교를 다니는 것은 불가능했기 때문에 우리는 아는 사람이 없고 수백 킬로미터 떨어진 새로운 마을로 이사했다. 나는 수도원 정원을 다시 보지 못했지만 수십 년 후에 딱 한 번, 내 친구 톰과 함께 가보았다. 우리가 델 골짜기를 걸어 다니는데 어떤 수녀님이 우리를 불러 세우고 내 얼굴을 잠시 보더니 이름을 부르며 인사했다. 내가 어렸을 때 그곳에서 선악과가 떨어졌다. 그로써 알게 된 것은 섹슈얼리티 자체였을지도 모르고 섹슈얼리티 단속이 얼마나 잔인해질 수 있는지였을지도 모른다. 어느 쪽이든 정원 문은 잠겼다.

많은 이들이 낙원을 잃어버렸고, 또 그런 경험이 없다 해도 잃어버린 낙원에 대한 이야기는 울림을 갖는다. 우리 대부분은 세상이 너무나 새롭고 놀랄 일이 가득한 어린이의 인식이라는 낙원을, 또 몸 자체가 정원이 되는 첫사랑의 달콤하고 풍성한 낙원을 잃어버리거나, 포기하거나, 잊은 경험이 있기 때문이다. 어쩌면 그렇기 때문에 세속적인 에덴동산 이야기가 문학에 그토록 많은지도 모른다. 예상치 못하게 열렸다가 다시 잠기는 정원, 우연히 발견했지만 두 번 다시 찾을 수 없는 낙원. 에벌린 워의 소설《다시 찾은 브라이즈헤드》에서 찰스 라이더가 말했듯이 "벽에 난 그 나지막한 문, 내가 알기로는 나보다 먼저 다른 사람들도 찾아냈던, 마법에 걸린 고립된 정원으로 통하는 문"[6]인 것이다.

《다시 찾은 브라이즈헤드》도, 이와 비슷하지만 우울한 프랑스 작품《대장 몬느》도 위험하지만 매혹적인 정원을 중심으로 이야기가 펼쳐진다. 그러한 정원을 맛보면 다른 모든 것이 초라해 보여서 삶이 왜곡되거나 황폐해질 수 있다. 하지만 이러한 정원은 성스럽기보다는 귀족적이고, 게으름과 사치의 낙원이다. 그곳에서 샘은 바로크 양식의 분수로 바뀌고 가면을 쓴 아담이 물떼새 알과 딸기를 먹고 샴페인으로 입가심한다.

• • •

정원 일을 하는 내내 이러한 생각들이 머릿속에 맴돌았다. 내 눈과 손이 하는 일에 자극받으면서 동시에 거기서 벗어나지 못하는 기억과 생각들이었다. 매일 몇 시간씩 모든 것을 아우르는 일에 푹 빠져서 육체노동을 하는 것은 또 다른 낙원이었다. 날마다 나는 아침 식사를 하고 나서 연장을 챙겼다. 빨간 전지가위와 플라스틱 양동이, 소형 갈퀴, 가끔은 외바퀴 손수레나 쇠스랑이나 가지치기용 톱을 챙겼고 자루도 종종 가져갔다. 나는 아무 데나 눈에 띄는 곳으로 가서 텍스트를 훑는 편집자처럼 거기 있으면 안 되는 것을, 풍경을 해치거나 흐름을 깨뜨리는 것을 찾았다. 빛이 사라지기 시작할 무렵까지 멈추지 않을 때가 많았고 밤이면 크리스토퍼 로이드와 마저리 피시와 러셀 페이지가 쓴 원예 서적을 읽었다.

어느 날 아침에 내가 할 일은 작은 회양목 파르테르에서 개밀을 뽑는 것이었다. 나는 잔디밭에 쭈그리고 앉아서 마른 나뭇잎에 얽힌 실크 같은 실뿌리를 푼 다음 손가락으로 뿌리를 조심스럽게 뽑아냈고, 머리 위에서는 칼새가 비명을 질렀다. 또 다른 날, 우리가 이사 오고 2주가 지난 어느 날에는 메꽃 줄기가 눈에 거슬렸다. 다른 정원에서는 텁수룩한 주목 산울타리에 가려 보이지 않는 마지막 정원에 메꽃이 침범했다. 마지막 정원으로 가는 방법은 두 가지였다. 고르디우스의 매듭처럼 복잡하게 얽힌 담쟁이덩굴이 겨우 지탱하는, 무너져가는 벽돌 아치를 통해서 갈 수도 있고 옛 마차 차고 옆 원뿔 모양 주목 두 그루 사이로 갈 수도 있었다. 주목은 가지치기를 하지 않은 채 자라서 가지가 탈골된 뼈처럼 요상한 각도로 튀어나왔다.

마지막 정원에 들어가 보면 모든 것이 허물어져 있었다. 깔끔하고 시원하게 그늘진 하양 톤의 정원이라는 원래 의도는 이미 오래전에 사라졌다. 마크 루머리가 네 모퉁이에 한 그루씩 심어놓은 과실수 중에서 한 그루는 아예 사라졌고 한 그루는 쓰러졌다. 그중 하나인 겨울 벚나무는 반쯤 죽어서 무성하게 뻗는 장미의 지지대 역할을 하고 있었다. 대나무 숲이 길을 거의 막았고 북쪽 담을 장식했던 리넨 빛깔의 레이스 모자 같은 히드랑게아 페티올라리스는 이제 없었다. 그 대신 흔들리는 커튼 같은 메꽃 뒤에 회색 골트* 벽돌이 숨겨져 있었고, 메꽃은 덩굴손을 서양모과나무로 뻗어 바로 옆 버려진 정원까지 침범했다.

내가 초록색 끈 같은 줄기를 잡아당기면서 메꽃을 벗겨내기 시작하자 먼지와 거미줄이 소나기처럼 거세게 쏟아졌다. 메꽃은 생각보다 쉽게 벗겨졌고 곧 녹조 낀 벽돌이 더 많이 드러났다. 뿌리는 다른 문제였다. 표토 바로 밑에 통통하고 하얀 땅덩굴줄기가 요란하게 얽혀 있었는데 삶은 스파게티만큼이나 두껍고 축축했다. 땅덩굴줄기는 더 강인하고 삐죽삐죽한 갈색 대나무 뿌리와 얽혀 있었다. 대나무 뿌리는 아주 작은 파편만 있어도 금방 되살아났다. 뿌리를 파내다가 소형 갈퀴가 부러지자 나는 땀을 흘리고 욕을 하면서 무거운 원예용 갈퀴로 계속 파냈다.

이러한 작업에는 본질적으로 만족스러운 면이 있다. 단순히 정원을 정리하는 것보다 심오하고 원시적이며, 육체적 노동뿐만이 아니라 정신적 노동이라는 느낌이 든다. 아프로디테의 지시에 따라 뒤섞인 양귀비 씨앗을 흙에서 골라내야 했던 프시케처럼 동화에 나오는 과제와 비슷하다. 정오가 되자 화단이 깨끗해졌고 뿌리와 죽은 가지가 거의 내 키만큼 쌓였다. 나는 헛간에서 발견한 파란색 자루에 가지와 뿌리를 전부 넣고 마지막으로 대나무 가지를 다듬으며 약간 굴곡지고 볼록한 모양으로 자르려고 애썼다. 사라진 벚나무의

---

* gault: 묵직하고 밀도가 높은 진흙.

그루터기가 드러났고 헬레보어 수십 포기도 드러났다. 그 밑에 정말로 정원이 있었던 것이다. 되살릴 수 있었다.

그 몇 주 동안 나는 수녀원을 자주 생각했다. 그 시기의 만족, 안정감이 꾸며낸 것처럼 되살아났다. 내가 만든 모든 정원은 회복의 시도였지만 그처럼 절대적이고 의문의 여지 없는 소속감을 두 번 다시 느끼지 못했다. 내가 마지막으로 찾아간 뒤 수녀님들이 수녀원을 팔았고, 주택단지 전환 문제를 두고 지방 의회와 오랜 법적 분쟁에 휘말렸다는 소식은 들었다. 어느 날 저녁, 나는 한가롭게 인터넷으로 그레인지를 검색하다가 그것이 낙원의 기존 역사와 밀접하게 교차한다는 사실을 처음으로 발견했다.

나는 "수녀들이 음모를 꾸몄다는 교구의 주장을 판사가 기각하다" 같은 낚시성 헤드라인을 단 수많은 지역 뉴스 기사뿐 아니라 여기저기 흩어져 있던 더 오래된 이야기들을 발견했다. 17세기에 그레인지는 런던 시장 아이작 페닝턴 경의 소유였는데, 그는 내전에서 원두당*을 위해 싸운 청교도였으며 나중에 올리버 크롬웰의 정부에서 일했다. 페닝턴 경은 찰스 1세의 처형에 가담했기 때문에 1660년 왕정복고 이후 대역죄로 런던탑에 갇혔다. 몇 년 전에 그는 자신과 이름이 같은 아들에게 결혼 선물로 그레인지를 주었다. 소小아이작과 아내 메리는 열정적인 퀘이커 교도가 되어 그레인지를 퀘이커 사상을 전파하는 중심지로 탈바꿈시켰다.

* Roundhead(圓頭黨): 영국 내전 당시 머리를 짧게 깎았던 의회파를 가리키는 말.

그 격동적인 시기에 퀘이커파는 무척 위험하고 전복적이라고, 하느님을 제외한 어떤 권위와 계급도 거부했기 때문에 심지어 반역적이라고 여겨졌다. 나는 맹세를 하지 않거나 모자를 벗지 않는다는 이유로 박해받고 체포되었던 지역 퀘이커 교도들의 이야기에 매료되어 계속 읽어나갔다. 그중 많은 이야기가 가까운 마을의 대지주의 아들이 쓴 자서전 《토머스 엘우드가 직접 쓴 그의 인생 역정》에서 나왔는데, 그는 페닝턴가 저택에서 퀘이커교의 설교를 듣고 프렌드 교파*에 합류했다. 그의 아버지가 정치적으로 위험한 행보를 막으려고 그를 구타하고 용돈을 끊자 토머스는 그레인지로 도망쳤고 결국 페닝턴가 아이들의 가정교사가 되었다. 1662년 그는 천연두에 걸렸고 병이 나은 후 잠시 런던으로 이주했다. 그곳에서 토머스는 페닝턴가의 친구인 장님 시인 존 밀턴의 필사생으로 일했는데, 당시 밀턴은 현재 바비칸 문화 센터가 위치한 쥬윈 스트리트에 살았다. 밀턴은 대★ 아이작과 마찬가지로 공화주의를 지지했고, 찰스 1세 처형을 지지한 일로 보복을 당할까 봐 아직도 두려움에 떨고 있었다.

1665년에 역병이 돌면서 런던살이가 너무 위험해지자 그레인지에서 몇 킬로미터 떨어진 이웃 마을 찰폰트 세인트 자일스에 밀턴이 "예쁜 상자"[7]라고 불렀던 소주택을 찾아준 사람이 바로 토머스 엘우드였다. 밀턴은 바로 그곳에서 토머스에게 막 완성한 작품을

---

* Society of Friends: 퀘이커파의 정식 명칭.

보여주었다. 그는 1만 550행에 달하는 《실낙원》 전체를 앞이 보이지 않는 상태에서 썼다. 집 안의 다른 사람들이 자는 동안 받아쓰기를 하는 것처럼 시구가 들려왔고, 밀턴은 의자에 앉아서 도와줄 사람이 오기를 기다렸다. 하룻밤 동안 쌓인 언어를, 그의 표현에 따르자면, 우유를 짜듯 "짜내기"[8] 위해서였다.

시간은 얼마나 이상한가. 같은 패턴이 계속 반복되고, 전쟁과 질병이 나선형으로 잇달아 일어나면서 거기에서 똑같은 초록색 꿈이 나온다. 에덴은 밀턴의 소주택 정원 위에 투명한 공처럼 떠 있었다. 가끔 내 시야 구석에 부딪치는 수녀원 정원이 그랬듯이, 따뜻한 공기 속에서 오르락내리락하는 완벽한 세상이었다. 나는 어떤 식으로든 《실낙원》을 읽게 되었겠지만 이 우연한 장소와 환경의 일치 때문에 《실낙원》에 더 급격히 다가갈 수 있었다. 나는 에덴을 수도 없이 찾아다녔지만 《실낙원》은 아직 읽지 않았는데, 또다시 역병이 도는 시기에 내 정원에 갇힌 채 《실낙원》을 처음으로 펼쳤다. "당시 런던에서 심해지던 전염병", 이 도시에서 저 도시로 보이지 않게 움직이면서 낯선 사람이 기침을 하면 얼굴을 찌푸리며 고개를 돌리게 만드는 질병[9]을, 밀턴이 그랬듯이 나 역시 두려워하면서.

내가 그전까지 알고 있었던 것은 "그의 어두운 물질"[10]과 "눈에 보이는 어둠"[11] 등 몇 가지 구절과 다른 책을 통해 알게 된 일부 신학밖에 없었다. 나는 소설 《천사의 와인》을 통해 천국에서 일어난 전쟁과 반역자 천사들에 대해 알고 있었고, 필립 풀먼의 《황금나침반》 삼부작은 구조와 심상의 많은 부분을 밀턴에게서 빌려왔다. 그러나 이러한 사전 지식만으로는 《실낙원》을 읽는 것이 얼마나 힘들고 또 얼마나 짜릿한지 짐작할 수 없었다. 《실낙원》은 대체로 〈창세기〉와 〈요한계시록〉을 다시 쓴 것이기 때문에 이야기 자체는 낯설지 않았다. 그러나 밀턴은 원자료를 자유롭게 꾸미고 확장하여 인간의 타락을 둘러싼 서사시를 만들어냈다.

사탄과 그 일당은 내전으로 인해 천국에서 쫓겨나 지옥이라는 유배지에 갇혔다. 독자가 처음 만나는 사탄 일당은 무기와 군기를 든 채로 불타는 대양에 내던져져서 끔찍한 난파의 생존자들처럼 의식도 없이 파도 속에 둥둥 떠다니고 있다. 숨을 쉬면 아프고, 불이 지독한 연기를 내며 타오르지만 빛은 없다. 해안가에 도착한 사탄 일당은 어둠과 끝없는 고통 속에서 멋진 궁전을 짓고 그들의 몰락을 계획한 하느님에게 보복할 계획을 세운다(악마는 정치가와 마찬가지로 절대 자기 탓이라 생각하지 않는다). 사탄은 소문난 신세계, 즉 "인간이라는 새로운 종족의 / 행복한 보금자리"[12]를 찾아가서 하느님이 가장 최근에 만드신 창조물을 광포하거나 미묘한 수단으로 유혹하여 망가뜨리려 하는 것으로 보인다.

나는 사탄이 우주를 가로지르는 여행, 그 우주적 규모의 탈옥만큼 역동적인 글을 읽어본 적이 없었다. 슬픔과 원한에 찬 사탄은 차원이 없는 혼돈을 여행한다. 혼돈은 서로 싸우는 혼합된 요소들로 이루어져 있고 계속 끓어오르면서 형태를 바꾸는데, 때로는 불타는 모래 더미였다가 때로는 얼음처럼 차가운 공허가 된다. 시구가 고동치기 때문에 소리 내서 읽을 수밖에 없다. "머리와 손, 날개 또는 발로 그의 길을 가네 / 헤엄치거나 잠수하거나 물속을 걷거나 기거나 날아가네."[13] 드디어 사탄이 지구를 엿보는데, 밀턴의 모든 이미지 중에서도 가장 사랑스럽다. 지구는 금줄에 매달린 펜던트처럼 천국에 매달려 있고, 달 옆에서 언뜻 보이며, 크기는 제일 작은 별 정도이다.

제3편에 나오는 하느님과 아들의 협상은 덜 흥미로웠고, 나는 빨리 사탄에게로 돌아가서 그와 새로운 행성 지구의 이야기를 보고 싶었다. 하급 천사로 변장한 사탄은 태양의 통치자 우리엘에게 방향을 알려달라고 간청하여 길을 찾고, 우리엘은 어리석게도 "아담의 거처인 낙원"[14]이 어디 있는지 알려준다. 사탄은 누구의 눈에도 띄지 않고 에덴의 경계로 간다. 그곳은 거대한 소나무와 시더나무가 심어져 있고 푸릇푸릇한 벽으로 둘러싸인 가파른 산의 고원이다. 과실수는 다른 나무들보다 훨씬 높고 마법처럼 꽃과 과일이 동시에 달려 있었다(타락 이전 에덴의 특성 중 하나는 아직까지도 정원사들이 갈망하는 환상인 영원한 비옥함이다). 공기는 향기롭고 맛있고, "순수하고 더욱 순수하며",[15] 숨을 쉴 수 없는 지옥의 공기와는 고통스러울 만큼 정반대이다. 사탄은 생각에 잠긴 채 입구를 찾아서 위로 올라간다.

여기서 독자는 고전의 영역과 세속의 영역을 바쁘게 오가는 언어에 취할 수 있다. 사탄은 대문을 비웃으며 담을 넘는다. 나는 뱀을 잡으려고 부엌으로 들어갈 때 "이 최초의 큰 도둑이 하느님의 우리에 들어간다"[16]라는 구절을 중얼거리게 되었다. 사탄이 땅에 착지해 보니 진정한 낙원, 땅에 다시 만들어놓은 천국이다. 꽃들은 밀턴 시대에 유행했던 인공적인 정원과 달리 "꽃밭과 신기한 화단"[17]에 심겨 있지 않고 열린 들판에서든 가장 짙은 그늘 속에서든 아무 방해 없이 풍성하게 자란다. 작은 숲과 잔디, 동굴과 석굴, 나무, 샘, 실개천과 빈터가 있고 어디에 가든 떨리는 공기에서 들판과 무르익은 과일, 갓 펴서 말린 건초의 향기가 난다. 《실낙원》의 에덴은 내가 와버그에서 본 중세 회화 속 세련되고 양식화된 정원과 전혀 다르게 매우 아름다우면서도 기괴한 야생의 땅이다. 아마도 밀턴은 젊은 시절 북부 이탈리아에서 보았던 르네상스 정원에서 영향을 받았을 것이다.

이 원시 야생에 사는 두 인간은 알몸으로 지내면서 저녁으로 승도복숭아를 먹고, 깡충깡충 뛰어다니는 야생동물들에게 둘러싸여 있는데 동물은 적대적이지 않고 협조적이다. 이것은 영국의 화가이자 시인으로 밀턴의 《실낙원》 삽화를 그린 윌리엄 블레이크와 그의 아내 캐서린이 람베스의 정원에서 옷을 벗어던지고 햇볕을 즐기며 아담과 이브를 흉내 낼 때 되살리고 싶었던 환상이다. 그러나 내가 밀턴의 아담과 이브를 보면서 가장 인상적이었던 부분은 이들이 낙원에서 빈둥거리지 않는다는 점이었다. 아담과 이브는 덩굴장미를 지붕 삼아 야생 크로커스가 양탄자처럼 깔린 나무 그늘에서 사랑을 나눌 수도 있지만 그들의 일은 "정원을 돌보는 달콤한 일"[18]이고, 에너지와 시간을 대부분 거기에 쓴다. 그것은 기쁨만이 아니라 걱정의 원천이기도 하다.

특히 아담에게는 눈에 띄게 진부한 느낌이 있다. 그는 교외의 일요 정원사처럼 보기 흉한 꽃이 에덴의 소로를 막을까 봐 노심초사한다. 마저리 피시의 깔끔한 남편 월터 역시 이와 비슷하게 까다로운 인물로, 그녀의 책에 종종 등장해 빗자루와 전지가위로 무장하고 소로나 잔디에 씨앗을 뿌리려는 식물은 무엇이든 뿌리를 뽑아버린다. 불쌍한 아담은 잘 준비를 하면서 벌써 새벽에 일어나 "저기 꽃이 만발한 정자를 / 손봐야"[19] 한다는 생각에 초조해한다. 손보지 않으면 그 길로 다닐 수가 없다. 이브는 그 정도로 걱정하지 않지만 역시 이렇게 말한다. "낮에 우리가 / 웃자란 부분을 자르고, 가지를 치고, 지지대를 세우고, 묶은 것이 / 하루 이틀만 지나면 비웃듯이 무성하게 자라나 / 야생으로 돌아가 버려."[20]

에덴은 항상 그들의 노력을 초월하고, 끝없이 성장하고, 사치스럽고, 과도하고, 방탕하고, 외설적이고, 완고하고, 풍성하다. 그들의 과제는 마구 잘라내고 평평하게 만드는 것이 아니라 섬세하게 가지를 치고 길을 들이며 에덴동산을 관리하는 것이었다. 철을 벼리는 것은 타락 이후의 일이므로 그들의 연장은 초보적이고 "불을 모르"[21]지만 기본적으로 그들의 나날은 나와 비슷했다. 사실, 내가 누구를 비웃겠는가? 나는 일기장 첫 부분에 소로를 깨끗하게 쓸면 굉장히 만족스럽다고 여러 번 썼다. 나는 다른 구역의 무질서에 대한 방어 수단으로 거의 매일 소로를 쓸었다.

나는《실낙원》이 정원을 가꾸는 구체적인 문제와 이토록 깊은 관련이 있으리라 예상하지 못했다. 쉽게 공감할 수 있는 또 다른 장면에서 이브는 제일 좋아하는 장소에서 혼자 일하겠다고 고집을 피워 위험에 처한다. 그곳은 바로 이브가 다듬고 깎아 만든 숨겨진 장미나무 숲이다. 너무 현실적이다! 이브는 아담에게 혼자 가게 해달라고 간청하면서 따로따로 일하면 "격의 없는 대화",[22] 즉 잡담에 신경을 빼앗기지 않으니 일을 더 많이 할 수 있다고 주장한다. 그럴듯한 말이지만 나는 이브가 사실은 혼자 있고 싶었던 것이 아닐까 의심스럽다. 식물과의 관계에 다시 녹아드는 방법은 혼자 있는 것밖에 없다(밀턴의 친구이자 동료인 시인 앤드루 마벌은 시 〈정원〉에서 "낙원에 혼자 산다면 / 하나의 낙원 안에 두 개의 낙원이라"[23]는 말로 더욱 솔직하게 설명한다). 반면에 아담은 숨이 막힐 만큼 가까이는 아니더라도 이브의 근처에서 일하는 것을 좋아한다. 그는 위험한 유혹을 경계하기 위해서라고 주장하지만 이브와 달리 아담은 정원과 불안정하면서도 친밀한 관계가 아니라는 점이 분명하다.

팬데믹 기간 동안 이언과 나는 영역과 공간에 대해 종종 언쟁을 벌였고 정원에서 최악의 말다툼을 했다. 나는 정원에서는 말하고 싶지 않았다. 정원에서 질문에 대답하거나 계획을 의논하면 누가 내 머리카락을 잡아당기는 것처럼 침범당하는 느낌이 들었다. 내가 혼자 있고 싶은 것은 주변에 사람이 있는 것이 싫어서라기보다 침묵을 통해 비인간의 세계에 몰입하고 싶기 때문이다. 물웅덩이에 들어가서 조용히 헤엄을 치는 것과 같았다. 물론 내가 식물을 상대로 중얼거리면서 이제부터 뭘 할 건지 말하기도 하고 어린 시절의 기억에서 떠오른 실없는 노래를 부르는 것도 사실이다. 〈고인돌 가족 플린스톤〉 주제가를 흥얼거린 적도 있다. 어쨌든 내가 의식적으로 생각하는 경우는 거의 없었다. 내 눈이 무언가를 보면 어느새 손이 일하고 있었다. 감각이 열리고 생각이 자유롭게 흘러가고, 자기 멋대로 움직이고, 거의 들리지 않게 넘쳐흐르며 가끔 예상치 못한 유사성을 찾기도 하고 시간을 거슬러 멀리 여행하기도 했다. 누가 나를 그러한 상태에서 끌어내면 고통스러웠고 방해를 받으면 무척 화가 났다.

이브의 반항이 치명적인 결과를 가져온 것은 사실이지만 나는 밀턴이 이브의 이러한 성격에 완전히 공감하지 못한 것은 아니었다는 막연한 느낌이 들었다. 이브와 정원의 관계는 밀턴의 글에서 가장 감미로운 부분이다. 타락 직전의 장면에서 이브는 주변 식물과 동화되거나 융합된 것처럼 이상하게도 향기에 휩싸이고 "그녀를 둘러싸고 무성하게 핀 장미가 / 빛나서 흐릿하게 보인다".[24] 그녀는 도금양 줄기로 장미를 묶어 늘어진 꽃을 지지해 준다. 여기서 정원은 상호 지지와 연결의 장소로 그려지는데 그 균형이 너무나 섬세해서 지지대가 하나만 빠져도 재난이 일어난다. 이브가 놓친 것은 그녀 역시 이 연약한 생태계의 일부, 지지대가 없는 꽃이며 곧 태풍이 닥친다는 사실이다.

• • •

그해 9월에 정원은 깜짝 놀랄 일로 가득했다. 인동 덤불을 잘라내자 아스트란티아가 드러났다. 뻣뻣한 엘리자베스 시대 주름 옷깃과 분홍빛이 감도는 초록색의 묘한 제복이 연상되어 우울한 신사라고 불리는 꽃이었다. 또 고사리의 죽은 잎을 잘라내고 작약 두 포기를 발견했는데, 잎이 노랗게 변하고 분홍색 줄기가 새로 나고 있었다. 장미 화단에는 온갖 식물들이 빽빽했다. 제일 눈에 띄는 것은 더없이 적대적인 환경에서도 무성하게 자라는 빨간색과 흰색 줄무늬 폼폼 달리아였는데 나는 '요크 앤 랭커스터' 품종일지도 모른다고 생각했다. 한번은 화단 안으로 억지로 들어가 보니 장미가 생각했던 것보다 훨씬 많았다. 그중에는 1750년까지 거슬러 올라가는 짙은 심홍색 포틀랜드 장미도 있었고 반쯤 굶주린 것 같았다. 경계 화단 맞은편에는 돌나물 세 포기가 문주란 덤불에 짓눌려 있었고, 니포피아와 또 다른 작약, 나선형 회양목, 개앙귀비, 외목대로 키운 등나무, 이 모든 것이 더블베드만 한 공간에 들어차 있었다. 나는 달리아가 창고에서 겨울을 나도록 마분지 상자에 심었고 나머지는 뿌리 덮개를 덮었다. 두고 봐야 한다.

어느 날 나는 크로커스 같은 것을 발견했다. 다음 날 아침에 보니 모양과 크기가 와인잔 같은 우아하고 작고 흐릿한 꽃이 수십 포기 있었는데, 줄기는 창백하고 둥그런 꽃은 우윳빛 도는 담자색이었다. 알몸의 소년이라고도 하는 콜키쿰으로, 가을에 꽃이 피었다 지고 봄에는 잠깐 잎을 낸다. 내가 화단 표면 바로 밑에서 발견한 노란 구근들이 바로 콜키쿰이었다. 일부는 순백색이었고 극소수는 꽃잎이 워낙 풍부해서 수련 같아 보였다. 한편 너무나 가망 없어 보이던 뽕나무 아래 화단은 분홍색과 흰색 시클라멘이 가득했다. 결국 에덴은 좁은 공간에서 살아남은 것 같았다.

나는 《실낙원》을 아주 천천히 읽었다. 천사의 신체적 특징과 행성의 움직임 등 괴상한 내용이나 주제에서 벗어나는 이야기도 있고, 세세한 내용이 풍성하게 이어지며 강조되었기 때문에 작품의 전체적인 분위기를 파악하는 데 시간이 조금 걸렸다. 나는 책을 읽으면서 종종 줄거리보다는 계속 스며드는 깊은 감정에서 의식의 흐름을 경험했다. 끝도 없이 언급되는 고전은 기어오르거나 뚫고 지나가야 하는 덤불과 같았고, 이것만 넘기면 순수한 감정이 이야기에서 넘쳐흐르거나 샘처럼 솟아오르는 부분이 나왔다.

사탄은 지옥에서 울고 이브는 에덴에서 울었다. 아담은 아내에게 불같이 화를 냈고 타락한 천사들은 괴로움과 질투로 들끓다가 모두 쉭쉭거리는 뱀으로 변했다. 어디에서나 계획이 어긋났다. 혁명은 실패하고, 관계는 단절되고, 사랑하는 집은 파괴되었다. 표면 바로 밑에서 용암 같은 슬픔과 분노, 절망이 부글거렸다. 지형이 무척 이질적이지만 감정적으로 생소한 풍경은 아니었다. 나는 《실낙원》이 본질적으로 종교에 관한 작품이라고 늘 생각했지만 정치적으로 불안한 몇 년을 보낸 후 그해 여름, 전 세계를 휩쓴 팬데믹 상황에서 읽으니 실패와 중대한 관계가 있는 작품 같았다. 사실 작품이 혁명을 꾸미는 반역 천사들로 시작하는 것이 아니라 중간부터, 인 메디아스 레스*에서 시작하는 것도 그렇기 때문이 아니었을까? 사탄이

---

* in medias res: 라틴어로 '이야기의 한가운데에'라는 뜻.

불타는 바다에서 깨어난 순간부터 이 작품은 실패와의, 그리고 실패가 발생한 이후 일어나는 일들과의 부단한 만남이었다.

이런 관점에서 보면 《실낙원》의 형태가 달라진다. 사실상 《실낙원》은 서로를 거울처럼 비추는 두 막으로 이루어졌다. 먼저 사탄이 반항하다가 천국에서 추방당하고 그런 다음 아담과 이브가 반항하다가 에덴에서 추방당한다. 셋 다 크나큰 고통과 견딜 수 없는 상실을 겪고, 이로 인해 부정적 감정밖에 없는 황무지로 내동댕이쳐지고 끔찍한 수치와 분노를 겪으며 상처를 입는다. 사탄은 자신의 실패로 인해 추락했고 만능 해결책으로 고통의 증식을 추구한다. 반면에 아담과 이브는 자신들의 행위로 인해 겸허해지고 더 이상의 손상과 고통을 초래하기보다 가진 것을 포기하는 쪽을 신택한다.

《실낙원》에 등장하는 상실의 유형을 분류해 보면 대부분 추방과 관련이 있다. 고국이나 한때 거대했던 땅을 잃는 슬픔, 자기 것이라고 생각했지만 아니었음을 깨닫는 슬픔, 사랑하는 대상이 완전히 파괴되고 영영 사라지는 슬픔. 특히 이브는 형벌이 단순한 죽음이 아니라 집을 떠나야 하는 것이며 직접 이름을 붙여주고 물을 준 장미를 더 이상 돌볼 수 없다는 사실을 깨닫고 참을 수 없는 쓸쓸함을 드러낸다. 정원과 이브의 빛나는 협동은 끝났다. 이브가 받아야 하는 형벌에는 자연으로부터 소외되고 멀어져 불모의 땅에서 잡초를 키우는 것도 있었다. 그것은 우리 역시 향하고 있는 절망적인 미래였다.

현대의 독자는 이 모든 불행의 설계자에게 격분하지 않을 수 없다. 나는 《실낙원》을 다 읽은 다음 윌리엄 엠프슨이 권위주의적이고 피에 굶주린 기독교의 신을 맹렬하게 공격하는 1961년 작품 《밀턴의 신》을 읽었다. 엠프슨은 아무리 공기가 깨끗하고 향기가 풍성해도 에덴은 포로수용소보다 나을 것이 없으며 정찰하고 쫓아내는 순찰대가 존재하고 천사의 군대가 감시하는, 꽃이 만발한 판옵티콘이라고 지적한다. 신은 대단한 조종자로, 정보를 닥치는 대로 저장하고 부하들에게는 아무것도 알려주지 않으면서 권위적인 시련으로 맹목적인 믿음을 시험하고 절대적인 순종을 요구한다. 에덴은 무엇이 허락되는지, 어떤 지식을 습득하거나 공유할 수 있는지 아무도 정확하게 알지 못하는 편집증적인 공간이다. 아담과 라파엘은 길고 폭넓은 대화를 나누며 천국의 전쟁, 창조의 환경, 천사의 성별 특성 등 다양한 주제에 대해 논하지만 둘 다 더듬거리면서, 주저하면서, 무엇을 논하면 안 되는지 모른 채 이야기한다.

어떤 시도 자서전으로 환원될 수 없다. 그러나 어떤 종류의 이야기는 위험하고 심지어는 치명적일 수 있다는 사실을 밀턴도 알고 있으며, 재앙에 휘말리고 연루되는 느낌도 알고 있다. 그는 자신이 말려든 실패의 규모가 급속히 밝혀지는 무척 위험한 시기에 《실낙원》을 썼다. 밀턴은 영국 내전에서 그가 신의 편이라고 절대적으로 믿었던 공화주의의 편에 섰고, 승리의 확고한 결실이 허공으로 사라지는 것을 공포에 질려 지켜보았다. 10년이 조금 넘는 기간 동안 세상이 두 번 뒤집혔다. 왕이 참수당하고 새로운 왕이 즉위했고, 크롬웰이 왕권을 상징하는 왕관과 홀 등을 녹여서 동전을 만들었기 때문에 아예 다시 만들어야 했다.

밀턴은 군인이 아니었지만 가장 큰 목소리로 유창하게 영국혁명을 지지했고, 시인이었지만 정치에 뛰어들었다. 그는 찰스 1세의 처형을 요구하고 옹호하는 소책자를 썼고, 교회 개혁과 이혼, 공화주의 정부, 종교적 관용(물론 가톨릭 신자에게는 예외였다)을 주창했다. 공위시대空位時代*에는 소책자를 무척 많이 쓰고 읽었고, 밀턴의 수많은 대의 중 하나였던 확장된 언론의 자유 덕분에 런던 전체에서 매일 새로운 대의와 사상이 만들어지고 논의되었다. 밀턴의 글은 유럽에서도 널리 읽히면서 의회주의를 학문적으로 방어하는 중요한 역할을 했다. 1649년 의회파가 전쟁에서 승리를 거둔 후 밀턴은 외국어장관으로 올리버 크롬웰의 정부에 합류해 달라는 요청을 받았다. 밀턴은 3년 뒤 마흔네 살의 나이에 시력을 완전히 잃었기 때문에 한때 급진적이었던 이상理想이 서서히 부패하는 것을 눈이 먼 채로 주의 깊게 지켜보았다.

밀턴이 정확히 언제《실낙원》의 집필을 시작했는지 분명하지 않다. 존 오브리의《소전기집》에 따르면 밀턴은 왕이 귀환하기 2년 전에《실낙원》을 쓰기 시작해서 추분부터 춘분까지만 작업했고, 4~5년 동안 이런 식으로 작업한 끝에 집필을 마쳤다. 이른 아침부터 정찬 시간까지 구술한 다음 다시 읽어주는 것을 듣는 것이 그의

---

* interregnum: 1649년 1월 30일 찰스 1세가 처형된 후부터 1660년 5월 29일 찰스 2세의 왕정복고까지 왕이 존재하지 않았던 시절.

습관이었고, 그 뒤에는 다른 사람의 손에 의지하여 정원을(오브리의 말에 따르면 밀턴은 항상 정원이 있었다) 서너 시간 산책하거나 회색 외투를 두르고 문간에 앉아 있었다. 시간을 계산해 보면 1658년(지금 보니 토머스 브라운이 《키루스의 정원》을 출간한 해이다)에 크롬웰이 사망하고 공화정이 쓰러지기 시작할 때 《실낙원》을 쓰기 시작했다는 뜻이다.

아마도 밀턴이 작품을 반쯤 썼을 때 그의 발밑에서 땅이 흔들리기 시작했다. 1660년에 찰스 2세가 망명을 끝내고 돌아와 5월 29일에 런던으로 개선 행진을 했다. 진홍색과 금색 또는 청록색과 은색 제복을 입고 문장을 단 왕당파 군인들이 앞장섰고, 일기 작가 존 이블린의 주장에 따르면 말에 탄 부하 2만 명이 그 뒤를 따랐다. 밀턴은 왕의 처형을 지지했다는 이유로 곧 교수형에 처해지리라 확신하며 바솔로뮤 클로스의 친구 집에 숨었다. 런던의 관공서들이 있는 화이트홀로 가는 길과 무척 가까웠기 때문에 행렬이 런던을 지나는 일곱 시간 동안 모닥불 냄새가 나고 축포와 불꽃놀이와 술에 취해 "신이여, 왕을 구하소서"라고 외치는 소리가 들릴 정도였다.

앞서 4월 찰스 2세는 내전 당시의 행위에 대한 총사면을 약속했지만 왕의 처형에 직접 관여한 자들은 예외였다. 하지만 비슷한 시기에 밀턴은 무모하게도 군주제를 격렬하게 비난하는 팸플릿을 확대, 개정하여 재출간했다. 그는 보복하기 좋은 표적이었고 역설적이지만 눈이 멀었기 때문에 위험할 만큼 눈에 띄었다.

무시무시한 3개월 동안 의회는 누구를 대사면법의 예외로 삼아

국왕 살해로 처벌할지 논의했다. 거의 매일 목록에 이름이 더해지기도 하고 지워지기도 했다. 6월에 밀턴에 대한 체포 명령이 떨어졌고 7월에는 런던 중심부 올드베일리(중앙형사법원)에서 공공 집행자가 밀턴의 책을 불태웠다. 그러나 8월 말 법안이 통과되었을 때 사면에서 제외될 국왕 살해자와 그 지지자 목록에 밀턴의 이름은 없었다. 그가 어떻게 벗어났는지 확실히 아는 사람은 아무도 없다. 친구였던 앤드루 마벌이 밀턴을 위해 탄원했을 가능성이 있다.

밀턴은 알려지지 않은 이유로 런던탑에 몇 주 감금되었다가 막대한 벌금을 내고 석방되었다. 그해 가을, 새삼 대담해진 왕당파들은 술에 취해서 떼 지어 런던을 돌아다녔고 밀턴은 그들에게 암살당할까 봐 두려워 쥬윈 스트리트의 자택에서 납작 엎드려 지냈다. 솔직히 그는 살아 있는 것이 행운이었다. 그해 10월에 국왕 살해자 열 명이 반역자로 교수형을 당한 뒤 사지를 찢겼다. 일기 작가 새뮤얼 피프스는 처형을 목격했고 피 흐르는 머리와 심장을 들어 올리자 지켜보던 군중이 기쁨의 환성을 지르는 것을 들었다. 며칠 뒤 존 이블린은 '흉악한 반역자' 네 명의 죽음을 "나는 그들의 처형을 보지 못했지만 토막 나고 난도질당한 사지를 보았고, 교수대에서 바구니에 담겨 내려왔을 때 피가 흐르고 있었다"[25]라고 기록했다. 반역자의 사지를 잘라서 삶은 다음 미래의 반역자들에 대한 경고 삼아 바로 밀턴의 집 모퉁이인 앨더스게이트에 못 박았다.

영국의 여성 작가 로즈 매콜리가 전기에 썼듯이 밀턴은 "공화주의자 시인의 흩어진 꿈의 파편들 사이에서 비통하게 움직였다".[26]

《실낙원》제7편의 첫 부분에서 화자는 자신을 다음과 같이 설명하는데, 이 위험한 상황을 이야기하는 듯하다.

…악운의 시절을 만나

악운의 시절과 사악한 혀를 만나

어둠 속에서 위험에 둘러싸여

고독에 시달리며[27]


공산주의가 시도된 적이 없다고 말하는 사람도 있지만 나는 이상을 실현하기 위해서 싸웠던 밀턴이 자신의 이상에 대해서도 같은 말을 할까 궁금하다. 영국 내전 당시 의회파가 내세웠던 대의는 단순히 한 정부 형태를 다른 정부 형태로 바꾸는 것도, 불법적인 독재를 끝내는 것도 아니었다. 그것은 잉글랜드에 신의 공화국을 세우려는 시도이자 지상에 새로운 낙원을 건설하려는 시도였고, 왕을 인간보다 우위에 두는 것은 참을 수 없는 신성모독이었다. 모욕적이게도 찰스 2세가 진홍색 관복을 입고 웨스트민스터 사원의 입구 통로로 걸어 들어가고 주교가 그에게 왕관을 씌워주자 의회파는 신이 반역자들에게서 등을 돌리고 얼굴에 침을 뱉는 느낌이었다. 그만큼 굴욕적이었다. 그만큼 개인적 감정이었다. 밀턴이 틀렸다면? 그의 이상이 오염되었다면? 밀턴은 어떻게 계속해 나아가야 했을까? 흔들림 없이 시험의 불을 견뎌야 할까, 아니면 속죄해야 할까?

《실낙원》은 세 주요 인물이 실패한 다음 환상에서 깨어나 어떻게 살아갈지 상상할 뿐만 아니라 그 상태에서 어떻게 나아가야 하는지 생각한다. 이 작품을 쓴 것은 실패했다는 것이 무슨 의미인지, 실패하고 난 뒤에 무엇을 해야 하는지 이해해야만 했기 때문이다. 이를 위해서는 앞으로의 보상을 상상하고 온전하고 흠 없는 세상의 본질을 다시 그려봐야 한다. 어쩌면 내가 그 불안한 계절, 이 작품에 그토록 끌렸던 이유 역시 그것이었을지도 모른다. 지난 5년 동안 한결같이 어둠 속에서 잠을 깨 핸드폰으로 선거 결과를 확인한 기분이다. 먼저 브렉시트가 있었고, 동시에 전 세계에서 극우가 득세했다. 그런 다음 트럼프가 대통령으로 선출되었고 소중히 지켜온 생각들이 매일 무참하게 짓밟혔다. 민주주의, 미덕, 진실, 자유주의 같은 개념은 트위터에서 하는 농담으로 전락했고 그런 다음에는 신문에서, 그리고 국회의원들에게서 공격받았다. 나는 글을 쓸 수 없었고 때로는 말도 할 수 없었다. 내가 하고 싶은 말은 전부 딱 나 같은 사람이, 아직까지도 죽은 사상에 홀린 멍청한 자유주의자가 할 법한 말 같았다. 마치 사랑하는 이의 내장이 끄집어내지고 깔깔 웃는 군중 앞에서 피 흘리는 머리와 심장이 높이 들리는 것 같았다. 그토록 절박하게 정원을 만들고 싶었던 것도 그래서였다. 당시 나는 일기장에 무언가를 고치고 싶다는 충동이, 언어의 영역과 관계없이 아름다운 무언가를 만들고 싶다는 충동이 절박하다고 썼다.

그렇게 계속되었다. 의회는 휴회하고, 정치가는 광신도에게 암살당하고, 이제 새로운 역병이 퍼지자 수많은 사람이 죽고 부자들은 시골로 도망쳤다. 17세기에서 돌아오는 메아리를 포착하는 것은 어렵지 않았다. 역사의 종말은 겨우 이 정도라고. 그러나 밀턴은 절망에 굴복하지 않았고 이상을 버리지도 않았다. 그는 소란스럽고 두려운 어둠 속에 앉아서 모든 유토피아의 어머니인 에덴을, 그곳의 공기가 어떤 맛이었는지까지 상상했다. "달콤한 대자연… 규칙과 기술도 뛰어넘는 야생."[28] 얼마나 이상하고 믿어지지 않는 일인가. 우리 시대에는 디스토피아를 상상하는 경향이 컸다. 마치 잔인하고 권위주의적인 세상으로 바뀌면서 그 일이 일어나기 전 미리 피하고 다음에 일어날 나쁜 일을 미리 알고 싶은 욕구가 생긴 것 같았다. 밀턴은 그렇게 생각하지 않았다. 그는 에덴을 아주 조금씩 조금씩 튼튼하게 지어야만 했던 것 같다. 에덴은 더 나은 존재 방식이 있었다는 기억의 궁전이며, 지금은 잃어버렸지만 어쩌면 다시 세울 수 있을지도 모르는, 서로 의존하고 지원하는 나라였다.

모든 유토피아가 그렇듯 밀턴의 에덴은 일상생활에서 얻기 어렵거나 부족한 요소들로 이루어졌고 이미 알려진 위협에 시달렸다. 밀턴이 꿈꾸는 에덴은 우호적이고 풍부한 곳, 원시적이고 오염되지 않은 곳이었다. 런던의 악취 나는 독한 공기는 석탄을 태우느라 너무나 오염되어 군중 속에서 당신을 밀치는 옆 사람의 얼굴조차 알아볼 수 없을 정도였고, 존 이블린은 "지옥 같고 음산한 구름"[29]이라고 묘사했다. 반대로 에덴의 공기는 천사마저 휘청거릴 정도로 달콤했다. 밀턴이 실제로 살고 있던 도시는 악마들이 세운 지옥의 수도, 유황 비가 내리고 어둠 속에서 유독한 불이 타오르는《실낙원》속 지옥의 수도 팬더모니엄에 더욱 가까웠다.

반대로 에덴은 자연이 조화를 이루는 곳이다. 자원은 무한하고 다양성은 위협이 아닌 기쁨의 원천이다. 표범과 수사슴, "인색한 개미"[30] 모두 육체를 가지고 땅에서 태어나 흙을 헤치며 나온다. 이 타고난 야생성은 종교적 의미도 가지고 있으며 프로테스탄트가 생각하는 하느님과의 올바른 관계를 상징한다. 그것은 바로 직접적이며 자연스러운 관계, 부패하고 복잡한 교회가 끼어들지 않는 관계이다. 벌거벗은 아담이 야외에서 즉흥적으로 드리는 기도는 크롬웰이 말들을 아내, 자녀들과 살았던 엘리 대성당으로 데려가서 트란셉트* 입구 통로에 똥을 싸게 만든 바로 그 신념 체계를 더욱 목가적으로 표현한 것이다.

그러나 나에게 더 중요한 점은 밀턴의 낙원이 야생적이긴 해도 정원이라는 사실이었다. 그는 원예 재배를 모델로 삼아서 좋은 정부가 무엇인지, 서로 다른 존재 사이의 올바른 관계가 무엇인지 고민한다. 에덴은 천국의 전제적인 통치와 매우 다른 원칙에 따라 운영된다. 신이 규칙을 만들고 죄를 벌한다면 아담과 이브는 절제되고 온화한 방식으로 관리한다. 그들은 장미의 지주대를 세우거나 느릅나무에 덩굴을 감으며 상호 연결된 생태 환경 속에서 능동적인 협력자 역할을 하고, 이미 진행 중인 과정을 미세하게 조정하여 풍요와 쾌락을 최대화하려 한다.

이 지복의 상태가 끝난다고 해서 그 힘이 사라지는 것은 아니다.

---

* transept: 십자형 교회의 좌우 날개 부분.

《실낙원》은 제목과 달리 향수를 불러일으키는 작품이 아니다. 정원은 무無로 되돌릴 수 없고, 미래에 다시 찾아올지도 모르는 풍요와 성장의 경험이며, 일종의 길잡이별 역할을 한다. 아담과 이브는 상실에 한탄하고 이제 존속할 수 없는 것을 생각하며 슬퍼한다. 그러나 추방의 때가 다가와 강물에서 피어오르는 안개처럼 구약성경 속 천사 케루빔이 모여들고 그들의 손에 이끌려 에덴의 대문으로 다가갈 때 아담과 이브는 뒤를 돌아보며 눈물을 한 방울 떨어뜨린 다음 단호하게 돌아선다. 마지막 구절은 가능성으로 충만하다. "온 세상이 그들 앞에 있었다."³¹ 아담과 이브가 어떤 고통을 겪었든, 어떤 상처를 입었든, 미래가 그들 앞에 활짝 열려 있다.

3

풍경에 숨은 권력

내가 제일 먼저 심은 것은 꽃무 중에서 '블러드 레드'라는 품종의 씨앗이었고, 그다음으로는 '파이어 킹' 모종을 심었다. 밀턴풍의 이름을 가진 이 품종은 제일 메마른 벽도 낙원으로 만들어주고, 경계를 존중하지 않으며, 뿌리만 내릴 수 있으면 어디든 씨앗을 뿌린다. 정원을 가꾸는 너무나 많은 이들처럼 이제 내 목표 역시 에덴이 확실했지만 나는 에덴을 만드는 규칙 역시 더 깊이, 더 까다롭게 들여다보고 싶었다.

9월 말이 되자 긴 여름이 끝나고 비가 내리기 시작했다. 새어머니는 폭우 속에서 매장되었다. 코로나19 시대의 음울한 장례식이었고, 교회지기가 무덤 파는 것을 깜빡했다는 사실을 알게 되어 음울함이 극에 달했다. 우리는 술집에서 잠시 기다렸다가 이제 막 파놓은 갈색 구멍으로 다시 갔다. 사제는 이미 돌아가고 없었다. 나는 앞이 보이지 않을 정도의 폭우 속에서 핸드폰을 보며 W. H. 오든의 시를 낭송했다. 다들 머리카락이 두피에 찰싹 달라붙었다. 우리는 아버지의 정원에서 따온 장미를 관에 한 움큼씩 던졌다. 2주 뒤에 새어머니의 유서가 공개되었고, 내가 장미 가지치기를 하고 있을 때 아버지가 전화해 새어머니가 아버지에게 두 사람이 살던 집의 3분의 1만 남겼다고 말했다. 집을 새어머니의 이름으로 샀고 그녀는 자기 명의를 열심히 지켰다. 새어머니는 돈에 대해서 철저한 비밀주의였고, 아버지가 담보 대출의 부담금으로 새어머니의 계좌에 돈을 계속 부치고 있었는데 알고 보니 대출을 다 갚은 지 이미 10년도 넘었다.

우리는 변호사를 고용하고 찰스 디킨스의 《황폐한 집》을 들먹이는 황량한 농담을 주고받았지만 그런 농담은 전혀 재미가 없었고 사건이 진전되지 않자 점점 더 시들해졌다. 아주 어린 시절부터 주거 불안정이 내 삶의 특징이었다. 그것은 아버지가 우리를 떠나면서 시작되었지만 막상 아버지의 주거는 무척 안정적이었다. 아버지가 현재의 집에서 30년 넘게 사는 동안 나는 이사를 열여섯 번 했고 재임대도 최소 그만큼 겪었다. 어렸을 때 우리는 부모님의 이혼 때문에, 어머니가 아웃팅을 당해서, 또 알코올의존증인 어머니의 파트너를 피해서 이사를 다녔다. 나는 어른이 되어서도 이사를 반복했는데, 가만히 있지 못하는 성격 때문이기도 했고 집이 없는 사람은 주거가 무척 불안정하기 때문이기도 했다. 그러는 내내 아버지는 한곳에 머물렀다. 이제 아버지는 나침반이 없는 사람처럼 난처하고 괴로워했다. 아버지는 그 집을 떠나고 싶지 않았지만 거기에서 계속 살 수 있을지 알지 못했고, 계속 새어 나오는 감정을 처리할 생각조차 못했다. 그 집 정원은 아버지가 처음부터 일궈낸 것이었다. 그것이 아버지의 세상이었다.

오랜 불공평함이 변호사의 언어로 포장되어 수면 위로 떠오르기 시작했고, 이메일이 오가며 파묻혀 있던 감정들이 폭발했다. 나는 몇 시간씩 수화기를 붙들고 있는 것 같았다. 정신을 차려야 하지만 그럴 수가 없었다. 매일 아침 식사를 마치고 밖으로 나가서 대답이나 반박을 머릿속으로 연습했다. 내가 무엇을 하고 있는지 잊지는 않았다. 정원은 정치적 혼돈뿐만 아니라 개인적 혼돈의 대항마가 되었다. 유언장이 발견된 날 저녁에 일기장에 썼듯이 정원은 보살핌이 보답받는 곳, 감정적인 투자와 안정의 공간이었다. 바깥에 나가면 괜찮은 것 같았다. 하지만 안으로 들어오자마자 정원 역시 나를 압도했고 이상하게도 오염되었다.

아일랜드 주목 위로 미국담쟁이덩굴이 진홍색 장식 띠처럼 등장했다. 여름 동안 초록색 외투를 입고 눈에 띄지 않게 타고 올랐던 것이다. 긴급함을 의미하는 빨간색이 나무의 안타까운 상태에 눈길이 가게 만들었다. 원뿔 모양 주목은 모두 규칙적으로 가지치기를 해야 한다. 가지를 치지 않으면 태풍에 타격을 입고 옆구리에 갈비뼈가 튀어나와 망가진 부채처럼 된다. 그리고 주목 덤불 뒤 버려진 정원에 벗나무도 있었는데, 하나는 죽은 것이 확실했고 나머지 하나는 다 썩었다.

집 옆의 나무는 더욱 걱정스러웠다. 나는 마크가 우리 정원에 대해서 쓴 에세이에서 그 나무가 무엇인지 드디어 찾아냈다. 라발 산사나무였으므로 지금쯤 빨간 베리가 잔뜩 맺혀야 했다. 하지만 열매가 열리는 대신 전부 다 헐벗거나 바싹 마른 나뭇잎만 매달려 있었다. 어느 손님이 뽕나무버섯이 생겨서 그럴지도 모른다고 말했고, 목련도 옹이가 가지마름병에 걸렸다고 지적했다. 나는 밤새 걱정하다가 다음 날 아침에 그 말이 맞나 알아보기 위해 산사나무의 껍질을 벗기고 그 밑에 하얀 균류가 자라는지 확인하려고 스크류드라이버를 들고 나갔지만 굳이 그럴 필요도 없었다. 나무줄기에 꿀 냄새를 풍기는 무시무시한 금빛 도는 갈색 버섯이 수십 개나 피어 있었다.

이미 주변 시골에서 애쉬 가지마름병의 결과가 나타났다. 점점 얇아지는 임관林冠과 마른 잎사귀를 볼 수 있었고 1년도 안 되어 해골 같은 나무만 남았다. 뽕나무버섯은 훨씬 더 무서웠다. 죽은 나무가 아니라 산 나무를 먹고 살았고, 성숙한 나무와 관목, 장미를 쓸어버려 정원 전체를 죽일 수 있었다. 뽕나무버섯은 지구상에 살아 있는 유기체 중 가장 많고 땅 밑으로 몇 킬로미터나 뻗어갈 수 있는데 1년에 1미터의 속도로 이동한다. 나는 까만 구두끈 같은 뿌리줄기가 잔디 밑에서 무자비하게 움직이면서 목련을 쓰러뜨리고, 밀턴이 《실낙원》의 첫 몇 행을 쓰기 시작했던 350년 전에도 여기서 자라고 있던 뽕나무를 잠식하는 모습을 상상했다.

인터넷도 나의 걱정을 누그러뜨리지 못했다. 왕립원예협회 웹사이트의 조언은 버섯균에 오염된 식물을 모두 뽑아 없앤 다음 플라스틱 막을 땅속 깊이 묻어서 뿌리줄기가 퍼지지 못하도록 막으라는 것이었다. 잠깐, 나무 두 그루를 뽑아서 불태우라고? 나는 정원사가 모이는 인터넷 게시판을 찾아갔다. 사람들은 금지된 독성 물질 아밀라톡스 대신 제이스 살균제를 사용하거나 감염된 나무를 베고 그 자리에 3년 동안 아무것도 심지 말라고 했다. 이 모든 것에 침략 서사가 딱히 숨겨지지도 않은 채 드러나 있었고, 그 악역과 무기가 너무 위험해서 건강 경고문이 필요할 정도였다. 정원이 파괴해야 할 적들로 드글거리는 전장으로 변하고 추가적인 피해 없이는 아무것도 못하게 된 것 같았다. 나는 균류도 무서웠지만 토양에 타르산과 클로로크레졸을 쏟아부어 미생물과 벌레를 몰살하고 싶지도 않았다. 게다가 나무 수십 그루에 둘러싸인 작은 정원에서 하나의 숙주에 생긴 균류를 제거하겠다고 나무를 뽑는 것은 말이 되지 않았다. 결국 정원은 네트워크, 즉 스스로 조직화하는 통일체가 아닌가? 나는 그날 밤 일기장에 정원을 그런 식으로 가꾸고 싶지 않다고, 그런 사람이 되고 싶지 않다고 썼다.

그러나 나를 괴롭히는 것은 나무만이 아니었다. 나는 온실 나무 지붕 버팀목이 썩은 것을 보고 완전히 당황했다. 뒤쪽 벽은 곰팡이가 새까맸고 수동 펌프 옆에서 자라는 재스민에는 가루깍지벌레가 들끓었다. 물론 펌프는 망가진 상태였다. 나는 전부 빨리 고치고 싶어서 초조했고 어깨로 정원을 밀어 내 눈에는 너무나 뚜렷하게 보이는 미래의 모습이라는 틀에 넣고 싶었다. 내가 필연적으로 느릴 수밖에 없는 집필 작업을 해냈다는 사실이 놀랍다. 나는 어떤 생각이 떠오르자마자 그것이 완전한 형태로 존재하기를 바란다. 또 동시에 고쳐야 할 것이 너무나 많아서 감사했다. 나는 과제를 해냄으로써 감당하기 힘든 불안을 누그러뜨릴 수 있다는 듯이 분류하고, 청소하고, 고치고, 혼란에서 질서를 만들어내야 했다.

하지만 이 일에는 도움이 필요했다. 제일 먼저 등장한 사람은 이웃이 추천해 준 나무 의사였다. 우리가 차를 마시고 있을 때 삐삐 마른 그가 휘청거리며 들어왔다. 정원사가 여기 살았었죠. 그가 말했고, 그게 누군지 내가 알자 기뻐 보였다. 우리는 같이 나무를 살펴보았다. 어떤 나무는 케이크 한 조각만 한 크기로 파여 있었다. 아마 가지가 부러져서 누군가가 줄기의 거의 절반을 대충 잘라낸 것 같았다. 리는 내 눈에는 치명적인 손상은 무시하고 대신 위를 올려다보았다. 콩배나무라고, 몇십 년은 더 살 것이라고 말했다. 반가운 소식이었다. 주목 두 그루에 대해서는 손상된 가지의 무게 때문에 줄기까지 갈라지지 않도록 높이를 3.5미터로 낮추라고 제안했다. 그러나 벚나무 두 그루는 수명이 다했으므로 뽑아야 했다. 벚나무가 짙은 그늘을 드리웠기 때문에 그 아래 모든 식물이 고군분투하면서 앞을 보려고 애쓰는 사람들처럼 심하게 기울어졌다. 특히 라일락은 햇빛을 너무 못 받아서 산호색 반점이 생겼지만 19세기 결핵 환자처럼 적당한 빛과 공기만 있으면 나아질 것이라고 했다.

리가 떠난 후 그의 말이 맴돌았다. 정원사가 여기 살았었죠. 며칠 뒤 초인종이 울렸다. 줄을 당기면 짤랑거리는 진짜 종이었다. 이 남자는 땅딸막하고 눈이 새파랬는데 제일 처음으로 한 말은 나는 지금 거룩한 땅에 있습니다, 였다. 내가 무슨 말인지 알아듣자 그 역시 무척 기뻐했다. 그는 조경 사업체를 운영했고 젊은 시절에 마크와 종종 일했다. 우리는 다시 정원을 천천히 한 바퀴 돌았고, 그는 자신이 기억하는 정원이 어땠는지 이야기해 주며 새로 침입한 식물들을 비난하듯 바라보았다. 마크는 분홍색을 정말 좋아했어요. 그가 말했다. 그러고는 그 사람은 게이였죠, 라고 말하면서 내가 이 소식을 어떻게 받아들이는지 보려고 곁눈질했다. 그가 허리를 비틀더니 얼른 덧붙였다. 하지만 이런 식은 아니었어요, 무척 조심스러웠죠.

잠시 동안 나는 어린 시절로, 또는 그보다 훨씬 전으로 돌아간 것 같았다. 나는 동성애가 이상한 것이고 설명이 필요하다고 생각하는 사람들 틈에 끼는 것이 익숙하지 않았다. 분홍색. 조심성 없는 분홍색 꽃. 하지만 그는 마크를 알았던 사람들의 이름을 나에게 가르쳐 주었고 나는 그것을 받아 적었다. 묘목상과 정원 디자이너, 그리고 그가 알기로는 마크의 유언집행자였던, 올드버러에 사는 남자가 포함된 긴 목록이었다. 그는 온실 기둥을 건드려보더니 수리만 하면 된다고 경쾌하게 말했다.

그날 오후, 나는 목록에 있던 모든 사람에게 카드를 쓰기 시작했다. 그때 나는 2010년에 세상을 떠난 마크에 대해 모든 정보를 수집하려고 애썼다. 나는 마크에게 매료되었는데, 내가 만난 모든 사람이 그에 대해 따스하게 이야기하기 때문이기도 했고 그가 설계한 정원을 고치면서 이상한 친밀감이 들어서이기도 했다. 정원을 고친다는 것은 그가 의도한 패턴을 먼저 또는 동시에 이해한 다음 자수를 놓을 때처럼 한 땀 한 땀 복구한다는 뜻이었다. 그것은 마치 더듬

더듬 말할 줄 아는 언어에 아주 열심히 귀를 기울이는 것과 같았다. 사진이나 글을 보면서 특정 계절이나 특정 해에 경계 화단에 어떤 식물이 있었는지 신중하게 알아내는 의식적인 작업도 있었지만 무엇을 넣어야 색의 리듬과 물결을 재건하고, 눈에 거슬리는 것을 숨아내고, 구조를 되살릴 수 있을지 본능적으로 가늠하는 경우가 더 많았다. 집 안에서는 그런 적이 없었지만 정원에서는 혼자가 아니라는 느낌이 종종 들었다. 그럴 때 고개를 들어보면 대체로 지빠귀나 울새가 검고 반들반들한 눈으로 나를 지켜보고 있었다. 아무튼 나는 누군가와 함께였고 다른 사람의 감수성, 취향, 스타일을 바짝 쫓았다.

작은 조각들이 쌓였다. 〈컨트리 라이프〉에서 정원 섹션 편집자로 오래 일했던 토니 베니슨은 마크 루머리의 부고 기사에서 그는 "장난기로 눈이 반짝거리는 조용하고 겸손한 사람"이며 노트커츠사와 함께 쇼가든 부문에서 왕립원예협회의 로런스 메달을 세 번이나 받았는데 당시에는 "필적할 상대가 없는 업적"이었다고 설명했다. 예수 공현 대축일 전날 밤 마크가 개최한 파티, 모든 방에 차려진 저녁 식탁, 타오르는 가스등, 불을 밝힌 수백 개의 초, 위험한 깃털 드레스를 입은 여자. 잉글랜드 남부 글라인드본과 독일 바이에른주의 바이로이트 여행, 하프시코드와 지라프 피아노*로 꽉 찬 음악실, 꼭대기 층 인형의 집 아래의 악보 장서. 등나무 밑에서 겨울을 나는 알

---

* giraffe piano: 폭이 좁고 높이가 높은 케이스 때문에 '목이 길어' 보이는 업라이트 피아노.

폰스라는 이름의 거북이, 잉글리시 세터종의 후손 브루노. 브루노의 유해는 내가 서어나무 뒤에서 발견한 석판 아래 묻혀 있었다. 나는 다른 집 주방과 집 앞 길가에서 수많은 대화를 나누며 이런 정보들을 조금씩 모았다. 모두가 나에게 마크에 대해 이야기하고 싶어 했고 정말 좋은 사람이었다고 말하고 또 말했다.

10월 중순이 되자 비가 그치고 버터처럼 노란 나날이 계속되었다. 내가 정원을 돌아다니며 허브 베니트를 뽑고 노랗게 축 처진 아카시아 잎을 떼자 긴 홍수가 끝나 행복하고 건강해 보이는 초록빛 식물의 반짝이는 태피스트리가 드러났다. 버지니아 풍년화가 붉게 물들었다. 잔디밭에 지렁이 똥이 보였다. 나는 첫 튤립을 화분에 심었다. '마리에타', '헬마', '폴 셔러', 진홍색과 흰색의 크고 구불구불한 꽃잎을 가진 '에스텔라 라인벨트'. 도로의 가판대에 마르멜로*와 호박이 잔뜩 쌓였고 소주택 정원에서는 물에 흠뻑 젖은 애스터가 물속의 별 같은 네리네에 기댔다. 가을은 새 책 같은 느낌이 충만했다. 밭 가장자리에 사탕무 더미가 쌓이기 시작했고 공기는 환각을 일으킬 듯 맑았다.

그렇게 환한 어느 날 오후에 집 전화가 울렸다. 무서운 이야기를 하나 해드리죠. 어떤 남자의 목소리가 말했다. 당신이 보낸 카드에 10월 16일이라고 적혀 있어요. 파일을 다시 뒤져서 마크의 사망 증명서를 찾아보니 그가 죽은 지 정확히 10년째더군요. 사람들이 정

---

* quince: 모과와 비슷한 열매.

보를 더 얻고 싶으면 연락해 보라고 했던 마크의 유언집행자였다. 그는 나를 점심 식사에 초대했고 본인의 표현에 따르면 가십을 전부 이야기해 주겠다고 하면서 이렇게 덧붙였다. 마크는 게이여서 좋을 게 없던 시절에 게이였잖아요.

우리는 며칠 뒤 그를 찾아가서 뜻밖에도 블리니*와 훈제 연어를 대접받았다. 마크의 유언집행자는 크고 사근사근한 남자로, 움직임이 무척 가벼웠고 농담과 일화가 끝도 없이 나왔다. 그와 아내는 그들의 정원 디자인을 맡았던 마크와 친해졌다. 그들의 정원은 늪지를 향해 트여 있어서 집 안이 물결 모양의 빛으로 가득 찼다. 테이블에 쌓인 종이 중에 손으로 그린 식재 계획안이 있었는데, 수척하고 잎이 부숭부숭한 히드랑게아 아스페라, 진홍색과 흰색의 줄무늬 장미 '퍼디난드 피처드', 담자색 도는 파란색 제라늄 '로잰' 등 우리 정원에서 본 식물이 가득했다.

우리가 도착하기 직전에 마크의 또 다른 친구 두 명이 그날 아침에 파낸 고사리를 가지고 왔다. 두 사람 모두 화가 겸 정원사, 아니 정원사 겸 화가였고, 원예가이자 화가인 세드릭 모리스가 에식스 변두리에 세운 유명한 예술 학교 겸 정원 벤튼 엔드에서 공부했다. 세드릭 모리스는 벤튼 엔드에서 은은한 잿빛을 가진 멋진 붓꽃을 길렀고 젊은 예술가들을 보헤미아로 안내했다. 두 사람의 말에 따르면 마크는 보헤미안이라기보다는 신사였고, 서식스 푸주한의

---

* blini: 메밀가루로 만든 팬케이크.

아들로 태어나 건축을 공부하다가 정원으로 진로를 바꾸었다. 그는 여러 무리와 지내다 마침내 벤튼 엔드 사람들과 어울리게 되었다. 한번은 마크가 속옷 바람으로 탁한 물속에 허벅지까지 몸을 담근 채 연못을 치우고 있을 때 초인종이 울렸다. 마크의 파트너 데릭 멜빌이 문을 열자 정원을 구경하러 온 마거릿 공주*와 시녀가 서 있었다. 죄송합니다, 공주님. 지금 마크가 바지를 입는 중이에요.

마크는 미국 조경 건축가 래닝 로퍼의 조수로 일을 시작해 내내 최상류층을 상대했고 시싱허스트에서도 잠시 근무했다. 그는 30년 넘게 노트커츠사의 조경 감독으로 일하면서 이스트 앵글리아**의 정원 수십 곳을 디자인하고 복원했으며 요르단 왕족을 위해서도 일했다. 그는 원예에 크게 기여한 공로로 1995년 왕립원예협회 명예 회원이 되었다. 이는 뛰어난 활약에 대한 보상으로, 명예 회원은 100명밖에 되지 않는다. 하지만 두 사람은 마크가 매우 겸손했고, 전혀 거들먹거리지 않았다고 말했다.

그들이 언급한 정원 중 하나는 디칭엄 홀인데, 노퍽 변두리에 위치한 앤 여왕 시대 영주의 저택 장원manor house으로 작가 다이애나 애실이 어린 시절에 살던 집이었다. 나는 집으로 돌아와서 검색해 보았다. 디칭엄 홀은 개인 소유였고 거의 공개되지 않았다. 내가 찾아낸 몇몇 이미지를 보니 푸릇푸릇하고 낭만적인 것이 무척 마크다웠

---

다. 등나무 터널, 드문드문 서 있는 나무, 담으로 둘러싸인 정원 한 구석에 감춰진 돌출 연못. 그 집의 이름이 자꾸 머릿속에 맴돌았는데 결국 W. G. 제발트의 《토성의 고리》에서 찾아냈다. 디칭엄 홀은 제발트가 홀린 듯 시작한 서퍽 여행의 마지막 기항지, 해안을 따라 걸어가는 길고 힘든 여행의 마지막 정거장이다. 작가 제발트의 화신인 화자는 끊임없이 시간을 거슬러 올라가고, 폐허가 된 집이나 전파탐지소는 과거로 통하는 문이 된다.

나는 골방에서 《토성의 고리》를 찾아내어 곧바로 침대에 앉아 디칭엄 홀이 나오는 장을 다시 읽었다. 제발트는 1992년 8월 아침에 우리 집 바로 앞을 지난 것이 분명했다. 나는 그때 마크가 밖에서 프렌치 팬시를 닮은 회양목을 다듬고 있었으면 좋았겠다고 생각했다. 제발트는 로마 시대에 만들어진 도로를 따라 헤브닝엄으로 갔고, 길을 약간 돌아서 어떤 남자가 30년째 예루살렘 성전 미니어처를 만들고 있는 헛간에 들렀다. 그는 성전에 대한 새로운 정보가 생길 때마다 자기 작품을 부수고 고치기를 반복했다. 제발트는 그 가망 없고 강박적인 노동이 상징적이고 매력적이라고 생각했다.

나는 성전이 나오는 것은 알았지만 이 장이 죽어가는 나무들을 보여주는 종말론적인 광경으로 끝나는 것은 잊고 있었다. 대폭풍의 재앙과도 같은 파괴뿐만 아니라 그 이전 1970년대의 질병으로 마무리되는 장이었다. 먼저 느릅나무 입고병이 돌았고 그 후 아마도 우리 세기에만 일어났던 가지마름병이 돌았는데, 그로 인해 물푸레나무 수관이 듬성듬성해지고 오크나무 잎이 가늘어지면서 제발트가 "이상한 돌연변이"²라고 부르는 현상이 나타났다. 너도밤나무도 피해를 입었고 포플러에도 퍼졌으며 결국 1987년 10월 15일 밤에 허리케인이 왔고 다음 날 아침에는 1500만 그루의 나무가 제발트의 글에 따르면 기절한 것처럼 땅에 누워 있었다.

《토성의 고리》는 청어 수백만 마리의 죽음이나 단 하루에 꿩 8000마리를 잡는 사냥처럼 상상하기도 힘들 만큼 대대적인 파괴의 이미지들로 구성된 책이다. 각기 다른 이 모든 상처가 환유하는 중심 상처는 유럽의 유대인이 거의 말살당했던 홀로코스트이다. 제발트가 보기에 세상은 매장지이며 과거에도 늘 매장지였고, 성공은 약탈과 포식에 달려 있다. 또한 우주는 영원한 수확을 지원하지 않으며 전쟁과 기근의 순환까지 거쳐야 하므로 성공은 스러질 수밖에 없다. 여기에서 무의미하고 강박적인 노동이라는 개념이 등장하는데, 아름다움을 위한 노동(직조공의 시력을 빼앗는 노동)과 끊임없이 파괴하는 노동도 포함된다. 그러므로 수수께끼 같은 병을 앓으면서 잎이 갈색으로 변하고 모세관이 막혀서 말라죽는 들판의 나무들이 이 책에 등장하는 것은 예상치 못한 일이 아니었다. 하지만 앞으로 죽은 나무와 죽어가는 나무가 가득해질지도 모른다는 현재 나의 불안과 너무나 비슷해서 나는 깜짝 놀랐다.

제발트가 디칭엄을 방문했을 때 태풍으로 인한 피해가 여전히 눈에 띄었는데, 마크는 바로 그것을 복구하기 위해 불려 갔다. 널따란 시더나무 가로수길이 일부 피해를 입어 마크는 헐벗은 대정원에 나무를 복구하기 위해 고용되었다. 이는 경관을 만들고 아름답게 꾸미려는 오랜 노력 중에서도 가장 최근의 움직임이었다. 제발트가 고심해 지적하듯이 짧게 깎인 넓은 풀밭, 구불구불한 호수, 기분 좋은 오크나무 군락 등 18세기 저택의 웅장한 대정원은 자연스러워 보일지도 모르지만 사실은 겉보기나 풍경이 어떻게 보여야 한다는 환상에 지나지 않으며, 그 고요하고 차분한 풍경은 비싼 값을 치르고 손에 넣은 환영에 불과하다. 제발트는 디칭엄 홀의 라벤더빛 벽돌에 대해 생각하며 이렇게 쓴다.

상류 지배 계층이 눈에 거슬리는 것이 하나도 없는 광대한 땅에 둘러싸여 있다고 생각하게 만드는 이러한 사유지는 18세기 후반이 되어서야 유행했다. 대정원화에 필요한 작업을 계획하고 실행하는 데 2, 30년이 걸릴 수도 있었다. 프로젝트를 완성하려면 보통은 토지를 몇 군데 사들여 기존 사유지와 통합해야 했고, 저택에서 인적이 전혀 없는 드넓은 자연을 방해 없이 바라보는 것이 목적이었으므로 도로와 오솔길, 농장들, 때로는 마을 전체를 옮겨야 했다.[3]

이것이 바로 나를 항상 괴롭히던 정원의 한 측면이었다. 숨겨진 비용, 권력 및 배제와의 눈에 보이지 않는 관계. 제발트가 설명한 작업을 개선 공사라고 하는데, 애실의 설명에 따르면 풍경은 아주 멋드러졌다. 철거되는 마을이 아니라 커다란 저택에 사는 운 좋은 사람에게는 말이다.

애실은 마지막 회고록《살아 있네, 오, 살아 있네!》에서 양차 대전 사이 어린 시절에 살았던 디칭엄의 정원들을 회상한다. 하인들에게 의존하는 삶은 제2차 세계대전으로 인해 끝났지만 그때만 해도 시골 저택을 완벽하게 연출할 수 있었다. 당시 하인으로 일하던 10대 소녀들은 통조림 속 정어리처럼 다락방에 빽빽하게 붙어 자면서 남들의 침대 시트를 삶고 문질러 빨았고, 구운 콩팥과 집에서 만든 햄, 삶은 달걀로 거창한 아침 식사를 차렸지만 아무도 먹지 않을 가능성이 높았다. 애실의 조부모가 소유했던 디칭엄 저택은 일종의 폐쇄된 우주로, 가족 구성원들이 돌아가며 등장하지만 요리사, 마부, 수석 정원사 등 하인들은 항상 그대로였다. 수석 정원사는《피터 래빗》의 작가 비어트릭스 포터가 그린 맥그리거 씨와 무척 비슷했고 그와 마찬가지로 누군가 채마밭을 건드리자 폭력적인 성향을 드러냈다.

애실은 90대가 되어 하이게이트 실버타운의 작은 원룸 아파트에서 과거를 회상하며 멜론 하우스, 복숭아 하우스, 포도원, 관목 등 그 진기한 왕궁의 모든 요소를 소환한다. 그녀는 대정원에 무엇이 있었는지 몇 쪽에 걸쳐 나열하면서 밀턴의 에덴만큼이나 풍성하고 제한된 영토를 꿈처럼 생생하게 재현한다. 사과 과수원, 커다란 새장, 파르마 제비꽃 모종 틀…, 이 모든 것은 가장 신비로운 공간으로 이어진다. 바로 나중에 마크가 그토록 낭만적인 공간으로 만든, 담으로 둘러싸인 채마밭이다. 당시 디칭엄 정원은 수로에 의해 두 부분으로 나뉘었고, 1829년 출간된 윌리엄 코벳의《영국 정원사 The English Gardner》에 나오는 디자인에 따라 만들어졌다. 애실은 "그것은 ─ 정말 그랬다 ─ 멋지게 고안하고 유지한 대단한 아름다움이었다"라고 썼다. 또한 아름다움은 미적인 특성에서만 비롯되는 것이 아니라 "가정을 꾸린다는 목적이 진짜일 때"[4] 정원이 갖는 그 강력한 기능에서 나왔다고 덧붙인다.

애실은 제발트와 달리 이러한 풍경의 창조를 지배가 아닌 관대함의 행위로 보았다.

시더나무 산책로를 계획하고 나무를 심은 사람은 그것을 절대 볼 수 없었다. 그 사람도, 그 사람의 자녀도, 심지어 그 자녀의 자녀도 볼 수 없었지만 그들은 이 길이 어떤 모습일지 더욱 뚜렷하게 보았을 것이다. 18세기 조경 디자이너들은 미래에 대해 정말 놀라울 만큼 관대한 확신을 가지고 있었다…. 우리 아이들은… 200년 된 꿈속에서 살고 있었다. 그곳에 사는 이들의 육체만이 아니라 마음까지, 심지어는 아마도 영혼까지 지탱하기 위해 계획된 곳 말이다.[5]

그곳에 살면서 시더나무 사이를 걸어 다니고 머스캣 포도를 따 먹으며 오후 햇살 속에서 영혼이 확장되는 경험을 할 권리가 있는 사람에게는 확실히 목가적인 풍경이다.

• • •

디칭엄은 케이퍼빌리티 브라운의 작품으로 오랫동안 오인되었다. 브라운은 18세기 조경 건축가로, 우리가 현재 본질적으로 영국답다고 생각하는 대정원 조성과 밀접한 관련이 있다. 그러나 그것은 정원 유행이라는 기나긴 퍼레이드의 일부일 뿐이다. 브라운은 모든 풍경에서 지금과 다른 무언가가 될 수지맞는 가능성을 보았기 때문에 케이퍼빌리티capability라는 별명을 얻었다. 그는 지금까지 살았던 정원 디자이너 중에서 가장 유명하다. 토지 관리인과 하녀 사이에서 태어난 노섬벌랜드 소년이 성공을 거두어 영국의 땅만이 아니라 취향까지 전부 바꿔놓았고, 낙원이 어떤 모습일지에 대한 우리의 생각을 형성했다.

브라운은 프랑스의 영향을 받은 17세기 양식을 쓸어버리고 인위성 대신 자연주의를 새롭게 도입했다. 파르테르 화단, 수로, 수반, 난간, 한때 젠트리 계급의 즐거움이었던 볼링용 잔디밭처럼 현대인은 무척 좋아할 의례적 장식과 딱딱한 선이 사라졌다. 계단을 따라 거품을 부글거리며 졸졸 흐르는 폭포, 공상적인 형태로 손질된 호랑가시나무와 주목도 사라져서 파티에 참석한 사람들이 나뭇잎이 무성한 거인과 반인반마 켄타우로스, 우유 짜는 처녀, 항해하는 배 사이를 돌아다니거나 뱀에게 속아 넘어간 아담과 이브(셋다 진하고 반짝이는 녹색으로 뒤덮여 있었다)를 맞닥뜨릴 일도 없어졌다.

이러한 양식의 변화가 밀턴이 《실낙원》에서 그린 에덴으로부터 깊은 영향을 받았다는 점을 생각하면 브라운이 아담과 이브를 쫓아낸 것은 무척 아이러니하다. 작가이자 정원사인 호레이쇼 월폴은 밀턴이 이미 오래전에 사망했음에도 불구하고 그를 새로운 양식의 창시자로 인정하면서 1770년 영향력 큰 전문 서적《현대 원예에 대하여》에서 이렇게 썼다. "한 남자, 위대한 남자가… 정원에서 보았던 공상적이고 잘못된 장식은 낙원의 기쁨을 심으신 전능하신 손에 걸맞지 않다고 판단했다."[6] 에덴을 야생으로, "다양한 광경을 지켜보는 행복한 시골의 한구석"으로 만든 밀턴의 결정은 브라운이 야생처럼 보이도록 만든 호수와 숲을 100년 앞서 예견했고, 조지 왕조 시대* 유행의 정점이 될 자연주의를 확실히 보여주었다.

그런데 새로운 에덴은 원조의 겉모습만 흉내 내지 않았다. 제발트가 말했듯이 추방되거나 버려진 것은 유행에 맞지 않는 장식만이 아니었다. 소위 말하는 케이퍼빌리티의 제자들은 브라운의 대정원을 만들기 위해 기존 풍경을 물리적으로 갈아엎었다. 그들은 강에 댐을 세워 새로운 호수를 만들고, 늪지의 물을 빼서 완만한 잔디밭을 만들고, 숲을 베어 시야를 확보하고, 다 자란 나무를 옮겨 심어 브라운을 헐뜯는 자들이 푸딩이라고 비웃었던 기교적인 덤불을 만들고, 땅 자체를 새로운 형태로 조각했다.

인간 역시 나무처럼 옮겨 심을 수 있다고 여겨졌다. 헤어우드 하우스, 워릭 캐슬, 오들리 엔드 하우스, 보우드 하우스, 채츠워스 하우스, 리치먼드 파크는 원시적인 경치를 얻기 위해 주민은 말할 것도 없고 모든 대장간과 교회, 여관과 학교를 포함해 크고 작은 마

---

* Georgian: 조지 1세~조지 4세(1714~1830) 시대를 가리킨다.

을을 없애야 했다. 이러한 작업은 수십 년에 걸쳐 조금씩 이루어지는 경우가 많았기 때문에 아직 철거되지 않은 작은 집들이 새로 지은 사치스러운 탑이나 동상이 있는 산책로와 함께 한동안 위태롭게 서 있기도 했다. 더욱 드물게는 지형을 재배치하는 경우도 있었는데, 하워드성에서는 마을 거리가 네 바람의 신전*으로 가는 테라스 산책로가 되었다. 이곳이 바로《다시 찾은 브라이즈헤드》를 각색한 TV 드라마에서 찰스 라이더 역을 맡은 제러미 아이언스가 친구 서배스천이 탄 휠체어를 밀며 걸어가는 곳이다. 호화롭고 정교하게 만들어진 이 작품 덕분에 전쟁으로 멸절된 시골 저택이라는 구슬픈 신화가 수십 년 만에 되살아날 수 있었다.

디칭엄이 브라운의 작품으로 오해받았다면 우리 집 주변 풍경은 그가 세상을 떠나고 몇 세기 뒤에 만들어진 케이퍼빌리티풍이었다. 제발트가 지금 로마 시대에 만들어진 도로를 따라 도보 여행을 했다면《토성의 고리》에서 묘사한 것처럼 칙칙한 숲이 점점이 박힌 텅빈 옥수수밭이 아니라 18세기 풍경식 정원의 완벽한 모조품을 지나쳤을 것이다. 브라운은 이 동네 근처의 수많은 대저택 중 하나인 헤브닝엄 홀을 개선하기 위해 1782년 여기 왔다. 아마 그즈음 우리 집도 튜더 시대 소주택 두 채를 재료로 삼아서 조지 시대 양식으로 다시 만들어지고 있었을 것이다. 정원을 빙 둘러서 벽돌과 골트를 이용해 높은 담을 새로 쌓았다.

---

\* Temple of the Four Winds: 하워드성 정원 끝에 세워진 건물의 이름.

브라운은 정원 개선 계획을 세웠지만 다음 해에 사망했기 때문에 실현되지 못했다. 계획을 실행한 사람은 200년이 훨씬 더 지나서 부동산 회사 폭스톤즈로 돈을 번 부동산 개발업자 존 헌트였다. 그는 1994년 헤브닝엄 홀을 구입했을 때 브라운이 제안했던 개선 계획안을 발견했다. 브라운은 2.7미터 길이의 종이에 나무 8만 그루의 배치를 정확히 기록했다. 헌트는 조경 건축가 킴 윌키의 도움을 받아 바로 이 디자인을 실현했다. 그는 또한 인접한 토지 5000에이커와 건물 여러 채를 구입하여 왕국을 만들었고 윌더니스 리저브라는 이름의 브랜드를 만들었다. 여기서 '윌더니스', 즉 황야라는 단어는 자연적이거나 개발되지 않았다는 현재의 의미가 아니라 아르카디아* 또는 유원지라는 18세기의 의미이다.

정원사의 집, 사냥터지기의 집, 시계탑, 마차 차고, 웅장하고 고전적인 팔라디오식 대저택에 이르기까지 영지의 옛 건물은 모두 휴양지가 되었다. 브라운이 원래 계획했던 조경이 그랬듯이 윌더니스 리저브의 안정적이고 질서 정연한 풍경은 극심한 대변동의 결과였다. 호수를 파고, 나무를 심고, 전신선을 매설하고, 보기 흉한 도로와 농가 마당은 없앴다. 세세한 부분까지 시대착오적인 관심을 기울여 청소 직원들은 빈티지 자동차 모리스 마이너 트래블러를 몰고 우리 집 앞을 끊임없이 경쾌하게 오갔다. 양 떼까지 연출되어 태양

---

* arcadia: 그리스 남부 펠레폰네소스의 주 이름으로, 목가적이고 고립된 곳이었기 때문에 이후 목가적인 이상향을 뜻하게 되었다.

을 등지고 반짝이는 풀밭에 왜곡된 그림자를 드리웠다.

나는 윌더니스 리저브를 거의 매일 가로질렀다. 어디를 가든 그곳을 지나쳐야 했다. 세월에 따른 더러움도 손상도 없었다. 전부 갓 만들어진 듯했고 영국 화가 토머스 게인즈버러의 그림처럼 아무것도 투과되지 않았으며 디즈니랜드처럼 깊이가 없는 필라스터 저택들이 인간이 만든 은빛 거울 같은 호수에 그대로 비쳤다. 그해 가을에 헌트가 몇 년 동안 비어 있던 아름다운 제임스 1세 시대 양식의 저택 콕필드 홀을 샀다는 소문이 돌았다. 나는 나무의사에게서 그 소문을 듣고 다른 사람들에게도 말해주었다. 과연 그가 부른 불도저들이 나타나더니 오랜 목초지에 호수를 하나 더 팠다.

그해 가을, 나는 제발트의 작품 외에도 새로운 사실을 가르쳐주는 영국 학자 존 배럴의 책 《풍경의 개념과 장소의 감각》을 읽고 있었다. 두 책 덕분에 나는 풍경을 통해 표현되며 딱히 숨겨져 있지도 않은 복잡한 권력관계에 눈을 뜨게 되었다. 생각하면 할수록 우리가 지금 살고 있는 18세기 정원의 값비싼 모조품이 일탈이나 예외 같지 않았다. 오히려 우리 정원은 풍경식 정원이 권력을 가진 자와 갖지 못한 자를 뚜렷이 드러내도록 만들어졌으며 실망스럽게도 지난 250년 동안 그 관계가 변하지 않았음을 완벽하게 보여주었다. 풍경식 정원이라는 형태의 낙원에 지배 계층의 이데올로기 전체가 구현되어 있었고, 아직 유행이 지나거나 다시 설계되지도 않았다.

．．．

낙원이라는 말이 그렇듯이 '풍경'이라는 말은 의외로 종잡기 어렵다. 우리는 이 단어가 땅을 직접적으로 가리킨다고 생각하지만 사실은 그림에서 비롯되었다. 그것은 16세기에 네덜란드어에서 나온 전문용어로, 어두컴컴한 숲속의 사냥이나 곡식을 수확한 뒤 빈 밭에 앉아서 점심으로 빵과 배를 먹는 일꾼들 등 시골 풍경을 그린 회화를 가리켰다. 1648년 서퍽 지역의 유언장에서 이러한 용법의 예를 찾을 수 있다. "나는 또한 옷장 속 네덜란드 캐비닛에 들어 있는 금박을 입힌 풍경화를 부인에게 남긴다."[7] 그 이후 연상 작용에 따라 이 단어는 서서 바라볼 수 있는 시골의 경치를 가리키게 되었다.《옥스퍼드 영어사전》에 따르면 1645년에 이러한 용법이 두 군데에서 처음 등장하는데, 그중 하나는 밀턴의《쾌활한 사람》이다. 18세기 중엽이 되어서야 풍경이 특정 지역을, 말하자면 서퍽 풍경이나 소택지 풍경을 가리키게 되었고 시각적 가치라는 개념과 밀접하게 연관되었다.

그즈음부터 화가의 가치관에 따라 땅 자체를 새로운 형태로 바꾸었다. 18세기 풍경식 정원의 가장 유명한 모델은 이탈리아 회화였다. 푸생, 살바토르 로사, 특히 이탈리아에서 활동한 프랑스인 클로드 로렝이 유명했는데, 클로드의 광대한 전원 풍경화는 그의 사망 후 수십 년 동안 조지 시대 잉글랜드에서 널리 유행했지만 부유한 이들 외에는 모작이나 복제화로 만족해야 했다. 클로드의 그림은 비슷한 구성을 되풀이하는 경향이 있었다. 초목이 놀랄 만큼 균형을 이루는 숲과 수로, 산과 골짜기가 불규칙한 층을 이루며 지평선으로 멀어지고 땅은 저녁으로 녹아든다. 그리스 신들의 회합, 시골에서 또는 여행 중에 펼쳐지는 작은 드라마 등 전경에 담긴 행동이 무엇이든 그 매력은 우윳빛 섞인 파란 색조 아래 반쯤 잠긴 환한 소실점 부분에 비하면 부차적이다. 여기저기서 마지막 햇빛을 받아 나뭇잎 하나, 가지 하나가 아름다워지고 인간의 드라마는 그것이 일어나는 무대의 장엄함에 비하면 부수적이고 중요하지도 않다는 느낌을 더해 준다.

클로드의 풍경화가 가장 강력하게 전달하는 것은 영원이라는 공간 안에서 일어나는 일들, 그 영속적이고 안정적인 느낌이다. 〈다리 위의 전투〉처럼 폭력적이거나 무질서한 사건이 일어나고 있을 때에도 마찬가지이다. 이 그림에는 도망치는 목동, 싸우는 군인, 강으로 던져지거나 떨어지는 두 사람이 그려져 있지만 그보다 크게 자리 잡은 평화로운 분위기를 흔들지 않는다. 클로드의 그림은 무척 비정치적이지만 그 사실 자체가 정치적이다. 광대한 경치는 감상자로 하여금 신이 된 것처럼 확장된 시야를 갖게 하고, 그 속에서 인간의 드라마는 자연스럽고 영속적인 것처럼 보인다. 이 분위기는 하루 중 그 사건이 일어나는 때에 의해서 강화된다. 클로드의 풍경화는 대부분 해가 진 직후의 밝은 순간을 그리는데, 아주 잠깐이지만 공기에 금빛 입자가 충만하고 땅에는 마치 유리나 솜사탕을 이용해 더없이 독창적으로 만든 모형처럼 모든 것이 올바르게 자리 잡은 분위기가 맴돈다.

이러한 그림의 인기 덕분에 사람들은 풍경에 새로운 관심을 갖게 되었는데, 숙련된 눈으로 보면 풍경 자체가 클로드의 그림과 같은 선을 드러낸다. 이를 돕는 장치도 있었다. 클로드 글래스라고 불리는 경첩 달린 상자를 열면 작고 까맣고 볼록한 타원형 유리가 있고 그 뒤에 거울이 달려 있었다. 즐기고 싶은 경치를 등지고 이 장치를 들면 축소된 광경이 어둑하게 비쳐 더욱 그림 같아 보였고, 실제 땅에서는 때때로 불만스러울 만큼 부족한 연속성과 신비감을 불어넣었다.

클로드 글래스는 풍경을 말 그대로 그림처럼 보이게 만들었지만 야심만만한 토지 주인은 한 발 더 나아가서 브라운이나 그 비슷한 이들의 도움을 받아 자기 땅을 클로드의 그림처럼 물리적으로 재구성할 수 있었다. 새로 등장한 풍경식 정원은 자연을 그대로 내버려두는 것이 아니라 회화에 이상적으로 그려진 자연의 모습을 모방함으로써 자연의 복제물을 만들었다. 밀턴을 숭배했던 호레이쇼 월폴이 영감을 받아 1770년 8월 2일에 급히 썼던 《현대 원예에 대하여》에서 말했듯이 "탁 트인 시골은 풍경을 디자인할 캔버스일 뿐이다".[8] 시인 알렉산더 포프는 친구였던 역사학자 조지프 스펜스에게 더욱 일찍이, 그리고 더욱 간결하게 이렇게 말했다. "모든 정원 가꾸기는 풍경화 그리기라네."[9] 대정원은 이전 시대의 정원보다 야생적으로 보였을지도 모르지만 월폴의 표현을 따르자면 꾸미고 광을 내고 다듬은 자연이었으며, 가장 부자연스러운 매듭 정원*이나 문장紋章을 넣은 화단만큼이나 인공적으로 만들었다.

간단히 말해서 자연으로의 취향 변화는 수많은 층의 위조, 복제, 개선으로 이루어져 있기 때문에 클로드 글래스가 이상적인 상징이 되었다. 클로드 글래스가 아니라면 아마도 같은 시기의 발명품인 하하**가 그러할 것이다. 하하는 소유자가 자기 땅의 무한한 전망을 바라볼 수 있는 훨씬 더 매혹적인 가능성을 만들어주었고, 실제로는 빽빽하게 경작되고 통제된 땅이 널찍하게 탁 트여 있는 것처럼 보인다.

나에게 하하에 대해 가르쳐준 사람은 아버지였다. 사실 아버지는 특히 풍경식 정원의 즐거움을 우리에게 가르쳐주려고 은밀한 작전을 펼쳐 페트워스, 롱리트, 버글리, 무엇보다도 스토에 데려갔다. 그곳에는 신전, 조각상, 다리, 오벨리스크, 조개껍질로 장식한 작은 동굴들이 있었다. 아버지가 어느 들판에서 강의를 해주었는지 지금은 기억나지 않는다. 하하는 사슴과 가축의 접근을 막으면서도 저택에서 보면 테라스에서 지평선까지 대정원이 끊임없이 연속되는 것처럼 보이게 만드는 도랑으로, 걸어가다가 이 장애물을 발견하면 깜짝 놀라 하하!라고 외친다고 했다. 여동생과 나는 하하에 들어가 조용한 소들을 보다가 뒤로 돌아서 저택을 보는 것이 좋았다. 우리는

---

* knot-garden: 16세기 잉글랜드에서 유행했던 정형식 정원으로, 관목이나 허브 등을 매듭장식 모양으로 식재하고 다듬어 창문에서 내려다보면 복잡한 패턴이 보이도록 했다.
** ha-ha: 정원의 경계에 깊은 도랑을 파서 가축의 정원 진입을 막고 정원에서는 어떤 물리적 방해도 없이 전원을 바라볼 수 있게 하는 시설물. 울타리가 아닌 하하를 이용하면 주변 경관을 정원으로 끌어들일 수 있다. 은장隱墻이라고도 한다.

다양한 장소와 활동을 상상하면서 그때 무슨 옷을 입을지 이야기하는, 그 당시 만들어낸 게임을 했던 것 같다.

월폴의 에세이는 박식하고, 수다스럽고, 재치 있고, 완전히 정확하지는 않고, 취향을 드러내는 글이 다 그렇듯 약간 혼란스럽다(간단히 말해서 매년 인테리어 디자이너 니키 하슬람이 촌스럽다고 생각하는 것 목록을 넣어서 제작하는 티타월과 비슷하다). 그는 이 에세이에서 1730년 하하가 발명되면서 진정으로 영국적인 정원이 처음 만들어졌다고 주장한다.

이 단순하지만 마법 같은 시설이 만들어지자마자 땅고르기, 잔디 깎기, 땅 다지기가 시작되었다. 은장 바깥의 대정원에 인접한 토지는 은장 안쪽의 잔디와 조화를 이루어야 했다. 그리고 정원은 그 바깥의 더욱 야생적인 시골과 어울리려면 꼼꼼한 질서에서 자유로워져야 했다. 은장은 정원의 경계를 확정했지만 깔끔한 것과 거친 것 사이에 지나치게 뚜렷한 선을 긋지 않도록 인접한 외부 지역이 전체 디자인에 포함되었다. 자연을 계획에 넣자 개선 공사하에 실시된 모든 단계가 새로운 아름다움을 가리키고 새로운 아이디어를 불러일으켰다.[10]

나는 이 문단을 여러 번 읽고 나서야 무엇이 이상한지 깨달았다. 활동하는 주체가, 땅고르기와 잔디 깎기, 땅 다지기 작업을 수행하는 개인이 없다. 그냥… 이루어진다. 수동적으로, 마치 정해진 것처럼. 영국 초대 총리 로버트 월폴의 아들 호레이쇼 월폴은 나중에 휘그당*의 역사관이라고 알려지는 것을 자세히 설명한다. 즉 시간은 계속해서 개선되면서 잘못된 방향으로 가지도 않고 부담해야 할 비용도 없이 오로지 문명의 정점인 진실과 미를 향해 흔들림 없이 상승할 뿐이다. 자연스럽게. 마치 정해진 것처럼.

스토만큼 강렬하게 보여주지는 않더라도 18세기 정원은 대부분 이러한 사고방식의 산물이다. 스토에 있는 '고대의 미덕과 영국의 명사名士에게 바치는 사원Temple of Ancient Virtues and British Worthies'에서 아리스토텔레스와 플라톤의 흉상은 사라지고 그들의 확실한 후계자인 셰익스피어와 밀턴이 등장한다. 애실은 참 대단한 자신감이라고 말했지만 그것은 또한 일종의 속임수가 아니었을까? 자신이 생각하는 이미지에 따라서 땅의 형태를 바꾸고, 그 중심에 살면서 전망을 소유하려고 다시 정리하는 것. 자연을 너무나 감쪽같이 위조해 지금도 그 풍경과 그것이 구현하는 권력관계가 있는 그대로의 모습이며, 자연적이고 영원하고 무척 마음이 놓이는 광경이라고 착각하게 만든다. 실제로는 한때 공용지였던 곳을 강탈했는데도 말이다.

• • •

핼러윈에 보름달이 떴고 새로운 봉쇄 조치가 발표되었다. 나는

---

\* Whig: 17세기 후반에 상공업 계급을 기반으로 만들어진 영국 최초의 근대 정당으로, 이후 자유당이 되었다.

자두나무 아래에 프리틸라리아와 분홍색, 흰색이 섞인 레이디 튤립 툴리파 클루시아나를 심었다. 역시 정원을 가꾸는, 마크의 또 다른 옛 지인이 우리 집을 찾아왔다. 매트는 나와 함께 정원을 돌면서 어떤 식물이 무엇인지 알려주고 어느 것은 되살릴 수 없는지, 어느 것은 가지치기를 하면 살릴 수 있는지 경쾌하게 조언해 주었다. 그가 떠난 뒤 나는 메모를 하면서 그의 말을 전부 기억하려 애썼다. 그때는 매트가 우리 정원의 부활에 얼마나 중요한 역할을 할지 알지 못했다.

며칠 뒤 미국 대통령 선거가 실시되었다. 6시에 일어나 보니 트럼프가 앞서는 것 같았다. 나는 지난 5년간 정치에 푹 빠져서 파시즘으로의 전환에 대한 책을 연달아 두 권 썼고, 20세기의 파편을 파헤치면서 다른 세상을 위한 단서를 찾으려 애썼다. 나는 정원을 현실 도피처로 생각한 적이 없었지만 현실의 다른 측면을 보는 눈을 키우는 방식이라는 생각은 했다. 지금은 연약한 측면, 끊임없이 파괴할 수 있는 측면을 보는 것 같았다.

첫서리가 내려 풀잎마다 은빛 옷을 입었다. 나는 핸드폰 화면을 이리저리 바꾸며 보다가 토스트를 태웠다. 흠잡을 데 없는 아침이었다. 나뭇잎이 떨어지면서 빛이 더 많이 들어왔지만 그래도 내 기분은 나아지지 않았다. 사람들에게, 그리고 우리가 아무도 살 수 없는 곳으로 만들려고 이토록 애를 쓰는 광대하고 연약한 세계에 어떤 지옥이 펼쳐지려는 걸까? 나는 어머니의 정원에서 캐온 가우라를 심은 다음 핸드폰만 들여다보지 않으려고 잡초를 뽑기 시작했다.

바깥세상이 서서히 물러가고 일상의 에피파니*가 찾아왔다. 꿩이 우주 시대를 연상시키는 에메랄드와 브론즈빛 옷을 입고 내려앉았다가 다시 솟구쳤다. 새들이 뽕나무에서 재잘거렸다. 나는 지친 물망초와 민들레를 뽑았다. 누군가 우리 담 너머 대정원에서 총을 쏘고 있었다. 논쟁을 좋아하는 떼까마귀들이 빙빙 돌면서 절차에 문제를 제기하며 통합의 기회를 제안했다. 나는 화단에서 아티초크와 커다란 절굿대에 침투한 뽕나무버섯을 찾아냈는데 둘 다 버섯의 존재가 별로 괴롭지 않은 듯했다. 공기는 잘 익은 무화과나무 향기로 묵직했다. 정원은 너무나 아름답고 자꾸만 변해서 눈을 떼기 힘들었다. 이 역시 현실임을 부인하는 것은 얼마나 오만한 일인가.

봉쇄는 자정에 시작한다. 내가 목욕을 하는 동안 개표 상황이 몇 번 뒤집혔고, 욕실에서 나와 보니 위스콘신주의 결과가 나왔다. 선거는 그런 식으로 며칠을 질질 끌었다. 마지막 주가 파란색으로 물들었을 때 나는 다시 정원에서 갈퀴로 낙엽을 긁어모아서 부엽토를 만들려고 자루에 담고 있었다. 바이든의 승리가 선언되었고 그와 함께 끊임없이 불안했던 4년이 끝났다. 이상하고 만화 같은 느낌이 들었다. 사악한 마녀가 녹아내려 바닥에 축축하게 젖은 빨간 타이와 흉한 가발만 남아 있었다. 나는 지평선이 새롭게 열린 느낌을 만끽하면서도 믿을 수가 없었다.

---

\* epiphany: 원래 신적인 것의 출현을 뜻하는 말로 본질이나 의미의 갑작스러운 깨달음을 나타내기도 한다.

한 시대가 다른 시대를 그대로 복제하지는 않지만 나는 분명 트럼프가 국경에 세운 담을 보면서 개선된 대정원과 그것이 상징했던 바를 더욱 날카롭게 인식하게 되었다. 배제의 언어를 암호화하지 않고 또렷하게 말하는 시대가 되면 우리는 위장된 형태의 배제에 대해서도 더욱 주의하게 된다. 개선 공사는 너무나 다양한 형태로 이루어지며 풍경을 아주 철저하게 바꾸었고, 나는 그로 인해 강탈당하는 기분이 어땠는지 알고 싶었다. 그 점에서 나는 운이 좋았다. 누군가가 그 장면을 가슴 아파 하며 지켜보았고, 게다가 틈틈이 시간을 내서 종이를 슬쩍하고, 견과류 즙과 빗물에 적신 녹청으로 잉크까지 만들어 자신이 본 것을 기록했기 때문이다.

나는 시에서 존 클레어의 이름을 처음 보았다. 미국 시인 시어도어 로스케의 〈폐쇄 병동에서 들었네Heard in a Violent Ward〉라는 짧은 시였는데, 천국에 가도 정신병원에 갇히는 것과 같지만 시인들과 함께 식사하고 욕할 수 있다면 썩 나쁜 운명은 아니라는 내용이다. 그러면서 시인들을 쭉 나열하고 "그리고 그 다정한 사람 존 클레어"[11]라는 말로 끝난다. 이 구절이 기억에 남았기 때문에 내가 노샘프턴셔의 농민 시인에 대해 제일 먼저 알게 된 점은 다정한 성격과 광기였다. 그는 문학의 전당에서 북적거리는 다른 작가들과 전혀 달랐다.

그는 케이퍼빌리티 브라운이라고 하면 연상되는 정원인 버글리 근방의 헬프스턴 소택지에서 1793년에 쌍둥이 중 하나로 태어나 혼자 살아남았다. 그의 아버지 파커 클레어는 농부였지만 농사를 짓느라 류머티즘에 걸려서 점점 더 일을 하기 힘들었다. 클레어 가족의 가장 믿음직한 자산은 골든 러셋 사과나무 한 그루로, 풍년에는 그 열매로 집세를 충당했지만 수확량이 줄어들고 식료품 가격은 올랐기 때문에 좋은 해보다 좋지 않은 해가 더 많았다. 클레어는 조상을 찾아보았지만 "정원사, 교구 서기, 바이올린 연주자"[12]보다 지위가 높은 사람은 찾을 수 없었다.

클레어는 꿈이 많고, 공상을 좋아하고, 야심만만하고, 고집이 세고, 재능이 무척 뛰어난 소년이었지만 자주 기절했고 종종 정신없이 휘몰아치는 생각에 빠졌다. 그는 자신의 젊은 시절에 대해 설명하면서 끈질긴 일꾼이라고 말한 적이 있지만("제일 약한 축에 속했으나 고집이 세고 참을성이 있었다"[13]) 더욱 솔직할 때는 나태하고 소심해서 돈 받고 하는 일에 걱정스러울 만큼 부적합했다고 인정했다. 여유가 있을 때는 학교에 다녔지만 더욱 시급한 농사 일정이 생기면 그가 당대의 특징적인 은유를 이용해서 '개선'이라고 부른 배움에 대한 열정을 중단해야 했다(냉소적인 이웃들은 그의 독서 습관이 "빈민 수용소에 맞는 바보를 만드는 것일 뿐 다른 개선은 아니"[14]라고 생각했다).

밭은 의무와 여가의 공간이었다. 클레어는 1년 열두 달 중 아홉 달 동안 하늘 아래에서 잡초를 뽑고, 말을 돌보고, 새를 쫓고, 아버지와 함께 아이만 한 도리깨를 휘둘렀지만 영양불량 때문에 성인이 되어서도 152센티미터를 넘지 못했다. 밭일의 즐거움은 혼자서나 다른 사람들과 함께 몰래 빠져나가는 것이었다. 그는 두더지가 만들어놓은 흙 두둑에 털썩 누워 곤충과 새를 관찰하고, 꽃과 둥지를 찾아다니고, 개울에서 낚시를 하고,《빨강 두건》이나《배달부 롱톰》같은 싸구려 소설을 읽고, 어머니가 설탕이나 차를 쌌던 갈색 혹은 파란색 종잇조각에 펜글씨를 연습했다.

클레어는 열두 살에서 열세 살 무렵 학교를 아예 그만두고 이웃집에서 쟁기 끄는 일을 했다. 고용된 일꾼으로서 썩 나쁘지 않은 노동을 하던 그해에 자신의 미래가 보이기 시작했다. 그는 젊은 직공이 빌려준 스코틀랜드 시인 제임스 톰슨의 장편 시 〈사계〉의 일부를 읽고 감명받아 아버지에게 돈을 달라고 졸라 스탬퍼드까지 약 8킬로미터를 걸어가서 시집을 샀다. 일하는 날이었지만 그는 시가 너무 읽고 싶어 들키지 않으려고 버글리 파크 담에서 뛰어내려 자리를 잡았고, "시집을 읽고 대정원에서 솜씨 좋은 자연의 아름다움을 보고 나서 집으로 돌아가는 길에 그것을 묘사하는 시를 지으려고 애썼다".[15] 클레어는 나중에 그 시를 종이에 적었다. 완벽하지는 않았지만 그의 첫 작품이었다.

물론 그가 감탄했던 "솜씨 좋은 자연"은 케이퍼빌리티 브라운이 만든 것이었다. 브라운은 1754년 버글리에 도착해 25년 동안 버글리 파크를 디자인하고 다듬었다. 버글리 관광 안내서에 따르면 그는 천재성을 발휘하여 "무형의 덩어리에 대해 골똘히 생각한 다음 언뜻 야생처럼 보이는 것으로부터 지금과 같은 질서와 감미로운 조화를 끌어"냈다. 클레어는 버글리 파크의 담에서 뛰어내린 지 얼마 되지 않아 정원사의 조수가 되고 싶어서 아버지와 함께 이 조화로운 곳을 다시 찾아갔다. 그는 일주일에 7실링을 받고 3년 동안 견습생으로 일하면서 채마밭에서 저택으로 양상추와 콩을 혼자 배달하는 일을 맡았다. 하지만 오래가지 않았다. 난폭하고 자주 술에 취하는 수석 정원사가 무서웠고, 꽃을 정말 사랑했지만 "늘 똑같은 정원에 질렸다".[16]

글을 쓰거나 생각에 잠길 수도 없었다. 왠지 바깥에 나가 버글리의 연철 대문 너머 다양한 풍경과 얼룩덜룩한 히스, 경작지와 휴경지, 그가 자란 숲과 개울 속에 있어야만 글이나 생각이 떠오르는 것 같았다. 대정원이 솜씨 좋게 만들어졌을지 몰라도 그는 투박하고 자유로운 제멋대로의 자연을 더 소중하게 여겼다. 클레어는 세련된 동시대인들과 달리 자연을 무형의 덩어리로 보지 않았고 당당하고 압도적이고 질서 정연한 전망을 발견하는 것에도 관심이 없었다. 그는 풀밭에 엎드려서 온갖 것들이 우글거리는 미시적인 세계로 황홀하게 헤엄쳐 들어가는 것을 더 좋아했다. 클레어의 시를 만들어낸 것은 이렇게 몰입하며 자연을 바라보는 시선이었다. 그는 걸어다니면서 시를 중얼거렸고 쭈그리고 앉아서 모자 테두리에 시를 적었다.

다음은 클레어가 부르는 들판의 노래로, 그 안에 담긴 하루만큼이나 상쾌하다. 무엇도 다른 것을 몰아내지 않고 모든 것이 서로 섞여 있다.

평평하게 펼쳐진 들판의 다양한 색깔은 지도에 칠해진 여러 가지 색처럼 서로 다른 색조의 밭과 교차하여 격자무늬를 만드니, 꽃이 핀 클로버의 구릿빛, 익어가는 건초의 햇볕에 그을린 녹색 그리고 밀과 보리의 밝은 색조가 태양처럼 눈부신 노란 들갓과 섞이고, 노을을 닮은 진홍색 개양귀비가 파란 수레국화와 어우러져 커다란 시트처럼 화려한 색으로 대지를 덮고 그 파괴적인 아름다움으로 곡물 밭을 어지럽힌다.[17]

자세한 묘사가 계속 쏟아져 나오면서 찬양이 끊이지 않는다.

클레어는 버글리를 떠난 뒤 닥치는 대로 일했다. 열여덟 살에 민병이 되었지만 곧 그만두었고, 소중히 여기던 《실낙원》을 가지고 제대했다. 그는 천사들이 불타는 칼을 들고 아담과 이브를 에덴에서 쫓아내는 마지막 부분에서 항상 울었다. 그것은 많은 면에서 클레어의 인생 이야기 같았다. 다음 해에 클레어 가족이 살던 소주택이 새로운 집주인에게 넘어갔고, 새 주인은 곧 집과 정원을 나누어 네 가구에 임대하고 방 하나밖에 안 되는 집의 월세를 30실링에서 4기니*로 올렸다.

빚이 점점 더 쌓이고, 집세도 내지 못하고, 그의 부모는 수치스럽게도 교구의 원조를 받는 신세가 되었다. 그는 석회암을 태워 석회를 만드는 하얗지만 더러운 일을 했고 그사이 사랑에 빠졌다. 하지만 결혼 자금이 없었으므로 때가 좋지 않았다. 클레어는 항상 밭에

---

* 1기니는 21실링이다.

서 틈틈이 시간을 내려 하고 세상에 자기 시를 보내려고 애썼지만 그의 시는 말하자면 구두 수선공의 밀랍으로 봉인한 더러운 봉투에 담겨 있었기 때문에 보내기가 쉽지 않았다. 그의 태생은 불리했지만 독특한 자산이기도 했다. 숲이나 계절에 대해 시를 쓰는 시인 중에서 클레어처럼 반짝이는 명료함을, 그의 열중한 눈처럼 정확한 시선을 가진 사람은 아무도 없었기 때문이다.

그러다가 1820년에 운명이 바뀌었다. 그는 패티와 결혼했고 회색 봉투에 담긴 그의 시가 발표되어 어렸을 때 꿈꾸었던 찬사를 받았다.《시골 생활과 풍경을 묘사하는 시 Poems Descriptive of Rural Life and Scenery》는 한 해 만에 3000부나 팔렸는데, 동시대 낭만주의 시인 존 키츠보다 훨씬 많은 판매량이었다. 그는 지역 지주인 밀턴 홀의 피츠윌리엄 경과 버글리에 저택을 둔 엑서터 후작으로부터 연금을 받았다. 이제 존 클레어는 런던을 오갔고 유명한 시인이자 자칭 시골 광대가 되었다. 그는 발치까지 내려오는 검정 코트를 빌려 입었고 안에 입은 옷이 부끄러워서 아주 더운 방에서도 외투를 벗지 않았다. 당시 빵보다 쌌던 맥주를 질리지도 않고 좋아했다. 아, 세상에라고 중얼거리며 밤의 도시를 배회했고 납치범과 도깨비가 너무 무서워서 불 꺼진 거리를 지나가지 못했다. 그는 술에 취한 채 마차에서 내려 아내에게 돌아갔다. 아내는《한여름밤의 꿈》에서 피터 퀸스가 당나귀로 변한 친구를 봤을 때처럼 가엾어라, 당신은 아주 변해 버렸구려라고 생각했을지도 모른다.

두 세계를 오가면서 비난과 찬사라는 변덕스러운 바람을 견뎌내고 운명이 이끄는 대로 움직이며 그 장난에 놀아나는 것은 쉬운 일이 아니고, 이미 질질 끌려다니던 클레어는 가끔 모든 것을 놓아버렸다. 건강이 악화되고, 기분은 가라앉고, 죽음에 대한 생각에 시달리고, 우울증이라는 악마에게 쫓기고, 사흘 밤 동안 꿈에서 지옥을 보았다. 책이 계속 나왔지만 전작만큼 성공을 거두지 못했고, 소주택에는 아픈 아기가 하나둘 늘어가고, 아직도 겨울 밭에서 일하는 노샘프턴셔의 농민 시인은 무척 특이했지만 원래 지위에서 벗어나지 못했다. 너무 멀리 가버려서 집으로 돌아올 수 없는 의심스럽고 불안한 인물이었다. 그는 이렇게 썼다. "나는 너무나 오랫동안 고난과 희망을 안고 세 들어 살았다."[18]

이 모든 것이 사실이지만 클레어 본인의 생각에 따르면 가장 큰 타격을 받은 때는 그의 시가 출판되기 전, 헬프스턴 인클로저 법안이 통과된 1809년이었다. 인클로저는 또 하나의 대대적인 개선 작업으로, 이번에는 농지를 개선한다는 명목하에 역시나 사적 이익을 위해 땅을 인수하고 사람들을 무자비하게 쫓아냈다. 헬프스턴을 포함해 여전히 많은 곳에서 실행 중이던 중세의 공동경작 농사 체계에서는 한 마을이 두세 개의 거대한 밭으로 둘러싸여 있고 밭은 다시 여러 개의 소작지로 나뉘었다. 이 밭에서 돌아가면서 공동으로 농사를 지었기 때문에 항상 경작지와 휴경지가 공존했다. 그 너머의 미개간지는 일꾼들이 가축을 방목하거나 꼴과 장작을 구하는 공유지나 황무지, 즉 소택지나 황야, 늪지처럼 농사를 지을 수 없는 땅으로 분류되었다.

인클로저는 본질적으로 사유화 과정이었고, 새로운 법을 쏟아내며 토지 강탈을 정당화했다. 원래 공유지였던 밭을 수백 년 동안 소작을 부치던 노동자들로부터 빼앗아 땅 주인을 위해 사유지로 나누고 울타리를 쳤다. 한때 밀턴이 주장했던 것처럼 공유지와 황무지를 처음으로 개간하여 공유지에 생존이 걸린 사람들을 이곳에서 강제로 쫓아냈다. 이미 몇 세기 동안 많은 지역에서 사적 계약에 의해 이러한 변화가 조금씩 일어나고 있었지만 클레어는 의회 인클로저가 절정에 이르렀던 시기에 태어났다. 의회 인클로저는 중세의 토지 구획이 조금도 변하지 않았던 지역에서 토지 소유와 사용을 재조직하는 무척 조직적이고 공식적인 장치였다.

의회 인클로저는 토지를 더욱 합리적으로 사용하고, 제각각이었던 체계를 폐기하고, 소유주의 이익을 극대화하도록 토지를 정리하여 농업을 현대화하기 위한 것이었다. 이런 면에서 의회 인클로저는 대정원화와 유사했다. 실제로 인클로저는 가끔 대정원에 토지를 제공하거나 임대료를 올리는 방식으로 자금을 제공했다. 인클로저와 대정원화 모두 기존 풍경과 그것에 의존하는 사람들을 무시하고 인간적 요소를 철저히 벗겨낸 권력의 풍경을 만들고자 했다. 1761년에 조지 3세가 즉위한 뒤 1845년에 일반 인클로저 법안이 통과될 때까지 약 4000건의 인클로저 법안이 통과되어 500만 에이커가 넘는 공동경작지, 공유지, 황무지를 개인이 소유하고 경작하게 되었는데, 이는 오늘날까지도 꾸준히 계속되고 있는 사유화 과정이다.

클레어가 살던 시대에 인클로저가 가장 가난한 농사꾼들에게 얼마나 심각한 영향을 끼쳤는지는 아직도 역사학자들 사이의 논쟁으로 남아 있다. 증거를 제시하는 소작인과 평민에게 보상해 주는 제도가 있었고, 일부 지역에서는 일자리가 증가하여 적어도 인클로저가 물리적으로 재구성되는 동안 일시적이나마 토지에 대한 권리 상실의 영향을 상쇄했다는 것은 사실로 보인다. 그러나 인클로저는 "대지주가 일반 사람들의 땅을 스스로에게 선물하여 사유지로 삼은"[19] 일종의 강탈이었다는 마르크스의 주장이나 "토지 강탈자들은… 그럴 힘이 있다는 것 외에는 아무 명목도 없이 동포의 유산을 대놓고 빼앗고 있었다"[20]는 조지 오웰의 주장에 동의하든 그렇지 않든, 공동경작지의 인클로저는 그 땅에서 일하거나, 그 땅을 알거나, 그 땅에 의존했던 사람이 아니라 그 땅을 소유한 자만이 토지에 대한 확고한 권리를 가진다는 고통스러운 사실을 드러냈다. 역사학자 E. P. 톰슨의 《영국 노동 계급의 형성》에서 마지막 항변의 목소리를 인용하자면 그것은 "농업 생산수단과 관습적 인간관계를 훼손하는 길고 세속적인 과정의 정점"[21]이었다.

나는 톰슨의 말에 동의하지만 근본적으로 경제적인 이 설명을 클레어가 절망한 이유로 볼 수는 없다. 인클로저는 대정원화와 마찬가지로 사회질서뿐 아니라 지리적 질서를 재편성했다. 공유지와 황무지를 없애고, 소택지를 간척하고, 언덕을 평탄화하고, 숲을 벌목하고, 강의 방향을 바꾸고, 시냇물을 막고, 들판을 나누고, 울타리와 생울타리를 치고, 도로를 놓고, 소로를 폐쇄하는(헬프스턴 인클로저 법안의 표현에 따르면 "지나치게 많거나 불필요하기 때문에 폐쇄 혹은 파괴"했다) 이 모든 행위는 또 다른 관계를 훼손했다. 바로 클레어가 스스로 그 일부라고 생각하며 애정 어린 마음으로 지켜보고 있었던 생태적 연속체였다.

클레어는 어렸을 때 에먼세일스 히스에서 길을 잃었던 경험을 쓴 유명한 글에서 가시금작화를 따라 걷다가 "나의 지식을 벗어났고 그러자 야생화와 새들도 나를 잊은 듯했다"[22]라고 썼다. 여기서 지식knowledge은 익숙한 땅, 자신이 아는 곳이라는 뜻이지만 이 말은 또한 존 배럴이 주장했듯이 지식 자체가 장소의 기능임을 암시한다. 즉 어떤 장소의 사물을 알고 이해하는 능력은 어떤 방식으로든 그곳에 뿌리를 내리고 집처럼 편안하게 지낸 결과이며, 더욱 놀랍게도 이 편안한 감각은 상호적이다. 즉 우리만 장소를 아는 것이 아니라 장소 역시 우리를 안다.

내 입장에서는 이치에 맞는 사고방식이었다. 내가 정원에서 식물을 하나하나 알아가는 것도 바로 그런 일이었으며 나는 그렇게 함으로써 이곳에 나 자신을 묶어두고 있었다. 나는 밤에 잠들기 전 종종 머릿속으로 정원을 돌아다니면서 흰붓꽃 뿌리를 어디에 심을지, 새 연못을 어디에 팔지 정하기도 하고 그냥 이 나무 앞에서 저 나무 앞으로 자리를 옮기면서 완전한 고요에 빠지지 않은 저 바깥의 어둠 속에 있을 목련과 뽕나무를 상상했다. 내가 새로운 식물을 발견하고, 살펴보고, 결국 무엇인지 알아낼 때마다 형체 없는 공간에 태피스트리를 한 땀 한 땀 엮어 넣는 셈이었다. 평범한 초목은 단순히 알아볼 수 있는 개량종이나 원종이라서가 아니라 독특한 역사와 겉모습을 가진 개별적인 존재이기 때문에 고유한 초목이 되었다. 그러면서 나 역시 바뀌었고, 내 역사와 정신적 풍경이 확장되어 내가 만들고 있는 정원을 에워쌌다.

클레어가 지식을 상호적인 것으로 이해했다는 사실은 그가 사랑했던 풍경이 갈갈이 찢어지는 것을 보면서 절망하고 괴로워했던 이유를 설명해 준다. 클레어가 사랑했던 스위디 웰, 배로스, 랭리 부시, 리 클로스 같은 곳들이 전부 파괴되었고 오크나무와 물푸레나무가 작은 숲을 이루던 곳에 개암나무 한 그루만이 "쓸쓸하게"[23] 남았다. 그는 "내가 좋아하는 곳은 모두 불행을 맞이했다"[24]라고 썼고, 시를 쓸 때마다 그 풍경으로 돌아가 이제 사라진 아름다움을 집요하게 다시 만들어내고 파괴와 오염을 한탄했다. 그에게는 보이지만 인클로저 찬성자들에게는 보이지 않았던 것은 바로 사물들 사이의 섬세하고 복잡한 연결이었다. 관계가 훼손되었고, 바라볼 경치나 심미가들이 소중하게 여기는 전망은 물론이고 단순한 생계 수단보다도 더 중요한 것을 잃었다.

스위디 웰을 도로 수리용 석재를 캘 채석장으로 바꾸면 그 손실은 다른 수많은 종에도 영향을 끼친다. 이 사실을 처음으로 분명하게 말한 사람이 클레어였고, "힘없는 원을 그리며 날아다니지만 / 꽃을 찾지 못하는"[25] 벌들은 앞으로 몇 세기 동안 개선이라는 미명하에 진행될 파괴를 알리는 전령이다. 에덴은 침범당했다. 심지어 클레어는 배고픈 시절에 일자리가 없어서 산울타리를 심고 울타리를 쳐서 탁 트인 신비로운 땅을 격자 모양의 사유지로 바꾸는 작업에 참여해야 했다.

· · ·

내가 클레어에게 끌린 가장 큰 이유는 그의 고난에서 정원이 묘한 역할을 했기 때문이다. 흔히 클레어의 시는 위험에 처하거나 파괴된 풍경을 끊임없이 다시 만들어내는 구원의 작품이라고 말한다. 클레어는 시에서 잃어버린 장소와 거기에서 자라던 식물들을 기억하고, 또 후대를 위해 질리플라워, 래즈러브, 클리핑 핑크, 블러드 월 등 그 식물들을 가리키는 멋진 노샘프턴셔 방언을 남긴다. 황갈색 줄무늬가 풍성한 블러드 월은 내가 화분 창고 앞에 심은 꽃무가 분명하다. 클레어의 설명이 너무나 정확해서 400년이 지난 지금도 그의 시와 편지에 나오는 야생화나 정원의 꽃이 무엇인지 알 수 있다.

그러나 인클로저 이후 클레어는 또한 에덴을 재건하거나 적어도 반짝이는 파편을 모아 안전하게 지키려고 물리적으로 노력했다. 정원을 자신의 시와 비슷한 일종의 방주로 만들었던 것이다. 그는 친구 립, 즉 화가 에드워드 빌리어스 리핑길을 집으로 초대하는 유혹적인 편지에서 이렇게 말한다. "우리 집 뒷문 앞에 작은 정원이 있는데 거기에 꽃을 빽빽하게 심었네. 나는 어리석을 만큼 꽃을 좋아하고 현재로서 큰 성과는 없지만 플로리스트가 되려고 야심 차게 노력 중이기 때문이지."[26]

당시 플로리스트란 꽃을 파는 사람이 아니라 키우는 사람을 뜻했고, 클레어는 시의 인기가 떨어지자 꽃들 사이에서 피난처를 찾았던 듯하다. 그의 방대한 장서에는 원예 서적이 가득했고 버글리에서 견습생으로 일할 때 받은 임금으로 샀던 원예가 존 애버크롬비의 책들도 있었다. 클레어가 1824년 9월 6일 월요일(비 예보가 있었지만 무척 더운 날이었다)부터 쓰기 시작한 일기장은 건강 상태와 독서 기록장이자 자연주의자의 노트, 서신 왕래 기록장을 합쳐놓은 것인데 그의 정원에 대한 설명도 있다.

나는 그 일기장을 읽는 것이 무척 좋았다. 클레어가 히아신스 구근을 캔 날이나 블랙손 꽃이 핀 날을 적어둔 것을 발견하면 나도 A5 크기의 까만 공책에 그런 내용을 기록하기 때문에 친근한 느낌이 들었다. 당시의 10월은 지금의 10월과 크게 다르지 않아서 "옹기종기 모인 작은 별 같은 꽃이 잔뜩 달린"[27] 참취꽃이 피고 가시칠엽수가 잎을 떨어뜨려 "나무줄기 주변에 노랗게 잔뜩 흩어져 있다".[28] 클레어는 산책하다가 발견한 것을 기록했고 〈야생화 정원A Garden of Wild Flowers〉이라는 시 발췌집, 또는 "발음도 힘든 단어를 모아둔 어려운 별명 체계"[29]인 린네의 분류법이 너무 싫어서 영어로만 된 식물학 책을 쓰는 공상을 했다. 10월 말이면 그가 바라던 초콜릿색이나 커피색은 아니지만 짙은 적자색, 담황색, 종이 같은 하얀색, 보라색, 장밋빛, 진노랑색 국화가 피었다.

국화는 정원에서 키우는 화초였고 클레어가 헛간에 직접 만든 계단식 화단에서 키우는 아우리쿨라도 마찬가지였지만 그의 정원에는 산책 중에 캐온 야생화도 있었다. 옥스니숲에서 캔 윤엽왕손, 수반에 넣은 노란 수련, 축축한 구석에 심은 동의나물, 가장자리에 회양목을 심은 화단의 수많은 고사리. 1월에 클레어는 두더지가 쌓아놓은 흙 두둑에서 화단에 넣을 흙을 가져왔고, "고개를 내미는"³⁰ 노란 투구꽃(클레어가 좋아하는 단어)과 진홍색 데이지 등이 올라오기 시작한다고 적었다. 그는 정원에 매자나무 홉지吸枝*를 옮겨 심었고 다음 달에는 스위디 웰에서 캐온 헤더 덤불을 옮겨 심었다. 그다음에는 터닐스 히스에서 가시금작화 덤불을, 또 애일스워스 히스에서 헤더와 가시금작화를 더 캐왔고, 그다음에는 붓꽃, 프림로즈, 유럽오리나무 그루터기를 옮겨 심었다.

이런 식으로 정원을 가꾸는 것이 드문 일은 아니었지만 클레어가 갔던 장소와 가져온 식물은 그의 인클로저 비가悲歌와 무척 밀접한 관련이 있다. 클레어의 정원은 매년 마을 아이들이 들판의 꽃을 따서 잔디에 꽂아 만드는 '한여름 쿠션'의 살아 있는 버전이었는데, 그는 이 관습을 무척 좋아해서 출간되지 않은 마지막 시집의 제목으로 삼았다. 잔디에 꽂는 것보다 정원에 심으면 더 오래 보존할 수 있었고, 잃어버린 것의 막대함에는 못 미쳤지만 클레어는 정원 덕분에 야생의 황홀함을 한동안 지킬 수 있었다.

한번은 클레어가 식물채집을 나갔다가 침입자로 오인받았고 새

---

* sucker: 식물의 뿌리 관절에서 자라 땅을 뚫고 올라온 줄기.

로 온 "간수들"이 숲을 "감옥"[31]으로 만들었다고 분개하며 썼다. 가끔 그는 나무를 해방시켜 다른 곳에 심었다. 고사리 채집 열정은 난초에 대한 열광으로 바뀌었다(그의 기록 중에는 쿠쿠, 비, 스파이더, 릴리 리브드, 스포티드, 밀리터리, 피메일, 레드 맨, 그린 맨 등 난초 이름 목록도 있었다). 클레어는 난초를 채집하다가 철도 계획을 세우는 사람들을 보고 조지 엘리엇의 소설《미들마치》의 농장 일꾼들처럼 격분했다. 철도는 라운드 오크 스프링과 로이시스 우즈의 한가운데를 가로지를 예정이었다. 클레어는 절망에 빠져 새로운 약탈 행위를 기록했지만 조지 엘리엇이 무척 재미있다고 여겼던 소설 속의 시골뜨기들과 달리 건초용 쇠스랑을 들고 덤벼들지는 않았다.

일기는 1년 후에 멈추었다가 1828년에 다시 이어졌고 건강이 나빠졌다는 말이 두 번 적혀 있었다. 1832년이 되자 클레어는 몸이 무척 아프고 마음이 너무 괴로워서 그를 걱정하는 친구와 후원자들의 도움을 받아 헬프스턴에서 약 5킬로미터 떨어진 노스버러에 소주택을 얻었다. 커다란 정원과 과수원이 있었지만 클레어는 이사를 하느라 완전히 무너진 것 같았고 안 그래도 괴롭히던 상실감과 이질감이 더 커져서 한층 힘이 들었다. 노스버러는 단단한 소택지 가장자리에 위치했기 때문에 땅이 달랐다. 산책을 즐길 숲도, 히스나 가시금작화 덤불도 없었으므로 인클로저로 인한 파괴도 아직 극복하지 못했는데 남은 파편조차 사라졌다. 가끔 클레어는 인클로저가 자신의 에덴을 망가뜨렸다고 비난했고 때로는 이사를 잘못했다고 생각했지만 한편으로는 성인이 된 결과일 뿐이며 차갑고 꾸밈없는 현실을 자각하게 된 것이라고 애써 생각하기도 했다. "아, 인생과 함께 낙원이 시작되지만 세상을 알면 황야가 드러나는구나."[32] 여러 해 전 클레어는 어린 시절의 시골 축제에 대한 글에 자전적인 이야기를 엮으며 이렇게 썼다. "분명 에덴동산은 우리 인류의 시조가 세상에 태어난 것이며 그들이 세상에 대한 지식을 얻으면서 에덴동산을 잃은 것이 분명하다."

세상은 그와 함께 점점 더 병들어갔다. 클레어가 노스버러에서 쓴 편지들은 불안과 사과, 두 종류로 나뉘었다. 나는 몸이 좋지 않습니다. 미안합니다. 점점 악화되는 건강. 그는 자신을 짐말에 비교하면서 이제 앞으로 "힘든 여정과 나쁜 날씨"[33]밖에 없다고 말한다. 클레어는 눈을 뜬 채 악몽을 꾸었다고 쓰지만 아직까지는 편지에 가끔 꽃이 들어 있다. 그는 오래전부터 갖고 싶은 식물을 우편으로 교환하곤 했는데 특히 밀턴의 정원 담당자이자 고사리 채집 여행의 동반자였던 친구 조지프 헨더슨과 씨앗을 주고받았다. 이런 식으로 입수한 희귀하고 화려한 품종에는 흰 작약, 분홍색 브롬턴 스토크, 노루귀, 폴리안터스, 칠레 글로리 바인, 덩굴금어초 등이 있다. 1836년 클레어는 헨더슨에게 덩굴식물과 겹꽃 가시금작화, 그가 가장 사랑하는 "정열적인"[34] 히스 꽃을 부탁하지만 이미 너무 쇠약해졌기 때문에 헨더슨은 씨를 심어줄 사람을 같이 보냈다.

바로 그 가시금작화가 클레어의 정원에 심어진 마지막 식물이었을지도 모른다. 1837년 클레어는 에핑숲의 하이 비치 정신병원에 자진해서 입원했고, 가끔 자신이 바이런이나 넬슨 경, 또는 프로권투 선수라고 믿었다. 그는 1841년 여름에 병원에서 탈출하여 에식스에서 노스버러까지 "지쳐서 비틀거리며"[35] 걸어왔다. 클레어는 그해 가을에는 자유의 몸이었지만 1841년 12월 29일 정신병자로 판명되어 노샘프턴 종합 정신병원에 다시 갇혔다. 도서관을 이용하고, 글을 쓰고, 따뜻한 물로 목욕을 하고, 매일 노샘프턴으로 산책하는 것이 허락되었고 존중과 보살핌 속에서 치료받았지만 병원에서 나가는 것은 단 하룻밤도 허용되지 않았다. 그는 세상을 떠난 1864년 5월 20일까지 여생을 정신병원에서 보냈고, 사망 후 그의 육체는 기차에 실려 헬프스턴의 집으로 돌아왔다.

이러한 상실에는 피난처가 없다. 클레어는 가장 소중하게 여기던 두 가지, 바로 자유와 고향을 빼앗겼다. 그가 "나쁜 곳",[36] "연옥",[37] "바스티유"[38]라고 불렀던 정신병원에 지내면서 편지는 점점 더 짧고 드물어졌고 때로는 모음이 하나도 없었지만 여전히 고향의 자유로운 꽃 이야기가 담겨 있었다. 그에게 꽃은 이제부터 없어도 참고 견뎌야 하는 모든 것의 상징이었다. 사실 클레어가 정신병원의 네즈빗 박사에게 건넨 쪽지에는 이렇게 적혀 있었다. "꽃이 있는 곳에 하느님이 계시며 나는 자유롭다."[39]

클레어는 아들 찰스에게 계속 편지를 보내 가족과 꽃이 똑같은 존재라는 듯이 그 둘의 안부를 묻는다. 그는 꽃들이 "끊임없이" 말을 걸던 때를 이야기하며, 찢어진 부분이 있긴 해도 이렇게 덧붙인다. "지금쯤이면 내가 이미 돌아가서 정원과 꽃들을 보고 있기를 바랐었는데."[40] 1849년 4월 클레어는 예전과 같은 식물채집 여행을 여전히 꿈꾼다. "돌아가서 정원을 돌보고 늘 그렇듯 숲으로 가서 노란 히아신스 폴리안터스와 파란 프림로즈를 찾아다니고 싶구나."[41] 6개월 뒤에는 아들을 가볍게 꾸짖는다. "아들아, 넌 내가 언제 집으로 돌아갈 수 있는지 알려주지 않는구나. 나는 여기에 9년이나, 아니면 9년 가까이 있었고 집으로 무척 돌아가고 싶다… 꽃은 어떻게 돌보고 있느냐."[42]

어쩌면 클레어는 기억이 사라졌을까 봐 두려웠을 것이다. 그는 종잇조각에 투구꽃과 머위, 마치 바이올렛, 크리스마스 로즈 등 아홉 가지 식물의 이름을 적었다. 그가 한때 알았던 수많은 꽃들 중에서 겨우 남은 것들이었다. 클레어의 마지막 일기는 아직 살날이 14년이나 남아 있었던 1850년 5월 12일 연필로 쓴 것인데, 예전의 자연 관찰 일지와 너무 비슷해서 그가 어디 있는지 짐작하기 힘들 정도이다. 식물이 여전히 그를 지탱한다. "자두 배 사과나무에 꽃이 피어 과수원은 온통 꽃이다."[43] 이것은 식물이 무엇을 의미할 수 있는지, 나를 비롯해 너무나 많은 사람들에게 그랬듯이 식물이 어떻게 한 사람을 뿌리내리게 하고 지탱하는지 보여주는 진정한 증언이다. 또한 인간과 땅의 관계가 고의적으로, 이윤을 위해서 단절되면 어떤 피해가 생길 수 있는지 보여주는 증언이기도 하다. 두 달 뒤, 클레어는 다시 찰스에게 편지를 쓰며 너무나 공손하게 말한다. "나는 아직도 꽃이 좋아."[44]

# 4

## 식민지 개척자의 공허*

나는 달을 보러 나갔다가 잔디가 바스락거려서 서리가 내렸음을 알았다. 아침이 되자 정원이 은빛이었다. 마지막 남은 달리아가 검게 변했고 등나무에서 거미줄이 반짝거렸다. 연못 정원으로 가니 무화과나무 옆에서 뭔가 파란 것이 번득였다. 무릎을 꿇고 보았다. 뜻밖에도 담 아래 바람이 없는 곳에서 텁수룩하게 쌓인 나뭇잎을 뚫고 올라온 붓꽃이었다. 더 많은 꽃들이 껍질에 단단하게 감싸인 채 올라오고 있었다. 나는 무슨 꽃인지 알아보려고 그것을 꺾어 집으로 가지고 들어왔다. 우튼Wootten에서 펴낸 《원예가 핸드북 Plantsman's Handbook》에 따르면 이리스 웅귀쿨라리스, 즉 알제리 붓

---

* 이 장의 원제는 'The Sovran Planter'이다. 'planter'는 식물 재배자, 식민지 개척자, 플랜테이션 농장주 등 다양한 의미를 갖는다. 'sovran planter'는 밀턴의 《실낙원》에서 하느님을 설명하는 말로 보통 '창조주'라고 번역되지만 본문에서는 《실낙원》이 이용하는 식민지 개척 이미지에 대해서 이야기하고 있으므로 '지상至上의 식민지 개척자'라고 번역하도록 한다.

꽃으로 겨울에 꽃이 피고 가뭄에 시달리는 이스트 앵글리아의 모래 땅에 적합했다. 아름답고 풍성한 파란색이라서 나는 '메리 바너드'일지도 모르겠다고 생각했다. 실내에 두니 그윽한 향기가 거실을 채우며 나무 연기의 톡 쏘는 냄새와 섞였다.

12월에도 집에 두거나 당시 아흔 살이었던 이웃 폴린에게 가져갈 꽃이 조금씩은 늘 있었다. 코스모스, 콜키쿰, 줄무늬 달리아가 지고 크리스마스가 오기 전에 가냘픈 첫 스노드롭이 피더니 사르코코카 콘푸사와 뿔남천의 유황처럼 노란 종 모양 꽃 그리고 쥐풀꽃 같은 영춘화가 뒤따랐다. 아침에 꽃을 따는 것은 더욱 광범위한 정리 작업의 불가피한 서막이었다. 몸을 숙이고 흰곰팡이가 핀 매발톱이나 수척해진 양귀비를 몇 시간이나 자르다 보면 어느새 나뭇잎들이 쌓여 있고 머리에 디기탈리스 씨앗이 붙어 있었다.

나는 매일 잡초를 뽑고 죽은 초목을 잘라내며 정원을 뼈대만 남기고 벗겨내는 중이었다. 알카나, 별꽃, 기는미나리아재비, 쥐털이슬, 녹병에 걸린 알케밀라 잎사귀. 잘라낸 가지는 퇴비가 되었고 최악의 잡초는 폐기하려고 자루에 넣었다. 나는 쓰레기통까지 계속 왕복하고 짐을 가득 실은 외바퀴 수레를 계단 위로 퉁퉁거리며 밀고 올라가서 빈 차고를 통과해 마당 반대쪽으로 갔다. 이곳 역시 이끼가 끼고 약간 신비로운 공간이었다. 높은 담으로 에워싸여 우물처럼 고요했고, 판초콜릿처럼 홈이 팬 까만 벽돌이 깔려 있고 사다리며 썩어가는 벚나무 통나무가 거미줄처럼 어지럽게 잔뜩 놓여 있었는데 벌써 쐐기풀과 고사리가 자랐다.

반대쪽 끝의 콘크리트 방 두 개는 분명 이 공간을 마구간으로 쓸 때 거름 더미를 치우는 곳이었을 것이다. 왼쪽 통에는 완성된 퇴비가 있었는데 까맣고 무른 더미에서 가끔 오래된 라벨이나 녹슨 못이 나왔다. 반대편은 이언의 영역으로, 그는 손으로 하는 작업을 할 때 늘 그렇듯 천천히 그리고 가끔은 괘씸할 정도로 정확하게 돌보았다. 그는 잘라낸 가지를 1인치 길이로 신중하게 잘라서 잔디를 깎은 풀, 마분지와 함께 겹겹이 쌓은 다음 파란 비닐 타프 아래 아직 김이 나지 않는 더미에 넣고 벽돌로 눌렀다.

그해 겨울, 우리에게는 두 가지 프로젝트가 있었다. 첫 번째는 클레마티스와 장미를 심기 전에 북쪽 담의 담쟁이덩굴을 거의 다 벗겨내는 것이었다. 벌들이 담쟁이덩굴꽃을 정말 좋아하고 새들은 피난처로 쓰지만 10년 동안 방치된 채 자라서, 머리 위로 총안이 울퉁불퉁한 흉벽처럼 기어올라 비를 막는 바람에 안 그래도 컴컴하고 메마른 정원을 더욱 어둡고 건조하게 만들었다. 가끔 전지가위로 자른 다음 세게 잡아당기면 내 손목만큼 굵고 서로 얽혀서 털이 부숭부숭한 갈색 뿌리가 크고 기분 좋은 매트처럼 벗겨졌다. 하지만 대체로는 드라이버와 쇠톱을 들고 사다리에 올라가서 모르타르에서 떼어내 잔디밭에 던졌다.

두 번째 일은 흙을 어떻게든 하는 것이었다. 주요 정원의 토양은 모래 같고 틈이 많아서 물을 저장하지 못했고, 연못 정원의 흙은 벨벳 양탄자 같은 이끼로 덮여 있는데 구근 싹이 새로 올라오면서 군데군데 구멍을 냈다. 히비스커스 나무줄기에도 이끼가 끼었다. 그것은 토양이 산성이고 탄탄해서 식물의 뿌리에 공기나 영양이 닿지 않는다는 안타까운 신호였다. 토양을 비옥하고 공기가 통하게 만들어야 했지만 뭐가 올라오는지 보려고 기다리는 중이었으므로 땅을 팔 수는 없었다. 정원 전체에 뿌리덮개를 덮기에는 퇴비가 모자라서 11월 말에 나는 가축분 퇴비 1톤을 주문했다.

퇴비가 오기 전에 화단을 정리해야 했다. 나는 매일 아침 식사를 마치고 나서 비가 오면 후드를 쓰고 밖으로 나갔다. 무엇도 나를 막지 못했고, 커피를 내려놓고 까맣게 잊었다가 몇 시간 지나서야 꿀꺽꿀꺽 마셨다. 잘라낼수록 더 많은 것이 드러났다. 분홍색과 초록색 꽃잎이 꽉 다물린 헬레보어 씨눈. 풀명자의 녹색 꽃눈이 쪼개지면서 산홋빛이 드러났다. 노란 뽕나무 잎과 금빛 개암나무 잎을 쓸자 썩어가는 무화과나무의 풍성하고 취할 듯한 향기가 퍼졌다. 너도밤나무 산울타리만이 구릿빛을 고수하면서 연못의 검은 물에 우아하게 구부러진 그림자를 드리웠다. 밤이면 나는 머릿속으로 식물을 심으면서 풍성한 색을 만들어내려면 네리네나 아네모네 코로나리아를 어디에 심어야 할까 상상했다.

거름이 배달 오는 날 아침에 비가 너무 많이 와서 강둑이 터졌다. 공기 중의 수분이 모든 초목을 더욱 강렬하게 만들었다. 빗방울 하나하나가 돋보기 같았다. 이끼는 사실상 떨고 있었다. 나는 무릎을 꿇고 앉아 작은 갈퀴로 플러시 천 같은 이끼를 하나하나 긁어서 걷어낸 다음 흙을 섞으면서 한쪽 끝에서 반대쪽 끝까지 작업했다. 내가 일을 끝내자 비가 그치고 반원을 그리는 무지개가 두 개 떴지만 서로 만나지는 않았다. 나는 안으로 들어가서 크리스마스 장식용 종이 사슬을 걸었다.

그런 다음 좌초해 버렸다. 늑막염이 도졌지만 일기장을 보니 12월 8일 아픈 몸을 이끌고 밖으로 나가서 연못 화단과 뽕나무, 장미 경계 화단에 거름을 뿌렸다. 이 어리석은 행동 때문에 나는 의사의 명령에 따라 갇힌 채 흉통에 시달렸고 비는 며칠이나 그치지도 않고 계속 내렸다. 나는 창가에서 첫눈을 보았다. 잠든 사이에 일꾼들이 온실을 수리하러 와서 가림막을 씌우고 해체했다. 그들이 틀어놓은 라디오 소리와 중간중간 끼어드는 망치질 소리가 가끔 들렸다. 나는 이렇게 썼다. 4시도 되기 전에 어두워진다. 사방에 등나무 잎이다.

나는 동지 며칠 전, 때마침 온실이 가림막에서 자유로워지던 날에 일어났다. 일꾼들이 연장을 챙기는 동안 제일 어린 청년이 벽에 회반죽을 칠했다. 빛이 흰 벽을 스쳤다. 나는 힘든 일을 하면 안 되었으므로 연극을 하는 것처럼 느릿느릿 펠라르고늄 화분을 하나씩 옮기며 온실을 정리했다. 하지만 일기장에 따르면 크리스마스트리도 꾸미고, 화단의 낙엽을 치우고, 잔디를 갈퀴로 정리하고, 작약 '몰리 더 위치'를 심고, 온실을 따라 새로운 화단을 팠다. 내가 흉통을 계속 호소하며 매일 오후 침대에 들어가 낮잠을 자고 추리소설을 읽은 것도 당연한 일이었다.

동짓날이 되자 계단식 화분이 전부 들어왔고 식물들이 벽에 풍성한 한겨울 그림자를 드리웠다. 가장 짧은 낮을 즐기기 제일 좋은 장소였다. 나는 늘 동지를 좋아했지만 하지는 이상하게 불편했다. 어떻게 여름이 본격적으로 시작하기도 전에 빛이 점차 줄어들 수 있을까? 시작하기도 전에 모든 것이 끝나버린 느낌이었다. 12월에는 낮의 길이와 계절이 일치하지 않으면 훨씬 힘이 난다. 날씨가 아무리 추워져도 매일 새로운 빛이 더 많이 들어오면서 축축한 겨울에 대비해 예방주사를 놔준다.

점심시간이었지만 나는 들어가고 싶지 않았다. 그래서 사무용 의자에 앉아 바퀴를 굴리면서 화분 작업대를 설치하고 병에 라벨과 펜을 담아서 올려놓았다. 그런 다음 갈퀴와 삽을 일렬로 늘어선 피의자처럼 줄 세우고 그동안 쌓인 토마토 농축액 병과 장미용 비료, 과실수용 기름띠*, 호르몬 발근제 가루, 잔디 씨앗, 돌돌 만 전선, 초록색 끈 타래, 모판 그리고 오래전 해변에서 마음에 들어 주워왔던 돌멩이들로 마크의 낡은 책장을 채웠다. 퇴비 자루는 화분을 올려두는 단 밑에 채워 넣었고 플라스틱 화분은 다른 발판 아래 차곡차곡 쌓았다. 마지막 장식으로 녹색 흙체를 벽에 박힌 못에 걸었다. 지휘 본부, 작전실이었다.

나는 항상 온실이 갖고 싶었다. 온실, 그린하우스라는 이름조차도 달콤하고 두 가지를 동시에 암시했다. 야생이지만 길들여지고, 막혀 있지만 투명하고, 질서 정연하지만 풍요로운 성장을 촉진하

---

* grease band: 해충이 나무에 올라가 알을 낳지 못하도록 겨울 동안 나무줄기에 두르는 끈적한 띠.

는 곳. 나는 어린 시절부터 온실 감식가였다. 런던 큐 왕립식물원의 열대 온실부터 주말농장의 아주 작은 콜드프레임*까지 모든 크기의 온실을 사랑하고, 연못이 있으면 특히 좋아한다. 내 핸드폰에는 온실 순례 사진이 수십 장 들어 있다. 벨세이 홀의 빅토리아 시대 연철 온실에 들어가면 재스민과 스테파노티스가 가득하고 여기저기 물방울이 맺혀 있으며 공기가 후끈하다. 이스트 러스턴의 온실에 들어가면 잘 다듬어진 시더나무 밑에는 박람회에서나 볼 법한 진홍색, 파란색 베고니아와 플룸바고 화분이 겹겹이 놓여 있다. 내 컴퓨터의 화면보호기는 케틀스 야드 미술관 창문 사진이었는데, 햇살이 창문 앞 선반에 놓인 펠라르고늄과 선인장, 유리구슬, 유리 문진을 통과해 바닥에 엽록소 같은 빛을 동전 모양으로 드리웠다. 내가 한 번도 보지 못했고 앞으로도 보지 못할 것들도 있다. 유명한 원예가 몬티 돈이 키운 토마토. 레디시에 위치한 사진작가 세실 비튼의 온실. 화가 데이비드 호크니가 청년 시절에 분홍색 격자무늬 양복에 짝짝이 양말 차림으로 싱글거리는 아기 천사처럼 아프리카 제비꽃 사이를 어슬렁거리던 곳.

버려진 온실에는 특별한 즐거움이 있었다. 내가 서퍽의 컨트리하우스 소멀리턴 홀에서 찍은 사진 속에서 포도는 따지도 않은 채 그대로 있고 유령 같은 니코티아나가 햇빛을 찾아 유리 통풍구 틈

---

* cold frame: 네 면이 판자로 이루어져 있고 플라스틱이나 유리 뚜껑이 달린 구조물로, 식물이나 묘목을 보호하기 위해 넣어서 키운다.

으로 억지로 비어져 나왔다. 슈러블랜드 홀에서는 잠자는 숲속의 미녀가 사는 음침한 성처럼, 세월이 흘러도 오지 않는 손님을 위해 차려진 식탁처럼 덩굴식물이 온실의 연철 줄 세공을 덮어버렸다. 나는 두 곳 모두 늦여름에 방문했고 내 마음속에 깊이 남았다. 시간이 흐르면서 고립되어버린 과잉의 성.

소멀리턴이 더 유명하고 특히 《토성의 고리》에서 제발트가 제일 처음 방문한 곳이기 때문에 더욱 그렇다. 하지만 나를 매료시킨 것은 슈러블랜드 홀이었다. 한때 더없이 웅장한 시골 저택이었던 슈러블랜드는 입스위치 위쪽 높은 낭떠러지에 자리 잡은 신고전주의 양식의 팔라초였다. 주랑 전망대만 빼면 대칭을 이루는 널찍한 건물인데, 이 전망대에서 한때 잉글랜드에서 가장 세련된 이탈리아식 정원이었던 곳을 볼 수 있도록 설계되었다. 이탈리아의 16세기 저택 빌라 데스테의 계단을 본떠서 만든 유명한 139계단을 올라가면 정원이 나온다.

사유지였지만 나는 대정원을 가로지르는 공용 소로를 발견했다. 나무는 내가 서퍽에서 본 것들 중에서 제일 컸고 거대한 유럽밤나무와 스태그혼 오크는 저택이 처음 만들어질 때부터 여기 서 있었음이 분명했다. 어디를 보아도 방치된 흔적이 역력했다. 울타리 널빤지가 버려져 있고 깨진 유리가 담에 기대어져 있었다. 대문을 살짝 들여다보니 원래 채마밭이었던 곳에 이제 금방망이가 무성하게 자라 있었다. 일꾼 세 명이 진입로 옆에서 말뚝을 박고 있었지만 딱히 막지 않기 때문에 나는 저택을 향해 계속 걸어갔다. 그때 나이

지긋한 남자가 엄청난 속도로 나와서 사유지라고 외쳤다. 나는 불법 침입자처럼 겁을 먹은 채 저택을 우러러보았고, 그에게 저택 너머에 무엇이 있는지 물었다. 그는 40에이커 크기의 이탈리아식 정원이라고 곧장 대답하더니 자신은 관리인 주택에 살고 20년 동안 여기서 일했으며, 이 정원에는 서펙 전체에서 제일 큰 뒤뜰이 있지만 지금은 상태가 좋지 않다고 말했다. 그런 다음 저택이 지금 비어 있고 주인은 거의 보이지 않긴 해도 그만 돌아가라고 다시 말했다.

관리인을 만나고 나니 궁금증이 무척 커졌다. 나는 집으로 돌아온 뒤 내가 찾을 수 있었던 유일한 간행물인 2006년 소더비 카탈로그를 샀다. 슈러블랜드가 팔리기 전 사흘에 걸쳐 집 안에 있던 모든 물건이 경매에 부쳐졌던 것이다. 내 우편함에 들어가지 않을 정도로 큰 책이었다. 서문에 따르면 슈러블랜드 홀은 1770년에 처음 지어졌고 10년 뒤 자연 풍경식 조경 디자이너 험프리 랩턴이 정원의 기반을 만들었다. 그 뒤 미들턴이라는 가문이 여러 번에 걸쳐 정원을 호사스럽게 꾸몄다. 나는 책을 읽으면서 미들턴 집안의 이야기가 《실낙원》을 집필할 때부터 존 클레어가 세상을 떠날 때까지와 시기가 정확히 겹친다는 사실을 깨달았다.

나는 책장을 넘기면서 전 세계 구석구석에서 가져온 온갖 진귀한 물건들을 마주쳤다. 대리석 흉상, 로마의 마이크로모자이크, 1770년경에 만든 구두 죔쇠, 잉글랜드 문양이 새겨진 은스푼 31개. 프리드리히 대왕이 주문했던 마이센 도자기에는 로코코 양식의 꽃가지가 그려져 있고 접시마다 문양이 달랐다. 마졸리카 물병, 오뷔

송 태피스트리, 이탈리아 화가 카라바조의 작품, 소형 마호가니 하프시코드, 송아지 가죽과 금박으로 장정한 에드워드 기번의 여섯 권짜리 《로마제국쇠망사》. 부채, 소금 그릇, 정물화, 분홍빛 중국산 연채軟彩 자기 차 세트와 녹색 연채 자기 화병. 초상화 중에는 검정 옷을 입고 경계하는 표정을 지은 버글리 경*의 창백한 얼굴도 보였다. 덩굴에서 윙윙거리는 곤충들을 수놓은 크루얼 자수 액자들. 10시 2분에 영영 멈춰버린 옻칠 괘종시계. 노상강도 귀족이 몇 세기에 걸쳐 여러 대륙에서 가져온 비축물이 영영 흩어지기 전에 마지막으로 모아서 종류별로 나누어둔 책이었다.

카탈로그는 정원도 비슷하다는 사실을 분명히 알려주었다. 나는 정원이 꿈같은 작업이며, 아주 개인적인 창의적 노동의 결과물이라고 생각하는 것을 선호했지만 마이센 디너 세트와 크루얼 자수 액자와 마찬가지로 정원 역시 지위의 상징과 장식이었으며, 돈이 더욱 매력적이거나 이질적인 형태로 자기 존재를 드러내는 방식이었다. 하지만 그 돈은 어디서 올까? 그해 겨울, 나는 슈러블랜드 같은 호화로운 정원이 어떻게 만들어졌는지 역사적 관점뿐 아니라 경제적 관점에서 알아내는 일에 몰두했다. 미들턴 가문의 세대에 걸친 허영 프로젝트라고 부를 만한 이 정원은 유럽, 아프리카 그리고 북아메리카 세 대륙을 잇는다. 그것은 제국의 정원이었고, 그런 장소가 모두 그렇듯 너무나 끔찍한 대가를 치렀기에 그 반향이 아직도

---

* Lord Burghley: 엘리자베스 1세의 재무상이자 핵심 참모.

느껴진다.

· · ·

미들턴 가문은 1660년에 찰스 2세가 왕좌를 되찾고 몇 년 뒤, 혼란스러운 왕정복고 시기에 등장한다. 밀턴이 찰폰트 세인트 자일스의 아름다운 정원에 피신 중일 때 상인과 뱃사람이었던 아서 미들턴과 에드워드 미들턴 형제가 런던을 떠나 바베이도스를 향했다. 1625년에 이 섬을 식민지화한 영국 개척자들은 이곳을 끔찍한 사탕수수 공장으로 바꾸었고, 아프리카 노예의 강제노동을 이용해 이 까다롭고 노동집약적인 작물로 막대한 이익을 얻겠다는 도박을 했다. 남성, 여성, 아동 노예가 매년 수천 명씩 선박을 통해 서아프리카 해안에서 칼라일만으로 끌려왔다. 많은 이들이 항해 중에, 또는 설탕을 만들기 위해 사탕수수를 으깨고, 두드리고, 액화하고, 가열하는 플랜테이션의 들판과 제당소와 가열 공장에서 일하다가 사망했기 때문에 노동력은 끊임없이 보충되었다.

17세기에는 점점 더 많은 유럽 국가들이 아메리카 식민지 개발을 위해 노예를 얻으려고 아프리카를 약탈했다. 노예를 이용해 플랜테이션을 세워서 어마어마한 부의 기반이 되는 열대작물을 키울 수 있었다. 니코티아나 타바쿰, 사카룸 오피시나룸, 코페아 아라비카, 코페아 카네포라. 담배, 설탕, 커피. 이것들은 얼마 전까지만 해도 왕을 위한 사치품이었지만 이제는 중산층이 열광했다. 19세기에는 계급 사다리에서 더욱 밑으로 떨어져서 가난한 노동 계급의 값 싼 각성제가 되었는데, 점점 더 많은 이들이 인클로저로 토지를 빼앗기고 산업화 시대의 새로운 공장에서 일하게 되었다. 그중 첫 번째가 사탕수수 정제소였다.

결국 이러한 착취의 거미줄이 넓게 퍼져서 존 클레어처럼 이름 없는 지방 주민까지도 걸려들었다. 그는 어머니가 설탕과 차를 쌌던 파란 종잇조각에 첫 시를 썼는데 식민지에서 운송된 물건이었다. 클레어가는 시골 경제의 사다리에서 맨 아랫단이었고 빈민 수용소 바로 위에 아슬아슬하게 걸쳐져 있었지만 인클로저 이후 힘든 시절에 그들의 주식은 빵과 채소였고 연한 차로 입가심을 했다. 클레어의 어린 시절 회고에 따르면 설탕은 꽃보다 훨씬 환하게 빛나는 드물고 탐나는 사치품이었고 1년에 한 번, 십자가 현양 축일에만 볼 수 있었다. "보리 사탕, 설탕에 절인 레몬, 설탕에 절인 흰털박하, 설탕에 절인 페퍼민트, 색색의 설탕 자두와 막대 사탕이 든 통… 진저브레드로 만든 마차와 진저브레드로 만든 우유 짜는 여자들."[1] 마침내 노예제도 폐지 법안이 통과됐을 때 클레어는 마흔 살이었고 노샘프턴셔의 마을 박람회 가판대에 차려진 그 캔디들은 노예제도의 열매, 괴롭게도 전 세계에 퍼진 국제적인 시스템의 열매였다.

그러나 미들턴가의 입장에서는 아주 먼 미래의 일이었다. 왕정복고 이후 새로 즉위한 왕은 아프리카를 약탈하는 유럽 국가들 가운데 잉글랜드의 위치를 강화하고 싶었기 때문에 1672년 왕립아프리카회사에 노예와 기타 물품, 특히 상아와 금 거래에 관한 무제한 독점권을 주었다. 아서 미들턴이 바베이도스에서 정확히 무슨 일을 했는지 왕립아프리카회사의 광범위한 기록에서 드러난다. 그는 무면허 영업자라고 알려진 자, 즉 왕립아프리카회사의 독점권을 어기고 불법으로 활동하던 노예 상인이었다. 1675년 9월 15일과 1677년 6월 16에 왕립아프리카회사는 아서 미들턴에 대한 항의 서한을 받았다. 그가 이름 없는 범선과 앨리스호에 아프리카 노예를 태워 바베이도스로 데려오고 있으며 두 배에 대해 지분을 가지고 있다는 것이었다.

당시 바베이도스에서 인간을 훔치는 대가는 한 사람당 17파운드, 또는 설탕 약 1000킬로그램이었다. 식민지 개척자들은 아프리카회사가 가격을 계속 올려서 "불쌍한 개척자들은 생계를 위해 외국 플랜테이션으로 갈 수밖에 없을 것"[2]이라고 불평했다. 반대로 아프리카회사는 개척자들이 자기 상품을 구매하지 않고 "노동에 걸맞은 음식도 주지 않으면서 검둥이를 너무 많이 소유하는 바람에 많은 이들이 아프리카회사의 손에 죽었다"[3]고 불평했다. 즉 사람이 코끼리 이빨처럼 상품으로 거래되었고, 제대로 보살피지도 않아서 세 명 중 한 명은 3년을 넘기지 못하고 죽었다.

식민지 개척자 대다수는 그들이 협박했던 대로 1670년대에 바베이도스를 떠나 아메리카로 가서 잉글랜드의 최신 식민지였던 사우스캐롤라이나에 재정착했다. 새로운 왕(찰스 2세)의 라틴식 이름 카롤루스에서 따온 이름이었고 식민지 영주들, 즉 왕이 왕좌를 되찾도록 도와준 여덟 명의 친구들이 공로에 대한 보상을 받아 식민지를 건설했다. 그들 중 다수가 왕립아프리카회사의 지분을 가지고 있었기 때문에 노예노동을 장려했다. 1678년에 에드워드 미들턴이 아메리카 이주에 합류하여 찰스턴으로 사업을 옮겼고, 1년 뒤 그의 형도 따라왔다. 그는 구스 크릭 지역에 수천 에이커의 무상 불하 토지를 사서 오크스라는 플랜테이션을 만들었고, 새로운 지역사회에서 저명인사가 되어 식민지 영주의 보좌관까지 맡았다.

에드워드가 사망하자 그의 땅은 아내를 거쳐 역시 아서라고 불리던 아들에게 상속되었다. 아들 역시 식민지 영주의 보좌관과 의회 회장을 거쳐 결국 사우스캐롤라이나의 주지사가 되었다. 그는 정치 활동에만 국한하지 않고 수천 에이커의 땅과 노예를 사서 어마어마한 플랜테이션 네트워크를 만들었다. 캐롤라이나의 늪지 지형은 설탕이나 담배 같은 기존 환금작물 재배에 적합하지 않았기 때문에 식민지 개척자들은 인디고, 목재, 오렌지, 올리브, 누에 등을 실험하다가 캐롤라이나 골드라고 알려질 쌀 재배에 정착했다. 북유럽에서는 쌀이 밀의 저렴한 대체재로 팔렸다. 이러한 플랜테이션은 아프리카 노예노동에 의존했는데, 그들은 숲을 개간하고 습한 진흙 밭에서 일했을 뿐 아니라 논을 만들고 관리하는 방법에 대한 전문 지식도 제공했다. 논 500에이커에 필요한 약 96킬로미터의 논두렁길과 도랑, 논둑, 배수로, 수문은 전부 노예들이 손으로 팠다. 저지대에 말라리아, 장티푸스, 천연두, 콜레라가 유행해 여름은 견딜 수 없을 만큼 더울 뿐 아니라 치명적이었다.

아서는 1729년까지 아주 많은 땅을 축적하여 잉글랜드에서 교육을 받고 최근에 돌아온 아들 윌리엄에게 오크스와 맞닿은 플랜테이션을 주었다. 아서는 서펙에 위치한 친척의 영지에서 이름을 따와 크로필드라고 이름 붙였다. 그 외의 재산이 얼마나 많았는지 유언장에 드러나 있는데, "내가 현재 살고 있는 땅 1630에이커", "식민지 영주로부터 구입한 땅 100에이커", "쿠퍼강 수원지의 땅 1300에이커", "와삼스큐 늪지대의 땅 1500에이커"[4] 등 일생에 걸친 투기적인 축재를 증명하는 구체적인 유증으로 가득하다. 장남 윌리엄은 잉글랜드, 바베이도스, 찰스턴의 토지를 물려받았고 차남 헨리는 원래의 집이었던 오크스 플랜테이션을 포함해 사우스캐롤라이나 구스크릭 지역의 상당한 토지를 물려받았다.

아서 미들턴은 1737년 사망 당시 적어도 115명의 노예를 소유하고 있었다. 아프리카에서 훔쳐온 사람들은 법적으로 그의 재산으로 간주되었기 때문에 아서는 노예 역시 아내와 아들에게 남겼다. 유산 목록에서 노예는 식기와 리넨 제품, 침대, 유리 제품 다음에 개개인의 이름이 밝혀지지 않은 채 올라 있다. 장남과 차남은 아버지의 뒤를 따라 플랜테이션 주인이 되었지만 막내아들 토머스는 그 지역에서 가장 유명한 노예 상인이 되어 감비아, 기니, 골드코스트에서 사우스캐롤라이나로 사람들을 사슬에 묶어 수입했는데, 그 수가 단 9년 동안 3700명에 이르렀다.

다른 인간의 자유를 인정하지 않거나 노동에 대한 대가를 제공하지 않음으로써 얻은 이 무자비한 축재 기록을 읽다 보면 그 목적이 무엇인지 묻지 않을 수 없다. 물론 돈은 곧 안전, 교육, 지위, 집을 의미한다. 하지만 어느 정도의 수준을 넘으면 그러한 이득이 무엇을 위한 것일까? 정말 진지하게 묻고 싶다. 그렇게 남아도는 부를 이용해 실제로 무엇을 할 수 있을까? 미들턴 집안의 유언장에서 세대에 세대를 거듭하며 일구어낸 이득을 보면 그들을 움직였던 원동력이 무엇인지 궁금해진다. 오늘날 자본을 치열하게 추구하는 억만장자들의 원동력이 궁금해지는 것처럼. "상업적 축적을 향한 충동."[5] 이것은 답일까, 아니면 문제의 동어반복일까? 부자가 되기 위해서, 침범할 수 없는 낙원, 시간을 초월하여 금으로 치장한 왕국을 건설하기 위해서.

《토성의 고리》의 제발트는 서퍽 호텔에서 네덜란드 출신 설탕 플랜테이션 농장주를 만난 뒤 웅장한 시골 저택이 그 보상이라고 생각하게 되었다. 그는 이렇게 쓴다. "오랫동안 부를 뚜렷하게 과시할 방법이 별로 없었고, 따라서 사탕수수를 재배하고 거래하던 소수의 가문은 막대한 소득으로 대부분 웅장한 시골 대저택과 당당한 도시 저택을 건설하고, 꾸미고, 유지하는 데 아낌없이 돈을 썼다."[6] 간단히 말해서 노예 매매로 벌어들인 돈이 새로운 형태를 취하게 되었고 세대가 지나면서 더욱 정교해졌다. 다른 지역에서 설탕이 활발하게 거래되었듯이 사우스캐롤라이나에서는 쌀이 활발하게 거래되어 18세기에 찰스턴은 세계적으로 부유한 도시가 되었다.

미들턴가는 정확히 제발트의 논리대로 했다. 윌리엄 미들턴은 크로필드로 이주하자마자 정교한 정원으로 둘러싸인 화려한 팔라디오식 대저택을 지었다. 그전에도 장식적 정원은 있었지만 유럽 양식의 정점을 보여주는 크로필드는 미국 최초의 풍경식 정원이었고 가장 혐오스러운 방식으로 자금을 조달했다. 1742년에 역시 플랜테이션 농장주였던 손님이 크로필드 저택에 매료되어 쓴 편지를 보면 얼마나 야심만만한 곳이었는지 파악할 수 있다. 그녀는 거울 같은 연못에 비친 우아한 저택을 묘사한다. 뒤쪽에는 "길이 1000피트(304미터)의 넓은 산책로가 있는데, 저택에 가까운 부분은 양옆에 서펜타인 호수*처럼 꽃으로 장식된 풀밭"[7]이 있었다. 오른쪽에는 보스케라고 불리는 오크나무 숲이 있고 왼쪽에는 한 단 낮은 볼링용 잔디밭이 있으며 가장자리에 월계수와 개오동이 두 줄로 심어져 있었다. 손님은 계속해서 이렇게 썼다. "산과 황야 등등을 전부 설명하려면 이 편지가 얼토당토않게 길어질 테니 이 매력적인 농장의 가장 안쪽으로 넘어가도록 할게요. 그곳에는 물고기가 사는 커다란 연못이 있고 연못 가운데 언덕이 솟아 있는데, 저택 높이와 같은 꼭대기에 로마 신전이 있어요."[8]

윌리엄의 동생 헨리도 이에 뒤지지 않고 자신의 플랜테이션에 화려한 정원을 만들었다. 그는 1741년에 부잣집 딸과 결혼해 미들턴 플레이스를 손에 넣었고 그 지역에서 가장 부유한 축에 속하게 되었다. 크로필드가 세련된 유행의 최첨단이었다면 미들턴 플레이스는 믿기 힘든 공학적 업적이었고, 정원을 만들었다기보다는 땅을 능숙하게 재구성하여 지금도 그 모습을 유지하고 있다. 계단식 땅

---

* Serpentine: 런던 하이드 파크의 호수.

과 운하, 연못을 만들었고 애슐리강으로 이어지는 나비 모양 연못이 그 정점이었다. 크로필드와 마찬가지로 미들턴 플레이스는 쌀 재배 기술, 즉 땅과 물을 섬세하게 관리하는 기술을 이용했고 악몽 같은 플랜테이션 노동으로 얻은 수익을 투자하여 농장의 쌍둥이 같은 곳을 만들어냈다. 그러나 원래의 농장이 노동을 위한 곳이었다면 새로운 풍경은 순전히 한가로움과 쾌락을 위한 곳이었다. 미들턴 플레이스는 농장과 하나로 묶여 있었다. 쌀 농장에서 나온 수익으로 만들어졌고, 농장에 둘러싸여 있었지만 깨끗하게 씻겨 자유롭게 떠다니는 듯했고, 배제와 착취 위에 세워진 지상낙원이었다. 가장 무심한 사람도 그곳을 보면 주인이 자원을 얼마나 능숙하게 활용하는지 알 수 있었다.

물론 헨리 미들턴이 미들턴 플레이스를 지은 것은 아니었다. 플랜테이션과 마찬가지로 저택과 정원은 노예노동에 의해 만들어졌다. 미들턴 플레이스의 정원을 만드는 데 필요한 토지와 수로 공사를 완성하기까지 100명의 노예가 10년 동안 일해야 했을 것으로 추정된다. 아무도 노예의 신원을 구체적으로 기록하지 않았지만 미들턴 플레이스의 역사를 조사하던 후손들이 가문의 문서에서 헨리 미들턴과 후손이 소유했던 노예 수백 명의 이름을 찾아냈다. 정원에서 일한 노예로는 사이먼, 머큐리, 스키피오, 하가, 돌, 몰, 내니, 글래스고, 디도, 프린스, 밥, 윈터 등이 있었고, 인도로 간 노예로는 애덤, 큐피드, 시저, 앤서, 허큘리스가 있었으며, 도망친 노예로는 나무통을 만드는 쿨리-칸이 있었다.

· · ·

크리스마스가 지나갔다. 나는 씨앗을 주문하며 12월의 마지막 나날을 보냈다. 타게테스 파툴라 '버닝 엠버스', 디안투스 카리오필루스 '샤보', 파파베르 솜니페룸, 라티루스 오도라투스 '스펜서 믹스'와 '프린스 에드워드 오브 요크'. 천수국, 패랭이꽃, 양귀비, 향기가 강한 올드패션드 스위트피. 나는 '루벤자', '대즐러', '데이드림' 등 다양한 품종의 코스모스와 한련도 담았다. 우리는 잘 쓰지 않는 한 구석에 부엽토 통을 만들었고 주목 뒤에서 부서진 굴뚝을 발견했다. 서리가 계속 내렸고 그해의 마지막 날 나는 설탕꽃처럼 얼어붙은 헬레보어 한 송이를 발견했다.

'플랜터planter'라는 단어가 내 머릿속을 맴돌고 있었다. 원래 의미는 땅에 구근이나 씨앗을 심는 사람이라는 뜻으로, 너무나 온화하게 느껴진다. 그보다 불쾌한 두 번째 뜻은 16세기 말에 생겼는데, 바로 식민지 개척자라는 뜻이었다. 1619년에 버지니아 식민화 작업이 시작되면서 세 번째이자 더욱 구체적인 의미, 즉 플랜테이션 농장주라는 뜻이 생겼다. '플랜테이션plantation'이라는 단어 역시 씨앗을 심는 행위를 뜻했지만 이제 《옥스퍼드 영어사전》에 따르면 정복당하거나 지배받는 국가에 공동체를 만들어 정착하는 행위로 의미가 변했다. 플랜테이션이라는 단어가 홉지나 삽목으로 키운 구스베리나 라즈베리를 뜻할 수도 있지만 고향에서 홉지를 뻗어 해외에, 다른 사람의 고향에 재정착한 사람들도 의미할 수 있다. 사실 아서 미들턴이 바베이도스 식민지에서 캐롤라이나 식민지로 이주할 때 탔던 배 이름이 플랜테이션이었다.

언어가 사건을 따라가는 것일까, 아니면 언어 안에 이미 형성되어 있던 사상이 사건을 일으키는 것일까? 식민지 개척의 중심에 에덴 이야기가 자리 잡고 있다. 빼앗으려는 욕구, 새로운 자원이 풍성한 낙원을 차지하고 소유하려는 욕구가 식민지 개척의 주요 동력 중 하나였다. 뿐만 아니라 에덴은 잔인한 행위를 정당화하는 역할도 했다. 그것은 신이 내린 핑계였다. 17세기에 식민지 확장 찬성론은 어김없이 〈창세기〉와 인간에게 내린 모든 생명체를 정복하고 지배하라는 신의 명령을 근거로 내세웠다. 나는 현재 우리 지구를 위험에 처하게 만든 직접적인 책임이 바로 그러한 태도에 있다고 덧붙이고 싶다.

제임스 1세 시대 탐험가이자 버지니아 초창기 주지사였던 존 스미스가 마지막 책《뉴잉글랜드나 다른 지역의 경험 없는 식민지 개척자를 위한 조언》에서 썼듯이 "플랜테이션을 건설하는 이유는 많다. 이 순수한 일을 처음 시작한 아담과 이브는 후대에 남기기 위해서 땅에 식물을 심었지만 노동과 수고, 노력 없이 이루어지지는 않았다".[9] 식민지 건설은 신이 명한 노동을 계속하면서 막대한 여분의 땅으로 영토를 확장하는 것으로 여겨졌는데, 스미스는 "기독교 나라의 국민들"[10]이나 "그 나라의 원주민들"[11]이 전부 관리할 수 없을 만큼 넓은 땅이라고 기만적으로 설명한다. 그는 씨앗과 함께 복음을 심어 영적 이익과 경제적 이익을 같이 경작할 수 있다고 주장했다.

그러나 이렇게 스스로에게 유리하게 만든 이야기에는 불안한 그림자가 따른다. 바로 땅을 빼앗고 그곳에 사는 인간을 도륙하거나 추방할 가능성이다. 잔학 행위에 대한 소문이 잉글랜드로 퍼지면서 식민지 개척자들이 하는 일에 대해 불안이 생겨났다. 사실은 에덴이 침범당한 것일까? 무한히 비옥한 원시 대자연을 약탈하고 훼손한 것일까? 버지니아의 식민지 건설 1년 후에 태어난 밀턴은 평생, 특히 공위시대 정부에서 외국어장관으로 일하는 동안 이 모순적인 이야기를 받아들였다. 《실낙원》을 읽는 수많은 방법 중 하나는 이 책이 전례 없는 식민지 확장 시기에 나왔으며 새로 정복한 땅에 흠결 하나 없는 야생 정원이 있다는 보고에 영향을 받았다고 보는 것이다. 우리는 보통 은연중에 그런 분위기가 있다고 말한다. 밀턴의 에덴에는 아메리카와 서인도제도 신세계에서 이루어진 식민 활동의 흔적이 난파 후 해변으로 밀려오는 물건처럼 도처에 흩어져 있다.

표면적으로 봤을 때 밀턴은 고전 작품에 나오는 장면과 장소뿐 아니라 새로 조우한 땅의 이미지를 비유에 계속 이용한다. 밀턴은 희망봉을 지나 항해하는 선원들이 해안에서 풍겨오는 향기에 현혹되는 것처럼 사탄이 에덴이라는 "신세계"[12]를 힘들게 찾아간 끝에 달콤한 공기를 맛본다고 쓴다. 깜짝 놀란 탐험가들은 고국으로 소식을 전하면서 아메리카를 낙원처럼 설명한다. 밀턴은 사탄이 발견한 비옥하고 풍요롭고 경이로운 땅을 설명할 때 그러한 탐험가들의 언어를 빌려 쓰며 때로는 표현을 그대로 가져온다. 자이언트 시더, 소나무, 전나무 같은 수종마저 똑같다. 아담과 이브는 콜럼버스가 "야생의 / 숲에서"[13] 만난 "새털로 만든 넓은 허리띠를 / 두른 아메리카인"[14]과 직접적으로 비교된다. 또한 신은 에덴을 "자기 제국에 덧붙여"[15] 건설한 "지상至上의 식민지 개척자"로 묘사된다. 에덴은 말 그대로 천국의 식민지이고, 방식은 다르지만 지옥도 마찬가지이다.

사탄은 식민지로 쫓겨난 반항적이고 바람직하지 못한 추방자의 전형적인 모습이다. 내장과 관련된 꾸밈없는 비유가 이어지면서 사탄은 천국에서 추방당한다. 사탄과 반역 천사들은 엄청난 신음과 함께 지옥이라는 하수구에 배설되는데, 고국에서 아무도 원하지 않는 인간 쓰레기를 식민지에 수용하자는 17세기의 주장과 일맥상통하는 이미지이다. 사탄은 식민지 개척자이자 에덴 침략을 계획하는 "위대한 모험가"[16]로, 순진하고 벌거벗은 원주민을 배신하여 종으로 삼고 자기 친척인 죄와 죽음을 불러와 그들 대신 살게 한다. 또한 아담과 이브 역시 고용계약을 맺은 종이며, 신은 새로운 땅에서 황야를 부지런히 개간하며 노동하도록 그들을 "배치"[17]한다. 그들이 순종적으로 열심히 일하면 언젠가 원래의 순수한 고향 천국을 보상으로 받는다.

이러한 해석 가능성들은 마틴 에번스의 명쾌한 저서《밀턴의 제국 서사시》에 나온 것으로, 그는《실낙원》에서 여러 가지 식민지 서사가 중첩되어 작동하고 있다는 증거를 찾아낸다. 이러한 서사들의 상호 모순 덕분에 밀턴의 작품은 더욱 불변하는 힘을 갖게 되고, 또한 순전히 식민지의 악행에 대한 알레고리로 해석되거나 반대로 식민지 선전과 열렬한 지지로 읽히지 않을 수 있다. 간단히 말해서 에덴은 무한한 풍요와 가능성의 공간이지만 땅 주인은 따로 있고 모험가들이 약탈을 자행한다. 또한 끝없는 노동을 해야 하고, 윗사람과 감독관이 존재하며, 추방당할 위험이 늘 도사리고 있을 뿐 아니라 결국 비극적인 현실이 된다. 우리가 사는 이 땅과 무척 비슷하다.

에번스의 설명에서 무척 흥미로웠던 것은 에덴에 대한 모든 이야기가 그곳을 정치적 틀에 넣기 때문에 에덴이 비정치적·비역사적 공간으로 존재할 수 없음을 시사한다는 점이다. 서로 다른 에덴이 때로 충돌한다는 사실은 에덴이라는 낙원이 시간과 역사 바깥에 존재한다는 생각과 다르다. 미들턴가는 식민지 개척으로 이득을 얻은 수많은 사람들이 그랬듯이 스스로를 잘 차려입은 아담과 이브이며, 비록 직접 땀을 흘리며 고된 노동을 하는 것은 아니지만 땅을 더욱 기름지게 만들기 위해 고결한 노력을 기울이고 있다고 믿었을지도 모른다. 미들턴가는 분명 자기들이 삶을 빼앗은 사람들과 부모자식 같은 관계를 맺고 있다고 생각했고, 그들이 노예로 삼은 이들은 명령을 받아야 하는 부하일 뿐만 아니라 명령에 감사해야 한다고 믿었다. 이러한 생각이 사실과 거리가 멀다는 것은 미들턴가의 에덴 만들기에 자금을 조달하는 기괴한 방식이 남북전쟁이라는 또 다른 밀턴풍의 사건을 일으키는 이야기 후반부에 드러난다.

· · ·

1754년 윌리엄 미들턴은 잉글랜드의 크로필드를 상속받았고, 이 기회를 통해 미들턴 집안이 노예제도로 벌어들인 막대한 이익이 처음으로 잉글랜드로 돌아왔다. 미들턴가가 잉글랜드로 이주하면서 새로운 국면이 시작되었고 아메리카에서 축적한 부는 고국에서 더욱 정제되었다. 그 일환으로 미들턴가는 정원 가꾸기에 집착했는데, 그것이 바로 가장 높은 사교계에 들어가는 방법이었다. 현대적으로 비유하자면 새클러가*가 예술을 이용해 자신들의 지위를 높이고 타락과 착취로 부를 축적했다는 사실을 가리려고 했듯이 미들턴가는 정원을 이용해 평판을 정화하고 짜맞추었다.

서펀의 크로필드는 원래 에드워드 미들턴의 처남 소유로, 그 역시 바베이도스에 사탕수수 플랜테이션을 소유하고 투자했다. 윌리엄은 크로필드를 물려받았을 때 아메리카에 질린 상태였는데 아마도 몇 년 사이에 두 아내와 아버지, 아직 어린 아이들 네 명을 묻어야 했기 때문일 것이다(사우스캐롤라이나의 높은 사망률은 플랜테이션 농장주 계급 구성원들이 어떻게 그토록 어마어마한 부자가 될 수 있었는지 설명한다. 아내를 잃은 남성이나 남편을 잃은 여성 — 이 경우가 더 많았다 — 이 영지를 두 곳, 세 곳, 심지어는 네 곳도 상속받을 수 있었기 때문

---

* Sackler: 제약 회사 퍼듀 파마를 소유한 집안으로, 옥시콘틴 등 중독성 있는 마약성 진통제의 과잉 처방으로 부를 축적해 비난받았다.

이다).

서퍽 크로필드에 정원을 조성했다는 기록은 없으며 저택은 오래 전에 파괴되었다. 그다음으로 미들턴가의 미화 작업을 이끈 사람은 윌리엄의 장남으로, 그 역시 이름이 윌리엄이었다. 유리한 결혼을 능숙하게 이끌어내는 미들턴가의 일원답게 윌리엄은 미국 독립전쟁이 시작된 1775년 서퍽 지주의 딸 해리엇 액턴을 아내로 맞이했고, 그녀는 8000파운드라는 어마어마한 지참금을 가지고 왔다. 10년 뒤 서퍽 세밀화 화가 존 스마트가 그린 순박한 초상화에서 이 행복한 부부와 세 아이를 볼 수 있다.

야외인 것은 분명하다. 미들턴 가족은 짙은 갈색 하늘 밑에서 술이 달랑거리는 진홍색 캐노피 안에 서 있다. 텐트일까? 휴식처일까? 딸들은 흰옷에 파란 장식 띠를 두르고 그것과 어울리는 픽처 해트*를 쓰고 있고 머리카락은 곱슬곱슬 말려 있다. 아직 안고 다녀야하는 아기인 아들은 엄마의 무릎에 앉아서 그녀의 머리카락을 향해 손을 뻗는 중이고 엄마는 당시 유행에 따라 회색 머리를 동그랗게 말았다. 윌리엄 미들턴과 해리엇 액턴, 장녀는 오른쪽 하단 구석에 시선을 고정시키고 있다. 멍한 표정과 창백한 얼굴, 작고 까만 눈 때문에 칼라와 러프 옷깃을 차려입은 가자미가 멍하니 바라보는 장면이 떠오르지 않을 수 없다. 서 있는 둘째 딸 루이자만이 감상자를 보면서 손을 요상하게 들고 이들을 물고기로 변신시킨 마법사라

---

* picture hat: 깃이나 꽃으로 꾸민 차양이 넓은 여성용 모자.

도 되는 것처럼 변해라라고 주문을 외우는 듯한 제스처를 취하고 있다. 원경에는 소주택이 나무들 사이에 자리 잡고 있다. 게인즈버러가 그린 해리엇의 아버지 초상화도 있지만 같은 화가가 그린 〈앤드류 부부〉 같은 젠트리의 초상화와 달리 넓은 땅을 뽐내지 않는다. 미들턴 가족은 텐트에서 지내며 사막을 여행 중일 수도 있다. 어쩌면 그들이 열심히 바라보고 있는 것은 그들의 진정한 집인 슈러블랜드 홀일지도 모른다.

오래 기다릴 필요는 없었다. 윌리엄은 1785년 아버지가 세상을 떠난 뒤 15년 전 팔라디오 양식 건축가 제임스 페인이 지은 슈러블랜드 홀을 사들였다. 당시 슈러블랜드 홀은 풍경을 지배하는 현재의 웅장한 저택보다 훨씬 검소하고 차분한 건물이었지만 그래도 그 근방에서 가장 웅장했고 새로 지은 저택이었다. 슈러블랜드 홀은 탁 트인 대정원에 서 있었고, 내가 보면서 감탄했던 유럽밤나무들이 그 당시에도 있었다. 소더비 카탈로그는 이렇게 감탄한다. "그렇게 해서 미들턴 가문이 지난 세기에 아메리카에서 축적한 부는 그들의 고향 서퍽에서 물리적으로 모습을 드러낼 방법을 찾았다."[18] 그러나 사실 미들턴가는 트윅켄햄 출신이었고 그들이 부를 쌓은 방식은 더없이 기괴했다.

이제 윌리엄의 관심과 지갑은 이 대정원을 향했다. 그는 아메리카에서 축적한 돈을 이용해 자신을 시골 대저택을 가진 영국 신사로 재창조했고, 그 야심의 핵심은 정원이었다. 이러한 재창조의 가능성과 위험에 흥미를 드러내는 제인 오스틴의 소설《맨스필드 파크》의 등장인물 러시워스 씨와 마찬가지로 윌리엄은 새 영토가 만족스럽지 않아서 개선하고 싶었다. 맨스필드 파크에 사는 상류층에게 그러한 딜레마의 해결책은 하나밖에 없었다. 바로 저택의 전망을 더없이 인상적으로 바꾸어줄 수 있는 조경 디자이너 험프리 랩턴이었다. "그를 당장 부르는 게 좋겠네요."[19] 러시워스 씨는 이렇게 말하고 랩턴의 보수가 하루에 5기니라고 살짝 초조하게 덧붙인다. 그 자리에 있던 모든 사람이 그렇게 열성적이지는 않았다. 여주인공 패니는 가로수길의 오래된 오크나무들이 사라지는 것을 유감스럽게 생각하고 그녀의 보수적인 사촌 에드먼드는 자기라면 조경사의 종합적인 의견을 따르기보다는 천천히 자기 취향에 맞게 바꾸겠다고 말한다.

오스틴이 《맨스필드 파크》를 쓰기 시작했을 1811년 무렵 랩턴은 케이퍼빌리티 브라운의 확실한 후계자, 젠트리의 진부한 대정원에 오스틴이 말하는 "현대적인 옷"[20]을 입힐 수 있는 마법사였다. 그는 나무를 베어낸 후 귀부인들이 팔짱을 끼고 사이사이를 누빌 수 있는 관목을 심었고, 아주 매력적인 전망을 열어 낡은 저택이 상쾌하게 새로워진 느낌을 주었다. 그러나 1789년 7월의 어느 비 오는 날 슈러블랜드 홀을 보러 온 랩턴은 이제 막 경력을 시작한 참이었다. 그가 디자인한 400개의 정원 가운데 슈러블랜드 홀이 겨우 세 번째였다. 랩턴은 초보 시절에도 작업 사양서인 레드 북에 자신이 제안하는 조경을 그려서 보여주는 유명한 작업 방식을 이미 확립했지만 슈러블랜드의 경우에는 사실 긁힌 자국이 많은 그린 북이었다. 거기에는 랩턴이 생각하는 대정원의 전후 모습이 '아주 상세하게' 담겨 있었으므로 일관된 계획이라는 감각을 잃지 않으면서 시간과 예산이 허락하는 대로 서서히 실행할 수 있었다.

미들턴가는 랩턴이 제안한 변경안을 많이 받아들였고(분명 오스틴의 소설에 등장하는 크로퍼드 양이 예측하듯 먼지투성이에 정신이 하나도 없고 자갈길과 소박한 벤치도 없어졌을 것이다) 더욱 회화적인 취향을 가진 또 다른 디자이너 윌리엄 우드의 아이디어도 받아들였다. 대정원을 확장하고 입구를 더욱 웅장하게 만들었으며, 새로운 산책로들은 롬바르디 포플러, 낙엽송, 가문비나무, 라임나무처럼 흔치 않은 수종을 심어 더욱 흥미로워졌다. 나무들이 주변에서 무성하게 자라는 동안 윌리엄 미들턴은 국회의원이 되고, 남작과 기사의 중간인 준남작 작위를 받고, 윌리엄 파울 미들턴이라는 이름을 갖게 되었다. 그의 좌우명은 르가르데 몽 드루아<sub>Regardez mon droit</sub>, 즉 내 권리를 존중하라였다. 그는 정원을 개선함으로써 자신을 개선했다.

돈이 펑펑 쏟아져 들어왔다. 1801년에 그의 동생 헨리가 복권에 당첨되어 2만 파운드를 타서 윌리엄과 나누어 가졌고, 1811년에는 결혼을 하지 않았고 자녀도 없었던 헨리가 사망하면서 윌리엄이 상속자가 되었다. 이러한 일련의 사건은 운명의 여신이 우연히 계속 미소를 지은 것처럼 중립적으로 보이지만 부와 권력의 급증은 이제 시야에서 완전히 사라진 것, 즉 노예제도에 의해서 이루어졌다. 우리는 설탕 플랜테이션 주인의 대저택이었던 《맨스필드 파크》를 다시 생각해 볼 수 있다. 소설 속에서 패니는 안티과에서 막 돌아온 삼촌에게 노예 매매에 대한 이야기를 꺼내려 하지만 나머지 가족들은 "철저한 침묵"[21]이라는 꿰뚫을 수 없는 쿠션으로 방어한다. 고통스럽거나 치부를 드러내는 화제에 대응하는 영국식 방어 전략이다.

그 침묵 속으로 파고들어 보자. 아버지 윌리엄 미들턴은 아메리카를 떠났지만 그곳에서 나오는 모든 이익을 포기하지는 않았다. 그는 캐롤라이나와 조지아에 9000에이커가 넘는 땅을 여전히 가지고 있었는데, 전부 노예노동으로 운영되었다. 이 땅은 장남을 제외한 세 아들 존, 토머스, 헨리에게 남겨졌고, 이는 윌리엄 파울 미들턴이 처음에는 그 땅을 받지 않았다는 의미이다. 그러나 동생들이 먼저 세상을 떠났기 때문에 그는 여러 가지 복잡한 경로를 통해 과거에 노예제도에서 나온 부만이 아니라 현재 나오고 있는 부까지 손에 넣었다. 슈러블랜드가 매각될 때까지 저택에 보관되어 있다가 입스위치 서퍽 카운티 문서 사무소로 옮겨진 미들턴 가문의 서류 중에는 세월에 따라 점점 흐릿해지는 갈색 잉크로 아메리카의 부동산과 그 소유권 변화에 대해 언급하는 편지가 많다. 1778년 토머스 미들턴의 오하이오강 유역 토지 구매. 1783년 존 미들턴의 사우스캐롤라이나 크로필드 재구매 및 1년 후 사망. 1786년 사우스캐롤라이나와 잉글랜드에 있는 미들턴 부동산과 사업에 관한 문서. 1792년 헨리 미들턴의 쌀 작물에 관한 문서. 1796년 조지아의 토지에 관한 문서. 1798년 면화 작물의 장점에 관한 문서.

1799년에 헨리 미들턴은 바스에서 편지를 써서 건강이 좋지 않다고 호소하며 다섯 군데의 플랜테이션 중에서 엔쇼스의 "부동산과 검둥이들"[22]을 처분하고 싶다고 말했다. 그가 보고받은 바에 따르면 "일꾼 104명, 노동력이 절반인 일꾼 13명, 아이와 허약한 이와 장애인 48명"[23]이 있었고 추정 가치가 2500~3000파운드였다. 1806년에 그는 노예 가치 평가서에 서명하지 않고 돌려보내면서 몰인정하게도 경매에 부치면 가격이 더 올라갈 것이라고 제안했는데, 그럴 경우 가족이 뿔뿔이 흩어질 수밖에 없었다. 이런 식으로 계속되었다. 캐롤라이나 늪지에서 수입이 차오르고 강제노동과 인간이 자본으로 전환되어 법정 소송, 담보 대출, 토지 이전, 수수료와 어음 등 방대한 서류 기록이 생겨났는데, 전부 훔쳐온 사람들로부터 훔친 노동에서 비롯된 것이었다.

1830년 윌리엄 파울 미들턴이 사망했을 때 그는 형제들의 죽음으로 인해 그들의 토지 대부분을 소유하고 있었다. 그가 윌리엄 파울 파울 미들턴이라는 어이없는 이름을 가진 장남에게 남긴 수많은 유산에는 슈러블랜드 홀, 준남작 지위, 캐롤라이나의 7400에이커 플랜테이션에 대한 채권, 노예 183명 등이 있었다. 재산 가치는 2만 1250파운드였고 연간 7퍼센트의 이자소득이 발생했다. 아들 윌리엄은 채권이나 토지 자체를 팔려고 상당히 노력했지만 소유하거나 임대하거나 담보로 잡힌 아메리카의 노예 플랜테이션으로부터 죽을 때까지 수입을 얻었다.

그 수입을 어떻게 썼을까? 그는 그 수입을 어떤 목적에 사용했을까? 영향력과 권력을 향한 꽃이 만발한 길, 즉 더 많은 정원이었다. 윌리엄은 아버지와 마찬가지로 유리한 결혼을 했다. 결혼 상대는

4대 브라운로 남작의 딸 레이디 앤 커스트였다. 부부는 서퍽에 머무는 중간중간 이탈리아에서 오랫동안 체류했다. 그들은 19세기식 그랜드 투어*를 하면서 귀중한 물건들을 사들여 영지의 모든 복도와 테라스를 장식했다. 소더비에서 판매된 카라바조의 도박하는 군인들 그림이 그들의 것이었고, 그 밖에도 수많은 도자기, 유리 제품, 은 제품, 중세 시대 의자, 동물 가죽 깔개 등 잡다한 물건이 수없이 많았지만 고故 샬럿 왕비의 세브르 도자기를 구매한 사람은 틀림없이 그의 아버지였을 것이다. 샬럿 왕비의 아들 조지 4세가 아픈 아버지 조지 3세 대신 섭정하던 시절에 늘 궁핍했던 그가 어머니의 개인 소지품을 경매에 부쳤던 것이다. 귀족의 과도함을 모르지 않았을 소더비 카탈로그 저자마저도 이 품목들을 나열하면서 이렇게 말했다. "물건이 얼마나 많고 다양한지 당혹스러울 정도이다."[24]

이러한 둥지 꾸미기 탐닉은 일종의 공허에 대한 공포였다. 이와 동시에 새로운 소유물을 놓기 위해 저택과 정원의 리모델링 작업이 거의 끊임없이 진행되었다. 슈러블랜드에 더 이상 손댈 것이 없다고 여겨졌을지도 모르지만 윌리엄 파울 미들턴이 사망하면서 마지막 개선 작업이 일제히 시작되었고, 돈과 노력을 쏟아부어 저택과 정원을 사치스러운 신사의 거주지에서 독특하고 인상적인 언덕 위의 성으로 바꾸었다. 서퍽 들판에 화려하게 재현된 이탈리아였

---

* Grand Tour: 17~19세기 초 영국과 미국 상류층 자제들이 교육의 마지막 과정으로 유럽 대륙의 예술 중심지인 프랑스, 이탈리아의 대도시를 유람했던 여행.

다. 세 명의 건축가 제임스 그랜디디어링, 알렉산더 루스 그리고 웨스트민스터 궁을 건축한 찰스 배리 경이 슈러블랜드 홀을 다시 디자인하도록 연달아 불려와서 날도랫과 곤충이 집을 짓듯이 새로운 방, 현관, 입구 홀, 복도라는 외피를 만들어 기존 저택을 사실상 감싸버렸다. 루스는 온실을 설계했고 배리는 비대칭 탑과 아케이드 곁채를 갖춘 포르티코*를 맡았는데, 여기에 조각 갤러리들이 있었다(러시아 태생의 프랑스 조각가 페프스너는 "검소한 외관에서 연상되는 것보다 훨씬 더 호화롭다"[25]고 말한다).

윌리엄의 아버지가 만들었던 풍경식 대정원은 이 장엄함을 감싸기에 충분하지 않았기에 1840년대에 배리가 티볼리의 빌라 데스테의 계단을 모델 삼아 거대한 계단을 설계했다. 바람의 신전이라 불리는 작은 석조 파빌리온을 통과해 계단을 내려가다가 가장자리에 회양목이 심어져 있고 항아리가 늘어선 수많은 층계참 중 하나에서 잠시 걸음을 멈추고 근사한 광경을 내려다보면 100에이커에 달하는 더없이 정교한 정원들이 보이는데, 전부 레이디 미들턴이 디자인했다고 한다. 오늘날의 당신이라면 패널 가든, 로지아, 그린 테라스, 프렌치 가든, 파운틴 가든, 포플러 가든, 로사리오 중에서 무엇을 택할까? 머리가 어질어질할 때까지 이런 식으로 계속 이어진다. 행잉바스켓 가든, 박스 테라스, 다이얼 가든, 위치스 가든, 메이즈,

---

* portico: 일정한 간격으로 배치된 기둥과 지붕으로 구성된 구조물로, 보통 건물 포치의 역할을 한다.

스위스 가든까지. 스위스 가든 한가운데에는 잉글랜드 최초의 스위스식 소주택이 있고 넬슨과 나폴레옹의 유물이 보관되어 있다.

분리된 각각의 공간을 줄지어 늘어선 대리석 조각상과 석조 조상彫像으로 꾸몄기 때문에 메두사가 월계수 산책로에서 질주한 것 같았다. 빅토리아 여왕이 즉위하면서 브라운과 랩턴의 자연주의적이거나 회화적인 풍경식 정원에서 몹시 인공적인 정원으로 유행이 바뀌었고, 슈러블랜드는 새로운 취향의 전형이 되었다. 그것은 확실히 제국의 정원, 돈이 되는 새로운 연줄을 만들어내는 기계였다. 윌리엄은 콘스탄티노플에서 크림전쟁에 대해 언급하며 보낸 씨앗을 받았고 식물학자 윌리엄 후커 경의 개인적인 조언에 따라 선별한 식물을 브라질에서 들여왔다. 큐 왕립식물원의 초대 원장이었던 후커는 시간을 할애해 편지를 써서 케임브리지 공작 부인과 메리 공주가 슈러블랜드의 정원에 매료되었다고 언급했다. 바로 그것이 정원을 만든 이유였다. 왕실을 매혹시켜 사회의 최고 계층에 서서히 진입하기 위해서였다. 1851년 앨버트 왕자가 슈러블랜드에 정찬을 들러 왔고, 이 방문을 기념하여 리부드로스 소나무를 심었다. 답례로 윌리엄은 궁전에서 열리는 사냥에 초대받았다.

여기서 나는 메리 공주와 작별을 고하기로 한다. 나는 애드비노 브룩의 《잉글랜드의 정원Gardens of England》에 나오는 슈러블랜드가 본능적으로 싫다. 이 책을 통해 슈러블랜드 정원의 구조를 추측할 수 있다. 레이디 미들턴은 빅토리아 시대에 유행했던 화초 옮겨심기의 선구자였고 브라질에서 들여온 흰 피튜니아와 칠레에서 들여온 노란 칼세올라리아 같은 반내한성半耐寒性의 소위 말하는 '이국적인' 다년초로 강렬한 색채의 기하학적 패턴을 만들었다. 그녀의 기여로 화단 앞에 색으로 좁은 띠를 만드는 '리본 밴드'와 예를 들어 다양한 빨간색 제라늄 수백 포기를 빽빽하게 심어 편두통이 생길 정도로 울렁거리는 선홍색을 만들어내는 '셰이딩shading'이 만들어졌다. 수석 정원사 도널드 비턴과 그의 후계자 포고 씨의 감독하에 매년 이러한 연출을 위해서 씨앗을 파종하여 키운 수많은 꽃뿐만 아니라 한해살이 꽃 8만 포기가 필요했다.

나는 우리 할아버지가 아침 산책 장소로 제일 좋아했던 워딩의 비치 하우스 파크에서 이 오싹한 양식의 마지막 발악을 보았다. 1980년대였는데도 비치 하우스 파크의 화단은 여전히 과장되고 화학적인 느낌을 주는 색채의 꽃이 원형 무늬로 배열되어 있었고, 각 꽃은 바로 옆의 꽃과 부자연스러울 만큼 똑같았다. 장미는 색조에 따라 분리했고 튤립은 전부 등을 꼿꼿이 세운 중사 같았다. 개성은 허락되지 않았다. 나는 당시 그러한 양식을 혐오했고 나의 모든 정원 가꾸기 노력은 그 반대이지만, 지금은 당시의 양식이 집단적 노력과 자기희생이라는 전시戰時의 미덕을 보여주는 공공 기념물이라고 생각한다. 슈러블랜드가 전하려던 것과 전혀 다르다.

• • •

1월. 내 일기장에는 할 일이 잔뜩 적혀 있다. 사과나무 가지치기,

인동 다듬기, 퇴비 뒤적이기. 나는 봄을 위해 꽃모종을 주문했지만 슈러블랜드에 심어진 것과 같은 종류는 하나도 없었다. 서어나무 아래 심을 차분한 흰색 디기탈리스, 이언을 위한 니코티아나 그리고 세 가지 품종의 달리아 '위저드 오브 오즈', 맑고 짙은 빨간색의 '뉘 데테', 어떤 정원사든 키우기 힘든 '앰비션'. 그것은 나의 일이었고, 나는 그 일이 아무리 힘들어도 상관없었다. 압도당하거나 감당할 수 없다는 느낌도 종종 들었지만 또한 자기만의 방식으로 무언가를 만들 수 있는 것은 보편적인 권리여야 하면서도 가장 큰 사치라는 것도 알았다.

우리는 텔레비전으로 보리스 존슨 총리가 새로운 봉쇄 기간 시작을 알리는 것을 보았다. 그는 늙어 보였다. 호박琥珀 속에서 굳어버린 것처럼 매일이 똑같은 느낌이었지만 역사는 우리를 빠르게 지나치고 있었다. 트럼프 지지자들이 국회의사당을 습격했고, 조지아에서는 민주당 후보가 결선 투표에서 승리했다. 나는 향기로운 서향 가지를 처음 잘랐다. 갈 곳이 없었고, 우리의 고난은 끝이 없었다. 아침에 나는 프림로즈를 옮겨 심었고 이언은 담쟁이덩굴을 더 벗겨냈다. 마침내 담장은 내가 일기장에 희망을 담아서 계획해 놓은 새로운 윤택함의 시대를 맞이할 준비가 되었지만 오히려 전부 끝났다는 느낌이 들었다. 나는 종종 밤에 밖으로 나가서 플레이아데스와 오리온과 타오르는 왕좌에 앉아 움직이는 카시오페이아 같은 별들을 확인했다. 안으로 들어와서 별자리 지도를 보고 다시 밖으로 나가 목련 위에 떠 있는 우주를 바라보며 풀밭에 발자국을 남겼다.

미들턴가에도 일종의 끝이 다가오고 있었다. 레이디 앤이 그늘진 경계 화단에 꽃을 심는 동안 1833년에 노예제도 폐지 법안이 통과되었다. 그녀의 오빠 에드워드 커스트 장군은 1837년 노예 보상법에 따라 보상금 5029파운드 7실링 8페니를 받았다. 영국 정부가 노예 소유주들에게 지불한 2000만 파운드라는 어마어마한 금액 중 일부였다. 커스트가 보상금을 받은 것은 장모 소유 영지의 상속자였기 때문이다. L. W. 부드 부인은 영국령 기아나에 노예가 201명 딸린 설탕 플랜테이션을 가지고 있었다. 그 노예들 중에서 누구도 빼앗긴 것에 대해 보상을 받지 못했다.

미들턴가는 서인도제도의 재산을 오래전에 팔았기 때문에 역시 보상을 받지 못했다. 노예제도 폐지는 대영제국의 특정 영토에만 적용되었고, 미들턴가의 토지는 아메리카에 있었으므로 1833년 이후에도 여전히 노예제도에서 이익을 얻었다. 가문의 기록을 보면 그것이 재정적으로 어떤 의미였는지 마지막 1파운드까지 설명하는 수많은 증거가 있지만 관련된 사람들이 어떤 희생을 치렀는지는 거의 기록되어 있지 않다. 이름만 겨우 남아 있지만 가격은 꼼꼼하게 적혀 있다.

《맨스필드 파크》에서 패니가 말하는 철저한 침묵이 무슨 뜻인지 지금까지 상당한 논쟁이 있었다. 단순히 그녀의 사촌이 패션이나 로맨스 외에 어떤 화제에도 관심이 없었다는 말일 수도 있다. 하지만 그렇다면 **철저한 침묵**은 무척 충격적인 표현이다. 그 표현은 그 자체를 넘어 확장되고, 의도적인 것은 아니라 해도 패니가 제기하려던 이야기를 지금까지도 감추고 숨기려 한다는 사실을 포착한다. 자본주의가 스스로 영속화하는 작용 중 하나는 이탈, 즉 생산품과 생산지를 철저하게 절대적으로 분리하는 것이다. 따라서 우리는 원예용품점에서 이탄이나 휘발유를 사거나 심지어 초콜릿을 살 때, 전기 스위치를 켜거나 수돗물을 틀 때, 변기의 물을 내리거나 이케아에서 소파를 살 때 이러한 상품이 즉흥적으로, 자연스럽게, 필요나 욕구에 대한 마법 같은 응답으로 나타난다고 믿게 된다. 반대로 해당 상품의 종종 파괴적인 기원과 그 후속 효과는 스크린 뒤로 사라진 것처럼 철저하게 숨겨진다. 이 작용은 너무나 강력해서 제품과 생산 과정이 어떻게 연결되어 있는지 보여주려고 해도 보통 이해하지 못하게 만들고 심지어는 분노를 유발한다. 소비자가 눈앞에 불쑥 나타난 매끈하고 반짝거리는 코카콜라를 그 생산지인 인도의 우타르 프라데시, 케랄라, 라자스탄의 물 부족 및 오염과 연관시켜야 하는 것은 왠지 모르지만 상처를 주는 일이다.

미들턴가의 구성원 중에서 단 한 사람만이 이와 같은 침묵 규칙을 거부하고 서투르긴 하지만 아름다운 저택과 정원, 회화가 전부 어디에서 끊임없이 나오는지 그 기원을 보여주려 했다. 재미있게도 그녀의 이름 역시 패니였다. 바로 영국 배우 프랜시스 켐블로, 빅토리아 시대 런던에서 셰익스피어 작품으로 널리 알려졌고, 연극계의 유명한 가문 출신 배우 겸 매니저인 해리 켐블의 장녀였다. 패니는 1834년 조지아 출신 노예 소유주 피어스 미스 버틀러와 결혼했다. 피어스는 노예 상인 토머스 미들턴의 증손자였으므로 윌리엄 파울 파울 미들턴의 7촌이었다.

토머스의 딸 메리 미들턴(슈러블랜드를 소유했던 첫 번째 윌리엄의 사촌)이 독립전쟁 당시 사우스캐롤라이나의 군무국장이었던 아일랜드인 피어스 버틀러와 결혼했다. 피어스는 미국 독립선언서에 서명한 헌법 제정자들 중 하나였다. 그 역시 아메리카에 가장 많은 노예를 가지고 있었고 그 악명 높은 탈주 노예 조항을 헌법에 넣은 책임이 있다. 이 조항 때문에 노예들이 노예제도를 이미 폐지한 북부의 자유주로 도망치는 것이 훨씬 어려워졌다. 피어스는 아들의 상속권을 빼앗았으므로 조지아의 두 섬에 있던 그의 플랜테이션은 두 손자가 나눠 갖게 되었는데, 그중 한 사람이 피어스 미스 버틀러였다.

패니 켐블은 노예제도에 반대했지만 노예 소유주와의 결혼을 거부할 만큼은 아니었다. 새 남편이 그녀를 설득해 버틀러섬으로 데려가면서 플랜테이션 생활을 직접 경험하면 생각이 바뀔 것이라고 장담했다. 그녀는 1838년 겨울 버틀러섬에 도착했고 자기 경험을 일기로 남겼다가 나중에《1838~1839 조지아 플랜테이션 체류 일지》로 출간했다. 이 기록이 없었다면 지켜졌을 철저한 침묵에 작은 구멍을 만들어주는 책이었다. 미들턴 가족 구성원 중 한 사람이, 사실 전체 식민지 개척자 계층 중 한 사람이 그들 부의 기반에 "감옥"[26]이 있었음을 인정하는 드문 일이었다.

패니의 책은 평범한 플랜테이션의 일상을 직접 목격한 기록이다. 식량 부족과 잔인한 과로는 일상이었고, 의복과 침구와 주거 공간의 부족, 끊임없는 매질, 낙인, 백인 감독관의 강간, 임산부에 대한 밭일 강요, 의료 부재, 유산, 부상, 불구, 죽음도 마찬가지였다. 무엇보다도 처벌 삼아서, 또는 단순히 주인이 자기 재산이라고 간주하는 사람들을 팔아버리기로 결정했다는 이유만으로 가족이 뿔뿔이 흩어질지도 모른다는 위협이 항상 존재했다. 노예들은 패니에게 자신들의 이야기를 해주었고 그녀는 대체로 남편의 설명보다 그들의 말을 믿었다. 패니의 설명은 본인이 가진 인종주의에 의해 끊임없이 왜곡되지만 그녀는 백인 우월주의의 절대적이고 기형적인 추악함을 보았다.

《체류 일지》는 어려운 책이다. 먼저, 그녀는 말을 타고 플랜테이션을 돌아다니는 백인 여성, 특권의 전형, 펜을 든 레이디 바운티풀*이다. 패니의 설명은 그 시대와 계급의 뿌리 깊은 인종주의에 의해서, 또 감상적인 분위기와 무례한 언어에 의해서 왜곡된다. 게다가 실제 일기를 출판하기 위해 일련의 편지 형식으로 축약하고 재구성했기 때문에 부분적으로는 꾸며낸 것이기도 하다. 이 책은 솔로몬 노스럽의 《노예 12년》처럼 노예제도를 경험한 자의 증언과 절대 같지 않다. 그러나 이 책은 백인 플랜테이션 소유주가 그토록 한가롭고 즐거움으로 가득한 삶을 뽑아내는 시스템에 대해 무엇을 알았는지 보여준다. 강간, 고문, 죽음. 남편은 패니가 이야기하는 소름

---

* Lady Bountiful: 18세기 희곡 《보의 계략》에 등장하는 돈 많고 자비로운 여인으로, 여성 자선가를 일컫는 표현.

끼치는 행위 중 그 무엇에도 놀라지 않았으나 모두가 노예제도를 자기처럼 보지 않는다는 사실 또한 잘 알았다. 하지만 두 사람은 그가 노예제도를 고수하는 것을 문제 삼지 않았다. 패니가 공포와 혐오에 질려서 남편을 떠나자 그는 두 딸을 빼앗고 그녀의 입을 막으려고 딸들을 만나지 못하게 했다. 패니의 일기가 출간되면 아메리카 노예제도 폐지 운동에 불을 지필 것을 알았기 때문이었다. 다시 말하지만 패니가 당한 보복은 버틀러섬을 떠날 수 없었던 여성들이 겪은 것에 비하면 아무것도 아니지만 강간, 유산, 사산과 유아 사망 등 그들이 구체적으로 어떤 아픔을 겪었는지 우리가 아는 것은 부분적으로나마 패니 켐블의 일기 덕분이다.

이 자극적인 기록은 미국 남북전쟁이 한창이었던 1863년이 되어서야 출간되었다. 이제 패니의 두 딸 모두 스물한 살이 넘었기에 아버지의 허락 없이 어머니를 만날 수 있었고, 패니는 노예제도에 대한 솔직한 설명이 남부 연합에 대한 영국의 지지를 뒤흔드는 데 도움이 되기를 바랐다. 그녀의 일기는 의회가 남부 연합을 인정할지 논의 중이었던 5월 말에 잉글랜드에서 출간되었고 미국에서는 7월 16일 출간되었으며 한 권에 1달러 25센트였다. 지금은 이 일기가 출간되면서 전쟁의 진로가 바뀌었다거나, 또는 영국인들의 마음속에서 남부를 약화시키는 데 성공했다고 종종 인정받는다. 사실 켐블에 대한 영국의 평가는 복합적이었다. 미국의 〈애틀랜틱〉은 "우리 나라의 실제 노예 플랜테이션 중심지에서 그 시스템이 어떻게 작동하는지 풍성하고, 명료하고, 진실하고, 자세하게 설명하는 최초의 글"[27]이라고 찬사를 보냈지만 영국의 〈새터데이리뷰〉는 켐블이 목격한 끔찍한 것들이 아니라 그녀가, 다름 아닌 여자가 그런 경험을 사람들에게 이야기해도 된다고 생각했다는 사실에 경악했다.

> 그녀가 구체적으로 설명하는 내용은 고상함이라는 영국적인 개념을 놀라울 만큼 모른다는 사실을 드러내고, 따라서 독자는 눈이 휘둥그레질 것이다. 귀부인이라면 꼭 필요하지 않은 한 원고에 담지 않을 온갖 내용을 책으로 출판하는 그녀의 냉철함은 독보적이다. … 적어도 현재로서는 그렇게 세세한 내용을 의학 전문 서적이 아닌 다른 곳에서는 찾아볼 수 없다. 귀부인의 일기에 그런 내용을 넣다니, 그 의도가 아무리 좋을지라도 가족 모임에서 소일거리로 그 책을 소리 내서 읽을 때 거실에 앉아 있던 많은 이들이 갑자기 '벌떡 일어날' 것이다.[28]

이 평은 켐블이 여성의 신체, 폭력과 강간, 생리, 자궁탈출, 감염에 대한 침묵의 금기를 깨뜨렸음을 분명히 보여준다. 무엇보다도 돈의 출처에 대한 침묵을 깨뜨렸다. 또한 노예제도가 폐지된 이후의 영국에서 노예 플랜테이션 이야기를 가족이 거실에서 즐기는 오락거리로 여길 수 있었음을 증언한다. 다만 불쾌한 단어는 아슬아슬하게 빼고 읽는 것이 이상적일 것이다.

《체류 일지》가 나왔을 때 윌리엄 파울 파울 미들턴은 이미 사망했고 미들턴 가문이 아메리카에 보유한 재산은 서서히 사라지고 있었다. 식민지 개척자들이 원하든 원하지 않든 해방이 다가오고 있었다. 특히 두 장면이 마지막 청산의 시절을 잘 보여준다. 첫 번째는 1863년 6월 2일 밤, 노예 출신 노예제도 반대 활동가 해리엇 터브먼이 연방군을 이끌고 컴바히강을 습격했을 때이다. 터브먼은 수년 동안 언더그라운드 레일로드*를 통해 남부의 노예들을 자유로 이끌었고, 이제 그녀는 끌배 세 척을 이끌고 남부 연합군의 지뢰를 피했다. 그날 밤 군인들은 수많은 플랜테이션을 불태우고 약 700명의 노예를 해방시켰다. 당시 파괴된 플랜테이션 중 하나인 뉴포트의 주인이 미들턴가의 일원이었다. 노예 감독의 집이 파괴되고 130명이 탈출하여 자유를 찾았지만 미들턴가 사람들은 연방군이 노예를 쫓아냈다고 굳게 믿었다. 터브먼이 본 것을 그들은 보지 못했다. 사람들이 기쁨에 차서 냄비와 돼지를 들고 배에 올랐다. 터브먼은 그들이 어떤 소리를 냈는지 절대 잊지 못했다. "우리는 웃고, 웃고, 또 웃었다."²⁹

1865년 2월 23일에 미들턴 플레이스 역시 연방군의 손에 불태워졌다. 그곳에 살던 가족 중 한 명은 새로 해방된 노예들이 식당에서 저녁을 먹은 다음 웅장한 무덤으로 가서 미들턴가 사람들의 뼈를 아름답게 손질된 초록색 잔디밭에 흩뿌렸다고 전했다. 남부 연방 재편입 시기부터 그 이후까지 미들턴가 사람들은 한때 그들이 소유했던 사람들에 대해서 악의적이고 혐오적으로 말했고, 이 이야기

---

* Underground Railroad: 노예제도가 폐지되기 전 미국에서 탈출 노예를 비밀리에 지원하던 지하 조직.

역시 그와 비슷한 인종차별적 프로파간다일 것이다. 하지만 그것은 그토록 많은 잔혹 행위와 고통 위에 세워진 정원에 딱 맞는 묘비명이었을지도 모른다. 묘비명은 그 정원이 사실은 묘지이며, 너무나 오랫동안 그곳에서 수많은 혈연이 끊기고 가족이 뿔뿔이 흩어졌다고 알려준다.

내가 그 입장이었어도 그렇게 웃으면서 끝낼 것이다. 너무나 비싼 값을 치르고 만들어진 정원, 애초에 만들어지지 말았어야 하는 정원들이 있다. 나는 이제 크로필드가 삭제되고, 미들턴 플레이스의 역사가들이 희귀한 동백과 진달래가 심어진 그 정원을 만들고 비용을 지불한 노예들의 이야기를 발굴하여 전면에 내세우려고 노력해서 기쁘다. 아름다움은 비용으로부터 자유로운 미덕이 아니다. 아무튼 내 생각에는 그렇다. 슈러블랜드의 정체가 무엇이었든 그것은 아름답지 않았다.

나는 서퍽 문서보관소에서 미들턴 가족이 사망세 대신 제출한 서신들을 보다가 1908년에 찍은 낡은 정원 사진들을 발견했다. 전부 애드비노 브룩이 설명한 그대로였다. 고전적인 흉상들, 주목 산울타리, 님프와 사슴뿔장식이 고전적 정복과 자연 정복 모두를 상징하는 위풍당당한 신전과 파빌리온. 거의 모든 사진에 사람이 없어서 빈 공간이 과도한 장식과 기묘한 대조를 이루었다. 이 정교한 풍경은 누구를 위한 것이었을까? 어떻게 이것이 인간의 고통이라는 비용을 감수할 가치가 있다고 생각할 수 있었을까? 스위스 소주택은 버려졌다. 연못은 텅 빈 하늘을 비추었다. 나는 그 광경에 넋을 잃고 사진을 계속 넘겨보았다. 하나의 왕조가 일어났다가 분수와 사이프러스 숲을 버리고 떠난 것만 같았다. 슈러블랜드는 그 자체의 기억, 허무와 탐욕에 바쳐진 신전이 되었다. 정원을 만드는 더 나은 방법이 분명 존재한다.

# 5

# 젊은 날의 유토피아

잠에서 깨자마자 새소리가 들린다. 빛은 계속 넓게 퍼지고, 빗장 문을 열면 오후가 펼쳐지고, 3시 30분이나 4시면 꿈꾸는 듯한 느낌이 든다. 봄은 색채의 물결로 다가왔고, 매일 물결이 달라졌다. 나는 날이 밝자마자 파자마에 코트를 걸치고 나가서 화단을 쑤석이며 새로 나온 것이 없는지 찾았다. 헬레보어가 제일 먼저 피었다. 반짝이는 흰색 꽃 가장자리가 분홍색이나 녹색으로 물들다가 분홍색에 담자색 점이 생기거나 이상하게도 초록색으로 뒤덮이면서 기관이 튀어나왔다. 별처럼 뾰족뾰족한 짙은 레드 와인색도 있고, 주근깨가 박힌 버건디색도 있고, 새틴같이 매끄럽고 거의 검정에 가까운 색도 있었다. 내가 제일 좋아하는 것은 도자기처럼 하얀 꽃에 밤색 줄무늬가 풍성하고 꽃잎이 둥글둥글해서 사랑스러웠다. 꽃을 따서 집으로 가지고 들어와 할머니가 트라이플*을 만들 때 쓰던 컷글래스 그릇에 띄우자 따뜻한 열기 속에서 꽃이 피었고 느릿느릿 떠다니며 새로운 패턴을 만들었다.

스노드롭도 점점 더 많이 피어 나무 밑을 뒤덮었다. 나는 뚜껑 달린 우물 옆에서 겹꽃 군락을 발견했다. 빅토리아 시대에 가장 사랑받던 '플로레 플레노'로, 치마처럼 겹겹이 핀 도자기색 꽃잎에 머리카락처럼 가느다란 초록색 선이 있었다. 2월 5일이 되자 날이 따뜻해져서 나는 정원으로 나갔고, 서향에 몰려든 벌들이 당을 과다 섭취하여 휘청거리며 시끄럽게 구는 소리를 들으면서 커피를 마셨다. 하지만 밤사이에 기온이 10도에서 영하 6도로 떨어졌고, 아침이 되자 눈이 30센티미터까지 쌓여 정원을 지워버렸다.

나는 어둠 속에서 눈이 내리는 느낌이 좋다. 화단과 잔디의 경계가 지워져서 정원의 구조가 눈에 띄었다. 정원은 이제 구불구불한 외골격, 곡선과 아치길로 이루어진 복잡한 뼈대에 불과했고 부벽과 아치의 지주에 하얀 눈이 두텁게 덮였다. 이제 색이라고는 돌보지 않은 곳에서 피어난 버지니아 풍년화밖에 없었는데, 길쭉하게 벗겨낸 향긋한 레몬 껍질처럼 달랑거리는 꽃잎이 취할 듯한 향기를 풍겨서 나는 가지를 계속 꺾어와서 집 안에 그 향기를 채웠다. 산책은 위험했다. 이언이 눈구덩이에 허리까지 빠지는 바람에 흠뻑 젖어서 차를 몰고 집으로 돌아왔다. 일주일 동안 집에 갇혀 있다가 눈이 녹으니 마음이 놓였다. 나는 해가 질 때 그동안 정원이 어떻게 버텼는지 보러 밖으로 나갔다. 내 일기장에 따르면 4시 55분이었다. 모든

---

* trifle: 유리 그릇에 케이크와 과일, 커스터드와 휘핑크림을 층층이 쌓아서 만드는 디저트.

것이 떨고 있는 듯했다. 파리가 유카 위를 빙빙 돌았고 손톱달 아래 보이지 않는 곳에서 지빠귀가 노래했다.

봄의 가짜 시작 이후 새로 핀 꽃 목록이 불어나기 시작했다. 크로커스는 내가 바랐던 만큼 많이 피지 않았지만 탁한 분홍색과 크림빛 도는 노란색, 또 짙은 양홍색의 멋진 프림로즈가 수십 송이 피었다. 주목 덤불 아래 방치된 화단에서는 파란색 폐장초를 발견했다, '블루 엔사인'일지도 몰랐다. 그 주변에 아룸 이탈리쿰이 있었는데 잎사귀의 대리석 문양이 달팽이가 지나간 자국 같았다. 장미 경계 화단에 등장한 반짝이는 뾰족뾰족한 낯선 꽃은 크라운 임페리얼이었을까? 그랬다, 그달 말에 향이 지독한 진한 주황색 꽃이 피었다. 까치밥나무가 그보다 먼저 통통한 봉오리로 희고 윤기 나는 총상꽃차례\*를 피웠다. 따뜻한 땅 냄새가 너무 황홀해서 나는 재킷을 입은 채 풀밭에서 구르고 싶었다.

나는 아침 순찰 중에 연못 화단에서 아주 작은 파란색을 보았는데, 크리스마스 전에 발견했던 작은 붓꽃보다 색이 더 진했다. 실라는 마크가 어딘가에 글로 쓴 적이 있는 것으로 프러시안블루색 스킬라 시베리카인 '스프링 뷰티'였다. 뒤를 이어 색이 더 연한 스킬라 루실리아이가 올라왔다. 예전에는 치노독시아로 불렸고 목줄기 부분의 하얀색으로 식별했다. 나는 수가 별로 많지 않다고 투덜거렸지만 2주 뒤에는 텅 빈 화단에 하늘을 그대로 반사하는 가느다란 물

---

\*   raceme: 긴 꽃대에 꽃자루가 있는 여러 개의 꽃이 어긋나게 붙어 있는 꽃.

줄기가 가득 찬 것 같았다.

　이렇게 쓰니 내가 종일 정원만 보고 있었던 것 같은데, 사실 나는 가끔 꽃을 집 안으로 가지고 들어와 이언의 돋보기로 관찰했다. 장식 주름이나 줄무늬, 점박이 무늬가 더 잘 보였다. 하지만 매일 몇 시간은 정원을 치우고, 뿌리덮개를 덮고, 디기탈리스를 옮겨 심고, 달리아를 화분에 심었다. 긴긴 밤이면 컴퓨터 앞에 구부정하게 앉아서 인구조사 기록을 찾아보았다. 우리가 이 집을 보고 나서 아직 이사하기 전이었던 지난봄에 나는 인터넷에서 마크에 대한 언급을 찾으면서 많은 시간을 보냈다. 나는 구글을 여행하다가《여성 참정권 운동: 참조 가이드, 1866~1928 The Women's Suffrage Movement: A Reference Guide, 1866-1928》에서 이 집의 이름을 발견했다. 당연히 링크를 클릭해 보았고, 그렇게 해서 유토피아 사회주의자 굿윈 밤비와 캐서린 밤비를 처음 만났다. 두 사람은 슈러블랜드 홀의 양탄자 같은 꽃밭이나 잔혹함과는 아주 거리가 먼 빅토리아 시대의 에덴 건설자였다.

　이사 때문에 정신이 없어서 밤비 부부를 잊고 지냈지만 봄이 되자 다시 생각났다. 굿윈 밤비는 1820년에 우리 마을에서 태어났다. 그는 영국 성공회에 들어가기로 되어 있었지만 열네 살 때 아버지가 세상을 떠나는 바람에 그 의무에서 벗어났다. 굿윈은 학교에 오래 다니지는 않았지만 대신 혼자서 광범위한 독서를 즐겼다. 아버지는 사무 변호사였고, 그의 가족은 대단히 부유하지는 않았지만 지식을 열심히 추구했다. 몇 년 후 그의 어머니가 남긴 유언장에는 화석 몇 상자와 역사, 지질학, 패류학, 광물학 서적이 포함되어 있었다. 무척 빅토리아 시대다운 관심사였다.

밤비는 열여섯 살에 지역의 농업 노동자를 대상으로 부드럽고 설득력 있는 목소리로 새로운 구빈 개정법에 대해 강의를 했다. 이 법은 가난한 이들을 빈민 작업 시설에 가두었는데, 시설을 일부러 끔찍하게 만들었기에 가장 가난한 이들만이 도움을 청했다. 구빈 개정법은 이미 인클로저로 인해 황폐화된 시골 계급을 더욱 옥죄었다. 밤비는 열일곱 살에 런던으로 이주하여 혁명론자들과 어울렸고, 스무 살에는 파리로 가서 유토피아 사회주의자들을 만났다. 그는 영어에 없던 새로운 단어를 가지고 돌아왔다. 바로 공산주의였다.

밤비는 새로운 생각과 사상이 요동치는 시대에 어른이 되었다. 그는 차티스트 운동가*, 유토피아 사회주의자, 페미니스트, 천년왕국설 신봉자, 기독교인, 몽상가를 차례로 거쳤는데 가끔은 시기가 겹치기도 했다. 솔직히 말하자면 허세 넘치는 괴짜이기도 했다. 밤비는 에덴을 다시 건설하고 싶었고, 원래 아담과 이브가 한 사람의 양성구유였는데 불행하게도 둘로 나누어졌으며, 앞으로 인간은 둘로 나누어진 잘못된 성별을 버리고 모든 존재 안에서 작용하는 남성적 요소와 여성적 요소를 받아들일 것이라고 믿었다. 그의 에너지는 거의 무한한 듯했다. 밤비는 각종 잡지를 창간하여 거의 모든 기사를 직접 쓰고, 낭만주의 시인 셸리를 흉내 낸 시를 여러 편 쓰

---

* Chartist: 1830~1840년대에 영국에서 노동자의 정치적 권리, 특히 보통선거권을 위해 싸운 운동가.

고, 연설하고, 강의하고, 심지어 자신의 교회까지 세웠다. 공동 편집 자였던 토머스 프로스트는 이렇게 회상했다. "그는 지그재그로 바쁘게 움직였고, 그의 소식이 마지막으로 들려온 곳에서 과연 그를 찾을 수 있을지 늘 의심스러웠다."[1]

1841년에 밤비는 입스위치 차티스트 국회의원 후보로 뽑혔는데, 바로 윌리엄 미들턴의 옛 선거구였다. 당시 정점에 도달한 차티스트 운동은 의회의 반부패 개혁과 노동 계급 남성의 선거권 보장을 위한 운동이었다. 밤비는 1839년과 1841년의 전국 대회에서 이스트 서퍽 차티스트 회의를 대표했지만 그의 사상은 이미 더 크고 원대해졌다. 그는 여성의 참정권 역시 원했고, 또 결혼 개혁과 남성에게 경제적·감정적으로 의존할 수밖에 없는 여성의 전면적인 해방을 원했다. 그러나 밤비는 단지 세상의 잘못된 부분만을 고치는 것이 아니라 세상의 기초 질서를 바꾸고 급진적인 평등과 공동체적 사랑이 넘치는 곳으로 재건하고 싶었다.

이 점에서 그는 로버트 오언의 영향을 받았다. 오언은 웨일스의 공장 주인이었고 방적 공장으로 큰돈을 벌었지만 자본주의는 개인주의를 부추기며 부의 대가로 대중의 고통을 초래하는 저주라고 생각하게 되었다. 그는 결혼, 종교, 사유재산 등 저주받은 체제 자체의 폐지를 추구했고 급진적 민주주의, 평등, 공산사회주의를 지지했다. 오언은 교회의 가르침과 달리 인간의 행동이, 이렇게 말해도 된다면 인간의 본성이 고정되어 있지 않으며 주변 환경에 의해 만들어지고 한정된다고 생각했다. 자본주의가 만들어낸 경쟁 때문에 실패와 예속이 불가피하고 탐욕이 고립을 초래한다면 사적 축적이 없는 새로운 환경이 필요했다. 오언은 이를 위해 새롭고 급진적인 단체 모델을 제안했다. 노동과 육아를 공동으로 하는 토지 기반의 자급자족적 공동체였다.

1841년에 밤비는 역시 오언주의자였던 캐서린 왓킨스와 결혼했다. 캐서린은 오언주의 신문 〈뉴 모럴 월드〉에 케이트라는 필명으로 글을 썼다. 두 사람은 차티스트 운동가들은 언급을 꺼리는 여성 참정권을 위한 첫 캠페인을 함께 시작했다. 밤비의 선언문은 남성과 여성의 평등을 주장했다. "우리는 계급 입법에 반대하듯 성별 입법에 반대한다. 그러므로 우리는 메리 울스턴크래프트*(Wollstonecraft를 Wolstonecraft로 잘못 표기했다)와 샤를로트 코르데**의 이름으로 모든 여성과 남성의 보편적 참정권을, 성별과 관계없는 차티스트 운동을 요구한다!"[2]

밤비가 새로운 공산주의력 원년을 거창하게 선언한 그해에 두 사람은 종교적·정치적 열망을 가득 담은 공산주의 교회도 세웠다. 마르크스주의에서 말하는 의미가 생기기 전까지 '공산주의'라는 단어의 첫 번째 의미는 공동사회 또는 공산적 공동사회라는 뜻이었고, 오늘날 우리가 그 단어에서 연상하는 전체주의적 의미는 없었다. 바버라 테일러가 《이브와 새로운 예루살렘》에서 설명하듯이 밤비

---

* Mary Wollstonecraft: 여성의 권리를 주장한 영국 작가이자 철학자이며 작가 메리 셸리의 어머니다.
** Charlotte Corday: 프랑스혁명 당시 장 폴 마라를 암살한 여성.

공산주의자들은 "고도로 지적이고 매우 낭만적인 이들로, 일상생활에 무척 실험적으로 접근했다".³ 그들은 자아를 중요시하는 1960년대 공동체처럼 명상과 최면 치료, 채식을 했다. 밤비는 금발을 길게 기르고 가운데 가르마를 탔고 시인 바이런처럼 리본 같은 타이를 즐겨 맸다. 밤비 부부는 차양 씌운 마차를 타고 런던을 돌아다니면서 납세에 반대하고 캔터베리 대주교의 사임을 요구하는 소책자를 나눠주었다. 가끔 교회를 습격해 신자들에게 상업의 부도덕함을 설파하기도 했다. 밤비는 공산주의 이상이 널리 받아들여진 뒤에 생길 이상적인 공동체를 오랫동안 상상하면서 그곳에 도서관, 분수, 비행선 그리고 "우리 중 가장 진보한 이들도 현재로서는 생각하거나 상상할 수 없는 더없이 멋진 개념과 훌륭한 상상"⁴을 만들고자 했다. 그는 새로운 세상이 하룻밤 만에 실현되지 않으리란 사실을 알았고, 따라서 1842년 정신병원으로 가장 유명한 미들섹스 한웰에 터를 마련하기 시작했다. 그가 만든 모빌 코뮤니토리엄에는 하인이 없었고, 그를 따르는 이들은 공동체 생활의 가혹한 요구와 결핍에 직면하자 금방 사라졌다. 유토피아가 집안일을 같이하는 것에 달려 있다 해도 모두가 그 대가를 치르고 싶어 하지는 않았다.

코뮤니토리엄은 딱 1년 동안 유지되었다. 젊은 이상보다 빨리 타버리는 것은 없고, 1853년 12월 26일에 캐서린이 폐결핵으로 사망하자 밤비는 조금 더 평범한 유니테리언파 목사가 되었지만 여성 참정권 운동은 절대 멈추지 않았다. 그는 중년 시절 대부분을 웨이크필드에서 새 아내 에이다와 역시 여성 참정권론자인 자신의 동생 줄리아와 함께 보냈다. 에이다와 줄리아 모두 1866년에 1499인이 서명한 여성 참정권 탄원서에 이름을 적었다. 1879년에 밤비의 어머니가 사망하면서 자녀들에게 요크셔의 탄광 두 곳에 대한 지분과 꽃에 관한 장서, 필통과 유화 물감, 코담배갑과 현금 24파운드를 남기자 이 급진적인 가족은 서퍽의 고향집으로 돌아갔고, 밤비는 얼마 지나지 않아 그곳에서 죽었다.

나는 1891년 인구조사를 샅샅이 살피다가 그 뒤 줄리아가 두 여동생 샬럿, 클라라와 함께 자신들이 자란 집에서 걸어서 1~2분 거리인 현재의 우리 집으로 이사했음을 깨달았다. 나는 그들이 우리 집에서, 어쩌다 예일의 보존 서고로 가게 된 흔한 책에 실린 시를 읽거나 작은 러스터 도자기잔에 다즐링차를 마시며 투표권에 대해 이야기하는 모습을 상상하는 것이 좋았다. 자매들은 분명히 정원을 산책했겠지만 그들이 봤다고 확실히 말할 수 있는 나무는 당시에도 200살은 되었을 뽕나무밖에 없다. 세 자매의 존재 덕분에 우리 정원이 기나긴 유토피아의 역사와 살짝 연결되었고, 그러자 나 자신의 유토피아 실험도 생각났다. 그 실험을 시작한 이유도 모빌 코뮤니토리엄의 목표와 일부 같았고 널리 퍼진 암초에 부딪쳐 좌절된 점도 같았다.

1990년 나는 환경 시위에 참여하다가 저항은 좋지 않다고, 또는 충분히 좋지 않다고 결론을 내렸다. 중요한 것은 새로운 삶의 방식을 만드는 것이라고 말이다. 투쟁에 관해 말하자면, 투쟁은 항상 이러한 생각, 즉 변화를 일으키기 가장 좋은 위치에 대한 생각으로 가득하다. 나는 단체 생활에서 편안함을 느끼는 사람이 절대 아니었다. 외부에 머무르면서 내 직감을 따르고 혼자서 열심히 듣고 생각하는 것을 더 좋아했지만 당시 나는 늘 협동조합 혹은 집회와 공동목적을 가진 단체에 속해 있었다. 밤비가 살던 시대로부터 150년이 지났지만 도구는 거의 변함없었다. 소식지, 공공 집회, 공동체, 흥분으로 불타오르다가 꺼지고 마는 새로운 프로젝트들. 어떤 사람들은 아무 일도 안 하면서 끊임없이 열변을 토하고 어떤 사람들은…. 어쨌든 분명 여러분도 단체 역학을 겪어보았을 것이다.

1999년 봄에 나는 브라이턴 외곽의 여성 주택 협동조합에 들어갔다. 인터넷이 침투하여 우리 삶의 모습을 바꾸기 전 세기말이었던 그 시절에 브라이턴은 샌프란시스코와 비슷한 대안의 전초지였고, 다른 지역에서는 사랑의 여름이 벌써 수십 년 전에 흐지부지됐지만 그곳에서는 온갖 히피 활동이 간헐적으로 이어졌다. 그 집은 몰세쿰 공영주택 단지에 있었지만 소설 《춥지만 안락한 농장》에 등장하는 농장처럼 원시적인 분위기가 있었다. 인도의 나그 참파 향과 장작에서 피어오르는 연기, 빨아 쓰는 생리대 때문에 공기는 짙고 후끈했다. 지역의 빈곤 수준을 조사하는 인구조사관은 우리가 세탁기, 회전식 건조기, 토스터, 텔레비전이 없다고 하자 무척 놀랐다. 우리의 집은 그런 곳이 아니었다. 우리는 레이브 파티에서 팔 채식 아이스크림을 만들었고 보름달이 뜨면 뒷마당에서 가슴을 드러낸 채 의식을 치르며 결속을 다졌기 때문에 이웃 사람들이 무척 재미있어했다.

협동조합의 이름은 그리스 신화에 나오는 마법의 여신에게서 따온 헤카테였다. 조합원의 절반 정도는 도시의 페미니스트 단체나 여성 단체를 통해 들어왔고, 나를 포함한 나머지는 환경 운동을 하면서 캠핑장에서 지내거나 도로 점거 농성을 하다가 들어왔다. 나는 길고 고립된 겨울 동안 내티 트러스트라는 또 다른 유토피아 운동에 참가하여 한동안 야외 생활을 하다가 진흙 묻은 신발을 신고 그곳에 도착했다. 얼핏 들으면 매혹적인 내티 트러스트의 임무는 버려진 땅을 점거한 다음 공익을 위해 지속 가능하도록 되살리는 것이었다. 그중 하나가 브라이턴 외곽 울스톤베리 힐 아래의 버려진 돼지 농장이었다. 10에이커의 초원에 금방이라도 무너질 듯한 헛간과 오두막이 잔뜩 생겼다. 많은 사람들이 그곳에서 살 줄 알았지만 그해 겨울에는 나 혼자였다. 나는 구부러진 개암나무 막대와 방수포로 허술한 텐트를 만들어 불을 피워 요리를 하고 베개 밑에 도끼를 두고 잤다.

헤카테와 내티 트러스트의 매력은 긍정적인 모험이라는 점이었다. 나는 오로지 어떤 곳의 파괴를 막기 위해 사는 것에 지쳤고 영속적인 것을 원했다. 바로 환경에 영향을 별로 끼치지 않고 자연에 가까운, 끊임없는 파괴와 퇴거의 위협 없이 시위하는 삶의 가장 좋은 면들을 누릴 수 있는 실험적이고 생태를 중요시하는 공동체다. 내가 아는 활동가들 중에도 그런 것을 바라는 사람이 많았다. 친구들은 서머싯의 팅커스 버블, 란데일로의 티피 밸리, 매킨레스의 대안 기술센터, 심지어는 핀드혼으로 갔다. 팅커스 버블을 제외하면 전부 1970년대부터 있었고, 대처주의가 없애버린 유토피아라는 꿈을 아직까지 지키고 있었다.

바버라 테일러가 밤비 부부를 설명한 고도로 지적이고 매우 낭만적이라는 말은 나에게도 들어맞았다. 내 20대의 특징은 아무것도 끝내지 못하고 아직 완성되지 않은 생각을 실천에 옮기지 못한다는 것이었지만 약초학을 공부하고 그것과 관련된 일을 한 것만은 예외였다. 나는 꼬박 10년 동안 약초학에 몰두했다. 내가 꿈꾸는 모든 유토피아는 항상 그 중심에 식물이 넘쳐흘렀다. 나는 공동 정원이나 치유의 정원이라는 개념을 사랑했다. 내 공책에는 〈내셔널 지오그래픽〉에서 찢어낸 병원과 감옥의 정원이나 애팔래치아의 초원 사진이 붙어 있었다. 나에게는 식물 자체가 유토피아적인 무언가를, 세상이 어떻게 되어야 하는지를 의미했다. 동시에 나는 너무 강력해서 정해져 있다는 느낌이 들 정도로 행동하는 것을 별로 좋아하지 않았다. 단순한 게으름이 아니었다. 오히려 인간의 노력은 무용하다는 느낌, 거의 모든 행동은 어느 정도 해로운 결과를 낳으며, 그러므로 가만히 내버려두는 것이 낫다는 감각이었다.

나는 플랜츠 포 어 퓨처라는 비영리 단체에서 환경보호 농업 과정을 공부했다. 프리스트필드에 방치되어 무성하게 자라는 식물이 무엇인지 식별하면서 몇 시간이나 보냈지만 삽을 들고 땅을 판 기억은 한 번도 없다. 김의털과 짚신나물, 창질경이와 작은 병꽃풀, 민트와 비슷하고 봄철에 영양을 공급해 주는 글레코마 헤데라케아. 나는 헤카테 하우스에서 정원을 가꾸기 시작했지만 역시나 소용이 없었고 얇게 덮인 흙 바로 밑에서 쓰레기 더미를 발견하고 포기했다. 그것은 사실 정원이 아니라 석회질의 다운스 한구석에 울타리를 친 것에 불과했고, 나는 그곳을 내가 바라던 낙원, 다시 말해 늘 매력적이라고 생각했던 소주택 정원이나 수도원 정원으로 탈바꿈시킬 지식이나 에너지가 없었다.

버티는 힘은 나중에, 30대가 되어서야 생겼다. 그때가 되자 창의적인 노력에 수수께끼는 없으며, 매일 나가서 지루하거나 매우 드물지만 즐거운 시간을 계속 보내면서 달려드는 수밖에 없다는 유익한 깨달음을 얻었다. 그때부터 나는 정원을 만들고 책을 쓰기 시작했다. 꿈을 이루지 못한 불행한 나날은 점차 떠올리지 않게 되었다. 밤비 부부가 그것을, 내가 모빌 코뮤니토리엄에서 지낸 시기를 다시 불러왔다. 나는 그런 곳을 겪어서 다행이지만 그곳을 떠난 것은 더욱 다행이었다.

· · ·

나는 뿌리가 드러난 장미 세 포기를 물 양동이에 넣어두고 왔다갔다 하며 구멍을 파고 헌주를 뿌리듯 계분鷄糞 퇴비와 균근균을 뿌렸다. 빛이 부족하지만 행운을 빌면서 북쪽 담에 '슈롭셔 라스' 장미를 심었고 주목 경계 화단에는 줄무늬 분홍색 장미와 양홍색 로사 문디를 심었다. 데릭 저먼이 제일 좋아했던 장미로, 12세기까지 거슬러 올라가는 로사 갈리카의 한 종류이며 쭈글쭈글한 꽃을 보면 중세 천장의 볼록 장식이나 윌리엄 모리스의 목판이 떠오른다. 그리고 연못 정원 제일 안쪽 높은 곡선형 담 앞에는 아까시와 무화과나무 사이의 틈을 메울 '머메이드'가 있었다. 담을 무척 약한 붉은 벽돌로 쌓은 탓에 안드레나 벌이 구멍을 수백 개나 뚫어놓았는데, 느슨하고 샛노란 꽃들의 격자 사이에서 벌이 나온다고 생각하니 마음에 들었다. '머메이드' 장미의 묵직하고 가장자리가 갈라진 꽃잎 안에는 소의 속눈썹 같은 금빛 수술이 있었다.

데릭 저먼은 정원에 낙원이 깃들어 있다고 말했지만 유토피아에 정원이 깃들어 있다고 말해도 옳다. 이 둘은 무척 긴밀한데, 물론 정원과 낙원이 그 불가분의 관계 때문에 이상적 사회의 바람직한 특징과 조건 중에서도 상위를 차지할 뿐만 아니라 이상적 사회를 나타내는 변함없는 은유이기 때문이다. 예를 들어 토머스 모어의 소설《유토피아》의 수도 아모로트의 주민은 아름다움과 유용성의 모델로 허브와 덩굴, 과실, 꽃으로 가득한 정원을 훌륭하게 가꾼다. 사유재산 개념이 없으므로 누구나 어느 집이든 마음대로 들어갈 수 있지만 모든 주민은 10년에 한 번 뽑기를 통해 새집을 할당받는다. 이러한 덧없음에도 불구하고 그들은 최고의 정원을 가꾸려고 경쟁하고, 모어는 이 경쟁 때문에 아모로트가 그토록 아름다운 도시가 되었다고 말한다.

한편 윌리엄 모리스의《에코토피아 뉴스》에서 꽃피는 정원은 시간을 여행하는 화자 윌리엄 게스트가 겪는 수많은 즐거움들 중 하나이다. 윌리엄 게스트는 빅토리아 시대 잉글랜드에서 잠자리에 들었다가 사회주의혁명 후 완전히 바뀐 21세기에 잠을 깬다. 게스트는 여행을 하면서 익숙한 런던 지역들에 황홀할 정도로 꽃이 많아져서 깜짝 놀란다. 켄싱턴은 숲이고, 트라팔가 광장은 살구 과수원이며, 엔델 스트리트는 장미로 가득하다. 사실 이 새로운 사회의 지배적인 이미지는, 그토록 온화한 문명에 지배적이라는 말을 쓸 수 있다면, "아무것도 낭비되거나 망쳐지지 않는"[5] 정원의 이미지이다.

정원이 유토피아에서 그토록 중요한 요소인 이유는 무엇일까? 정원은 농장도 황야도 아니지만 두 극단 중 어느 쪽으로든 밀접하게 다가갈 수 있다. 이는 정원이 단순한 유용성을 넘어 아름다움과 즐거움, 기쁨까지 나타낼 수 있다는 의미이고, 또한 여가뿐만이 아니라 노동의 공간, 청교도와 쾌락주의자를 모두 만족시킬 장소가 될 수 있다는 뜻이다. 한 사회에 정원이 존재한다는 것은 그 주민이 꽃을 재배할 만큼 에너지와 시간이 남는다는 뜻인데, 재배는 예술 활동과 마찬가지로 엄밀히 말해서 반드시 필요한 것은 아니다. 게다가 그들은 정원을 가꾸고 싶어 하고, 이는 그들의 감정 상태나 영적 상태에 대해 긍정적인 이미지를 전달한다(그렇다고 해서 분노나 슬픔 속에 만들어진 정원이 없다는 말은 아니다). 정원은 개인적인 기호를 드러내고 남아도는 아름다움을 만들어낸다. 짐과 이익을 더욱 공평하게 나누는 새로운 사회 모델이 필요하다면 정원의 문제를 고찰하는 것이 무척 흥미로워진다.

아마도 유토피아를 꿈꾸는 사람들 중에서 모리스보다 정원을 높이 평가하는 사람은 없었을 것이다. 이 우람한 빅토리아 시대의 몽상가는 지칠 줄 모르는 활력으로 공정하고 아름다운 사회를 만들려고 노력했다. 모리스는 아름다움이 사치가 아니라 미덕이라고 확신했지만 그가 경멸했던 바로 그 자본주의적인 사업이 그의 정치적 활동을 뒷받침할 때도 있었다. 현재 우리는 이러한 복잡성을 무조건 거부하는 것에서 즐거움을 느끼는 사회에 살고 있지만 나는 오히려 모리스의 모호한 입장 때문에 그가 유토피아의 정원을 만드는 방법을 알려주는 유용한 길잡이라고 생각한다. 우리는 희석되지 않은 순수한 미래가 아니라 오염된 현실에서 시작해야 하기 때문이다.

내가 어린 나이였던 1970년대에만 해도 집집마다 모리스 앤 코 프린트가 많았다. 향수를 불러일으키는 실내 정원, 벽, 커튼과 안락의자가 모리스의 버드나무 가지와 석류, 토끼와 딸기 문양으로 가득했는데, 아주 우아하면서도 이상하게 마음이 불편했다. 문양에 대한 나의 가장 오래된 기억은 아버지가 아직 우리와 같이 살 때, 여동생이 태어나기도 전에 우리 집에 있었던 샌더슨 모리스사의 날염 직물을 씌운 소파이다. 그것은 영국 직물 디자이너 존 헨리 딜이 만든 수많은 모리스 앤 코 디자인 중 하나인 그 유명한 골든 릴리 디자인이었다. 양식화된 꽃들은 붉은빛 도는 갈색과 어두운 갈색, 노란빛 도는 갈색으로 칠해졌고, 꽃잎은 점으로 가득하고 튀어나온 수술은 꼬인 줄무늬였다. 어린 나는 그 문양이 답답하면서도 매력적으로 느껴졌고, 왠지 마음을 편안하게 만들어주면서도 폐소공포를 일으키는 것 같았다. 그 디자인에서 달아날 수 없었다. 황토색 바탕조차도 더 진한 소용돌이 문양으로 가득했고, 원래 꽃무늬였지만 식물학적으로 정확하지 않고 무슨 꽃인지 알아볼 수도 없는 형태의 그림자가 풍성해서 이상하게도 마음이 살짝 불편했다. 꼭 변이와 증식이 끝도 없이 계속되는 것 같았다.

1980년대가 되자 모리스는 유행이 완전히 지나서 우리 집도 낡은 소파의 천을 바꾸었다. 결국 나는 브라이턴으로 이사하면서 그 소파를 가져갔다. 한동안 우리 집 근처에 중세 삽화에 나올 것 같은 외모와 태도를 가진 아름답고 여윈 소녀가 살았다. 그녀는 해머스미스의 템스강 유역에 위치한 모리스의 저택 켈름스코트에서 자랐는데 《에코토피아 뉴스》에서 윌리엄 게스트가 미래의 새로운 세기에서 깨어나는 집의 모델이 된 곳이었다. 당시 나는 별로 흥미가 생기지 않았던 것 같다. 그때는 빅토리아 시대의 것은 무엇도 매력적으로 느껴지지 않았지만 지금 생각하니 당시 내가 참가했던 도로 반대 운동의 뿌리가 모리스와 사회 운동가 존 러스킨의 반산업주의 및 초기 생태주의에 있다는 것은 분명해 보인다. 우리는 영국 내전 당시 분파인 디거스에 더욱 끌렸다. 그들은 공용지를 점거하고 크롬웰과 부하들보다 더욱 급진적인 부의 재분배를 설파했다. 이야기를 원점으로 되돌리자면, 디거스는 그들이 몰아내려 했던 지주들에 의해 여러 공용지에서 쫓겨났는데 그중 마지막이 버킹엄셔의 아이버였다. 내가 어렸을 때 부모님과 함께 살았던 곳이고, 모리스 소파에 앉은 채 이상한 꽃이 가득한 금빛 정원에서 새로 태어난 여동생을 안고 사진을 찍었던 곳이다.

나는 이렇게 시간을 가로질러 드리워진 다림줄이 즐겁다. 모리스와 디거스는 우리가 넓게 말해서 공유지 되찾기라고 부르는 유사한 혁명 작업에 참여했기 때문이다. 진정한 수평파라고도 불렸던 디거스는 아사 직전까지 내몰린 평범한 사람들인 경우가 많았다. 그들은 밀턴과 마찬가지로 1649년 1월에 이루어진 왕의 처형이 더욱 평등하고 새로운 질서를 만드는 첫걸음이기를 바랐다. 소논문과 소책자의 전성기였던 당시 디거스는 자신들의 성경, 특히 〈창세기〉를 인용하여 자기주장을 옹호하며 수십 종의 소논문과 소책자를 제작했다. 대부분 디거스의 지도자 제러드 윈스턴리가 쓴 것이었고, 오늘날에는 땅은 하느님이 모든 인간에게 주신 "모두의 재산"⁶이며 사고팔 수 있는 것이 아니라는 선언으로 가장 많이 기억된다. 밤비가 후에 공산주의라고 부르는 것의 원형이었다.

윈스턴리의 주장에 따르면 그는 환영의 인도를 받아 1649년 4월 1일 세인트 조지스 힐에 최초의 디거스 공동체를 세우고 당근과 옥수수를 심었는데, "무아지경의 안팎에서"⁷ 들린 목소리가 공용지를 공동으로 돌보고 거기에서 나온 열매는 그 땅에서 일한 모두가 공유해야 한다고 그에게 말했다. 이처럼 신비주의적이기도 하고 법률가 같기도 한 논리는《버킹엄셔에서 반짝이는 빛A Light Shining in Buckinghamshire》과 제목이 조금 더 장황한《버킹엄셔 아이버 교구의 가난한 주민들이 그들에게 속한 공용지와 황무지에서 농사를 짓고 거름을 주게 되었으며 더 많은 사람들이 이에 동의하는 근거와 이유에 대한 선언문A Declaration of the Grounds and Reasons, why we the poor Inhabitants of the parish of Iver in Buckinghamshire, have begun to dig and manure the common and waste Land belonging to the aforesaid Inhabitants, and there are many more that give consent》에서도 펼쳐진다. 다음 해 봄에 디거스 공동체들이 와해되고, 작물이 파헤쳐지고, 조악한 거처는 부서지고, 주민들은 매를 맞고 체포된 후에야 이 책이 출간되었다.

이름을 밝히지 않은《근거와 이유에 대한 선언문》의 저자는 땅을 팔거나 증여하는 "정당한 권력"은 존재하지 않으므로 인클로저를 실시하는 지주는 사악하고 잔인할 뿐 아니라 하느님의 뜻을 거스른다고 주장한다. 이 문제를 간청하듯이, 또 강압적으로 다루는 독특한 문장을 읽어보자.

우리는 계속 나아가 정당한 일을 하도록 촉구받았는데, 현재 우리가 궁핍하고 우리의 창조에 마땅히 속한 안락함이 부족하기 때문이다. 땅에 울타리를 쳐서 몇몇만이 독점하고 있고 따라서 시간과 관습, 강탈적인 법률은 모두가 아니라 몇몇에게만 이득을 준다. 이 대단한 감독관들은 우리가 살아 있는 동안 땅 한 뙈기 주지 않고 죽어야만 무덤만 한 땅을 줄 것이다. 그때에는 그들이 우리에게 땅을 주지 않을 수 없고, 그때가 되어야만 우리가 그들과 동등하기 때문이다. 그러나 우리는 왜 살아 있는 동안은 그들만큼의 땅을 가질 수 없는가?[8]

물론 디거스는 실패했고 윈스턴리가 원했던 것과 달리 가난한 이들의 이익을 위해서가 아니라 부자를 위해서 공용지와 황무지에 울타리가 생겼다. 죽어야만 동등한 땅을 갖게 된다는 통렬한 말을 높이 평가했을 존 클레어는 디거스에 상황이 얼마나 더 악화될지 말해 줄 수 있었을 것이다.

영국혁명이 일어나고 200년 후, 윌리엄 모리스는 오랜 세월 동안 출간되지도 읽히지도 않은 채 어둠 속에서 타오르던 클레어나 윈스턴리의 작품을 읽은 적이 없는데도 땅에 대해서, 그것을 공유하는 방법에 대해서 비슷한 생각을 갖게 되었다. 하지만 그의 환경은 무척 달랐다. 모리스는 1834년 월섬스토에서 태어나 에핑숲 가장자리의 팔라디오식 대저택에서 자랐다. 그는 50에이커의 정원과 100에이커의 농장을 산책하고, 물고기를 잡고, 자기 소유의 셰틀랜드 조랑말을 탔다. 외롭고 호기심 많고 자신의 지위를 굳게 믿는 모형 갑옷 차림의 소공자였다.

멜론 화단, 화이트커런트 덤불, 햇볕으로 따뜻하게 데워진 담장에서 익어가는 복숭아, 독특한 제각각의 냄새가 실려와 기억에 새겨지고 수십 년 동안 지워지지 않는다. 모리스는 이 거대하고 비옥하고 고립된 땅에 어린이 정원을 만들었고 어둑어둑한 저녁에는 존 제러드의《약초 의학서》를 열심히 읽었다. 그 책에 르네상스 예술가들이 안트베르펜에서 만든 매혹적인 목판화가 실려 있었다. 배나무로 만든 판에 헬레보어와 야생 타임을 새긴 다음 런던으로 운송해서 인쇄한 것이었다. 정원이 풍요, 충만, 넘쳐흐르는 감각적 기쁨을 의미한다면 판화에 새겨진 꽃들은 그것을 저장하고 운송하는 방법을 제공했다. 성인이 된 모리스가 꿈꾸던 이상理想의 기원은 분명 종이 정원과 실제 정원이라는 풍요로운 두 정원이다.

모리스는 많은 면에서 더욱 불우하고 돈키호테 같은 쌍둥이라 할 수 있는 밤비와 마찬가지로 어렸을 때 아버지를 잃었다. 윌리엄 모리스 시니어는 사무 변호사로, 데번 그레이트 콘솔스 구리 광산에 투자하여 큰 이익을 보았다. 초창기에 투자했는데 곧 세계에서 가장 생산량이 많은 축에 속하는 구리 광산이 되었던 것이다. 구리의 질이 저하되자 비소 광산으로 바뀌어 1870년에는 전 세계 공급량의 절반을 담당했다. 이 약삭빠르고 생태계에 해로운 투자 덕분에 모리스 부인과 아이들은 대저택 우드퍼드 홀에서 계속 살 수 있을 만큼 부유하지는 않더라도 생계는 유지할 수 있었다. 나중에는 광산 이사직에서 나오는 수입 덕분에 성인이 된 윌리엄이 수많은 창의적 프로젝트에 자유롭게 참가할 수 있었다. 그는 결국 1875년에 적극적인 역할에서 물러났고 실크해트를 깔고 앉음으로써, 즉 사업계에서 물러남으로써 부르주아지에 대한 거부감을 강하게 드러냈다. 사실 그는 정장을 차려입는 것을 좋아하지도 않았다.

내가 모리스에 대한 생각을 바꾸기까지는 오랜 시간이 걸렸다. 내 마음속에서 모리스는 거들을 입은 처녀나 슬픔에 빠진 용맹한 기사를 그린 감상적인 라파엘전파派*의 그림과 너무 밀접하게 연관되어 있었다. 아무튼 그는 너무 커서 파악하기 어려웠고, 너무나 많

---

* Pre-Raphaelite: 19세기 영국에서 등장한 유파로, 라파엘로와 미켈란젤로의 이상화된 미술을 비판하고 자연 관찰과 세부 묘사에 충실한 중세 고딕, 초기 르네상스 미술로 돌아갈 것을 주장했다.

은 분야에서 너무나 재능이 뛰어났기 때문에 의심스러울 정도로 유창하고 깊이도 없이 구변만 좋은 사람 같았다. 내가 틀렸다. 모리스가 힘차게 도는 팽이 같은 정력가였음은 분명하다. 그는 강박적으로 열두 가지 공예를 혼자 배워서 태피스트리를 짜고, 친츠*를 염색하고, 벽걸이 자수를 만들고, 스테인드글라스 창을 만들고, 시를 쓰고(종종 버스에서 썼고 역시 하루에 1000행이라는 놀라운 속도로 쓸 때가 많았다), 사본에 채식彩飾을 하고, 책을 인쇄 제본하고, 저녁에는 혹독한 일을 끝낸 다음 휴식 삼아서 아마도 호메로스나 베르길리우스를 번역했다.

심한 곱슬머리에 선장 같은 수염을 기르고, 통통하고 수줍음 많고, 아낌없이 주고, 쉽게 흥분하는 모리스. 친구들이 하품을 참으면서 아마도 그의 꺼뜨릴 수 없는 에너지와 진지함에 짜증이 나서 잔인하게도 뚱뚱한 배 때문에 단추가 뜯어지는 모리스의 캐리커처를 그리는 동안 자기가 지은 시를 몇 시간이나 쉬지 않고 낭독하는 모리스. 웃으면서 일하지만 때로는 룸펠슈틸츠킨**처럼 발을 구르며 격노하는 모리스. 그의 가장 가까운 친구 중 하나와 오랜 관계를 유지했던 부정한 아내 제이니를 둔 모리스. 파업 중인 광산 노동자와 같이 행진하고, 파란색 서지 재킷을 입고 전국 방방곡곡을 돌며 난방도 안 되는 회관에서 압축적인 사회주의 메시지를 전하는 혁명가

---

* chintz: 화려한 무늬를 염색한 사라사 무명.
** Rumpelstiltskin: 독일 민화에 나오는 난쟁이.

모리스. 간단히 말해서 일하는 능력이 뛰어날 뿐 아니라 자신이 보고 느낀 결핍에서 부자와 빈자의 구분이 없는 더 아름답고 나은 세상을 상상해 내는 천재.

정원은 그가 상상하는 세계의 풍성한 부를 전달하는 은유일 뿐만 아니라 실제로 그 세계의 일부였다. 정원은 모리스의 디자인에서 핵심을 차지했을 뿐 아니라 더욱 중요하게는 사회가 어떻게 바뀔 수 있는지 이상향을 상상할 때에도 중심이 되었다. 모리스가 직접 만든 것은 많지 않지만 거기에서 놀랄 만큼 많은 것들이 나왔고, 그 덩굴손이 오늘날까지도 울창하게 뻗고 있다. 첫 번째는 친구였던 건축가 필립 웹이 모리스를 위해 설계한 레드 하우스였다. 레드 하우스는 이미 런던의 교외 지역이 되기 시작한 벡슬리히스의 1에이커짜리 켄트풍 과수원에 지어졌는데, 오래된 나무들이 집과 어찌나 가까웠는지 따뜻한 가을날이면 러셋과 페어메인 품종 사과가 창문 안으로 들어왔다. 그림과 자수를 벽에 걸어 내부를 환상적으로 꾸민 이 특이하고 은밀한 집에서 모리스는 많은 일들을 시작했다. 그는 이곳에서 제이니와 결혼 생활을 시작했고, 두 딸 메이와 제니가 태어났으며, 단테이 게이브리얼 로세티, 에드워드 번존스 같은 예술가 친구들과 디자인 회사를 만들었다. 나중에 모리스 앤 코가 되는 유명한 회사였다.

레드 하우스는 처음부터 외부에서 침투하도록 설계되었다. 웹의 설계도에는 심지어 서쪽 벽에 재스민, 인동, 시계꽃, 장미 같은 덩굴식물까지 구체적으로 계획되어 있다. L자형 저택이었기 때문에 정원이 주변을 감쌀 뿐 아니라 안쪽에도 있었다. 모리스는 라벤더와 로즈메리, 양귀비, 해바라기, 백합 등 시골 소주택 정원에서 볼 수 있는 유치한 꽃을 심었다. 그는 정원을 플레장스*라고 이름 붙인 작고 격리된 칸들로 구성하고, 장미로 뒤덮인 윗가지 울타리와 정자로 구분 지었다. 중세의 호르투스 콘클루수스**를 본떠서 만들었는데, 그가 보들리언도서관과 영국박물관의 15세기 필사본과 기도서에서 유심히 봤던 봉쇄수도원 정원이나 성城의 정원이었고 주로 성 모마리아가 가운데 있었다.

레드 하우스의 정원은 모리스가 살던 시대에는 전례가 없던 뚜렷한 양식 변화를 나타냈다. 그것은 풍경식 정원과 고대의 정원 그리고 그 안에 숨겨진 권력관계에 대한 전면적인 거부였다. 케이퍼빌리티 브라운이 정원을 풍경으로 확장시키고 큰돈을 들여서 자연적 특징을 재구성하여 회화적인 광경과 위압적인 경치를 만들어냈다면 모리스는 작고, 친밀하고, 길들여지고, 경작되는 정원이라는 확연히 중세적인 비전을 제공했다.

모리스는 '최대한 활용하기'라는 강의에서 모든 정원은 크기와 상관없이 "단정하면서도 풍성해 보여야 한다"고 설명했다. "바깥세상과 울타리로 분명히 구분되어야 한다. 야생적이거나 제멋대로인 자연을 절대 흉내 내서는 안 되며, 집 근처가 아닌 곳에서는 볼 수

---

* plaisance: 프랑스어로 '즐거움'이라는 뜻.
** hortus conclusus: 담으로 에워싸인 정원.

없는 모습이어야 한다. 사실 정원은 집의 일부처럼 보여야 한다."⁹ 그는 화초 역시 빅토리아 시대에 널리 퍼진 유행을 벗어나 인공적으로 색을 낸 기괴한 겹꽃과 지나치게 덥수룩하게 키운 것보다 옛날 식의 단순한 홑꽃을 좋아했다. 그는 양탄자 무늬 꽃밭을 특히 경멸했고, 슈러블랜드 홀의 진홍색 제라늄 군락과 노란 칼세올라리아는 "인간 정신의 일탈"¹⁰이라고 단호하게 일축했다. 역시 양탄자 무늬 꽃밭을 혐오했던 윌리엄 로빈슨부터 젊은 정원 디자이너 시절 모리스를 찾아갔던 거트루드 지킬까지 차세대 아트 앤 크래프트 정원사들이 그의 사상을 흡수했다. 거실의 연장이자 거주 공간인 정원은 히드코트부터 시싱허스트와 그레이트 딕스터에 이르기까지 20세기 가장 아름다운 아트 앤 크래프트 정원을 정의하는 특징이라고 할 수 있지만 그 아이디어를 처음 심은 사람은 중세주의자 모리스였다.

그는 실제로 정원을 혁신했을 뿐 아니라 항상 정원을 실내로 불러들여 건물과 가구, 직물과 책을 끝도 없이 증식하는 식물로 가득 채웠다. 순수했다가, 감각적이었다가, 색정적이었다가, 아주 불쾌해지는 꽃들이 계속 모양을 바꾸며 파도처럼 끊임없이 밀려왔다가 밀려갔다. 이로써 야생은 길들여졌고, 길들여진 것은 야생이 되었고, 모리스의 정원은 동화 속의 왕국이자 외딴 세계가 되었다. 1870년이 되자 모리스는 디자인만이 아니라 제작에도 식물을 이용했고, 독한 화학 아닐린 염색약을 거부하고 제러드를 원전 삼아 옛날 방식으로 애를 써서 돌아갔다. 호두 껍데기에서 갈색을, 꼭두서니 뿌리에서 빨간색을, 인디고에서 파란색을, 웰드와 메리골드와 포플러 나뭇가지에서 노란색을 얻었다. 이렇게 해서 만든 찰랑거리는 친츠는 꽃으로 만든 꽃무늬였지만 그럼에도 공장 근처 모리스가 사랑하는 템스강의 지류를 꼭두서니가 종종 오염시켰다.

레드 하우스의 마법 같은 분위기는 고립에서 비롯된 면도 있었지만 모리스는 런던으로 통근하다가 지쳐버렸고 제이니는 종종 아팠다. 그는 1865년에 레드 하우스를 포기하고 런던에서 사무실로도 쓸 수 있는 더 실용적인 집을 구했다. 그해 가을, 모리스 가족은 퀸 스퀘어 26번지의 4층짜리 타운하우스로 이사했다. 신기하게도 현재 그 자리에는 나의 새어머니가 세상을 떠난 곳인 국립의료원 신경 및 신경외과 별관이 들어서 있다. 우리가 이사한 날 아버지가 새어머니의 소지품 상자를 안고 울면서 나에게 전화한 곳이 바로 퀸 스퀘어 공원이었다. 아버지의 집을 되찾기 위한 싸움이 계속 늘어지면서 그때의 기억은 점점 더 씁쓸해졌다.

플라타너스가 서 있는 공원은 26번지 주민들이 이용할 수 있는 유일한 정원이었고, 1870년대에 모리스 가족은 다시 이사했다. 그들은 시골과 도시에 집을 각각 임대해 다양한 방법으로 시간을 나누어 지냈다. 해머스미스에 위치한 켈름스코트 하우스에는 온실 딸린 정원(모리스는 그 집을 발견하고 편지를 보내 설득하면서 "진짜"[11]라고 선언했다)과 과수원이 있어서 봄이면 사과꽃과 배꽃이 피었고 8월에는 오디를 먹었다. 히아신스는 매우 아름다웠지만 나팔수선화는 꽃이 피지 않아서 실망스러웠다. 런던의 정원이 다 그렇듯이 날씨가 흐리면 황량하고 시커멓게 보이는 경향이 있었지만 당시 모리스가 주로 편지를 주고받던 딸 제니에게 쓴 편지를 보면 그는 정원의 매력을 찾아내려 끊임없이 애썼다. 그중에는 대상화도 있고 모리스가 장난스럽게 "케이니 오이스터"[12]라고 불렀던 애스터도 있었다.

켈름스코트 하우스의 진정한 즐거움은 템스 강변이라는 위치였다. 앞쪽에 강물이 내려다보이고 그 뒤에 정원이 자리를 잡았다. 모리스는 강을 통해서 그가 훨씬 더 사랑하는 또 다른 집, 지상천국이라 불렀던 옥스퍼드셔의 켈름스코트 장원과 연결되었다. 두 집은 마치 북엔드 선반처럼 《에코토피아 뉴스》의 처음과 마지막에 등장한다. 게스트는 해머스미스의 자기 집에서 잠을 깨고, 모험의 마지막에 일행은 배를 타고 템스강을 거슬러 올라 또 다른 버전의 켈름스코트 장원에 도착한다. 그곳에서 게스트가 너무나 푸르른 정원에 들어가자 가장 기억에 남는 모리스의 이미지 중 하나인 장미가 "서로 겹치듯 피어 있었다".[13] 권두 삽화에도 장원이 등장하는데, 머리 위에서 비둘기가 큰 소리로 울고 너무나도 풍성한 외목대 장미들이 판석 길을 따라 줄지어 늘어서 있다.

레드 하우스가 과거에 대한 모리스의 환상에서 영감을 받았다면 켈름스코트는 진짜였다. 박공이 여러 개인 엘리자베스 시대 양식의 회색 저택으로, 16세기 후반에 지어졌고 전혀 손대지 않은 듯한 목가적인 풍경 가운데 서 있다. 정원은 제러드의 책에서 바로 빠져나온 듯 제비꽃과 겨울바람꽃이 피어 있고, 초원에는 튤립과 프리틸라리아가 가득하며, 덩굴진 딸기밭에는 그물을 쳐두었는데도 접시

꽃이 침투하고 개똥지빠귀가 달려들었다. 모리스의 유명한 디자인 다수가 이 장원에서 나와 그 비옥한 이미지를 전 세계의 아이 방과 거실에 퍼뜨렸다. 뭔가 구슬프고 그리운 분위기도 있었다. 켈름스 코트는 어쨌든 모리스의 까다로운 친구이자 아내 제이니의 연인이 었던 단테이 게이브리얼 로세티와 함께 지낸 곳이었다.

• • •

내 정원도 시시각각 빨라지고 있었다. 나는 3월 29일 처음으로 잔 디를 깎고 온실 잔디에 구불구불한 길을 냈다. 그날 밤 일기장에 나 는 파란 하늘에 박쥐 한 마리, 나중에는 문 앞에 들쥐 한 마리가 있 었다고 썼다. 다음 날 아침이 되자 부리에 나뭇가지를 문 갈까마귀 들이 대형 비둘기장에 앉아서 특유의 싸우는 듯한 꺅꺅 소리를 냈 다. 봄이 본격적으로 시작됐다. 우리는 먼저 아침을 야외에서 먹었 고 나는 연못 정원 화분에 펠라르고늄을 심었다. 비트 피클처럼 강 렬한 분홍색 꽃을 피우는 '서커프'와 비늘처럼 얼룩덜룩한 잎 때문 에 악어라는 이름을 갖게 된 '크로커다일'이었다.

집 북쪽에 버려진 삼각형 화단이 있었고 소로를 통해서 이언이 허브 정원으로 만들기로 한 더 크고 볕이 잘 드는 정원과 이어졌다. 자갈 사이로 발랄한 영춘화가 자랐고 그 밑에는 결국 리본처럼 찢 어져서 우리 모두보다 오래 살 그 끔찍한 까만 비닐 방초포가 있었 다. 모리스는 방초포를 싫어했을 것이다. 그날 오후에 나는 충동적으로 비닐을 걷어내고 쓰레기통 옆에 시들시들 핀 어린 헬레보어와 제비꽃, 프림로즈를 자갈에 옮겨 심었다.

35년 만에 3월 최고 기온을 기록한 날이었다. 나는 핫 크로스번*을 먹고 차를 한 잔 마신 다음 거실 창문 아래 화단으로 갔다. 역시 자갈이 덮여 있고 거의 돌보지 않은 라벤더가 이제 구슬플 정도로 엉망이었다. 하루가 끝나갈 때 나는 화단을 갈아엎고 꽃을 심을 준비를 마쳤다. 나는 이렇게 썼다. '바네사 벨' 장미는 어떨까? 패랭이꽃, 할미꽃, 셜리양귀비? 이것이 정원 가꾸기의 특징이었다. 가능성이 무한했다. 몇 시간 뒤에 다시 휘갈겨 적었다. 또 박쥐다.

나는 너무나 다양한 형태 때문에 술에 취한 듯한 기분이 들기 시작했다. 흰 제비꽃, 분홍색 돌부채, 원추리의 선명한 녹색 수상꽃차례**, 진정한 봄의 전령이자 풀밭에 벨벳 같은 껍질을 떨어뜨리고 나오기 시작하는 얇은 분홍색 목련 꽃잎들. 처음에는 겨우 두세 송이였지만 다음 날 아침이 되자 커다란 배가 돛을 펼치고 잔디밭에 닻을 내린 것 같았다. 할 일이 많다는 말이 일기장의 거의 모든 페이지에 씌어 있었고 빈둥거리다는 말도 마찬가지였는데, 종일 빈둥거릴 때가 많았다. 내가 너도밤나무 덤불의 가지치기를 하고 있을 때 엘리자베스 여왕의 부군 필립 공의 서거를 알리는 조종이 울렸다. 나는 1차 코로나19 백신을 맞은 후에 온실에 페인트를 칠했다. 어떤

---

* hot cross bun: 과일 조각이 들어 있고 윗면에 십자가 모양을 새긴 매콤한 빵.
** spike: 한 개의 긴 꽃대 둘레에 여러 개의 꽃이 이삭 모양으로 피는 꽃.

날에는 4시나 4시 30분에 일어나서 밖으로 나갔다. 갈퀴덩굴을 뽑고, 삼각대를 세운 다음 스위트피를 땅에 옮겨 심고, 파자마 차림으로 네모난 회양목을 다듬고, 가지마름병을 막기 위해 희석한 표백제에 가위를 담갔다.

4월 중순의 내 생일이 되자 나는 모리스의 문양 안으로 들어간 것같았다. 초라하고 작은 온실 정원은 내가 겨울에 계획해서 심은 대로 초원이 되었다. 온실은 이른 아침과 일몰 직전에 가장 아름다웠다. 낮게 뜬 태양빛이 녹색 벽 같은 서어나무 울타리를 통해 스며들어와 보라색에 갈색 얼룩이 진 체크무늬 프리틸라리아를 비추면 꼭 터키 양탄자 속의 반짝이는 형태 같았다. 연못 화단에는 블루벨과 웨일스 양귀비가 물결처럼 피어올랐고 그 사이사이로 엷은 청록색 카르둔 잎이 치솟았다. 내가 겨울 내내 무시했던 작고 이끼 낀 외목대 비부르눔 카를레시이가 어이없게도 분홍색 방울술 같은 꽃을 피워 취할 듯한 향기를 끊임없이 흘려보냈다. 매트가 와서 드디어 벨때가 된 벗나무를 타고 오르는 장미를 걷어냈다. 그에게 머그잔에 담긴 얼그레이 차를 건네고 들어왔다가 몇 시간 뒤에 다시 가보니 뻣뻣하고 오래된 장미 가지를 고리와 소용돌이 모양으로 만들어 뒷벽 전체에 덮어놓았다.

빈 땅이 드러나자 나는 식재 계획을 조금씩 세우기 시작했다. 목련 밑에 돼지 피글렛이 귀를 뒤로 젖힌 모양처럼 생긴 나르키수스 키클라미네우스를 여러 포기 심고 싶었다. 형광빛 도는 노란색, 복숭앗빛 도는 분홍색으로. 개암나무 밑에는 헬레보어로 하되 꽃 안쪽에 밤색이 뿌려진 노란빛 도는 초록색의 발라드 혼종을 심고, 이제 막 풍성하고 주름진 샛노란 꽃잎을 피우기 시작한 모란 밑에는 미세하고 파란 안개 같은 아네모네 블란다를 심는 것이다. 빈사 상태의 식물은 뽑아버리고 새로운 식물이 그 자리를 차지했다. 로사 루브리폴리아는 완전히 죽었다. 넓게 퍼진 광대나물이 연못 정원의 그늘이 짙은 경계 화단을 정복하고 약탈했다. 얼룩덜룩한 화살나무는 아무튼 보기 싫고 소로의 3분의 2를 막고 있다. 아르부투스는 병들었고 갈매나무는 죽었다. 나는 그 자리에 분홍빛 도는 초록색 아스트란티아와 게라니움 프실로스테몬, 버베나 아스타타 '핑크 스파이어'와 황갈색 헬레니움을 심었다. 우리가 주황색 금붕어 네 마리와 검정색 금붕어 두 마리를 데려오자 정원이 바로 더 활기차게 살아나는 느낌이었다. 튤립은 가고 보라색과 흰색 보라십자화, 매발톱, 보라색 드럼스틱 알리움, 빛나는 첫 장미들이 그 자리를 대신했다.

모리스는 모든 이의 환경이 더 아름다워질 수 있고, 아름다워져야 한다고 생각했다. 그는 아름답고 황폐하지 않고 오염되지 않은 곳에서 사는 것이 사람의 권리라고 믿었다. 러스킨과 마찬가지로 아름다움은 사치품이 아니라고, 사치스럽고 불필요한 것은 사실 아름답지 않다고, 아름다움은 자연이나 필요와 밀접하게 연결되어 있다고 생각했다. 필요한 것들은 품위 있고 진지하게 잘 만들어야 한다는 것이 모리스 앤 코의 창립 원칙 중 하나였다. 그의 전기 작가 피오나 맥카시가 썼듯이 "사람을 위해, 사람에 의해 디자인된 제품이라는 급진적 원칙"[14]이 모리스 앤 코의 작업을 뒷받침했다. 그가 세인트 제임스 궁전의 알현실 등 부유한 이들의 궁전을 장식했다는 사실은 모리스가 사회주의를 진심으로 받아들이게 된, 사실은 꽉 끌어안게 된 부분적인 이유 중 하나였다. 그는 장인匠人에서 철저한 마르크스주의 활동가로 극적인 변화를 겪었다.

모리스는 1894년의 에세이 〈나는 어떻게 사회주의자가 되었는 가〉에서 자기 믿음을 아주 간단하게 설명했다. "음, 내가 말하는 사회주의는 부자도 가난한 사람도, 주인도 주인의 종도, 게으른 사람도 과로하는 사람도, 머리 아픈 정신노동자도 몸이 아픈 육체노동자도 없는 사회, 한마디로 말해서 모든 사람이 평등하게 살면서 낭비 없이 자기 일을 하고 한 사람에게 해를 끼치는 것은 모두에게 해를 끼치는 것이라는 완전한 인식을 가진 사회이다. 즉 마침내 커먼웰스*라는 말의 의미를 실현하는 것이다."[15] 커먼웰스라는 단어는 아직 식민지와 관련된 뜻이 없었고 윈스턴리가 말하는 모두의 재산과 밤비의 공산주의를 직접적으로 잇는 말이었다.

모리스의 레드 하우스 정원과 같은 유형의 정원이 케이퍼빌리티 브라운과 그의 동료들이 만든, 계층적 사회질서가 자연스럽고 영구적인 것이라는 메시지가 숨겨진 풍경식 정원에 대한 공개적인 거부였다는 사실은 흥미롭다. 이 에세이에서, 그리고 당시 가지고 있던

---

\* Commonwealth: 현재에는 영국 연방, 오스트레일리아 연방 등 '연방'이라는 뜻으로 쓰이지만 원래는 공공복지를 의미했다.

생각에서 모리스는 스스로 휘그당 사고방식이라고 부르는 것에 명백히 반대했다. 그것은 내가 호레이쇼 월폴을 읽으면서 불안하게 생각했던 것과 같았다. 바로 오늘날 정치인들의 마음을 계속 사로잡는 낡고 위험한 꿈, 즉 기계적 진보에 대한 신념, 산업 발전의 미덕과 이익에 대한 강력한 믿음, 이익을 희망찬 보상으로 꾸미는 것이다.

모리스는 단순히 노스탤지어를 불러일으키는 것이 아니었다. 사실 노스탤지어를 일으킨다는 비난은 휘그당과 같은 사고방식의 일부라고 볼 수 있다. 인류가 끊임없이 더욱 높은 위업을 이루고 있고, 따라서 멈추거나 돌아가는 것은 부정적이고 퇴행적인 행위이며 황폐한 사회적·경제적 결과를 가져올 것이라는 믿음 말이다. 모리스의 생각은 지금까지 발전에 관해서 내렸던 많은 결정이 틀렸고, 어떤 일을 하는 간단하고 좋은 방법이 더 싸고 빠른 방법으로 대체되었으며, 따라서 극소수의 사람을 백만장자로 만드는 동시에 대다수 사람들의 삶을 가난하고 추하게 만들었다는 것이다. 그는 조달자, 고용주, 또 소비자로서 자신도 이 역학에 일조하고 있음을 주저 없이 인정하면서 어느 강연에서 아직도 대답할 수 없는 질문, 여전히 곤란하고 소란을 일으킬 수 있는 질문을 던졌다. "어떻게 우리는 다른 사람이 고통과 슬픔 속에서 만든 물건을 사용할 수 있을까, 어떻게 그것을 즐길 수 있을까?"[16]

《에코토피아 뉴스》는 모리스의 중세에 대한 사랑에 영향을 받았지만 그렇다고 해서 그가 사람들이 순무를 캐던 과거로 내동댕이쳐지기를 바란 건 아니다. 모리스가 원한 것은 평등에 기반을 둔 미래, 모든 자원 중에서 가장 복잡하고 귀중한 자원인 자연을 소중히 여기고 공동으로 차지하는 미래였다. 사람들이 그의 경고에 주의를 기울였다면 얼마나 좋을까. 모리스가 산업화되고 계층화되고 착취적인 빅토리아 시대의 세계에서 "더럽고, 목적 없고, 추한 혼란… 문명의 음울한 누추함"[17]을 보았다면 현재의 세계는 도대체 어떻게 생각할까. 생태 재앙, 종의 붕괴, 여전히 멈출 수 없는 성장에 대한 집착, 기술이 만능 해결책이라는 맹목적인 신념. 메타버스, 화성 식민지, 미세플라스틱, 트위터에서 벌어지는 쿠데타. 모리스는 얼마나 분개하고 슬퍼했을까.

그는 새로운 사회를 만드는 것이 자기 활동을 포함하여 모든 예술 활동보다 중요하다고 생각했지만(자신이 만든 아름다운 물건들이 루이 16세와 그가 만든 자물쇠보다 나을 것이 있겠냐고 공개적으로 의문을 제기한 적도 있다) 또 예술과 혁명 중 하나를 선택하라는 것은 틀렸으며, 예술은 "불안 없이 번영하는 삶"[18]에서 나오므로 사회질서의 대격변이 필요하고, 그렇지 않으면 그저 자본주의의 부산물, 아름답지만 무의미한 무용지물에 지나지 않는다고 생각했다. 모리스가 이해하는 예술은 사치와 무기력함이 아니었다. 예술가에게 해야 할 일이 있다면 그것은 바로 앞으로 나아가는 길을 보여주고 그곳에 도달하기 위한 양분과 갈망을 만들어내는 것이었다. 다음 문장은 무척 거대한 신념의 보루를 보여준다.

예술의 영역은 인간에게 충만하고 합리적인 삶의 진정한 이상을 제시하는 것이다. 그러한 삶에서 아름다움의 인식과 창조, 즉 진정한 즐거움의 향유는 일용할 양식만큼이나 사람에게 필수적이라고 느껴져야 하고, 어떤 사람이나 어떤 집단도 단순한 반대 때문에 이를 박탈당해서는 안 되며 그럴 경우에는 그에 맞서 힘껏 저항해야 한다.[19]

이처럼 어마어마한 희망이 《에코토피아 뉴스》에 활기를 불어넣는다. 《에코토피아 뉴스》는 미래 사회에 대한 청사진이라기보다 자본주의가 야기하는 두려움이나 탐욕, 불안정이 사라지고 우선순위가 바뀌면 삶이 어떻게 변할 수 있을지 상상해 보자는 초대에 가깝다. 어떤 느낌, 어떤 향기일까, 감각적인 특징은 무엇일까. 사람들은 어떤 옷을 입고 서로 어떻게 이야기할까. 이익의 왜곡 효과가 없으면 사람 사이의 관계가 어떻게 바뀔까. 게스트가 깨어난 잉글랜드에는 돈이 없다. 정원을 가꾸는 이들처럼 모든 사람은 하고 싶어서, 뭔가를 만드는 일에 대한 순수한 사랑 때문에 일을 한다. 노동을 소외시키는 자본주의 체제는 공기 중으로 사라지고 없다.

• • •

6월 초가 되자 정원은 농담이 아니라 정말 두 배로 커졌다. 만발한 꽃이 축 늘어졌고, 디기탈리스와 루피너스가 어우러져 과자 가게 같았다. 러셀 하이브리드는 네슬레의 퀄리티 스트리트 초콜릿처럼 보라색과 밤색으로 피어 새로 핀 깃털 같은 연한 등나무꽃과 행복하게 부딪쳤다. 집 정면을 뒤덮은 '마담 알프레드 카리에르' 장미 두 그루가 마침내 꽃을 피워 비가 내릴 때까지 느슨하고 기품 있어 보이는 복숭앗빛 장미 무늬를 만들었다. 집 앞의 두 화단은 방초포와 자갈이 덮여 있고 불굴의 사초가 군데군데 건축적인 덤불을 이루었다. 느슨한 정원 관리. 이른 봄에 나는 전부 다 가지고 나와서 이틀 내내 땅을 갈아엎고 **플로리스트** 존 클레어가 인정할 만한 화초를 잔뜩 심었다. 디기탈리스, 회향풀, 히숍, 안젤리카, 우단동자도 있었고 매리골드와 코스모스 그리고 존 클레어가 좋아했을 법한 예쁜 한해살이 여름 화초 씨앗도 뿌렸다. 거리를 위한 정원 가꾸기. 대충이 나의 모토였다, 대충 풍성하게.

모리스가 클레어의 작품을 읽은 적 없다니 안타까운 일이다. 클레어의 열광과 이를 가는 분노에 공감하면서 그의 작품을 무척 좋아했을 것이다. 모리스는 미친 듯이 책을 읽으면서 사회주의 이론을 형성하던 시기에 존 클레어보다 나이가 많고 정치적으로 더욱 급진적인 동시대인 윌리엄 코벳, 마르크스와 엥겔스, 로버트 오언, 무어의《유토피아》를 읽었다. 모리스가 어린 시절 우드퍼드 홀에서 살았던 첫해에 클레어는 겨우 약 10킬로미터 떨어진 하이 비치 정신병원에 살고 있었고, 따라서 에핑숲을 오랫동안 산책하면서 서로 지나쳤을 가능성도 있다. 나는 그 장면을 상상하는 것이 좋다. 갑옷을 입고 조랑말을 탄 소년이 스스로 바이런 경이라 믿는 자그마한 남자를 지나치는 광경이다. 그러나 1841년에 클레어가 도망친 후에는 두 사람의 만남이 불가능했다. 클레어는 모리스가 일곱 살 때

노샘프턴 종합 정신병원에 들어가서 모리스가 서른 살 때 그곳에서 죽었고, 세상에서 사라졌다. 클레어의 글은 대부분 출간되지도, 타자기로 정리되지도 않았고, 알려지지 않았으며 역사가 재발견할 때까지 말없이 기다렸다.

이렇게 오랫동안 묻혀 있던 시 중 하나이자 아마도 10대 때 쓴 〈소망The Wish〉에서 클레어는 이상적인 집과 정원을 상상한다(그리고 이상적인 동반자도 상상하는데, 시끄럽고 귀찮게 구는 아내가 아니라 재치 있고 독서를 좋아하는 얌전한 하인이다). 그 집은 슬레이트와 영국산 오크나무를 사용하는 것까지 특히 모리스 같은 느낌이다. 소박하고 단순하고, 필요한 부분을 전부 세세하게 상상했는데 요란한 과잉은 하나도 없다. 미적으로는 확실히 소박하고 단순하고 잘 만들어져서 튼튼하고, 가장 큰 사치는 작은 응접실 난로가의 책장이다. 반면에 정원은 훨씬 더 감각적인 공간이다. 정원 담 쪽에는 온통 과일나무가 심어져 있다. "건강하게 윤이 나며 반짝이는 복숭아와 배."[20] 화단은 정확히 152센티미터이고 가장자리에 파슬리가 심어져 있으며 숨 막히는 잡초는 하나도 없다. 소로가 정원 공간을 나누고, 한쪽 끝에는 정자가 있고 로즈나 재스민, 향긋한 덩굴식물, 인동덩굴, "그늘과 향기 모두 완벽한 피난처"[21]이다.

레드 하우스가 떠오르지 않는가? 클레어가 꿈꾸는 정원의 화초는 또한 향기롭다. 장미, 라넌큘러스, 노랑수선화, 백합, 초콜릿 색 스카비우스("초콜릿 같은 황혼"[22]). 그는 창가와 문가를 타고 오르는 넝쿨식물을 상상한다. 우리는 그의 흥분이 점점 커지는 것을 느낄 수 있다. 연못은 어떨까?! 연석軟石으로 담을 쌓은 뜨락정원*에 수련이 가득한 작은 연못. 이 마지막 공간은 왠지 너무나 강렬한 환희를 유발해서 아름다운 상상 전체가 붕괴해 버린다. 분위기가 어둡고 비통해진다. 클레어는 이 중 무엇도 갖지 못했다. 그는 다시 꿈을 잔뜩 먹지만 배가 꾸르륵거린다. 클레어가 정말 원하는 것은 노동이 없는 삶, 정원을 돌보고 책을 읽을 수 있는 삶이었다.

조너선 베이트는《존 클레어 전기》에서 이 시를 습작이라고 설명하면서 성숙했을 때 쓴 시의 기발함과 본질이 없고 여기서 클레어는 시가 표현해야 한다고 생각하는 주제를 흉내 내고 있다고 말한다. 나는 그 말에 전적으로 동의하지는 않는다. 머뭇거리고 갈망하는 어조로 사소한 내용을 점점 쌓아가기 때문에 결핍이 진실하게 느껴지고 갑작스럽고 다듬어지지 않은 어조의 변화는 습작에서 추구하는 매끄러운 표현과는 맞지 않는다. 베이트는 클레어의 〈소망〉을 계급 전환에 대한 환상이라고 본다. 신사처럼 편안하게 사색에 잠기는 삶, 호라티우스와 베르길리우스, 청교도 시인 마벌과 볼테르가 증언하는 단순하고 좋은 삶에 대한 환상이라는 것이다. 볼테르의 풍자소설《캉디드》는 다음과 같은 모호한 명령으로 끝나는 마지막 장면으로 유명하다. 우리는 정원을 가꿔야 한다il faut cultiver notre jardin. 베이트는 그러한 삶이 클레어에게 맞지 않았을 터이며, 그의 시는 상실과 탈취라는 깊고 어쩌면 바닥이 없을지 모를 우물에서

---

* sunken garden: 주변 높이보다 낮게 위치한 정원.

나온다고 주장한다. 클레어는 이렇게 답한다. "가난은 때로 나를 슬픈 도구로 만들었고, 모든 사람이 태어날 때부터 가지는, 혹은 가져야만 하는 그 독립성을 깨뜨렸다."[23]

하지만 나는 베이트의 말에 깜짝 놀랐다. 모리스가 그리는 유토피아의 더욱 급진적인 측면을 의도치 않게 건드렸기 때문이다. 빅토리아 시대에도 우리 시대에도 사람은 결핍과 궁핍 때문에 일하고 창조하며, 자원을 더 평등하게 나누면 게으름과 정체 상태가 만연할 것이라는 믿음이 널리 퍼져 있다. 정말 이상하게도 이러한 정체 상태는 허구적인 유토피아에도 종종 영향을 끼쳐서 유토피아는 노동을 단축하는 수많은 장치와 기적 같은 기술을 그리면서 지루해진 시민들이 무엇을 할까 힘겹게 상상하는 경우가 많다. 긴장감이 부족하고, 느슨하게 늘어지며, 모든 욕망이 충족되고, 모든 문제가 해결된다.

모리스의 《에코토피아 뉴스》에 등장하는 세상은 그렇지 않다. 그의 세상 속 사람들이 일을 하는 것은 그것이 기쁨을 주기 때문이다. 가장 뚜렷한 목소리를 내는 사람은 엘렌인데, 게스트가 클레어의 꿈과 무척 비슷한 소주택에서 양가죽 위에 누워 있다가 처음 만나는 회색 눈을 가진 아름다운 여성이다. 엘렌이 게스트에게 말한다.

할아버지가 말씀하시는 대저택이 많았던 과거에 우리는 좋든 싫든 작은 집에 살았을 거예요. 그리고 그 집은 우리에게 필요한 전부가 갖춰져 있는 것이 아니라 썰렁하고 텅 비었겠죠. 먹을 것도 충분하지 않았을 거예요. 옷은 보기 싫고 더럽고 지저분했겠죠. 할아버지께선 힘든 일을 안 하신 지 한참 됐고, 이제 여기저기 돌아다니고, 책을 읽고, 걱정거리가 하나도 없어요. 그리고 저는 하고 싶을 때 열심히 일해요. 그게 좋으니까요. 저한테는 그게 맞는 것 같아요.[24]

클레어의 공상은 또한 모리스가 그리는 미래에서 정원이 왜 그렇게 중요한지 분명히 보여준다. 클레어가 설명하는 소주택 정원은 독특하고 무척 개인적이며 창의적인 공간이다. 《에코토피아 뉴스》에 그런 정원이 존재한다는 것은 모리스가 제안하는 공산주의가 모두 똑같이 생각하고 행동해야 한다는 의미가 아님을 확실하게 보여준다. 모리스에게 동일함은 저주였다. 그가 좋아하는 것은 공동의 목적 안에서의 개별성, 초원의 꽃들처럼 각자 독특한 개개인이었다. 시간적 틀은 다르지만 모리스의 소설마다 같은 장면이 계속 나온다. 바로 〈알려지지 않은 교회 이야기The Story of the Unknown Church〉에서 네잎장식과 달의 상징을 조각하는 마거릿처럼 대성당 건축 같은 창의적이고 협력적인 대작업에 참여하는 여성이나 남성 장인이 특정한 부분에서 즐거움을 얻는 장면이다.

모리스가 공장의 비참함과 노동자의 고통에 대해서 얼마나 많은 시간 동안 강의했는지 생각하면 그가 머튼 애비의 옛 실크 직조 작업장에 세운 공장에서 창의성에 대한 본인의 생각을 왜 실천하지 않았는지 의문이 남는다. 공장은 모리스가 그토록 좋아했던, 동화 같고 외양이 약간 허술해 보이는 낭만적인 곳이었다. 강가까지 펼쳐진 잔디밭, 색색의 직물을 말리는 초원, 검은 판자 헛간 옆에서 흰 꽃을 떨어뜨리는 아몬드나무, 친츠 문양과 비슷하게 제비고깔과 백합이 심어진 화단. 오래된 채마밭의 한 구획을 빌린 사람들도 있었지만 직조실의 극심한 소음과 굉음 속에서 몸을 숙인 채 힘들고 반복적이고 지루한 작업을 하는 열두 살짜리 소년들도 있었다. 모리스가 다른 곳에서는 그토록 열정적으로 반대하던 일이었다.

모리스의 대답은 강경했다. 한쪽 구석에서만 사회주의를 실현할 수는 없다. 그는 이상적인 공동체, 로버트 오언의 뉴 래너크와 뉴 하모니*나 밤비의 모빌 코뮤니토리엄처럼 적대적인 세계에서 고립된 유토피아를 만들어 결국 취약한 섬이 되는 것에는 관심이 없었다. 이런 곳은 전부 실패할 수밖에 없었다. 모리스가 원하는 것은 사회 질서의 총체적인 개혁이나 모범적인 공장이 아니라 마르크스주의 혁명이었다. 그는 주간지 〈스탠다드〉 편집장에게 보낸 편지에서 상황의 엄혹함을 설명했다. "우리는 더없이 끔찍한 경쟁 상업 조직이라는 거대한 사슬에서 아주 작은 고리에 불과하며… 사슬을 완전히 풀어야만 우리가 진정으로 자유로워질 수 있습니다."[25] 모리스 앤 코는 내일의 잼을 기대하며 오늘은 버터 바른 빵을 먹는 곳이었다. 변화는 정치적 운동을 통해서, 끝없는 강연과 행진, 위원회와 회의를 통해서 올 것이며 모리스가 그토록 조심스럽게 심어둔 미래에 대한 꿈이 변화를 도울 것이다.

모리스의 유토피아는 섬이 아니었다. 그것은 신이 존재하지 않는

---

* New Harmony: 로버트 오언이 19세기 초에 세웠던 모범적인 산업 공동체.

에덴 공화국이었다. 모리스는 부유한 이들이 전리품을 쉽게 놓지 않는다는 사실을 잘 알았으므로 변화는 분명 폭력에 의해 이루어질 것이라고 생각했다. 나는 여기에서 사회주의가 모리스에게 무슨 의미였는지 아주 조심스럽게 설명하고 싶다. 사회주의라는 단어는 끊임없이 오해받고 왜곡되기 때문이다. 최소한으로 생각할 때 사회주의는 무상 교육, 무상 급식, 여덟 시간 노동, 제대로 된 주거, 은행과 철도 그리고 무엇보다도 인클로저를 뒤집는 땅 자체의 국유화를 의미했다. 최대한으로 생각했을 때에는 이윤, 잉여나 낭비라는 개념이 없고 경제성장이 목적이 아니라 모든 사람의 삶과 그들이 사는 생태계를 윤택하고 풍족하게 만드는 것이 목적인 세상이었다.

모리스는 1883년에 겪은 정치적 각성을 종교적인 언어로 설명했다. 그가 늘 말했듯이 불의 강을 건너는 것과 비슷한 개종이었다. 모리스는 쉰 살이 다 된 나이에 이제 막 태어난, 그것도 아직 구상 중인 운동에 참여했다. 역사학자이자 모리스의 전기를 쓴 작가 E. P. 톰슨은 그해에 잉글랜드에서 사회주의를 받아들인 사람이 약 200명이었을 것이라고 계산했다. 모리스는 혁명이 일어날지, 또는 새로운 사회가 어떻게 기능할지 몰랐지만 그동안 더없이 생산적으로 살았음에도 처음으로 진짜 일을 하고 있다고 확신했다.

모리스는 그것을 바오로의 다마스쿠스 회심*처럼 불타오르듯 명

---

* 사도 바오로는 원래 그리스도교인을 박해했지만 다마스쿠스로 가던 중 말에서 떨어져 눈이 멀었다가 환한 불빛 속에서 예수의 목소리를 듣고 눈을 뜬 이후 복음을 열심히 전파했다.

료한 순간으로 이야기하기를 좋아했지만 사실 그를 각성시킨 것은 10년 동안 천천히 이어진 자극이었다. 모리스는 40대를 거치면서 집을 꾸미는 것에 불만을 느끼게 되었고, 부유한 고객들을 보면서 톰슨이 "점점 커지는 혐오"[26]라고 설명하는 감정을 품게 되었다. 그리고 스태퍼드셔 리크의 공장에서 직물을 염색하면서, 따라서 산업 빈민의 깊은 고통을 조금 더 이해하게 되었다. 또한 글래드스턴 정부의 위선과 전쟁 선동에 크게 격분했다. 이러한 복합적인 고뇌 때문에 이 수줍음 많고 무척 말이 없는 남자가 공개 발언을 하고 일과 예술, 사회를 어떻게 다시 생각해야 하는지 강연을 하기 시작했다.

깊이 묻혀 있던 감정적 흐름 역시 모리스의 정치적 각성을 자극했다. 사랑하는 딸 제니는 여섯 살부터 간질을 앓기 시작해 10대가 되자 더 심해졌고, 그가 개종할 무렵 제니는 영구적인 불구를 얻게 되었다. 우리가 모리스의 정원에 대해서 이토록 많이 아는 것은 딸이 세상과 단절되지 않도록 그가 사랑 넘치는 편지를 써서 자신의 일상을 상세하게 설명했기 때문이다.

그리고 라파엘전파 미인의 대명사로, 수척하고 말이 없고 소파에 무기력하게 누워 지내는 아내 제이니가 있었다. 그녀는 옥스퍼드 마구간 일꾼과 글을 모르는 세탁부의 딸 제인 버든으로 태어났다. 모리스는 대학을 졸업한 뒤 옥스퍼드 연합 사무실을 꾸미는 일을 맡아서 돌아왔을 때 런던에서 그녀를 만났다. 제이니는 그의 청혼을 받아들였지만 훗날 모리스를 사랑한 적이 한 번도 없다고 말했다. 모리스는 그녀를 몸소 중산층으로 끌어올려 자수, 이탈리아어, 피아노 같은 세련된 기술을 가르쳤고 귀찮을 정도로 책을 권했다(어쩌면 심술궂은 말일지도 모르지만 사람들의 이야기에 따르면 모리스의 친구 조지 버나드 쇼는 제이니를 바탕으로《피그말리온》*의 등장인물 엘리자 두리틀을 만들었다고 한다).

제이니는 모리스의 가까운 친구이자 심술궂고 음침한 로세티와 여러 해 동안 불륜 관계였다. 로세티는 그녀를 수십 번이나 그리면서 해자에 둘러싸인 시골 저택의 마리아나**로, 또 운명의 석류를 들고 지하세계 하데스에 갇혀 햇빛 비치는 세상을 쓸쓸히 올려다보는 프로세르피나로 만들었다. 확실한 것은 아니지만 모리스는 추문이 퍼지거나 이혼할 필요 없이 제이니가 로세티를 은밀하게 만날 수 있도록 켈름스코트 장원을 마련했을 가능성이 높다. 빅토리아 시대 남성 대부분은 모리스처럼 행동하지 않았을 것이다. 로세티가 죽은 다음 제이니는 시인이자 모험가인 윌프리드 스코언 블런트와 다시 불륜을 저질렀지만 모리스와의 혼인 상태를 유지했다. 부부가 사적으로 어떻게 지내는지, 그들에게 어떤 결핍이 있고 어떤 유대가 있었는지 누가 알까? 모리스와 제이니가 주고받은 편지는 대체로 두 사람이 꾸준히 주고받는 애정과 배려를 보여주지만 둘 다 고통스러

---

* *Pygmalion*: 버나드 쇼의 희곡 작품으로, 언어학자가 길거리에서 꽃을 팔던 소녀 엘리자를 데려다가 세련되고 우아한 숙녀로 교육시킨다는 내용이다.
** Mariana: 셰익스피어의《자에는 자로》에서 지참금을 잃어버려 약혼자에게 버림받는 인물로, 알프레드 테니슨이 이를 소재로 삼아 그녀가 홀로 외롭게 연인을 기다리는 내용의 〈마리아나〉라는 시를 썼다.

운 결핍을 겪었던 것은 분명하다.

이 모든 것은 모리스의 개종이라는 직물의 일부, 그 거침없고 복잡한 패턴의 일부였다. 비참하고, 외롭고, 딸을 무척 걱정하고, 깊은 슬픔을 안게 된 모리스는 덜 거만하고 뻣뻣해졌다. 마치 그 자신과 다른 사람을 나누는 구분이 사라지기 시작한 것 같았다. 타인과의 벽이 모리스의 패턴처럼 나뭇잎과 꽃잎이 흔들리는 장식무늬로 녹아드는 것 같았다. 모리스는 자신과 해머스미스의 집 앞을 오가는 가난한 이들을 나누는 것은 타고난 천재성이나 재능과 아무 관련이 없고 그저 말도 안 되는 태생의 운이었음을 깨달았다.

더 나은 것을 꿈꾸는 전염성 있고 진심 어린 바람이 모리스의 정치적·미학적 이상에 활기를 불어넣는다. 그의 정치적 이상과 미학적 이상 모두 풍요로움, 기쁨, 모퉁이 너머 얼핏 보이는, 한때 존재했으며 다시 돌아올지도 모르는 무언가에 대한 갈망으로 흠뻑 젖어 있었다. 사랑일까? 섹스일까? 새로운 사회질서일까? 모리스가 꿈꾸는, 끝없이 다시 생기는 에덴의 선물은 무엇일까? 내 생각에 그의 정원이 정말로 상징하는 것은 동료의식이다. 성적 욕망뿐 아니라 인간 세상 자체를 초월하여 활기차게 진동하는 결속. 그것을 정원 국가라고 부르자. 놀라운 아름다움과 완전함이 존재하고, 절대 정적이지 않고 항상 움직이며, 진보하고 많은 열매를 맺는, 종을 뛰어넘는 생태계. 나는 그곳에 살고 싶다. 우리가 그곳에 살지 않으면 세상은 오래 버티지 못할 것이다. 그것은, 이 비옥한 혁명은 아직 오지 않았지만 우리가 정원을 들여다볼 때마다 초대장이 아직 거기에 있다.

6

데릭 저먼의 에덴

하지夏至에 나는 북쪽으로 차를 몰았다. 한여름 날이 전부 내 앞에 펼쳐져 있었고, 가장자리는 파랗고 중심은 금빛이었다. 나는 교회 옆길로 블라이스를 가로질러 친구 로렌과 한 번 가본 적 있는 이상 야릇한 튜더 양식 농가를 지나 뒷길로 접어들었다. 로렌은 그 집을 살까 생각 중이었다. 우리가 안으로 들어가 겨울 홍수가 그 아름다운 오크 프레임 방들을 어떤 상태로 만들었는지 확인하기 전까지는 말이다. 집주인들은 폐허 속에서 캠핑을 하고 있었지만 '캠핑'이라는 단어가 그들이 사는 모습을 정당화하지는 못했다. 그들은 영국 내전 동안 숨어 지내는 왕당파 장교 한 쌍 같았다. 테이블에는 저녁 식사를 한 흔적이 있었다. 초, 큰 유리 술잔 두 개, 백랍 접시 한 쌍. 중세 스테인드글라스 천사가 싱크대에 기대어 세워져 있고 불안정한 사다리 계단을 올라가면 어둑하고 들쭉날쭉한 방들이 연이어 나왔는데, 사주식 침대*와 중국식 치편데일 디자인이 혼란스럽게 뒤섞인 인상이었다. 누군가 인테리어 디자이너 데이비드 힉스풍으로

서랍장 위에 뿔로 된 컵과 상아 문진을 아주 정확하게 배치하여 꾸며놓았지만 먼지가 너무 두껍게 내려앉아서 이 집이 처음 지어진 뒤로 한 번도 먼지를 떤 적이 없는 것 같았다.

나는 베클스의 총포상을 지나면서 길을 잘못 드는 바람에 올바른 길을 찾기 위해 모리슨 수퍼마켓을 빙 돌아야 했다. 웨이브니강을 건너 가장자리에 프랑스 국화가 눈부시게 핀 브로즈 지역을 지나자 땅이 쑥 꺼지고 드넓은 습지를 가로지르는 헤링플리트와 소머리턴이 눈에 들어왔는데 빛나는 선 같은 댐과 수로, 웨이브니강 때문에 중간중간 끊어져 보였다. 웨이브니강은 굽이굽이 북해로 흘러갔다. 나는 늘 그렇듯 일찍 도착했기 때문에 강을 다시 건너 헤링플리트의 둥근 탑 교회 옆에 차를 세웠다.《토성의 고리》에서 도보 순례를 시작할 때 제발트, 또는 그의 또 다른 자아인 화자 역시 소머리턴 역에서 기차를 내려 분명 이 교회를 보았을 것이다.

나는 교회를 많이 보았기 때문에 큰 기대 없이 묵직한 문을 밀어서 열었지만 세인트 마거릿 교회의 스테인드글라스는 내가 바랐던 것보다 훨씬 좋았다. 1830년대에 영국과 대륙에서 파편을 모아서 만든 이 스테인드글라스는 적어도 15세기까지 거슬러 올라갔다. 천사와 불사조, 성인과 새들, 류트를 타는 천사와 라틴어 두루마리를 입에 문 앵무새가 있었다. 십자가도 여러 개 보았고 분명 아담으로 보이는 비탄에 잠긴 남자가 봄의 나뭇잎을 허리에 두르고 있었다.

---

*   tester bed: 네 모서리에 기둥이 있고 덮개가 달린 큰 침대.

그 주변에는 거북이와 주교관主教冠, 포도 한 송이가 아무렇게나 배치되어 있었다.

이 모든 이야기를 하는 이유는 내가 차로 돌아가서 강을 다시 건너고 비탈을 다시 올라 작은 둥근 탑 교회 옆에 차를 세웠을 때 이미 현기증이 난 상태였다고 말하기 위해서이다. 나는 아직 살아 있는 마크 루머리의 파트너라는 사람을 만나러 왔다. 데릭 멜빌이 죽은 후 마크의 동반자였으며 듣기로는 흔치 않은 기술을 가진 정원사라고 했다. 하지만 그 정도의 찬사를 듣고도 거기에서 그런 낙원을 발견할 줄은 몰랐다. 내 친구 하워드는 정원이 다들 너무 비슷하다고, 식물로 할 수 있는 것에는 한계가 거의 없지만 다들 몇 세기 전에 만들어진 배치와 내용에 대한 규칙을 무의식적으로 따른다고 불평한 적이 있다. 소위 말하는 실험조차도 허용되는 형태, 특히 색 조합 관행을 살짝 흔들어놓는 것에 그치는 경우가 많다는 것이었다. 카피의 카피의 카피가 아니라 정말로 독창적인 정원을 보는 일은 매우 드물다.

나는 하워드가 이 정원을 보면 좋겠다고 생각했다. 처음에는 너무 독특해서 내가 무엇을 보고 있는지도 확신이 없었다. 내가 모르는 식물들이 있었고 심지어 익숙한 식물도 상상하지 못한 방식으로 키웠다. 그것은 솜씨와 기술이 만들어낸 경이, 내가 본 가장 정교한 정원 예술의 증거였다. 벽돌 계단을 올라가서 동그란 석조 조각이 올려진 두 기둥 사이로 들어가면 놀라울 만큼 건축적인 토피어리*

---

* topiary: 회양목, 사이프러스 등 상록수를 잘라서 여러 가지 모양을 내는 것.

정원을 볼 준비가 자연스럽게 갖춰진다.

마치 상록수로 이상적인 형태를 그리려고 한 것 같았다. 막대 사탕 같은 등나무꽃과 월계수 열매가 있었고 지주 없이 서 있는 너도밤나무 아치문, 피라미드와 결혼식 케이크 모양으로 깎은 주목도 있었다. 자갈길은 다양한 토피어리가 잔뜩 서 있는 회양목 파르테르 미로로 이어졌는데, 대부분 잎이 얼룩덜룩해서 부자연스럽고 심지어 타락한 인상이 더욱 강해졌다. 줄기가 깔끔하게 꼬인 이 작고 이상한 나무는 뭘까? 힘들게 외목대로 키운 인동덩굴이었다. 깃털 같은 덩굴손이 아치를 그리며 내려왔기 때문에 보통은 벽을 따라 어수선하게 몸집을 키우는 인동덩굴이라고 알아보기 어려웠다. 초목의 다양한 형태와 그림자가 끝없이 펼쳐지는 가운데 버들잎 배나무의 흐르는 듯한 은빛 꽃들과 북수스 셈페르비렌스 '오리오마르기나타'의 붉은빛 도는 금빛 나뭇잎들이 드문드문 있어서 태피스트리처럼 무척 보기 좋았다.

정원이 갑자기 높아지더니 유럽소나무 두 그루가 특히 눈에 띄는 어두운 숲으로 이어졌다. 두 나무 사이에 내가 한꺼번에 본 적 없는 식물들이 있었다. 삐죽삐죽 솟아오른 에키움 군락이 연파랑색 꽃으로 뒤덮여서 벌들이 무척 좋아했다. 그 옆에는 라바테라였을까? 역시 거대하고 역시 꽃으로 뒤덮여 있었는데, 나뭇잎이 얼룩덜룩해서 몇 군데는 거의 크림색에 가까웠고 구름 모양으로 가지치기한 침엽수와 화려한 대조를 이루며 자라고 있었다. 침엽수는 내가 본 그 어떤 나무의 자연적인 모양과도 너무 달라서 바로 알아보지 못했다.

길 건너편에 두 번째 정원으로 들어가는 대문이 있었고 빨강, 분홍, 파랑, 노랑으로 색을 맞춘 기다란 화단을 지나면 정형식 잔디 산책로가 나왔다. 이곳은 마크의 스타일에 훨씬 가까워 보였다. 제일 끝에 보자마자 탐나는 흉상이 있었다. 기다란 풀이 비를 맞아 쓰러진 초원에 나무 블록이 있고 그 위에 흉상이 아무렇게나 놓여 있었다. 로마 황제 하드리아누스가 총애했던 안티누스, 고대 그리스에서 가장 아름다운 소년이었다. 하얀 중국식 다리를 건너면 더 큰 초원이 나왔다. 몸을 굽혀보니 이곳의 풀밭에는 살갈퀴와 작은 별꽃, 붉은빛 도는 분홍색 점박이 난초 수백 포기가 축축한 땅에서 자생으로 자라며 섞여 있었다. 앞쪽에는 벤치가 놓인 멋진 18세기식 언덕이 있었는데 흰 다리와 시기적으로 어울렸지만 거기에 앉아서 풍경을 감상할 시간이 없었다. 우리는 다시 자리를 옮겨 숲속에 만들어놓은 어지러울 정도로 다양한 공간을 지났다.

풍경風磬을 매달고 일인극 배우처럼 서 있는 균형 잡힌 목련나무와 무대 세트처럼 그것을 둘러싼 낮은 회양목 산울타리. 뜻밖에도 나무들 밑에 피어 그 사이로 파고드는 장미와 산호붓꽃, 마르타곤 릴리. 코끼리 귀처럼 거대한 군네라와 대나무가 자라는 걸쭉한 갈색 연못, 연못 너머 러시아 시골 별장 다차dacha처럼 근사한 헛간. 드디어 평범한 숲속에 들어갔다고 생각할 즈음 벚나무 두 그루 사이에서 완벽하게 균형 잡힌 공 모양으로 다듬은 주목이 나타난다. 투어의 마지막은 난초를 키우던 온실로, 버블랩 같은 이끼 층으로 단열이 되어 찌는 듯하고 축축한 냄새가 났다. 벽에 걸린 분홍색 시계는 정밀한 작업을 암시했다. 눈높이의 난초 착생식물은 이끼 덮인 통나무에 녹색 끈으로 묶어서 철사에 매달린 고리에 걸어놓았다. 내가 완전히 이해할 수도 없을 만큼 고차원적인 정원이었다.

나는 마크가 찍은 우리 정원의 전성기 사진을 보러 왔기 때문에 우리는 점심 식사를 마친 후 커다란 가죽 장정 앨범 다섯 권을 꺼냈다. 앨범은 마크와 그의 파트너 데릭 멜빌이 집을 처음 샀던 1961년의 흑백사진으로 시작했다. 바로 거기에 우리 정원이 있었다. 처음에는 칙칙하고 어지러웠지만 산뜻하게 칠한 후 철사로 정리했고, 아랫부분에 '마담 알프레드 카리에르' 장미가 보였다. 지금과는 다른 집 구조가 흥미로웠다. 빨래통과 화덕이 있는 이 식기실은 어디일까? 지금 우리 거실 자리에서 문을 열고 나갈 수 있는 유리 포치는 어떻게 됐을까? 마크는 그 집에 처음 도착했을 때 정원에 아무것도 없고 벽돌 길이 어지럽게 나 있는 거친 잔디밭에 뽕나무와 원뿔 모양 주목만 불안하게 서 있었다고 말했는데, 과장이 아니었다.

마크의 시대는 《오즈의 마법사》에서 도로시가 오즈에 들어갈 때처럼 총천연색으로 변하면서 시작되었다. 화려하고 꽃이 만발한 정원, 포화 상태를 넘어선 찬란함, 1970년대 비료의 수준을 보여주며 놀라울 만큼 높이 자란 경계 화단의 화초. 지금 내가 살고 있는 정원의 매력과는 무척 달랐다. 조금 더 전통적이고, 훨씬 더 화려하고, 그만큼 낭만적이었다. 옛 정원에 매료된 내가 앨범을 계속 넘기자 몇몇 사진에서는 우리가 이사했을 때 이미 죽어 있어서 그해 가을에 파낸 식물이 무성하게 자라고 있었다. 눈부시게 푸른 갈매나무도 있고 내가 마크의 글에서 읽고 살아 있었으면 좋겠다고 생각했던 나무 아네모네가 수란같이 생긴 우아한 꽃으로 식당 벽을 뒤덮었다. 나무 아네모네를 다시 심어야겠다. 마크의 사진은 한 장밖에 없었는데, 흰색 반소매 셔츠에 다소 격식을 차린 복장으로 미소를 지으며 분무기를 잡으려고 손을 뻗고 있었다.

집 내부 사진도 있고 데릭이 내가 모르는 여자와 함께 웃으면서 셰리 잔을 부딪치는 모습도 있었다. 크리스마스 아침이 분명해 보였다. 얼마 후 나는 이 사진들의 이상한 점을 깨달았다. 우리가 지금 앉아 있는 방은 내가 보고 있는 사진 속의 방을 정확히 따라 만든 것이었다. 다색 접시와 물병까지 가구와 장식을 원래 자리에 일일이 정성 들여 배치해 놓았다. 알고 보니 이 집의 모든 방이 60년 전과 똑같이 꾸며져서 그때의 장면을 재현하고 있었다. 신기한 정원 가운데 서 있는 이 집이 시간 속에 멈춰 있음을 깨닫자 더욱 꿈만 같았다. 이 집은 공연이 끝난 뒤 오랫동안 그대로 보존된 무대처럼 시간에 감싸여 있었다.

도자기를 수집한 사람은 데릭이었다. 데릭 멜빌은 작곡가이자 피아니스트였고, 바로크 시대의 음악을 작곡 당시 이용했던 악기로 연주하면 어떤 소리가 날지 집착했다. 그는 옥스퍼드의 로버트 고블이 특별히 만들어준 클라비코드와 하프시코드를 가지고 있었고 빈과 뉘른베르크, 부다페스트에서 남아 있던 옛 포르테피아노를 연주했으며 제일 좋아하는 작곡가 쇼팽이 가장 아꼈던 피아노 제작자가 1840년에 만든 그랜드피아노를 파리에서 수입했다. 우리 정원의 월계수는 쇼팽 무덤가의 월계수에서 꺾어와서 삽목한 것으로 추정되었고 데릭은 쇼팽의 전기도 썼다. 하지만 내가 이언에게 이 이야기를 하자 모든 책에 대해 백과사전 같은 지식을 가진 그는 데릭의 책이 혹평받았다고 말했다.

1996년 데릭이 죽자 그의 유골은 잔디밭에 뿌려졌다(마크는 애정 어린 어조로 이렇게 썼다. "데릭은 내가 잔디에 탄산칼륨을 충분히 주지 않는다고 늘 불평했으므로 찬성할 것 같았다"[1]). 나중에 마크는 데릭을 추모하며 그가 매년 한 곡씩 썼던 크리스마스 캐럴을 모아서 우아한 활판인쇄 책을 만들었고, 서문에서 데릭은 자신감이 부족하고 공개적인 공연을 겁냈기 때문에 커리어에 방해가 되었다고 설명했다. 그 후 마크는 더욱 사교적이고 활기차게 살았던 것 같았다. 온갖 사람들이 그의 정원에서 열렸던 파티에 대해 말해 주었고, 몇몇 이야기는 부러울 만큼 격렬했다.

나 역시 파티를 열고 싶었는데 8월에 드디어 소원을 성취했다. 이사 1주년이었다. 정원은 내가 바라던 모습과 전혀 달랐지만 꼬박 1년에 걸친 작업이 끝났다. 두고 보는 기간은 끝났으므로 곧 식재를 본격적으로 시작할 수 있었다. 나는 마크가 만든 멋진 정원의 남은 부분을 이용해서 어떤 정원을 만들지 드디어 감을 잡았다. 사진을 보자 그의 젊은 시절 같은 총천연색 정원을 재현하고 싶지 않다는 확신이 들었다. 물론 그럴 재주도 없었다. 나는 더 야생적이고 차분한 공간, 내가 정원을 처음 봤을 때 느꼈던 비밀스럽고 길을 잃은 듯한 느낌을 어느 정도 간직한 공간을 만들고 싶었다. 그리고 무엇보다도 아주 오래된 품종을 키워서 식물을 통해 시간의 통로를 열어 보고 싶었다.

우리는 이언의 생일 직전 아주 더울 때 파티를 열었다. 나는 마크가 정원 파티에서 썼던, 우리 이웃인 예술가 존 크레이그가 쓴 아름다운 표지판을 꺼냈다. 위험. 오디 떨어짐. 마침내 집을 공개하고 지난 2년 동안 직접 만나지 못한 친구들이 잔디밭을 가득 채운 광경을 보니 기분이 좋았다. 나는 초대장에 내가 원하던 즐거운 분위기를 포착한 스텔라 기븐스의 《춥지만 안락한 농장》의 결혼 파티 부분을 인용했다.

아지랑이 같은 열기 속에서 날이 시작되자 하늘이 파래지고 해가 나왔고, 농장은 벌집 같은 에너지로 웅웅거렸다. 피비, 레티, 제인, 수전은 낙농장에서 실러버브*를 만들고 있었고 마이카는 샴페인이 담긴 얼음 양동이를 제일 어둡고 시원한 지하 저장실 구석으로 옮겼다…. 뢰벤은 꽃을 꽂을 수십 개의 잼병과 꽃병에 물을 채우고 있었다… 공기 중에서 달콤한 체리 파이 냄새가 났다…. 플로라는 마지막으로 주변을 둘러보았고, 아주 만족했다.[2]

나도 만족했다. 다양한 나이대의 사람들이 거품처럼 부글거리며 넘쳐흘렀고 팔짱을 낀 채 담요와 벤치에 털썩 드러누웠다. 임시로

---

* syllabub: 우유나 크림에 포도주 등을 넣어 응고시킨 푸딩.

만든 바에는 얼음통에 든 샴페인이 있었고, 언덕 위 도로가 가판대의 폴라한테서 산 꽃도 몇 아름 있었다. 이언이 혼자 흥얼흥얼 돌아다니면서 축제를 지휘했다. 체리 파이는 없었지만 부엌 식탁에 소시지와 햄, 버터 바른 롤, 따뜻한 마들렌과 초콜릿 케이크가 잔뜩 있었다. 그 뒤 몇 주 동안 경계 화단에서 코르크 마개가 계속 나왔다. 한참 미뤄진 축제가 남긴 기념품이었다.

• • •

하지만 상실을 너무나도 슬프게 알리던 언덕 위의 그 미묘한 정원과 집의 조합이 마크의 유언집행자와 처음 통화했을 때 그가 했던 말과 뒤섞여 왠지 마음을 떠나지 않았다. 마크는 게이여서 좋을 게 없던 시절에 게이였잖아요. 사람은 왜 정원을 만들까? 나는 왜 만들었을까?

우리 가족은 버킹엄셔를 떠난 뒤 남해안 베드타운에 살게 되었다. 그 시절이, 어린이답지 않았던 내 두 번째 어린 시절의 무엇이 그렇게 잘못되었는지 분명히 말하기는 어렵지 않다. 우리는 그곳에 어울리지 않았고 확실히 이상했다. 동성애를 혐오하던 그 가차없던 시절에 성인 여성 두 명과 어린 여자애 두 명은 가족이 될 수 없었다. 우리가 살게 된 집은 술 때문에 위험에 빠졌고, 파랗게 번쩍이는 경광등 불빛이 종종 우리 집을 비췄다. 그 집을 떠올리면 늘 긴장감이 느껴진다. 높아진 목소리가 들리면 몸이 얼어붙었고, 내가 할 일이 아니었음에도 어른들을 달래거나 화해시키려고 애썼다. 치밀어오르는 화. 끊임없이 한탄하고, 분노와 신랄한 비난을 퍼붓고, 깔끔함과 질서에 집착하는 어른과 산다는 것. 그 집착이 어찌나 강렬했는지, 나는 세월이 한참 지나고 어느 크리스마스 이브에 여동생 그리고 그 남자 친구와 늦은 밤까지 있다가 소파에서 내려오며 레드 와인 잔을 차서 넘어뜨렸는데, 너무 놀라고 무서워 몸이 굳은 채 몇 시간이나 울면서 문질러 닦았고 솔직하게 털어놓을 때까지 밤새 잠도 못 잤다. 그때 나는 서른다섯 살이었다.

모든 것을 말살하는 이 깔끔함은 정원에도 영향을 끼쳤다. 나는 윌리엄 모리스가 우드퍼드 홀에서 그랬던 것처럼 관목 사이에 나만의 정원을 만들겠다는 환상이 있었다. 나는 식물을 사랑했고, 특히 1985년에 출간된 바이올렛 스티븐슨의《야생 정원》을 보며 계획을 세웠지만 이 새로운 정원에는 황홀하거나 포근한 것이 하나도 없었다. 가차없이 삭막했다. 바짝 깎인 잔디에 오크나무 묘목이 심어져 있었는데 그중 두 그루는 1987년 대폭풍으로 뿌리째 뽑혔다.

우리는 결국 도망쳤다. 어머니, 여동생, 나, 정말 존 클레어 같은 도피였다. 내 어린 시절 마지막 정원은 신축 주택단지에 있었는데, 막다른 골목으로 가득한 미로였고 미묘하게 다른 집 수십 채에서 모든 집이 내려다보였다. 나는 예전에 이 집에 대해서 썼다가 집이 있는 것만으로도 운이 좋은데 불평한다고 비판받았다. 사실이다, 물론 그렇다. 하지만 사람들이 동성애를 치명적인 병이자 범죄라고 여겼던 1990년대 초에 주택단지 생활은 특히 노출된 느낌이 들었다. 어머니는 건축 폐기물을 덮은 얕은 표토에 마법처럼 아름다운 정원을 만들어냈지만 뒤쪽 울타리에 무성하게 자란 중국닭의덩굴도 우리에게 필요한 커다란 가림막이 되어주지는 못했다. 우리는 아픈 손가락처럼 튀어나왔다.

세월이 흐르면서 나는 이 시기를 다양한 방법으로 생각했다. 더 쓸쓸한 방법도, 덜 쓸쓸한 방법도 있지만 나는 어느새 술뿐만이 아니라 그 시절의 호모포비아 때문에 힘들었던 것이 아닐까, 사실 그것이 다른 모든 재앙을 일으킨 객관적인 요소가 아닐까 생각하게 되었다. 그런 비밀을 갖는 것, 그로 인해 세상에는 숨겨야 하는 것이 있으며 만약 비밀이 드러날 경우 — 더욱 현실적으로는, 결국 비밀이 드러났을 때 — 어떤 결과가 생기는지 이해하는 것. 그것은 옷장이 아니라 압력솥 안에서 사는 것과 같았다. 나는 그런 느낌이 들었다. 그때 당사자가 아니라 목격자나 대리인에 불과했던 나조차도 그랬으니 우리 집 어른들은 얼마나 더 화가 나고 두렵고 잠식당하는 느낌이었을까? 숨겨져야 한다는 것, 끊임없이 평가받고 끊임없이 위험에 처하면서 좀먹는 느낌, 변두리에서 비밀스럽고 믿을 수 없는 존재로 사는 것. 그것은 스파이 노릇과 그리 다르지 않았다. 그러자 마크가 자기 글에서 데릭을 항상 친구라고 지칭했다는 사실이 떠올랐다.

우리는 모두 각자의 짐을 진 채 어른이 된다. 그 짐의 일부는 개인적이고 개별적이고 독특할 수밖에 없지만 일부는 정치적으로 분류하는 것이 더 적절하고, 같은 환경을 공유하는 사람들에게 주어진 역사와 관련이 있다. 어른이 때로 방사능 물질처럼 위험한 자신의 과거를 처리하고 관리하는 방법은 무척 다양하다. 정원을 가꾸는 행위에서 위안을 찾는 사람이 나 혼자만은 아닐 것이다. 나는 어린 시절의 경험 덕분에 안전하고, 야생적이고, 어지럽고, 풍요롭고, 무엇보다도 공개되지 않은 공간에 대한 갈망을, 끈질기게 계속되는 필요성을 느꼈다. 나는 물론 집을 갖고 싶었지만 내게 정말 필요한 것은 정원이었다.

이 사실을 깨달은 나는 사람들이 정원에서 단순히 사진을 찍거나 일요일 오후를 보내는 것 외에 무엇을 하는지 달리 생각하게 되었다. 나는 작년 한 해 동안 정원 일을 하면서 '광대나물을 뽑아버려! 경계 화단을 깨끗하게 정리하자!'처럼 통제해야 한다는 필요성과 풍성하면 좋겠다는 욕구 사이에서 끊임없이 우왕좌왕하는 자신을 발견했다. 집안에 일이 계속 생겼고, 나는 아버지의 집 소유권 문제 때문에 변호사들과 끊임없이 만나면서 내가 감정을 다스릴 때 정원이 어떤 역할을 하는지 의식하게 되었다. 나쁜 기분을 떨치려고 잔디를 깎거나 슬퍼지려고 할 때 화단의 잡초를 뽑는 것만 말하는 것이 아니다. 내가 말하는 것은 우리가 각자 짊어진 무거운 짐을 어떻게 버텨내는지, 그것을 어떻게 받아들이는지, 아직도 치명적인 동위원소가 새어 나오는 물질을 처리하기 위해서 어떤 사용후핵연료 저장소를 고안하는지의 문제이다. 여기서 '우리'는 모종의 트라우마를 겪은 사람들이라는 뜻인데, 아마 해당되는 사람이 무척 많을 것이다.

나에게 그 저장소를 만드는 매뉴얼이 있다면 데릭 저먼이 HIV 양성 진단을 받은 후 던지니스의 자갈 해변에 정원을 만든 것에 대한 회고록이자 일기인 《현대 자연》이다. 이 책은 지금처럼 온갖 괴로운 일들이 벌어지던 1991년 때맞춰 내 인생에 들어왔다. 보수당 존 메이저 총리가 크리켓과 따뜻한 맥주에 대한 향수를 자극하는 연설로 대처주의를 더욱 굳건하게 만들었고, 에이즈 위기가 치료제도 믿을 만한 치료법도 없이 10년 동안 이어졌으며, 28조 동성애 금지 조항은 동성애자 가족을 악의적으로 불법화했다. 《현대 자연》은 나를 포함한 수천 명을 이끌고 여러 개의 비밀 터널을 지나서 전혀 다른 세상으로 데려갔다. 저먼이 처음으로 봤던 영화 속 도시의 오즈처럼 빛나는 세계였다.

당시 나는 시간 여행자 저먼에게 매료되었다. 그는 식물이 과거를 현재로 불러오기 때문에 사랑하던 원예가였다. 그의 어조는 수다스러우면서도 박식하고 학자 같다. "분홍색과 담홍색의 줄무늬 꽃을 피우는 세계적인 장미 로사 문디는 약용식물 로제 오피시오날리스인 프로뱅 장미의 오래된 변종이다. 12세기에 십자군이 들여왔고 기욤 드 로리가 시 《장미설화》를 통해서 불멸의 명성을 부여했다."[3] 식물학적 정보가 늘 정확하지는 않고(로사 갈리카 '오피시날리스'를 잘못 쓴 것일까?) 당시 나는 그가 인용하는 것을 반도 이해하지 못했지만 그 점은 신경 쓰지 말자.

특히 앞부분에 르네상스와 중세식물에 대한 지식이 잔뜩 나온다. 토머스 모어는 로즈메리에 대해서 이렇게 말했다. "나는 로즈메리가 정원 담을 뒤덮도록 내버려둔다. 벌들이 좋아해서가 아니라 추억에, 따라서 우정에 바쳐진 허브이기 때문이다. 그러므로 로즈메리 줄기는 말이 필요없는 언어를 가지고 있다."[4] 나는 말이 필요없는 그 언어에 유창해지고 싶었다, 저먼처럼 자유롭게 읽어내고 싶었다. 저먼의 영화 〈주빌리〉의 마지막 부분에서 엘리자베스 1세가 흰색 양단 드레스 차림으로 도싯의 댄싱 레지 해안의 바위틈 웅덩이에 서서 비슷한 말을 한다. "암호와 반反암호, 꽃들의 비밀 언어."[5] 성스럽고, 신비롭고, 어마어마하게 오래되었지만 변화 가능하고, 끝없이 스스로 부활한다.

나는 《현대 자연》을 통해 식물학자 제러드, 게일런, 컬페퍼를 처음 만났고 20대에 그들에 대해 공부했다. 하지만 근거 중심, 생약학, 시토크롬 P450 같은 언어를 써야 했기 때문에 저먼이 불러일으킨 마법은 거의 사라지고 말았다. 내가 정원으로 돌아온 뒤에야 마법도 돌아왔고, 저먼의 문장들이 지하수처럼 조금씩 올라왔다. 나는 보리지를 심으며 용기를 끌어낸다.* 들판이 야생 양귀비 장식으로 가득 뒤덮인다.

나는 파티가 끝난 뒤 아마도 스무 번은 읽었을 저먼의 책을 다시 집어 들었다. 이 책을 다시 읽을 때마다 나이가 들고 머릿속에 든 것이 더 많아져서 예전에 읽었을 때는 알아차리거나 이해하지 못했던 것들을 새롭게 깨닫는다. 사실 나는 이 책을 쓸 당시 저먼의 나이에

---

* I borage bring courage.: 비슷한 발음을 이용한 말장난.

가까워졌는데, 그가 일기를 쓰기 시작했을 때 고작 마흔여섯 살이었음을 깨닫고 깜짝 놀랐다. 예를 들어 나는 이 책을 읽고 '파라다이스'가 '정원'을 뜻하는 페르시아어임을 알게 된 기억은 있지만 그것이 이 책에서 얼마나 근본적인 주제인지 깨닫고 깜짝 놀랐다. 넘어가는 책장에 물결 같은 그림자를 드리우는 목련나무 밑에 앉아 저먼의 책을 읽으니 무엇보다도 잃어버린 낙원과 다시 찾은 에덴에 대해서 명상하는 기분이었다.

최초의 에덴은 이탈리아였다. 저먼은 네 살이던 1946년에 이탈리아로 이주했고 그 뒤로도 어린 시절 내내 파키스탄의 카라치 등 군부대를 돌아다녔다. 마이크라고 불리던 그의 아버지 랜스는 로마 군용 비행장 지휘관이었고 베니스 전범 재판의 증인이었다. 저먼의 첫 기억은 보호자도 없이 혼자서 울적한 마법의 정원을 돌아다니던 것이었다. 땅이 1.5킬로미터 넘게 호수와 맞붙은 마조레 호수의 빌라는 유럽밤나무 숲에 조각상들이 쓰러져 있고 길가의 동백나무가 웃자란 초록색 세상이었고 실각한 파시스트의 아내이자 못된 성주 부인이 그곳을 지켰다. 그다음은 무솔리니의 친척으로부터 징발한 로마 보르게세 공원 근처의 아파트로, 짭짤한 웅덩이에 설치된 물시계와 쌍둥이 탑 모양의 신비로운 이집트식 대문이 있었다. 전쟁이 끝난 첫해에 로마는 반쯤 비어 부상을 입은 군인들과 구걸하는 아이들이 돌아다녔고, 아피아 가도는 아직 장미에 둘러싸인 시골길에 불과했다. 아피아 가도의 이미지가 너무나 강렬한 인상을 주었기 때문에 그가 어른이 된 후 공책에 적은 일곱 항짜리 목록 '이력서 예술사 자화상 로맨스'[6]에도 언급되었다.

그런 곳에서 살다가 잉글랜드에 상륙했다고 상상해 보자. 길게 뻗은 장미와 빠르게 기어가는 초록 도마뱀 대신 군대 막사와 칙칙한 교외 정원, 배급, 회색 하늘, 비 내리는 일요일 오후, 꾸물거리는 슬픔. 그러다가 여덟 살에 "후줄근한 회색 정장을 입은 흙투성이 남자애들"[7]이 다니는 사립학교에 들어가면서 두 번째 단절이 일어났다. 호들 기숙학교는 끝없는 규율과 결핍의 세상이었고, 가장 친밀하고 절실한 필요, 즉 접촉과 사랑, 사생활, 심지어는 충분한 먹을 것 없이 지내는 법을 너무 일찍부터 배워야 했다. 저먼이 학교에서 잘 지내지 못한 것도 놀라운 일은 아니다. 그는 끝없는 스포츠 활동 (전기 작가 토니 피크는 달리기, 복싱, 수영, 요트, 럭비, 크리켓을 꼽는다) 때문에 고군분투했고, 성적은 반에서 꼴찌였으며, 학생들이 보살펴도록 허락받은 정원에서만 활약했다. 저먼은 정원에서 니겔라, 수레국화와 알리숨을 키워 상을 탔고 몇 시간이고 몰두하여 꽃을 관찰했다.

집이 더 나을 것도 없었다. 가족은 아버지가 전출될 때마다 집을 옮겨야 했고, 따라서 가끔은 학교에서 아름다운 엘리자베스 시대 장원 주택으로, 또 가끔은 철조망으로 둘러쳐지고 위장 무늬가 "얼룩덜룩한"[8] 집으로 돌아갔다. 아버지는 현관문으로 들어설 때 부대 지휘관의 모습을 떨치지 못했다. 그는 가족들을 훈련병처럼 대하면서 완벽한 규율과 질서를 요구했고, 이런 태도가 무미건조한 정원에까지 뻗었다. 저먼의 글에 따르면 아버지는 "도끼를 휘두를 때 가장 행복"[9]했고, 어떤 식물이든 지나치게 화려해지면 가차없이 도끼로 찍거나 제초제를 흠뻑 뿌렸다. 아버지는 우아하고 쉽게 흥분하는 아들도 이처럼 잔인한 방식으로 대했고, 저먼은 "다시 말해주세요"라고 말하거나 채소를 먹지 않는 등 아주 작은 잘못만 저질러도 혁대로 맞았다.

저먼은 열두 살에 호들 기숙학교를 졸업하고 퍼블릭 스쿨에 들어갔다. 도싯의 캔포드 스쿨은 온갖 건축 양식이 뒤죽박죽 섞인 건물로, 품위 없는 탑은 슈러블랜드 홀의 마지막 장식을 담당했던 건축가 찰스 배리 경이 설계했다. 학교는 원래 제철업자가 주인이었던 화려하고 방치된 대정원에 자리 잡고 있었는데, 물론 학생은 대정원 출입이 허락되지 않았다. 《현대 자연》에서 저먼은 제발트가 디칭엄에 대해 설명할 때와 아주 비슷한 말로 이곳을 묘사한다(두 사람은 거의 동시대인으로, 제발트가 음울하고 우울했다면 저먼은 억제할 수 없을 만큼 쾌활했다). 그는 이 풍경이 일종의 마술이자 해로운 연금술이며 의도도 전혀 좋지 않다고 생각했다. "대정원의 목가적인 땅은 부의 원천을 숨기고 사우스 웨일스의 어둡고 사악한 용광로를 고상함으로 감추기 위해 너무나 신중하게 구성되었다."[10]

이곳의 교훈은 낙원처럼 보이는 것을 전부 믿어서는 안 된다는 것이었다. 그런 곳은 대부분 악한 기원을 가지고 있거나 억압, 괴롭힘, 잔혹함의 공간이었다. 비뚤어진 낙원. 학교는 제국의 요람이었고, 하급생에게 잔심부름을 시키고 체벌하는 훈련 의식, 끊임없는 감시와 검사, 고자질쟁이와 스파이로 가득했다. 저먼은 고립된 채 위협받으면서 스투어강에 뛰어들어 자살할 생각도 잠시 했지만 굴복을 거부했다. 그 대신 혼자 틀어박혀 있다가 옆길로 빠졌는데, 이는 저먼이 평생 이용하게 될 생존 기술이었다. 그는 미술실에 캠프를 차리고 화가가 되는 길에 뛰어들어 자신만의 전복적인 커리큘럼을 만들었다. 저먼은 기회가 생길 때마다 소소하게 저항했다. 그가 필수 과정이었던 캔포드 연합 생도군(일종의 청소년 군대였다) 야외 훈련에서 다른 학생들을 지도할 때 친구가 그 모습을 목격했다. 저먼에게 다가가던 친구는 그가 '야외 지도'라는 말을 문자 그대로 받아들였다는 사실을 깨닫고 재미있어했다. 학생들에게 주변 모든 나무의 라틴어 학명을 가르치고 있었던 것이다.

이 모든 경험이 유산을 남겼다. 말할 수 없는 것들, 느낄 수 없는 감정, 사랑과 자유의 결핍, 무엇보다도 접촉의 부재. 우리 아버지도 비슷한 방식의 교육을 받았는데, 여덟 살에 집을 떠나 기숙학교에 들어갔을 때 다른 사람의 따뜻한 육체가 옆에 있는 척하려고 한 팔을 머리 위에 올리고 잤다고 들은 적이 있다. 항상 감시당하고 늘 벌을 받다 보면 스스로 본인의 감시자가 되어 무언가를 어기지 않았는지 계속 생각할 수밖에 없다.

딱 한 번, 에덴과도 같은 에피소드가 있었다. 저먼이 호들 기숙학교에 다닐 때 또 다른 소년이라는 더없이 행복한 형태를 통해서 성性에 대한 관심이 생겨났다. 두 사람은 침대에서 서로 끌어안았고 숨겨진 제비꽃 정자에서 서로 온몸을 훑었다, "그곳이 우리의 행복한 정원 국가였다."[11] 종소리와 괴롭힘과 굶주림을 피해 달아난 천국 같은 피난처였지만 당연히 어느 날 밤 두 사람의 관계가 발각되었고, 두 소년은 저먼의 표현에 따르면 "두 마리의 개처럼"[12] 각자 끌려갔다. 정원에 수치심이 침입했고, 저먼은 자신의 육체와 더욱 고통스럽게 단절되었다. 그는 몰입과 기쁨의 마법, 시간이 멈춘 듯한 그 느낌을 어른이 된 후에야 다시 찾았다. 성인이 된 저먼은 그동안 강요받았던 자기혐오와 불행에서 벗어나 자신이 진정으로 원하는 것은 다른 소년을 끌어안고, 입 맞추고, 성관계하고, 사랑하는 것임을 인정할 수 있었다. 그때부터 저먼은 동성애자임을 공공연히 밝혔고 기쁨에 넘쳐 동성 섹스 행위를 찬양했다. 그는 첫 번째 회고록 《댄싱 레지》에서 다른 사람과 침대를 같이 쓴 첫날밤이 지나자 어마어마한 자기혐오의 물결이 물러가고 그 충격으로 "새까만 박각시나방이 빠져나간 텅 빈 껍질"[13]이 된 것 같았다고 썼다.

《현대 자연》에는 에덴이 둘 있다. 바로 저먼이 던지니스의 자갈땅에 만들던 정원과 섹스 상대를 찾으러 가던 햄프스티드 히스의 야생 정자였다. 그는 밤에 섹스 상대를 찾아서 차링 크로스 로드 피닉스 하우스의 자기 아파트에서 햄프스티드의 술집 잭 스트로 캐슬까지 택시를 타고 가곤 했다. "뜨거운 밤에 당신이 바라는 온갖 카인과 아벨이 등장하고, 산사나무꽃이 밤을 향기롭게 만들고 덤불은 남색 하늘 아래 형광 침대보처럼 흐릿한 빛을 낸다…. 여기에 오는 사람은 누구나 오르가슴을 느끼지 않고 돌아갈 필요가 없다."[14] 히스에 대해 말하는 그의 어조는 흥분이 가득하고 유토피아에 대해서 말하듯 열렬하다. 그곳에서는 인종과 계급과 부의 가증스러운 경계가 일시적으로 전부 녹아버리고 도시가 한여름밤의 꿈의 에로틱한 전복에 굴복한다. 저먼에게는 아마 그곳 역시 젠더에 의해 분리되어 있다는 사실이 떠오르지 않았을 것이다. 그러나 요즘 내가 저먼을 읽을 때 가장 불편한 부분은 오염되지 않은 남자들의 세계, 즉 호모토피아homotopia에 대한 갈망을 둘러싼 어렴풋한 여성 혐오이다.

에이즈는 저먼의 세속적 욕망의 정원을 오염시켰고 참을 수 없는 두 번째 배신이었다. 젊은 시절 그의 표현에 따르면 에이즈는 전쟁이 아니라 사랑을 택한 사람들에게 내리는 벌이었다. 그는 에이즈에 걸린 후에도 히스에 갔지만 이제는 주로 지켜보거나 대화하기 위해서였다. 저먼은 겁에 질린 젊은 남자들에게 상담해 주기도 하고 오크나무 아래 타오르는 모닥불 불빛 덕분에 슬쩍 보이는 스킨헤드나 휴가 중인 군인의 일탈을 엿보며 전율을 느꼈다. 사형선고를 받고 시간이 점점 줄어드는 가운데 책을 썼기 때문에 다급했다. "나는 끝내기 전에 우리가 차지한 낙원의 한구석을, 주님이 깜빡 잊고 언급하지 않으신 정원의 한구석을 칭송할 생각이다."[15]

저먼의 낙원이 섹스였을지도 모르지만 예술과 삶을 융합하겠다는 꿈이기도 했다. 예술이 삶에서, 또 삶이 예술에서 자연스럽게 흘러나오는 것은 윌리엄 모리스에게서 직접적으로 영향을 받은 공상이었다. 저먼은 자신처럼 불가능한 꿈에서 원동력을 얻은 사람들 중 하나로 모리스를 꼽았다. 그 외에 람베스의 자기 집 정원에서 아내와 함께 아담과 이브처럼 살았던 윌리엄 블레이크, 더비셔의 소농지에 계급을 초월하는 식물의 에덴을 만든 동성애자 유토피아 사회주의자 에드워드 카펜터도 있었다. 시인 월트 휘트먼, 조각가 에릭 길, 미술 평론가 존 버거, "모두 어깨너머로 지상의 낙원을 돌아보고 있다. 그들은 모두 주변 세상에 맞선다".[16] 정원을 가꾸는 사람은 영원으로 가는 열쇠를, 그들 모두가 원하던 포상을 받은 운 좋은 사람이었다. 시간은 정원에서 멈췄다. 저먼은 불행한 소년 시절에도 그 사실을 알았다. 그는 학교가 말살한 것, 영화를 만들 때도 찾지 못했던 것을 프로스펙트 코티지에서 되찾았다. 바로 꿈의 피난처, 다른 세상 같은 집, 시간이 정해져 있지 않고 꿀처럼 숟가락에서 뚝뚝 떨어지는 곳이었다.

재미있게도 저먼은 정원을 만들려고 던지니스에 간 것이 아니었다. 자갈 해변은 정원을 만들기에 적당하지 않았고 바람이 끊임없이 불었으며 동풍은 식물을 죽이는 소금기가 특히 많았다. 저먼은 식물이 아니라 돌로 시작했다. 그가 용의 이빨이라고 불렀던, 아침 산책을 하다가 썰물에 드러난 플린트석이었다. 그다음은 "신기한"[17] 유목流木으로 받친 개장미 한 포기였고, 그런 다음 수십, 수백 포기의 식물을 더 심었다. 어린 시절 기억에 있었던 것도 심고 폭풍우 치는 밤에 중세 초본서에서 본 것도 심었는데, 대부분 알뜰하게 삽목으로 키웠다. 달맞이장구채, 오노니스, 개장미 같은 식물은 존 클레어처럼 근처 던지니스 곳에서 구해 왔으므로 야생과 재배의 차이를 상징하는 정원이 오히려 그 차이를 계속해서 지우는 셈이었다.

사실 프로스펙트 코티지보다 더 그것이 존재하는 장소의 산물인 정원, 환경과 지역을 편안하게 받아들이는 정원은 생각하기 힘들다. 그곳은 가시금작화와 갯배추, 유목과 플린트석처럼 이미 풍성하게 존재하는 것을 재배치한 정원이었고, 저먼은 유목과 플린트석을 연장 가방에 넣고 힘들게 집으로 가져와서 매력적으로 다시 디자인했다. 간소한 뼈대에서 세세한 부분이 살아 있는 정원이 생겨나고 '미시즈 신킨스' 패랭이꽃, 꽃무, 운향풀, 산톨리나, 시스투스, 양귀비가 피어올라 시시각각 변하는 색채가 정원을 삼켰다가 다시 지면서 제2차 세계대전의 유물인 대전차 바리케이드와 녹슨 닻이 드러났다. 그 위에는 저먼이 사랑했던 구멍 뚫린 돌로 만든 목걸이와 뼈들이 놓여 있었다. 그는 처음부터 이 정원을 "치료 겸 약학사전"[18]으로 보았다. 프로스펙트 코티지 정원은 완전한 몰입의 장소였고, 야생적이고 장난스러운 아름다움이 담겨 있을 뿐 아니라 시간을 느리게 만들거나 멈출 수도 있었기 때문에 낙원과도 같은 곳이었다.

요즘은 프로스펙트 코티지의 정원을 에이즈 진단과 에이즈 위기에 대한 저먼의 대응이자 이해하기 힘든 상실과 황폐함에 직면해 야생적인 창의성이 폭발한 결과라고 해석하는 경우가 많다. 분명 옳은 해석이지만 나는 《현대 자연》을 다시 읽고 나서 프로스펙트 코티지 정원이 어린 시절 충족되지 않았던 욕구에 뿌리를 두고 있으며, 저먼이 정원을 만들면서 그 욕구를 글로 낱낱이 풀어냈다고 확신했다. 아름다움에 대한 갈망. 꾹꾹 채워져 아직도 어딘가에서 곪아가는, 말하지 않았고 말할 수 없었던 분노와 두려움. 그래서 저먼은 사막에 꽃을 피워서 어린 시절의 폭력적인 금욕과 정반대로 싱

싱하게 우거진 야생, 관능적이고 무질서한 공간을 자신에게 만들어 주었다. 복잡하고 살아 있는 구조물의 모든 요소를 직접 만드는 것은 마음을 치유하는 경험이다. 내가 볼 때 프로스펙트 코티지 정원은 저먼이 또 다른 현실을 방어하는 요새이자 비뚤어진 일상적 존재에 맞서는 방어물[19]이라고 설명하는 캠포드 스쿨 미술실과 별로 다르지 않았다. 그때 저먼은 꽃을 키울 곳이 없었기 때문에 꽃 그림으로 요새를 채웠지만 이제는 진짜 꽃으로 채웠다.

나는 프로스펙트 코티지 정원을 여러 번 방문했지만 집 안에 들어간 적은 한 번밖에 없었다. 첫 번째 여행은 저먼이 1994년 2월 19일 세인트 바트 병원에서 세상을 떠난 해였다. 동생, 아버지와 같이 갔는데 당황스럽게도 어디가 정원인지 파악할 수가 없었다. 우리는 아름다운 액자에 끼워진 하워드 술리의 사진을, 과포화 상태의 정원 사진들을 보았지만 그 정원이 던지니스 곶의 사막 같은 자갈밭에 아무 경계도 없이 탁 트여 얼마나 넓게 펼쳐져 있는지 몰랐다. 그때 HB라는 별명을 가진 당시 저먼의 파트너 키스 콜린스가 집에서 바구니를 들고 나와 빨래를 널기 시작했다. 그러자 우리는 불법 침입한 느낌이 들어서 화초를 하나도 제대로 보지 못하고 물러났다.

나는 한참 뒤 《현대 자연》이 재출간되었을 때 서문을 쓰면서 키스를 만났고, 어느 날 저녁에 그와 길고 이상한 통화를 하면서 키스가 살아온 이야기를 들었다. 키스는 내가 그의 시간에 무단으로 침입했다는 생각이 들 때마다 또 다른 이야기를 시작했다. 런던의 서

점에서 낭독회를 준비할 때 키스가 며칠 일찍 런던으로 올 테니 저먼의 원예 도구로 서점 창문을 장식하자고 제안했다. 그는 젊은 시절과 다름없이 최고로 아름다웠고 길고 검은 머리가 등 뒤로 흘러내렸다. 3개월 후 키스는 세상을 떠났다. 갑작스러운 뇌종양이었다. 나에게는 두툼한 입술과 바다 같은 녹색 눈을 가진 그가 치타를 끌어안고 있는 사진이 있다. 어디서 찾았는지 모르겠다, 아마 인터넷에서 떠돌던 것이지 싶다. 낭독회에서 키스는 무대에 올라오지 않으려 했고 객석에 앉은 채 저먼을 위해 너무나 많은 것을 해주었던 국민보건서비스NHS가 직면한 위협에 대해 이야기했다.

마지막으로 프로스펙트 코티지 정원을 찾아갔을 때에는 신전 같은 느낌, 유령의 성유물함이라는 느낌이 훨씬 강했다. 2019년 맑은 12월의 어느 날, 나는 저먼의 그림을 관리하는 어맨다 윌킨슨과 함께 정원에 갔고, 그녀는 내가 집에 들어가서 혼자만의 시간을 갖게 해주었다. 너무나 기쁠 줄 알았지만 막상 들어가니 칙칙하고 구슬퍼서 도망치고 싶었다. 말라붙은 물감 튜브, 낡은 주소록, 오래된 통조림이 든 부엌 선반에 핀으로 꽂아놓은 폴라로이드 사진. 바깥에 놓인 플린트 고인돌은 그 누구도 지키지 않았다. 정원을 돌보는 사람이 있었지만 예전과 달리 이제 간절하고 개인적인 의미가 없었다. 한때는 에너지와 활력이 넘치고 끊임없이 움직이는 곳이었지만 이제 껍데기만 남아 있었다. 내가 사랑했던 것은 책과 영화에 온전히 보존되어 있는 무모한 생생함이었지만 그곳은 지나치게 커 보이고 메아리가 울리는 부재의 공간일 뿐 그 생생함이 없었다. 정원은 주인과 함께 죽는다. 이제 나는 그 사실을 서서히 깨닫고 있었다. 물론 새로운 형태로 되살아날 수는 있지만 이 모든 것을 만든 수호 정령, 유목으로 만든 왕좌에 앉은 마법사는 떠나고 없었다.

· · ·

8월 말, 나는 작은 풀밭의 풀을 깎고 갈퀴로 걷어낸 다음 납작한 갈색 리난투스 씨를 심었다. 리난투스는 풀에 기생하여 잔디밭의 균형을 야생으로 되돌린다. 루커리 농장 위쪽 언덕에서는 밀을 수확하느라 콤바인이 반짝이는 들판을 왔다 갔다 했다. 우리는 산울타리에 열린 노란 서양자두를 먹었는데 아주 잘 익어서 껍질을 깨물면 바로 터졌다. 내 머릿속에서 새로운 정원이 옛 정원의 유골을 헤치고 등장하는 중이었다. 생각을 어찌나 많이 했는지 눈에 보이는 것만 같았다. 이언은 마차 차고를 서고로 바꿀 예정이었고 나는 결혼식을 올리던 버려진 공간을 서고 정원으로 만들어서 이언에게 선물하고 싶었다.

나는 이 집에 들어온 순간부터 그곳을 꿈꿨다. 딱 1년 전 일기에 그 이야기가 처음 나온다. 나는 이렇게 썼다. "판석을 깐 연못, 자갈, 음지식물을 심은 깊숙한 경계 화단, 담을 타고 오르는 장미, 하늘이 살짝 드러나는 키 작은 나무들, 이 모든 것을 갖춘 이탈리아 정형식 정원을 계획 중이다." 그 밑에 대략적인 스케치가 있었는데, 사각형 안에 원이 있고 그 안에 다시 직사각형이 그려져 있었다. 나는 다음

페이지에서도 이 정원에 대해 썼다. "우물은 깊고, 정형식이고, 맑아야 하고, 아주 고요하고 차분한 공간이어야 한다. 향기롭고 고요하고 얌전한 식물, 단지 두 개, 숲바람꽃과 선갈퀴, 색이 옅고 정적인 분위기, 마차 차고 벽 앞의 의자, 흰 장미."

이제 매트가 정리해 놓은 덩굴장미 옆에 호그위드가 사람 키만큼 자라서 뒷벽을 따라 뻗어나갔다. 죽은 벚나무와 죽어가는 벚나무는 뽑았지만 주목 덤불 앞 화단은 아직 빽빽한 풀숲이었다. 나는 정원 중앙에 자갈 대신 판석을 동그랗게 깔기로 했다. 그런 다음 한가운데에 직사각형 연못을 만드는데, 원래 있던 소로를 통해 양쪽에서 접근할 수 있다. 첫 번째는 북쪽 벽을 따라서 담쟁이덩굴이 칭칭 감긴 무너진 아치 아래를 지나는 벽돌 길이다. 이 길을 따라가면 무성한 회양목 사이로 아직 너덜너덜하고 둥근 방수포로 덮인 공간이 나왔는데, 나는 회양목을 정육면체로 다듬을 계획이었다. 두 번째는 아일랜드 주목 두 그루가 만드는 더 완만하고 어두운 아치를 지나는 길로, 마차 차고 벽을 따라 나 있었다. 언젠가 차고 벽에 유리문을 내서 서재를 빛으로 채울 것이다.

그대로 두고 싶은 식물이 많았다. 쇼팽 월계수와 너덜너덜한 우산처럼 생긴 서양모과나무는 당연히 남겨두고 싶었다. 작고 향이 진한 꽃들로 뒤덮여서 돌에 먼지 같은 꽃잎을 떨어뜨리는 호헤리아. 잎에서 블랙커런트 향이 나고 따뜻한 해에는 진주같이 하얀 꽃을 두 번 피우는, 주차장에서 자라는 식물로 악명 높은 코이시아. 특히 뒤쪽 경계 화단은 보물로 가득했다. 흰 로사 루고사 '블랑 두블르

드 쿠베르'. 스키미아 수나무와 암나무. 일본 도깨비쇠고비 밑에서 발견한 흰 작약. 5월 초에 정원을 무척 기분 좋은 곳으로 만들어주는 청나래고사리. 5월 초면 서양모과나무꽃이 피어서 이곳은 리넨 같은 흰색과 암녹색으로 장식한 닫힌 공간이 된다.

　나는 천과 같은 이 정원에 멋진 자수를 놓듯이 숲에서 자라는 식물로 장식하고 싶었다. 향기제비꽃과 숲바람꽃, 녹빛 디기탈리스, 마르타곤 릴리. 장미도 더 많이 필요했다. 초고를 넣어두는 폴더에는 계속 바뀌는 후보 목록이 들어 있었는데 전부 옛날 품종이나 야생 품종이었다. 잎이 고사리 같고 담황색 홑꽃이 잔뜩 피는 로사 x 칸타브리기엔시스는 꼭 심어야 했다. 1931년 케임브리지 보태닉 가든의 두 야생종을 교배해서 만들어진 종이었는데, 그곳은 수십 년 후 이언이 어린 아들들과 산책하던 식물원이었다. 또 다른 로사 루고사를, 이번에는 분홍색을 심으면 어떨까. 어지럽고 짙은 향기가 나는 '로즈레 드 라예'가 끌렸다. 우리가 수영을 즐기던 물에 잠긴 중세 마을을 기념해서 더니치 장미는 어떨까? 아니면 깔끔한 분홍색 꽃을 피우기에 벌들이 좋아하는 로사 콤플리카타?

　나는 연노랑색과 와인처럼 붉은 모란을 상상했다. 지금 관목이 있는 곳에는 마르멜로와 꽃사과를 심고 그 밑에 선갈퀴와 아스트란티아, 엘리자베스 시대 화초를 잔뜩 심는 것이다. 나는 위험하게도 희귀식물 웹사이트를 탐색하다가 '에로스'와 '새턴'이라는 이름을 가진 프리틸라리아를 발견했다. 저먼과 제발트에게 경의를 표하는 뜻에서 서양모과나무 밑에 심어도 되겠다. 구형 붓꽃은 꼭 심어야 하므로 나는 또 다른 목록을 만들기 시작했다. 부드럽고 얇은 남빛의 꽃을 피우는 이리스 팔리다. 제러드의 말에 따르면 뿌리가 "지나치게 달콤한 향기"를 풍기고 당시에는 오리스 또는 아이리오스라고 불렸으며 "향기 나는 물, 향기 나는 파우더 등등의 원료"[20]였던 이리스 플로렌티나.

붓꽃의 언어는 너무나 매혹적이다. "이 붓꽃은 노란색으로 시들어가는 황량한 흰색 꽃을 피운다."[21] 1835년에 만들어진 '네글렉타'나 1895년에 만들어진 '미시즈 조지 다윈'은 어떨까? 이 꽃들은 흰 꽃을 피우고 초가을이면 꽃자루의 짙은 금빛 그물 모양이 연보라색으로 바뀌는 것이 특징이다. 하지만 완벽한 이름과 형태를 원한다면 벤튼 붓꽃 중 하나를 고를 것이다. '벤튼 올리브'나 '벤튼 아폴로'.

나에게는 붓꽃 성경이나 다름없는 니컬러스 무어의 《큰수염붓꽃》에 따르면 벤튼 붓꽃은 "그 크기뿐만 아니라 모양새의 특징적인 섬세함과 예술성으로도 주목할 만"하다.[22] 벤튼 붓꽃은 우리 집에서 별로 멀지 않은 서퍽 해들리 마을 외곽 튜더 양식 주택인 벤튼 엔드에서 화가이자 원예가인 세드릭 모리스가 개량한 품종이다. 세드릭은 1939년 여름에 연인이자 동반자로 늘 레트라고 불렸던 예술가 아서 레트헤인스와 함께 벤튼으로 왔다. 두 사람은 데덤 근처에서 작고 무척 비정통적인 예술 학교 이스트 앵글리안 소묘 및 회화 학교를 운영했다. 그해 여름에 학교가 불타서 두 사람은 학생들을 수용할 수 있을 만큼 크고 세드릭이 정원을 가꿀 수 있는 새로운 부지를 찾고 있었다.

두 남자 모두 놀라웠다. 레트는 키가 183센티미터였고 머리에 흉터가 있었지만 머리카락을 아주 짧게 깎았다. 세드릭은 구깃구깃한 코듀로이 바지를 입고 목에는 멋진 빨간색 스카프를 두르고 매듭을 지어 우아한 부랑자처럼 입었다. 파이프 담배를 피우는 사회주의자 준남작의 캐리커처 같았다. 두 사람은 함께 벤튼 엔드에 낙원을 지었다. 향락을 즐기고 열심히 일하는 곳, 편견에서 자유로운 고립된 영토였다. 젊은 시절 그곳을 자주 방문했던 작가 로널드 블라이스는 이렇게 설명했다. "레트와 세드릭은 동성애 관계가 불법이었던 시절에 동성애 성향을 숨기지 않고 속물근성과 싸웠다…. 벤튼 엔드에서 가장 큰 범죄는 지루하게 구는 것이었다!"[23]

세월이 지나면서 많은 학생들이 이 매력적인 고립 지대를 거쳤는데, 그중에는 화가 루시언 프로이트와 매기 햄블링도 있었다. 지금 기억났는데, 매기 햄블링은 저면의 책에 제목을 붙여주었고 그가 새롭게 열중하는 작업을 현대 자연이라고 설명했다. 콘스탄스 스프라이, 존 내쉬, 비타 색빌웨스트, 프랜시스 베이컨 같은 원예가와 예술가들이 벤튼 엔드를 방문했지만 유명 인사뿐 아니라 길을 잃거나 불만이 많은 젊은이들도 찾아왔다. 동성애자인 경우가 많았고, 여기에서는 뭔가 생생하고 다른 일이 일어나고 있다는 느낌에 끌렸다. 그들에게는 일이 주어졌고, 버드, 리틀 프린스, 로열 범 같은 별명이 붙었으며, 각자의 성향에 따라 그림을 그리거나 정원을 가꾸도록 권장되었다.

전쟁이 끝난 후 영국에서 호모포비아가 더욱 심해졌다. 1951년 내무부장관에 임명된 보수당의 데이비드 맥스웰 파이프는 당시 '남성의 악행'이라고 불리던 동성애 일제 단속을 지시했고 "잉글랜드에서 이 전염병을 없애겠다"는 악명 높은 약속을 했다(이 말은 자주 인용되지만 파이프가 실제로 이런 말을 했다는 출처는 찾을 수 없다). 파이프는 단속을 대폭 강화하고 공원, 공중화장실, 그 밖에 동성애자들이 섹스 상대를 찾는 곳에 유혹적인 외모의 잠복 경찰을 배치했다(저먼은 《현대 자연》에서 "제일 예쁜 애들은 발기해도 끝까지 가지 않고 당신을 체포할 뿐이다"[24]라고 회상했다). 1953년 12월, 파이프는 하원에서 전년도에 소위 말하는 "부자연스러운 위법행위"로 5443명을 체포하고 약 600명을 투옥했다고 보고했는데, 지난 수십 년과 비교했을 때 어마어마하게 증가한 수치였다.

파이프는 이렇게 덧붙였다. "일반적으로 동성애자는 과시욕이 강하고 다른 사람을 끌어들여 특히 젊은이들에게 위험하므로 제가 장관직에 앉아 있는 한 동성애자가 그런 위험이 되는 것을 막아서는 안 된다는 견해에 절대 찬성하지 않을 것입니다."[25] 파이프의 전후 마녀사냥의 피해자 중에는 컴퓨터 과학자이자 전쟁 영웅이었던 앨런 튜링과 보수당 정치가 몬테규 경도 있었다. 1952년에 기소된 앨런 튜링은 감옥에 가는 대신 여성 호르몬 에스트로겐 치료를 선택했고, 몬테규 경의 재판은 추문을 일으켰다. 수십 년 뒤 몬테규 경의 회상에 따르면 한 친구는 "다들 러브레터를 태우느라 첼시의 하늘이 새까매졌지"[26]라고 쓸쓸하게 농담했다. 수없이 많은 이들이 자살했고 협박이 만연했다. 튜링은 1954년에 청산가리를 먹고 스스로 목숨을 끊었다.

벤튼 엔드는 이 모든 것으로부터의 피난처, 사람들이 자신을 숨기지 않고 잠식하는 두려움과 비밀을 어느 정도 내려놓을 수 있는 곳이었다. 레트와 세드릭은 갓 출소한 동성애자 남성들과 친구가 되었다. 집안일을 돌봐주는 밀리 헤이스는 전직 모델이자 학생이었는데, 산후우울증으로 정신병원에 20년 동안 갇혀 있다가 나왔을 때 세드릭과 레트가 집을 제공해 주었다. 정원 담 덕분에 그들을 엿보는 적대적이고 종종 위험한 바깥세상을 피해서 비옥한 반反국가를 건설할 수 있었다. 그곳을 거친 수십 명의 회고록을 모아둔《벤튼 엔드를 회상하며》에서 가장 강렬한 분위기는 감사하는 마음이다. 블라이스는 이렇게 말했다. "우리 모두 어떤 식으로든 벤튼 엔드에서 '꽃을 피웠다'."[27]

누추한 부엌에서 나누는 대화는 너무나 자유분방하고 편견이 없고 심술궂었기 때문에 어느 방문객은 "마치 소설 속에 들어간 느낌"[28]이었다고 설명했다. 레트는 친구였던 요리 작가 엘리자베스 데이비드에게 요리를 가르쳐준 사람이 바로 자신이라고 주장했다. 그가 더러워진 가스레인지 앞에서 와인잔을 손에 들고 큰 소리로 불평했다. 매기 햄블링은 그가 이렇게 말하는 것을 들은 적이 있었다. "저 녀석들은 자기가 뭘 먹는지도 몰라. 차라리 햄샌드위치를 먹는 게 낫지."[29] 레트는 배급을 받던 시절에도 공들여 만든 생선 스튜와 과일 젤리를 내놓았다. 1945년에 어느 학생이 감탄하며 이렇게 썼다. "점심으로 중국요리와 커피 초콜릿 블라망주*가 나오다니. 레트의 요리는 정말 훌륭해!"[30]

세드릭은 뼛속까지 정원사였지만 레트는 아무리 설득해도 밖에 잘 나가지 않았다. 그는 오후에 침대에서 샴페인을 마시고 샌드위치를 먹으면서 집과 학교를 보살피는 고단한 일에서 회복하는 것을 더 좋아했다. 전쟁 당시에는 주로 요리에 사용할 채소를 길렀지만 전쟁이 끝나자 세드릭은 3에이커 크기의 담장이 둘러싼 정원을 원예가의 낙원으로 탈바꿈시켰다. 그는 겨울에 그림을 그리러 스페인, 포르투갈, 사이프러스, 레바논, 리비아, 세인트 헬레나에 갈 때마다 진귀한 식물을 가져와 정원을 채웠다.

정원 작가 베스 샤토가 1950년대 초에 이곳을 처음으로 찾아왔다. 앞으로 30년 동안 방문하게 될 곳이었다. 당시 그녀는 젊은 농부의 아내였고 이제 막 식물에 관심을 갖기 시작한 참이었다. 그녀의 친구 나이젤 스콧이 벤튼 엔드의 티타임 초대장을 구해 왔다. 샤토는 천장이 둥근 분홍색의 헛간 같은 방으로 안내받았다고 회상했다. 벽에는 꽃과 새 그림이 잔뜩 걸려 있고 기다란 오크 테이블에 사람들이 북적거렸으며 공간은 전부 골동품 도자기와 죽어가는 식물로 뒤덮여 있었다. 서퍽 경찰관의 딸이었던 그녀가 처음으로 엿본 라 비 드 보엠**이었다. 샤토는 차를 마신 다음 그때까지 본 그 무엇

---

* blancmange: 우유나 크림에 설탕, 아몬드 등을 넣어서 만든 푸딩.
** la vie de bohème: 프랑스어로 '보헤미안의 삶'이라는 뜻.

과도 다른 정원으로 안내받았다. 화단과 잔디밭이라는 익숙한 구성은 전혀 없었다. 그 대신 "당황스럽고 생각의 한계에 도전하고 눈이 휘둥그레지는 색채와 질감, 형태를 가진 캔버스가 펼쳐졌는데 주로 구근식물과 초본식물이었다".[31] 식물이 매우 탐났던 나이젤은 곧장 벤튼 엔드에 들어가서 세드릭의 연인이자 같이 정원을 돌보는 동반자가 되었다.

그들은 그날 오후에 무엇을 보았을까? 원종原種 장미와 헬레보어, 안쪽에 점박이나 그물 무늬가 있는 자두색과 레몬색의 커다란 프리틸라리아. 알리움, 커다란 유카나무, 비구름처럼 신기하게 어른거리는 회색빛 도는 담자색 속 가득한 양귀비. 야생 딸기, 프림로즈 겹꽃, 꽃봉오리가 달린 배나무와 모란. 꿈같은 목록은 끝없이 이어진다. 어슴푸레한 녹색과 검정색 옷을 입은 작고 꼿꼿한 투베로사 붓꽃, 무스카리, 실라, 하데스의 양탄자라고 불리며 망자의 음식이라고도 하는 노란 아스포델루스. 특히 야생 장미 한 그루가 너무 크게 자라서 안으로 기어들어 갈 수 있을 정도의 동굴을 만들었다. 세드릭은 80대까지도 계속 정원을 가꾸었다. 점심 식사 후에 나이 많은 고양이처럼 꽃들 사이에서 깊이 잠든 모습을 자주 볼 수 있었고 벌들이 그의 머리 위에서 열심히 일했다.

그 풍성한 정원은 이미 오래전에 사라졌다. 레트가 1978년, 세드릭이 1982년 세상을 떠난 뒤 저택은 사유지가 되었고 엄격한 잔디 깎기 관습에 따라 세드릭의 보석 같은 초원은 평범한 잔디밭으로 바뀌었다. 세드릭은 현명하게도 친구이자 이웃인 제니 로빈슨에게 식물 유언집행자 역할을 맡겨 화초를 대부분 분산시켰는데, 로빈슨은 그중 다수를 베스 샤토에게 맡겼다. 샤토는 2018년 사망했지만 세드릭 모리스의 화초는 대부분 콜체스터 외곽에 위치한 그녀의 종묘장에서 아직도 번식하고 있으며 저먼 역시 가끔 그곳에서 식물을 구매했다. 어떤 면에서 벤튼 엔드는 멀리, 더 멀리 씨를 뿌리며 항상 널리 퍼지고 있다. 2020년 5월 정원박물관 복원 프로그램에 따라 벤튼 엔드 저택도 프로스펙트 코티지처럼 복원한다는 발표가 있었다. 봄철 잔디 깎기를 하지 않았더니 세드릭의 구근식물 중 다수가 살아남았음이 밝혀졌다. 섬세한 밤색과 레몬색 줄무늬의 프리틸라리아 피레나이카가 길게 자란 풀 속에서 종처럼 희미하게 빛났다.

이렇게 돌아온 망령들은 제쳐두고, 전성기의 정원이 얼마나 혼란스러웠는지는 세드릭 모리스의 그림에 가장 잘 남아 있다. 무엇보다도 색채에 뛰어난 그는 깨끗하고 반짝이는 색을 콕콕 찍어서 식물의 형태를 감각적이고 거의 환각적일 정도로 배치했다. 세드릭은 유혹적이면서 불안한 친밀감이 느껴지도록 하는 것을 좋아했다. 잘 익은 오렌지 같은 빛깔과 회색빛 도는 보라색, 크라운 임페리얼의 선명한 노란색과 대비되는 지중해 등대꽃의 황록색, 요즘은 어디에나 있지만 당시에는 무척 드물었던 에우포르비아 카라키아스의 아종亞種 울페니. 1984년 테이트 모던 미술관에서 개최된 회고전에서 큐레이터 리처드 모페스가 로널드 블라이스에게 말했다. "인상적인 것은 색채의 강렬함만이 아니라 무엇보다도 세드릭이 색채와 맺는 관계의 독창성과 묘한 아름다움입니다."[32] 그는 종종 정원의 외광

속에서 그림을 그렸고 특이하게도 캔버스에 줄이라도 그어져 있다는 듯이 뜨개질하는 것처럼 왼쪽 위 구석에서부터 시작해서 오른쪽 아래에 도달할 때까지 차분하게 작업을 진행했다. 그는 식물을 인간 모델처럼 대하며 재미있고 특이하거나 수줍거나 화려한 성격을 전달했다. 여러 해가 지난 뒤 블라이스는 세드릭이 꽃을 친구 삼았다는 점에서 존 클레어와 다르지 않다고 말했다.

내가 제일 좋아하는 그림은 1965년 작 〈벤튼의 푸른박새Benton Blue Tit〉이다. 그림 속에서 길쭉하고 빨간 벤튼 엔드 저택은 6월의 온갖 꽃들에게 거의 잡아먹힌 것처럼 보인다. 수염 붓꽃과 시베리아 붓꽃, 멀레인의 땅딸막한 회색 끄트머리, 넥타로스코르둠 시쿨룸의 뻣뻣하고 방울 같은 꽃, 혹처럼 생긴 초록색 씨가 맺힌 알리움꽃. 각각의 꽃 특유의 느낌이, 꽃의 정수가 더욱 강렬하게 전달된다. 세드릭은 가장 뚜렷한 특징을 미묘하게 과장한다. 꽃가루가 묵직하게 달린 채 툭 튀어나온 마르타곤 릴리의 오렌지색 수술, 독특한 에나멜 그릇같이 생긴 파란 에케베리아. 클레마티스는 특히나 거대해서 프레임 안으로 쏟아져 들어가는 느낌인데, 과하고 사치스러운 것이 꼭 밀턴의 에덴에서 곧장 빠져나온 것 같다.

붓꽃은 세드릭이 가장 아끼는 식물이었다. 1950년대에 추상화와 싱크대 사실주의*가 새롭게 유행하면서 세드릭의 그림이 유행과 멀

---

* kitchen sink realism: 1950~1960년대에 영국의 연극, 미술, 영화 등에서 유행한 사회적 사실주의 사조로, 노동 계급의 모습을 그린다.

어진 후 그는 화가보다 주름 붓꽃 재배가로 훨씬 더 유명해졌다. 세드릭은 매년 미묘한 색채와 완벽한 형태를 얻기 위해서 직접 이종교배한 어린 모종을 길렀다. 교배 결과는 해마다 열리는 붓꽃의 날 4시에 정원에서 차와 록 케이크*를 즐기면서 공개했다. 주름 붓꽃은 꽃잎에 가느다란 혈관 같은 색색의 줄무늬가 있는데, 채색가로서 세드릭의 재능이 뛰어난 절제력과 세련미에 혁신을 불러왔다. 나는 최근 엘리자베스 1세의 드레스에 대한 글을 읽었는데, 드레스 이름을 보니 세드릭이 쓰는 팔레트의 기묘한 섬세함이 떠올랐다. 워체트 블루. 잿빛, 비둘기색, 담홍색, 황갈색. 꿀벌색, 염색제색, 수오리색, 진흙, 말고기, 귀부인의 홍조, 소녀의 홍조. 회색을 띤 황색, 어두운 적자색, 황갈색, 밀짚색. 은빛 직물, 금빛 직물, 청록색, 복숭아색과 제비꽃색. 그 수많은 색조의 꽃잎과 외화피**를 상상해 보자.

세드릭의 품종 개량 프로그램이 절정에 달했을 때 벤튼이라는 이름이 붙은 품종이 90종가량 있었다. 무척 멋진 이름이다. '벤튼 아폴로'. 세드릭과 함께 카나리아 제도에 식물채집 여행을 떠났다가 슬프게도 젊은 나이에 세상을 뜬, 베스 샤토의 친구 나이젤 스콧에게서 이름을 따온 '벤튼 나이젤', '벤튼 코딜리어', '벤튼 메니스' 그리고 세드릭이 시력을 잃기 전에 만든 마지막 품종 '벤튼 페어웰'. 나는 몇 주 동안 베스 샤토의 웹사이트에서 벤튼 품종을 보며 심사숙

---

* rock cake: 표면이 바위처럼 딱딱한 케이크.
** falls: 붓꽃 꽃잎 중에서 바깥쪽으로 처지는 커다란 꽃잎.

고한 끝에 '벤튼 올리브'를 골랐다. 바탕은 녹색과 황색이고 외화피에 섬세한 보라색 그물 무늬가 있는데 안쪽으로 갈수록 색이 짙어진다. 모든 벤튼 붓꽃이 그렇듯 빛나는 것처럼 보인다. 오스카 와일드라면 단춧구멍에 꽂았을 것이다.

• • •

우리 정원에 수호령이 필요했기 때문에 그해 가을 나는 조각상을 샀다. 케이퍼빌리티 브라운의 흉상은 절대 싫었고 가슴을 드러낸 바쿠스의 무녀상에 마음이 흔들렸지만 결국 에로스를 강력하게 밀었다. 팔이 없지만 사랑스럽고 머리카락이 곱슬곱슬한 에로스상은 복제품의 복제품이었다. 로마 대리석상을 석상으로 복제했는데, 로마 대리석상 역시 조각가 프락시텔레스의 작품으로 추정되는 그리스 청동상의 복제품이었다. 받침대에 흐릿한 설명이 있었다. "1378 TORSE ANTIQVE D'AMOVR. L'AMOVR GREC MUSE VATIC(사랑의 고대 토르소. 그리스의 사랑 예언자의 뮤즈)." 에로스는 에어캡을 두른 채 불명예스럽게도 당분간 쓰레기통 옆에 서서 연못이 완성되기를, 날개를 펼칠 때를 기다리고 있다.

서고 정원을 만드는 첫 단계는 필요 없는 것을 전부 치우는 것이었다. 매트가 담 앞에 자란 호그위드를 파낸 다음 우리 둘이서 호헤리아의 키를 줄이고 비부르눔 르히티도필룸의 아래쪽 가지를 잘랐다. 나무 의사가 다시 와서 대나무를 뽑아내고 벚나무 뿌리를 분쇄

했다. 이언과 내가 종일 땀을 흘리며 주목 덤불 옆 화단을 깨끗하게 파내자 버려야 할 우엉 뿌리가 두 자루나 나왔다. 흙이 먼지처럼 건조했고 종일 땅을 팠지만 지렁이는 네 마리밖에 못 봤다. 일단 작업을 끝낸 다음 나는 맨땅에 마분지를 덮고 물을 흠뻑 뿌린 후 그 위에 가축분 비료를 30센티미터 높이로 깔았다. 그런 다음 나중에 땅의 생명력을 되찾기 위해 위글리 위글러스 농장 사이트에서 산 지렁이 200마리를 몇 무더기로 나눠서 땅에 넣었다. 이제 겨울까지 그대로 둔 다음 과일나무를 심을 것이다. 마르멜로와 꽃사과가 이 새로운 공간의 구조를 만들 것이다.

이제 원기 왕성한 여름이 지나자 서고 정원을 제외한 나머지 정원은 정말 마법처럼 느껴졌고 탁 트여서 왠지 신비로운 느낌이었다. 우리는 아침에 더니치를 산책했다. 자갈 해변에 노랑뿔양귀비가 피어 있었고 윌버스윅에서 바람에 흔들리는 종소리가 종다리의 노랫소리와 섞여서 들려왔다. 나는 집으로 돌아와 잡초를 뽑고 가지치기를 하면서 구근식물을 심을 때를 대비했다. 밖에 오래 있으면 떼까마귀들이 집으로 돌아오는 모습을 볼 수 있었다. 수십 마리가 연못 정원 위로 쏟아지며 뱅뱅 돌다가 마차 차고 바로 뒤에서 요란하게 원을 만들었고, 늦게 온 까마귀들이 뒤쪽에 합류했다.

블롬스 사이트에서 주문한 구근식물이 10월 15일에 도착한 뒤 나는 한 달에 걸쳐서 한 자루씩 차근차근 심었다. 내 정원의 진정한 시작이었다. 넥타로스코르둠 시쿨룸, 시클룸 알리움 그리고 묵직한 밤색 종 모양 꽃이 달린 프리틸라리아 페르시카. 글라디올루스 비잔티누스, 폭스테일 릴리, 흰 꽃잎 한가운데 가장자리가 갈라진 빨간색 꽃받침 때문에 꿩의 눈이라고도 하는 나르시수스 포에티쿠스. 나는 진짜 꿩이 자주 돌아다니는 뽕나무 밑에 그것을 심고 싶었다. 작년에는 화분에 심은 튤립만 돌보았지만 올해에는 화단에 수백 포기를 심어야 했다. '레이디 반 에이크', '블러싱 뷰티', '돌스 미뉴에트', '월드 프렌드십', '플레이밍 스프링 그린'. 줄무늬 '헬마', 진홍색 '일 드 프랑스', 하얀 '모린', 끝없는 목록을 만들어 각각의 위치를 꼼꼼하게 정했다.

연못 정원에서 무화과가 썩으면서 달콤한 냄새가 났다. 이곳의 조합은 연한 크림빛 도는 노란색 '문라이트 걸'과 '시티 오브 밴쿠버', 흰 꽃에 얇은 빨간색 줄무늬가 있는 키가 큰 '카마그', 터키 이즈니크 접시에 그려진 뱀처럼 구불구불하고 튤립 같은 핫핑크색 '마리에타'였다. 무화과는 자신이 떨어뜨린 꾸깃꾸깃한 노란 잎에 무릎까지 파묻혀 있었다. 이언이 제일 좋아하는 손수건의 색이었다. 일을 마치자 아름다운 노을이 지면서 연못에 아주 부드러운 빛이 퍼졌고, 물고기들이 분홍색 성벽 같은 구름 속에서 헤엄쳤다. 해가 가기 전에 남은 할 일은 장미 가지치기와 뿌리 덮기뿐이었다.

내 친구 필립이 사우샘프턴의 존 한사드 갤러리에서 열리는 저먼의 전시회 큐레이터를 맡았기 때문에 우리는 마지막 구근을 심고 2주 후, 전시회 개막에 맞춰 북쪽으로 올라갔다. 그날 태풍이 불어 워털루행 열차가 전부 취소되었다. 나무가 철길에 계속 쓰러졌기 때문이다. 그러다가 못 갈 것 같았지만 드디어 기차 한 대가 해안을 향해 출발했다. 나는 정원 일기장에 바깥에서 일어나는 일은 아주 가끔 언급할 뿐 거의 정원을 둘러싼 담 안에서 일어나는 일만 적었지만 갤러리 끝에서 오렌지색 스웨터를 입은 필립을 봤다고 적어놓았다. 우리는 문 앞에서 포옹했는데 너무 오랜만이라서 몸이 쉽게 떨어지지 않았다.

전시회 제목은 〈현대 자연〉이었다. 너무나 아름답고 너무나 감동적이고 아주 신중하게 구성되어 있었기에 나는 어느새 울면서 돌아다니고 있었다. 필립은 저먼의 영화와 그림을 그보다 나이가 많거나 적은 예술가의 작품과 함께 배치해 캄캄한 전시실 안에 유사성이 이어지는 복잡한 네트워크를 만들었다. 알브레히트 뒤러의 판화 〈기사, 죽음 그리고 악마〉와 나신의 근육질 남자들이 어수선한 하늘을 배경으로 공을 들고 알 수 없는 게임을 하는 영국 화가 키스 본의 작품도 있었다. 반복 재생되는 영상에서 양귀비와 불타는 그루터기, 전쟁 당시 눈 내리는 로마가 계속 흘러나왔다. "당신은 영국적인 상상의 풍경을 갈망했지요." 영화를 만든 사람의 목소리가 말했다. 그런 다음 나온 말, "이제 정원을 열 시간입니다".[33]

저먼이 《댄싱 레지》에서 말했던 황혼의 잉글랜드가 여기 있었다. 동그랗게 놓인 돌들, 진흙 속에서 찾은 중세의 반지들, 열심히 귀를 기울이면 물에 빠진 종소리가 아직도 들렸다. 또 다른 전시실에는 종교적인 물건을 붙이고 우아한 손글씨로 글귀를 적은 검은 그림들이 있었는데 정말 마음에 들었다. 키스에게 듣기로 데릭 저먼은 글씨를 뒤에서부터 써도 앞에서부터 쓰는 것만큼 잘 썼다고 한다. 거울문자라니, 진정한 마법사의 재주이다. 악어와 함께 연금술사의 나침반 세트가 포함된 그림도 있었다.

마지막으로 거리가 내려다보이는 전시실에는 한쪽 벽에 하워드 술리의 사진들이 걸려 있었다. 하워드는 저먼과 정원을 같이 돌보고 기록했으며 식물채집 여행도 같이 다녔다. 나는 한참 동안 서서 사진을 바라보았다. 작은 사진이 얌전하게 줄지어 걸려 있었다. 얼굴이 무척이나 수척해진 세인트 바트 병원 시절의 저먼도 있었다. 네스의 큰엉겅퀴와 더니치에서도 보이는 노랑뿔양귀비도 있었다. 저먼의 가족 앨범 속 사진을 찍은 사진도 있어서 어렸을 때의 저먼과 노랗게 타오르는 정원에 선 한창 때의 저먼도 볼 수 있었다.

시간이 안으로 접히고 있었다. 더없이 연한 담자색 양귀비, 전쟁이 아니라 사랑으로 용도가 바뀐 대전차 철조망의 나선형 소용돌이. 거울, 원형 낫, 저먼의 어머니의 여권, 등대의 유리 렌즈. "나는 여러 번의 여름에 걸쳐서 내 정원을 보고 싶다."[34] 그는 《현대 정원》의 마지막에 이렇게 썼다. 그리고 순전히 의지의 힘으로 그렇게 해냈다. 이제 저먼이 세상을 떠난 지 너무 오래되었지만 사진은 여전히 그가 우리에게 가르쳐준 방어적이면서도 유익한 말을 하고 있었다. 암호와 반反암호, 꽃들의 비밀 언어.

7

전쟁과 꽃

크리스마스가 되기 전에 마차 차고 주변에 비계를 세우고 사다리를 설치해 두었는데 새해 첫날 나는 용기를 내서 사다리를 올라가 보았다. 나는 바짝 긴장한 채 지붕 전체를 둘러싼 좁은 비계를 따라 걸어갔다. 위에서 정원의 구조를 내려다보면서 겨울에만 보이는, 아직 파악하지 못한 부분을 기록하고 싶었다. 각각의 공간이 너무나 독특하고 경계는 약간 기울어져서 각도가 직각인 모퉁이가 하나도 없었다. 상록수가 많아서 너도밤나무 산울타리는 황갈색으로 보였고 두 개의 아치가 꼬불꼬불하게 솟았다. 연못 정원의 정육각형 회양목은 내 생각보다 짝이 안 맞았고 버지니아 풍년화의 자극적인 향이 가끔 바람에 실려 올라왔다.

또 대형 비둘기장을 드디어 제대로 보았다. 벽에서 반쯤 올라간 곳에 둥근 나무문이 나 있고 네모난 못이 줄줄이 박혀 장식되어 있었다. 그 위에는 좀 더 최근에 다이아몬드 모양으로 뚫은 구멍이 네 개 있었는데, 각각 아래쪽에 비둘기가 내려앉을 수 있는 벽돌 받침대가 달려 있었다. 마크는 비둘기를 키웠다. 그의 앨범에 롤러비둘기일지도 모르는 멋진 새들의 사진이 있었다. 몇 달 전 마차 차고 안에서 나무 사다리를 올라갔을 때 비둘기 둥지가 있었는데, 이곳을 창고로 쓸 때 아마 건초를 두었을 다락의 가장 끝에 있었다. 비둘기는 이미 오래전에 사라졌다. 이제 갈까마귀가 둥지를 차지하고 층계참을 연단 삼아서 가지를 두고 열띤 토론을 벌였다. 갈까마귀는 무엇도 겁내지 않는 듯했지만 나는 공사 중인 일꾼들 때문에 갈까마귀가 겁을 먹고 도망가지 않기를 바랐다.

내가 갈까마귀에게 자신을 투사했던 것일지도 모른다. 일꾼들은 1월 4일에 일을 시작해 마차 차고의 썩은 문을 뜯어내고 뒤쪽 벽에 구멍을 뚫었다. 캐터필러가 달린 굴착기가 들어가더니 그 주 후반에는 지붕을 전부 뜯어내고 검정 비닐로 감쌌고, 연못을 만들 구덩이를 파니 30센티미터의 검은 표토가 드러났고 그 밑은 전부 모래였다. 어떻게 했는지 모르지만 일꾼들이 옛날 도면에 맞춰 선을 그리더니 향기롭고 노란 꽃을 피우는 진달래와 화단의 모든 것을 뽑았다. 나는 화초가 눌리고 뿌리가 노출될까 봐 지나치게 걱정해서 이언을 미치게 만들었다. 내가 밖으로 나갈 때마다 새로운 걱정거리가 생겼다. 아일랜드 주목 앞에 포석이 열두 개 쌓여 있었다. 비계기둥이 라일락을 바짝 눌렀는데 안 그래도 가지를 내가 원하는 것보다 너무 많이 자른 상태였다. 꼭 필요한 일이라는 것은 알았지만 정원이 그토록 벌거숭이로 노출된 모습을 보니 내가 그동안 했던 모든 일이 뒤엎이는 느낌이 들었다.

다시 한번 환경이 내 기분에 그림자를 드리웠다. 일꾼들이 오고 며칠 후 아버지가 혈관 조영도를 찍으러 지역 병원에 갔다가 몇 시간 뒤, 관상동맥이 좁아져서 아주 위험하니 응급 바이패스 수술을 받아야 한다고 문자를 보내왔다. 집에 칫솔을 가지러 가는 것도 허락해 주지 않는다고 했다. 지난가을에 나는 보통 날짜가 정해져 있지만 코로나19 때문에 날짜가 바뀐 첼시 플라워 쇼에 갔다가 아버지가 걷기 힘들어하는 것을 눈치챘다. 날이 저물 때쯤 아버지는 얼굴이 창백해져 숨을 헐떡거렸고, 나는 아버지께 의사한테 전화해 보겠다는 약속을 받아냈다. 아버지는 손을 내저어 내 걱정을 무시하며 사소한 거야, 사소한 거, 라고 말했다.

아버지는 새벽에 구급차에 실려 세인트 바트 병원으로 이송되었다. 아버지가 문자로 파란 경광등을 켜고 쏜살같이 달렸다고 알려주었다. 문병 금지라는 걸 잊지 마라. 나는 어쨌든 런던으로 갔다. 한 달에 한 번 오는 매트가 내가 파놓은 구덩이에 마르멜로와 꽃사과를 심기로 한 날이지만 그에게 전부 맡겼다. 아버지의 수술이 다음 날 아침으로 잡혔다, 다섯 시간짜리 수술이었다. 오후가 돼서 이제쯤 끝나면 좋겠다는 생각이 슬슬 들 때쯤 앞선 환자의 수술이 길어지고 있다고 했다. 아버지는 내가 전화할 때마다 병실을 옮기는 것 같았다. 아버지가 옷가지와 자기 컴퓨터에 있는 문서를 가져다 달라고 해서 나는 동생과 함께 병원 직원에게 열쇠를 넘겨받아 하트퍼드셔로 갔다.

나는 아버지의 집에 오랜만에 갔고 아버지 없이 들어간 적은 처음이었다. 우리는 어렸을 때 이 집에서 환영받는 느낌을 받지 못했고, 우리 방도 없었으며 우리 물건을 놔두지도 않았다. 아버지의 컴퓨터로 해야 하는 일은 믿을 수 없을 만큼 복잡했다. 나는 컴퓨터를 동생에게 맡기고 2주일치 옷을 싼 다음 정원으로 나갔다. 층층나무가 햇빛을 받아 피처럼 새빨갛게 물들었다. 변호사를 여럿 썼지만 아버지는 집을 빼앗길 것 같았고 정원도 마찬가지였다. 나는 아버지가 10년 동안 아픈 아내 때문에 마음고생을 한 데다가 작년에 받은 스트레스로 인해 이렇게 됐다고 확신했다. 마음이 아파서 심장에 병이 난 것이다.

우리는 런던으로 돌아왔고 나 혼자 병원에 가서 접수 데스크에 아버지의 짐을 맡겼다. 아버지는 이제 정말 수술에 들어갔고 나는 정처 없이 런던을 돌아다니며 남은 오후를 보냈다. 제일 좁고 제일 오래된 골목을 구불구불 돌아다녔는데, 길을 잃은 것은 아니었지만 내가 어디 있는지 늘 정확히 아는 것도 아니었다. 아버지가 정말 좋아했던 역사 산책이었다. 나는 교회가 보일 때마다 안에 들어가서 잠시 멈춰 현판을 읽거나 뒤쪽 신자석에 조용히 앉아 있었다. 제일 처음 나온 교회는 런던에서 가장 오래된 교회 세인트 바솔로뮤 대성당이었다. 나는 초 한 자루에 불을 붙였다. 그러고 나서 웨스트 스미스필드 쪽으로 계속 가다가 잠시 멈추어 내가 제일 좋아하는 기념비를 보았다. 리처드 2세가 1381년 농민 지도자 와트 타일러를 비롯하여 농민 반란 대표자들과 만나 정치 개혁에 합의한 장소였다. 리처드 2세는 후에 개혁안을 거부하면서 타일러를 처형했고, 뒤

이어 반란군을 독려한 성직자 존 볼도 죽었다. 윌리엄 모리스는 이 사건에서 영감을 받아 시간 여행에 관한 환상소설 《존 볼의 꿈》을 썼다. 기념비에는 아직까지 실현되지 않은, 아직도 간절한 존 볼의 유명한 말이 새겨져 있다. "봉신封臣도 없고 봉건 군주도 없고 모든 차별이 사라져서 모든 것이 공유될 때까지 잉글랜드에서는 그 무엇도 잘되지 않을 테고 앞으로도 그러하리라."

나는 세인트 바솔로뮤 소성당으로 가는 복도를 지났다. 소성당은 병원 안에 있었고 스테인드글라스 속에서 파란 줄무늬 리넨 옷과 풀 먹인 흰색 앞치마 차림의 수녀가 무릎을 꿇고 있었다. 세인트 바트는 데릭 저먼이 치료를 받다가 1994년 2월 19일 세상을 떠난 병원이다. 당시 나는 몰랐지만 저먼은 죽기 2주 전에 친구 하워드 술리와 함께 이 성당에 앉아서 자기 장례식에 쓸 성가를 골랐다. 저먼이 〈모든 것이 밝고 아름다워라〉의 가사를 읊었는데 하워드가 그를 보니 울고 있었다.

나는 아빠가 죽기를 바라지 않았다. 또 아빠가 정원을 잃기를 바라지도 않았다. 나는 괴로운 마음에 얼른 기도를 드리고 계속 걷다가 사르코코카 콘푸사 향기로 가득한 포스트맨스 공원을 돌아 바솔로뮤 클로스를 지나서 돌아왔다. 찰스 2세가 런던으로 돌아온 뒤 밀턴이 몇 달 동안 두려움에 떨며 숨어 지내던 곳이었다. 이런 것들을 생각하면, 얼마나 많은 사람들이 슬픔이나 두려움을 지고 이 좁은 길을 걸었을까 상상하면 위안이 되었다. 나는 런던 월*을 가로지르면 밀턴이 묻힌 세인트 자일스 위다웃 크리플게이트 교회로 나올 수 있음을 깨달았다.

전에도 이 교회에 들어가 본 적이 있지만 제대로 둘러보지는 않았다. 안으로 들어간 나는 밀턴의 조각상을 발견했고 그다음에는 흉상을 발견했다. 둘 다 확실히 앞이 보이지 않는 모습이었고 밀턴의 생몰 연도가 적힌 현판이 붙어 있었다. 대좌의 근육질 뱀은 매우 진짜 같은 대리석 사과를 꽉 물고 있었다. 사탄이 유혹하며 말하던 바로 그 붉은 사과를 재현한 것이었다. 사탄은 이렇게 말한다. "가장 달콤한 회향풀보다 / 감각을 더 기쁘게 한다."[1] 인간을 크나큰 고난에 처하게 한 사과였다. 제2차 세계대전 런던 대공습 당시 교회가 얼마나 망가졌었는지 생각하면 이 조각상들이 살아남은 것이 놀라웠다. 한쪽 구석에 런던 대공습에 대한 전시가 있어서 폭격 이후 지붕이 날아가고 잔해로 가득한 세인트 자일스를 보여준다. 당시 밀턴 조각상은 야외에 있었고 1940년 8월 25일 폭격으로 대좌에서 깔끔하게 떨어져 나갔다. 나중에 나는 모래주머니를 댄 벽 아래에 조각상이 등을 대고 누워 있는 사진을 보았다. 밀턴은 청교도 모자를 손에 들고 눈이 보이지 않지만 놀란 듯 하늘을 보고 있었다.

밀턴의 유해는 그보다 운이 나빴다. 그가 매장되고 100년이 지난 후에 관이 열렸고 사람들이 이틀 동안 무덤을 습격하여 머리카락이며 이를 뽑아서 유물로 팔았다. 이 지독한 행위가 중단된 후 불쌍

---

\* London Wall: AD 200년경 로마인이 현재의 런던 주변에 처음 쌓은 방벽으로, 크리플게이트, 무어게이트, 러드게이트 등의 출입구가 있으며 방벽의 일부는 아직 남아 있다.

한 그의 시신은 다시 매장되었다. 마지막 남은 유물은 1940년 12월 29일 달 밝은 밤에 파괴되었다. 수많은 소이탄이 교회에 비처럼 쏟아져서 시멘트에도 불이 붙었다. 런던 대공습에 가장 큰 피해를 입은 지역의 최악의 밤이었고, 폭탄이 어찌나 빨리 떨어졌는지 나무에서 떨어지는 사과 같았다고 말하는 목격자도 있었다. 런던 전체가 불타올랐고 계속된 불길이 하늘을 기묘한 장밋빛으로, 강을 진홍색으로 바꾸었다. 아침이 되자 60에이커나 되는 땅에 연기가 피어오르는 잔해가 무너져 있고 지붕 없는 교회가 서 있었다. 그날 밤, 크리스토퍼 렌*이 건축한 교회 중 여덟 곳이 파괴되었고 책 2000만 권이 재로 변했다. 밀턴이 소년이었을 때부터 파터노스터 로 지역 세인트 폴 성당의 그림자 속에서 책을 만들고 팔아왔던 출판업자와 책 장수들의 책이었다. 집이 너무 많이 파괴되어 1951년에 황무지가 된 크리플게이트구 주민으로 등록된 사람이 스물여덟 명밖에 없었다. 1851년에는 주민 수가 1만 4361명이었다.

아버지는 우리가 어떤 거리를 걷든 그곳과 관련된 이야기를 떠올리고 항상 전쟁 당시의 런던에 대해 이야기해 주었다. 도시가 너무나 빠르게 파괴되고 너무나 급격하게 재건되어 가끔 눈을 가늘게 떠야만 수리의 흔적이 보이고 봉인된 공습 피난처나 사라진 교회를 알아차릴 수 있었으며, 아버지는 늘 그 사실에 매료되었다. 아

---

* Christopher Wren(1632~1723): 영국의 건축가이자 과학자로 1666년 런던 대화재 후 교회 52곳의 재건축을 담당했다.

버지와 할아버지 모두 런던의 거의 1.6킬로미터도 안 되는 구역 안에서 평생 일했다. 할아버지는 1946년에 제대한 다음 세인트 자일스 교회에서 몇 분 거리에 있는 런던 월의 사무실에서 일했다. 할아버지가 청년이었을 때에는 베어트릭스 포터의 동화책《글로스터의 재봉사》에 나오는 쥐들처럼 밖으로 나갈 필요 없이 미로 같은 안뜰과 골목을 누비며 런던을 돌아다닐 수 있었다. 하지만 전쟁이 끝나고 돌아와 보니 런던이 산산조각 나서 가장 짧고 익숙한 길도 이상하게 빙 돌아가는 느낌이 들었다.

당시 폭격을 맞은 곳에 잡초가 무성하게 자라고 꽃이 피자 폐허가 된 도시는 마치 정원 같았다. 어울리지 않게 금빛과 임페리얼 퍼플 색으로 뒤덮였고 활짝 핀 부들레이아 향기가 공기 중의 벽돌 가루, 시큼한 곰팡이 냄새와 섞였다. 1666년 런던 대화재 이후 폐허에서 가장 무성하게 자란 것은 런던 로켓이라는 풀이었지만 대공습 이후 그 자리를 차지한 것은 불탄 땅에서 무성하게 자라기 때문에 불의 잡초라고도 불리는 분홍바늘꽃의 진분홍색 봉오리였다. 분홍바늘꽃은 한 계절에 8000개라는 어마어마한 양의 씨앗을 통해서 퍼졌고 그로 인해 역시 분홍색인 주홍박각시 나방이 폐허에 내리는 황혼 속에서 수도 없이 날아다녔다. 결이 고운 주황색 실크 조각으로 만든 듯한 아틀라스 양귀비가 화려하게 흔들렸고 머위, 별꽃아재비, 캐나다 개망초와 불을 좋아하는 옥스퍼드 금방망이도 있었다. 옥스퍼드 금방망이는 원산지인 시칠리아에서는 화산재에서 자라고 마찬가지로 화재 직후의 땅에서도 잘 자란다. 이 꽃들은 전부 바람을 통해서 퍼졌지만 일부 씨앗은 새가 가져오거나 사람들의 신발에 붙어서 이동했고 양지바른 곳에서 잘 자라는 토마토는 사무실 근로자의 점심 도시락에서 나온 것으로 추정되었다. 귀화식물, 외래종, 지방종, 침입종, 우연히 선구적인 식민지 개척자와 같이 들어온 떠돌이. 당시 식물학자들이 썼던 언어가 중립적이었다고 말하기는 힘들다.

나는 밀턴의 전기도 썼던 작가 로즈 매콜리의 소설《세상은 나의 황야》에서 아무도 계획하거나 심지 않았지만 도시의 폐허에 생겨난 이 호화로운 정원에 대해서 처음 읽었다. 전쟁 직후를 무대로 하는《세상은 나의 황야》는 1950년에 출간되었다. 이 책에서 매콜리는 변해 버린 런던을 설명한다. "작은 거리와 동굴, 지하 저장실로 이루어진 황야, 파괴된 상인의 도시 위로 녹색과 금빛의 회향풀과 금방망이, 머위, 보라색 큰까치수염, 분홍바늘꽃, 고사리, 나무딸기, 키 큰 쐐기풀이 자라고, 그 사이에서 토끼가 굴을 파고 야생 고양이가 기어다니고 암탉이 알을 낳았다."[2] 그녀의 공상이 내 머릿속에 자리 잡는 바람에 나는 런던 월이나 무어게이트의 번쩍이는 탑을 볼 때마다 약간 비현실적으로 느껴졌고, 그전에 피어났던 꽃들이 사라진 것처럼 이 건물들도 도시를 영원히 점유하지 않을 것만 같았다.

그날 나는 해 질 녘이 되어 걸음을 멈추었고, 아홉 시가 넘어서야 의사가 전화로 수술은 잘 끝났고 아버지는 집중치료실에서 잠들었다고 알려주었다. 무슨 이유인지 모르겠지만 병원 측은 아버지에게 핸드폰과 노트북을 주지 않았고, 다음 날 아침에 전화했더니 아버지는 또 다른 곳으로 옮겨진 후였다. 그러더니 당황스러운 문자 메시지가 연달아 왔다. 아버지는 모르핀 약에 취해 계속 춥다고 하더니 곧 자기 이름을 계속 보냈다. 의사는 아버지에게 2주 동안 입원해야 한다고 말했지만 수술이 끝나고 나흘 뒤에 간호사가 아버지 친구에게 연락해 다음 날이 퇴원이라고 말했다. 너무 빠른 것 같았다. 나는 세인트 바트 병원으로 가서 아버지와 애디슨 리 택시를 타고 서퍽으로 돌아왔다. 아버지는 창백하지만 기분이 좋았고, 심장을 열었다가 다시 맞춘 곳의 상처가 안전벨트 때문에 덧나지 않도록 가슴에 수건을 대고 있었다.

나는 아버지를 침대에 눕히고 노트북과 차 한 잔을 가져다드린 다음 《세상은 나의 황야》를 찾아서 온 집을 뒤진 끝에 이언의 서재에서 발견했다. 공습에서 기적적으로 살아남은 세인트 폴 대성당의 견고한 돔을 배경으로 잔해에서 자라는 잡초를 그린 바버라 존스의 그림이 표지에 실린 양장본이었다. 내가 이 책을 읽은 지 벌써 몇 년이나 지났다. 바버리라는 10대 소녀에 대한 이야기인데, 그녀는 전쟁 당시 남프랑스에서 반독反獨 유격대 마키의 신참 부대원으로 자유롭게 지냈다. 그러다가 아름다우면서 나태한 어머니가 바버리를 런던의 아버지에게 보낸다. 바버리의 아버지는 강직한 상급 변호사로 다른 여자와 재혼했고, 교활한 청회색 눈을 가진 야성적인 딸을 이해하지도 못하고 좋아하지도 않는다. 바버리는 슬레이드 미술대학에서 미술을 공부하기로 되어 있지만 제멋대로 런던의 폐허를 돌아다니면서 이곳이 남프랑스와 비슷한 곳이고 예전에 같이 훈련받던 마키와 비슷한 사람들이 살고 있음을 본능적으로 알아차린다.

나는 바버리가 어떤 경로를 거쳐 야생으로 들어가는지 읽으면서 깜짝 놀랐다. 그녀는 내가 앨더스게이트에 갈 때 지나는 길에서 동쪽으로 한 블록 떨어진 노블 스트리트로 들어갔다. 당시에는 아주 작은 골목길이었고, 바버리는 꽃이 피는 폐허를 누비며 무화과나무와 딱총나무를 지나쳤다. 그녀는 지붕이 날아가고 천사들이 허공을 바라보는 이름 없는 교회의 껍데기에 도달한다. 벽감에서 천수국이 자라고 종탑에는 부서진 종 여덟 개와 머리가 길고 신발을 신은 남자의 청동 조각상이 있다. 바로 내가 얼마 전에 본 밀턴 조각상이다! 여기가 세인트 자일스일까? 나는 소설을 계속 읽어나가다가 존 스피드*의 부조浮彫에 대한 묘사를 발견했다. 그러자 의문이 풀렸다. 이 책의 배경은 우리 할아버지가 중절모를 쓰고서 신비로운 유물 사이를 조심스럽게 지나다니며 일했던 폐허가 된 시청, 비둘기가 출몰하는 사무실과 법정이었다.

바버리는 폐허가 된 세계가 그녀를 거의 망가뜨릴 때까지 깊이, 더 깊이 빠져든다. 소설 전체가 전쟁이 끝난 후 문명과 야만의 강렬한 싸움을 다룬다. 폐허에 숨어 사는 건달과 탈영병들은 굳이 왜 그러느냐고, 죽음이 이토록 가까이 있고 한때 교회가 의미했던 것은

---

* John Speed(1551~1629): 영국의 지도 제작자로, 세인트 자일스 위다웃 크리플게이트 교회에 매장되었고 교회 벽에 그의 부조가 걸려 있다.

깨끗하게 날아가 버렸는데 왜 훔치고 사기 치고 마음대로 살지 않느냐고, 왜 안락과 사치를 최대한 누리지 않느냐고 묻는 것 같다. 무성한 잡초는 이러한 문제를 상징한다. 그러나 매콜리는 파괴가 무엇을 의미하는지 잘 알면서도 어쩔 수 없이 그것이 아름답고 유혹적이라고 느낀다. 매콜리의 아파트는 대공습 마지막 날에 폭격당했고 그녀는 잃어버린 물건을 찾으려고 기둥이며 들보를 기어오른 음울한 경험이 있다. 하지만 매콜리가 되찾은 것은 마멀레이드 몇 병과 까맣게 탄 장서의 잔해 속에서 발견한 은 머그잔뿐이었다. 그녀가 사랑했던 책은 모조리 파괴되었는데 그중에는 밀턴의 전기를 쓸 때 참고했던 아버지의 《실낙원》1845년판도 있었다.

식물의 존재는 공습으로 파괴된 곳을 비극의 현장에서 더욱 비옥하고 가능성이 요동치는 곳으로 바꾸었다. 분명 현재 그 지역에 성업 중인 투자은행과 프레타망제 샌드위치 가게보다는 흥미롭고 생생한 느낌이다. 스스로 씨를 뿌리는 정원, 8월이면 금빛 건초가 되는 풀, 흠뻑 젖은 가을 초목, 고사리와 옥토沃土와 잘 익은 무화과의 냄새. 우윳빛 도는 파란색 별 같은 애스터, "붉은장구채, 노란 들갓, 나무딸기, 덩굴식물, 독말풀, 엉겅퀴, 살갈퀴."[3] 콘크리트와 강철보다 낫지 않은가? 소설의 마지막 부분에서 황야는 이미 내쫓기기 시작하고 크레인과 기중기가 밀고 들어온다. 잡초는 장작더미에서 불타지만 쉬지 않고 끈질기게 다시 돌아올 것이 분명하다. 그래서 기묘하고 불안정한 한순간 우리는 가까운 과거가 아니라 앞을, 우리의 미래를 바라보고 있다. 미래에는 도시 자체가 유령이 되고 야생

화들이 다시 한번 아무런 방해도 없이 세상을 지배한다.

내가 그 꽃들을 볼 수 있었다면 좋겠다. 바버리는 위험천만한 에덴에서 내쫓기기 전에 폐허를 그린 엽서를 관광객에게 1실링 6펜스, 미국인에게는 가격을 올려 반 크라운을 받고 팔면서 겨우 생계를 유지한다. 나는 바버리의 그림이 어땠을까 궁금했다. 화가 엘리엇 호지킨이 그린 세밀한 그림보다는 거친 인상주의풍 그림에 가깝지 않았을까. 호지킨은 1940년대에 런던의 황야를 매콜리보다 더욱 빛나고 잊을 수 없는 방식으로 기록했다. 당시 호지킨은 정보부의 국내첩보과에서 일하면서 자원봉사로 공습도 감시했다. 그의 사무실 창문을 통해 세인트 폴 대성당 주변의 폭격 맞은 지역이 보였다. 그는 1944년에 그 풍경을 그리기 시작했고, 바버리처럼 뚫린 지하실과 지하 창고에 들어가서 무너진 담을 배경으로 대성당의 돔과 안테나처럼 뜬금없이 솟은 분홍바늘꽃을 포착했다.

호지킨은 1945년에 위원회 회장 케네스 클라크에게 편지를 써서 런던의 폐허에 자리 잡은 식물을 공식적으로 기록하고 싶다고 간청했다. 클라크는 예술가들에게 전쟁 당시 영국의 기록을 맡기기 위해 1939년 가을에 조직된 전쟁 예술가 자문위원회War Artists Advisory Committee 회장이었다. 이렇게 만들어진 작품 중에서 가장 유명한 것은 조각가 헨리 무어의 그림들과 지하철 임시 공습 대피소에서 두려움과 피로에 지쳐 유령 같은 몰골로 입을 벌리고 자는 사람들을 그린 삽화가 에드워드 아디존의 작품이다. 하지만 그 밖에도 유명하든 그렇지 않든 공습과 불타는 교회, 응급치료소와 수술실, 무너져 내리는 집을 그린 400명이 넘는 예술가들의 작품이 수천 점은 더 있다. 〈위장 그물을 만드는 간호사들Convalescent Nurses Making Camouflage Nets〉, 〈템스강 임시 다리An Emergent Bridge over the River Thames〉, 〈제지 공장 창고 화재Fire in a Paper Warehouse〉, 〈공습 화재 중 동물원에서 달아나는 얼룩말Escape of the Zebra from the Zoo during an Air Raid Fire〉. 당시 이들이 목격하고 국가를 위해 기록한 으스스하고 종종 끔찍한 광경을 그대로 보여주는 제목이다.

호지킨은 클라크에게 보낸 편지에서 "내가 가진 어느 정도 특별한 능력을 활용할 수 있고 공무보다 조금 더 적합한"[4] 일을 위원회에서 맡겨달라고 요청했다. 그는 머뭇거리며 자신의 아이디어를 설명했다. "런던의 폭격지를 식민지로 삼은 분홍바늘꽃, 금방망이 등등의 야생화를 아직 그림으로 기록한 적이 없다는 생각이 들었습니다. 만약 그렇다면 전후 재건 사업으로 야생화가 완전히 사라지기 전에 그중에서 가장 충격적이고 익숙한 몇 종을 지금 모습 그대로 그리는 것이 어떨까 제안합니다."[5]

그해 여름에 호지킨이 그린 그림은 가장 경시당하는 야생 생물의 복잡한 모양을 거의 기적적으로 재현했다는 점에서 뒤러의 〈커다란 잔디〉와 비슷하다. 엘리엇 호지킨(추상화가 하워드 호지킨의 손위 사촌이었다)은 작고, 초라하고, 흔해빠지고, 무시당하는 대상의 정물화에 점점 더 매료되었다. 그중에는 박, 창질경이, 옹이가 많은 노란 마르멜로와 케일도 있었다. 적어도 처음에는 전쟁 당시 그릴 수 있는 주제에는 한계가 있다는 증거였을 것이다. 호지킨의 폐허 그림은 패널에 달걀을 이용해서 그린 템페라화로, 그 시절 런던 거리에 등장한 식물 태피스트리의 극단적인 아름다움을 전달한다.

위원회는 그중 한 점만 수락했다. 〈하버대셔 홀, 1945년 5월 8일, 유럽 전승 기념일The Haberdasher's Hall, 8 may 1945, V. E. Day〉. 런던 대화재 당시 파괴된 중세 건물을 17세기에 재건한 이 건물은 5년 전 공습에서 폭격을 당했고 홍차색 벽 하나만 살아남아 무너진 다른 벽들에 기대어 버티고 있다. 호지킨은 벽이 잔해 속에 홀로 서 있도록 그림을 구성했다. 부드럽고 정교하게 음영을 넣은 파란 하늘이나 트레이서리* 같은 금방망이를 그려서 가장자리를 부드럽게 처리했는데, 금방망이가 역광을 받아 꽃잎이 동전처럼 짤랑거린다. 호지킨이 좋아했던 《부르고뉴의 마리아 기도서Hours of Mary of Burgundy》의 중세 삽화 최후의 심판과 구성이 비슷하다. 그것은 파괴와 죽음이라는 중심 아이콘 주변으로 여백에 보리지와 수레국화가 리본처럼 배치된 삽화이다.

위원회는 이 시리즈의 또 다른 그림 〈세인트 스위틴 교회 마당에서 본 세인트 폴 대성당과 세인트 메리 엘더맨베리St Paul's and St Mary Aldermanbury from St Swithin's Churchyard〉를 구매하지 않았지만 내 마음속에서는 이 작품이 호지킨의 걸작이다. 분홍색이 갈색으로 변해 가고, 초록색 가장자리가 주황색으로 물들고, 가만가만 다가오는 가을의 색들이 이미 9월일지도 모른다고 알려준다. 〈하버대셔 홀〉이 식물

---

* tracery: 고딕 건축 양식에서 유리창의 석조 부분에 들어가는 나뭇가지나 곡선 등의 장식무늬.

을 통해 파괴의 고통을 강조했다면 이 그림은 재건에 대한 러브레터이자, 흔히 잡초라고 묘사되는 꽃들의 아름다움을 기쁘게 기념하는 작품이다. 그러나 제러드의 《약초 의학서》에 익숙한 사람이라면 이 꽃들의 진정한 특성을 바로 알아차렸을 것이다. 내가 예전에 쓰던 조제실에는 옛날 식이지만 이 그림에 나오는 여러 식물을 달인 물이나 팅크제가 있었다. 무척 오래되었지만 나는 학명을 아직도 외운다. 루멕스 크리스푸스, 소리쟁이. 타락사쿰 오피시날레, 민들레. 스텔라리아 메디아, 별꽃. 한때 이곳에서 정원을 가꾸던 중세 상인들의 중세식물이 오랫동안 익숙했던 곳을 차지하기 위해 돌아왔던 것이다.

이 그림에는 공포감이나 로이드 셰퍼드의 소설 《애프터 런던》과 같은 종말의 두려움이 없고 그 대신 도시의 땅을 되찾은 시골의 편안한 느낌이 담겨 있다. 후경에 보이는 도시의 굴뚝 꼭대기의 통풍관과 전경의 식물은 각각 다른 시간을 차지하고 있기 때문에 가장 일시적으로 느껴지는 것이 또한 영원에 가장 가깝다. 셰익스피어의 희곡 《심벨린》의 그 멋진 대사가 뭐였더라? "황금의 아이든 굴뚝 쑤시개든 누구나 똑같이 흙이 된단다."[6] 황금의 아이는 노랗게 핀 민들레꽃의 별명이고 굴뚝 쑤시개는 하얗게 씨앗으로 변한 민들레의 별명이라고 하지만 셰익스피어 시대에는 씨앗으로 변한 민들레를 닮은 굴뚝 솔이 아직 발명되지 않았으므로 여기서 그렇게 쓰인 것은 아니다. 호지킨은 그림에 노란 민들레꽃과 하얀 민들레 씨앗을 둘 다 그려서 부패와 재생, 회귀의 끊임없는 순환을 꽃의 언어로 분명히 보여준다. 우리 모두 그 순환의 일부이다.

· · ·

아버지는 착한 환자가 아니었다. 아무 때나 깨어 노트북을 세게 두드리면서 잠을 절대 안 잤고, 침대로 돌아가라고 해도 말을 듣지 않았다. 일꾼들은 뒷벽에 낸 구멍 가장자리에 콘크리트 블록을 일렬로 늘어놓고 다른 작업으로 넘어갔다. 이언의 서고는 착착 진행됐지만 내 정원은 정체 상태였다. 담을 무너뜨리고 다시 쌓는 작업이 반복되었고, 그와 함께 모르타르가 쏟아졌기 때문에 나는 해가 뜨자마자 밖으로 나가 고사리 잎에 떨어진 모르타르를 건져냈다. 헬레보어, 서향, 스노드롭. 하지만 모든 것이 어수선하고 뒤죽박죽인 느낌이었다. 이언은 수작업으로 채색한 아주 두꺼운 런던 폭격지 지도책을 가지고 있었는데, 나는 책으로 도망쳐 이 지도책에 몰두했다. 세인트 자일스 주변은 거의 전부 보라색이었다. 범례를 보니 복구 불가능할 정도로 파괴되었다는 뜻이었다.

당연하지만 폭격지는 개발업자에게 꿈같은 곳이었다. 많은 폭격지가 주차장이 되었다가 사무용 건물과 고급 주택으로 변했다. 오늘날 유리와 강철로 이루어진 런던을 위해 말 그대로 길을 닦아준 셈이다. 폐허에 만들어진 야생 정원 역시 가능성을 드러내며 다양한 사람들에게 더 푸르고 비옥한 수도의 매력을 보여주었다. 파괴된 런던 교회 대다수는 공공 정원으로 탈바꿈했다. 그중에서《세상은 나의 황야》에 해바라기가 가득 핀 묘지로 등장하는 세인트 존 재커리 교회는 이제 반들반들한 목련이 피고 히드랑게아 페티올라리스가 벽을 타고 오르는 멋진 뜨락정원이 되었다. 그 외에도 세인트 던스탠 인 디 이스트 교회도 공원이 되었고 크리스토퍼 렌이 설계하고 호지킨이 〈세인트 폴 대성당〉에 그려 넣었으며, 바버리가 경찰을 피해 달아날 때 지나쳤던 세인트 메리즈 엘더맨베리 교회는 이제 러브 레인 모퉁이의 그늘진 공원이 되어 구릿빛 너도밤나무 두 그루 아래 주목과 회양목에 둘러싸여 있다.

이스트 엔드에 새로 생긴 수많은 공원 역시 폭격지나 전후 소위 말하는 슬럼 주택가를 철거한 땅에 지어졌다. 대부분 대공습 때 심하게 파괴된 지역으로 쇼디치 파크, 해거스톤 파크, 마일 엔드 파크, 위버스 필즈 등이 있다. 슬럼가를 철거하고 주택 부지를 만들 때 통합 정원도 같이 디자인했고 그중 몇몇은 무척 아름답게 구상되었다. 이것은 전후 안정화를 위해서 실시된 정책으로, 한동안 인클로저 추세를 역전시켜 영국의 공공복지를 가장 가난한 시민에게 돌려주기도 했다. 당시에는 주택, 교육, 복지국가라는 모토하에 국가가 공동의 정원이며 모두가 그 열매를 나누어 가질 수 있다는 이상이 잠시나마 존재했다.

아마도 이와 같은 유토피아적 건축 붐에서 가장 야심 찬 것은 바버리의 황야이자 밀턴의 무덤이 있던 세인트 자일스 폐허를 둘러싼 프로젝트였을 것이다. 바비칸 센터는 유럽 최대의 아트 센터이자 4000명 넘는 사람이 거주하는 주택단지이다. 주민과 방문자 모두 이용할 수 있는 정원을 갖춘 브루탈리즘* 건축의 걸작이며 콘크리트 발코니는 진홍색과 분홍색 제라늄으로 활기차게 꾸며져 있다. 바비칸은 공공의 사치라는 개념을 구현하며 영화관과 극장, 아트 갤러리, 도서관부터 은빛 잉어와 초어, 테라핀 거북뿐만 아니라 희귀식물과 멸종 위기 식물 1500종이 사는 열대 온실까지 다양한 볼거리가 있다. 중심에는 정형식 호수가 있어서 푸른 물에 잉어가 살고 백로가 돌아다닌다. 호수는 원래 포어 스트리트의 창고들과 레드크로스 스트리트 소방서가 있던 자리인데, 대공습 기간 중 피해가 가장 컸던 날에 폭격당해 불타버렸다.

나는 이제 주말에만 정원 일을 한다. 새벽에 서둘러 나가서 종일 낙엽을 치워 부엽토를 만들고, 노란 중백의**와 풀색 옷깃을 두른 첫 투구꽃과 스노드롭이 드러나게끔 한다. 녹색 줄기에서 도자기처럼 반짝이는 밀도 높은 흰 꽃이 너무 황홀해서 나는 매일 스노드롭을 땄다. 벌들도 스노드롭을 좋아했다. 스노드롭을 실컷 즐기는 벌을 한 마리 발견했는데, 다리에 밝은 주황색 꽃가루가 잔뜩 묻어 있었다. 나는 올해 새로 난 광대나물을 뽑고 제비꽃을 옮겨 심으면서 머릿속으로 〈당신이 누구한테 장난치고 있다고 생각해요, 히틀러 씨〉***

---

* brutalism: 1950년대에 영국에서 시작해 1970년대까지 유행한 건축 양식으로, 재료를 있는 그대로 거칠게 드러내는 것이 특징이다.
** surplice: 성직자가 성사를 집행할 때 입는 옷.
*** Who Do You Think You Are Kidding Mr Hitler: 제2차 세계대전 당시 영국 국방시민군에 대한 1960~1970년대 시트콤 〈아빠의 군대Dad's Army〉의 주제가.

를 계속 흥얼거렸다. 점점 사라지는 빛 속에서 냉이와 오래된 아까시 나뭇잎을 치우며 1월 말의 축축한 냄새를 들이마셨다.

2월에는 간헐적으로 정원 일을 했다. 나는 런던을 오가면서 틈틈이 메모했다. 회양목에 말린 피와 골분으로 만든 비료를 주고, 목련에 비료를 주고, 서고 벽 앞에 '펠리시테-페르페튀에' 장미를 심었다. 이언에게 주는 하루 늦은 밸런타인데이 선물이었다. 내가 스노드롭을 분류하고 있을 때 태풍 유니스가 와서 목련 가지를 두 개 꺾었다. 나중에 뚝 소리가 들려 창밖을 올려다보자 우리 집 뒤쪽 대정원에서 소나무가 쓰러지는 중이었다. 당시 나는 전쟁에 대해 너무많이 생각하고 있었다. 2월 24일에 러시아가 우크라이나를 침공했고, 폭격을 당한 도시와 갈 곳을 잃은 사람들이 유아차를 밀며 반려동물 케이지를 들고 폴란드 국경으로 걸어가는 모습이 뉴스에 계속나왔다. 밤사이 서펵의 제일 작은 마을에까지 우크라이나 국기가내걸렸고 바람 속에서 파란색과 노란색이 펄럭거렸다.

전쟁은 정원의 반대, 정원의 안티테제였고 인간의 본성과 노력이라는 면에서 정원과 제일 먼 극단이었다. 폭격지에 정원이 생겨날수도 있지만 폭탄이 정원을 파괴하리라는 사실은 분명하다. 침공이후 끔찍한 일주일이 지난 뒤 나는 〈알레포의 마지막 정원사〉라는 영상을 여러 번 보았다. 시리아 내전이 절정에 달했던 2016년 5월에 채널4에서 만든 영상으로, 반란군이 점령한 알레포에서 마지막으로 살아남은 꽃집을 운영하는 아부 와드의 이야기였다. 당시 시리아 정부와 러시아가 알레포에 폭격을 계속 퍼부었고, 지금 러시

아는 알레포에서 배운 것을 이용해 우크라이나 도시들을 공격하고 있다.

영화는 교전이 잠시 멈춘 사이에 만들어졌다. 첫 장면에서 아부 와드는 아담처럼 자기 식물의 이름을 말했다. 개암, 비파나무, 배나무. 그는 인터뷰하는 사람에게 드럼통 폭탄에 맞은 나무를 보여주면서 살아남을 것이라고 확신에 차서 말했다. "세상은 내 겁니다. 우리처럼 평범한 사람들이 세상의 주인이에요."[7] 그는 깡통에 붉은 모래를 채워 향기가 더없이 좋은 장미를 키워냈다. 아부 와드의 말에 따르면 어떤 이웃은 식물을 사서 지구의 그 어느 도시보다 인간이 오래 살아온 알레포의 로터리를 장식했다. 이러한 식재는 저항의 성명이자 건물이 무너지고 폭탄 구멍이 푹 팬 황야에서 이루어지는 건설 행위였다. 폭탄 구멍에 파슬리와 금어초로 보이는 것이 심어져 있었다. 그런 다음 카메라는 아부 와드의 열세 살 아들 이브라하임을 보여준다. 아들은 쾌활한 아버지와 달리 겁에 질려 몸을 웅크리고서 병원에 가는 손님을 위해 장미를 자른다.

이 장면을 촬영하고 6주 뒤 폭탄이 꽃집 근처에 떨어져서 아부 와드는 그 자리에서 즉사했다. 이브라하임을 다시 인터뷰했지만 아이는 거의 말을 못 했고 말이 닿지 않는 머나먼 어딘가에 있는 듯했다. 그런 다음 아부 와드가 봄에 자신의 정원에서 담배를 피우고, 차를 마시고, 장미 가지치기를 하는 모습이 다시 나왔다. "꽃은 세상을 도와요." 그가 말했다. "그리고 꽃보다 아름다운 건 없지요. 꽃을 보는 사람들은 신께서 만드신 세상의 아름다움을 즐기는 겁니다. 세상의

정수는 꽃이에요."⁸

어쩌면 전쟁 중에 정원이 존재하는 것만으로 충분할지도 모른다. 그것은 인생을 보내는 다른 방법이 존재하며, 비록 관대함과 상냥함, 재배는 한없이 취약하지만 역시 중요하다고 말한다. 전시戰時의 정원은 양배추와 당근을 심지 않더라도, 승리를 위한 경작 캠페인에 쓰이지 않더라도 일종의 양식을 제공한다. 그리고 때로 정원은 말 그대로 피난처가 될 수 있다. 정원 문이 열릴 수 있고, 사유지가 모든 사람이 공유하는 안식처로 변하기도 한다. 그해 봄, 우연히 봤던 이탈리아의 정원이 자꾸 생각났다. 푸릇푸릇하고 귀족적인 정원으로 계단식 테라스와 분수가 있고, 회양목 산울타리와 사이프러스 나무들이 주변을 둘러싸고 있었다. 산허리에 너무나도 푸르고 단정하게 자리를 잡은 그 정원은 대략 피렌체와 로마 중간에 자리 잡은 토스카나 지역 발 도르차의 거칠고 표백된 풍경에서 거의 이질적으로 느껴질 정도였다. 1940년대에 여기 양철 상자가 묻혔다. 상자 안에는 제2차 세계대전 당시 이 지역을 뒤흔든 전쟁과 공포를 매일, 매시간 기록한 일기가 들어 있었다. 그것은 정원이 얼마나 다양한 역할을 할 수 있는지 보여주는 증거였다.

• • •

아이리스 오리고는 1923년 10월의 어느 폭풍우 치는 날 라 포체를 처음 봤을 때, 똑똑하고 부유하지만 딱히 행복하지는 않은 스무 살의 영국계 미국인 여성이었다. 그녀는 이탈리아에서 아버지 없이 자랐고, 나이가 열 살 많은 무일푼의 이탈리아 귀족과 갓 약혼했다. 아이리스가 보기에 라 포체 저택은 아름답지 않았다(어쨌거나 그녀는 피렌체가 내려다보이는 언덕에 자리 잡은 피에솔레의 빌라 메디치에서 자랐고 소리가 울릴 정도로 넓은 저택의 벽에는 18세기에 호레이쇼 월폴의 형수가 바른 노란 중국산 비단이 그대로 남아 있었다). 땅은 거대했다. 무서울 정도로 황량하고 칙칙한 3500에이커의 땅은 너무 심하게 방치되어 버려진 땅과 다름없었다. 땅 자체도 침식과 벌채에 시달리고 있었다. 아이리스는 "창백하고 잔혹한"[9] 그곳을 보며 달의 산지를 떠올렸다. 그녀와 안토니오는 파토레fattore(토지 관리인)와 함께 사흘 동안 말을 타고 다니면서 이 야생적인 땅을 둘러보았고 심각하게 낙후된 외딴 농장 25곳을 방문했다. 도로는 거의 없고 전기도 들어오지 않았다. 대부분 묵은 땅이었다. 제일 심각한 문제는 물부족이었다.

오리고 부부 모두 농사 경험이 전혀 없었다. 두 사람이 가진 것은 에너지와 아이디어, 동기밖에 없었고, 아이리스의 경우에는 마르지 않는 샘과도 같은 자금이 있었다. 그녀는 결혼하면서 1년에 5000달러의 유산을 가져왔고 미국인 할머니에게 정기적으로 돈을 받았다. 아이리스는 1930년대 중반 먼 사촌으로부터 예상치 못한 유산까지 받았고, 따라서 그저 부유한 계층에서 엄청나게 돈이 많은 계층으로 상승했다. 오리고 부부는 유용한 사람이 되고 싶다는 강한 욕망에 따라 움직인다는 점에서 유대감을 느꼈다. 두 사람은 나태하고 관대한 계층에서 자랐지만 그렇게 살기보다는 세상을 바꾸고 싶었다. "안토니오가 할 일이 무척 많을 거야." 아이리스는 라 포체를 처음 본 다음 친구에게 열정 넘치는 편지를 보냈다. "나는 '가난한 사람들을 찾아가고', 피아노를 치고, 학교를 운영할 거고, 글도 쓰고 싶어. 나쁜 삶은 아니지."[10]

여기서 아이리스는 《미들마치》의 도러시아 같다. 온정주의적인 그녀의 몽상은 이탈리아의 기존 농촌 체계와도, 이탈리아의 새로운 정부와도 완벽하게 들어맞았다. 억수 같은 빗속에서 위협적인 검은 셔츠단*이 로마로 진군하여 파시스트가 권력을 잡은 지 거의 1년이 지났다. 사회주의자, 공산주의자, 반파시스트주의자, 기자는 구타당하고 해외로 추방됐다. 몇몇은 죽임을 당했다. 그러나 오리고 부부의 꿈은 무솔리니의 보니피카 아그라리아bonifica agraria, 즉 그가 생각하는 전통 이탈리아 농촌을 재건하는 새로운 농촌 회복 프로그램과 일치했다. 무솔리니 집권 초기에 안토니오는 라 포체에서 파시스트 고관들을 대접했고 그들처럼 검은 셔츠를 입었다. 안토니오와 아이리스 모두 오페라와 무도회, 파티에서 무솔리니를 만났고 가끔 불려가서 사적인 대화도 나누었다. 두 사람이 역겨워하면서든 아니든, 자기 편의를 위해서든 아니든 파시즘을 받아들인 것은 그들이 속한 계층에서는 흔한 일이었다(처칠은 1927년까지도 파시즘에 호의

---

* Blackshirts: 무솔리니를 따르는 파시스트 무장 부대. 정식 명칭은 국가안보의용민병대였으나 검은 셔츠를 입고 다녔기 때문에 검은 셔츠단이라고 불렸다.

적이었다). 그러나 안토니오와 아이리스는 가장 가까운 친구들이 개인적으로 크나큰 위험을 무릅쓰면서 파시즘에 반대하고 나선 뒤에도 오랫동안 생각을 바꾸지 않았다.

당시 토스카나의 농촌 체계는 미국의 분익소작分益小作과 비슷한 중세 메차드리아mezzadria(소작 제도)였는데 제1차 세계대전 후 잠시 개혁되었지만 무솔리니가 원상 복구시켰다. 아이리스는 1970년 발표한 회고록《이미지와 그림자》에서 이렇게 설명한다.

> …계약에 따라 이익을 나누는 대신 지주가 농가를 짓고, 수리하고, 가축과 종자, 비료, 농기계 등의 구입 비용 절반을 제공하고, 소작인은 가족과 함께 노동력을 제공했다. 작물을 수확하면 지주와 소작인(내가 여기에 기록하는 것은 1924년의 경우이다)이 이익을 똑같이 나눠 갖는다. 하지만 흉년에는 지주가 손실을 감수하고 소작인에게 종자와 소, 비료 부담액을 빌려주고, 소작인은 농사가 잘된 해에 빌린 돈을 갚았다.[11]

아이리스는 지주와 소작인이 양심적이기만 하면 이 제도가 균형적으로 잘 작동한다고 생각했다. "처음부터 이 체계의 나쁜 면은 나태하거나 제멋대로인 지주가 수리도 해주지 않고 필요한 물품도 갖춰주지 않아 농부들까지 망치는 것이었다."[12]

나는 그리 오래지 않은 언젠가 메차드리mezzadri(소작농)라는 단어를 본 적이 있었다. 결국 줄리아 블랙번이 이탈리아 북부 외딴 마을에서 보낸 삶을 회고하는 《가느다란 길》에서 그 부분을 찾아냈다. 이웃 사람이 줄리아에게 자기 어린 시절 이야기를 한다. 그녀는 자기 가족이 메차드리였다고 말했지만 줄리아가 알아듣지 못하자 양쪽 검지를 교차시켜 절반을 표시했다. 줄리아는 이렇게 썼다. "마을의 거의 모든 주민이 메차드리, 즉 반쪽 사람들이었다. 자기 소유는 아무것도 없다는 뜻이었다. 그들은 파드로네padrone(주인)에게 속해 있었고 자신이 생산한 것은 최후의 올리브 1킬로나 밤, 마지막 남은 달걀이나 양배추까지 절반을 그에게 주어야 했다."[13] 이웃 사람이 다섯 살 때 그녀의 아버지가 이 체계를 설명해 주면서 말했다. "우리는 아무것도 아니고 가진 게 하나도 없어."[14] 그녀는 아버지가 스스로의 말에 기분이 언짢아진 것을 보고 반박하려고 자신은 반쪽이 아니라고 말했다. 그러자 보통 때는 아주 차분하고 조용한 아버지가 버럭 화를 냈다.

　오리고 부부는 분명 좋은 지주였다. 하지만 도로와 호수, 학교, 병원과 탁아소, 현대적인 농기계, 다시 지은 농가와 훨씬 푸르고 생산적인 땅 등 그들이 도입한 수많은 혜택들이 드높이 쌓여서 그들의 시야를 가리는 것 같았다. 오리고 부부는 아무리 아랫사람들을 대우해 준다고 해도 자기들이 그들의 목숨에 대해 절대적인 힘을 가지고 있으며 따라서 아무리 그들을 도와주고 관대하게 대해도 그 사실이 고통의 원인이라는 사실을 보지 못했다. 결국 아이리스는 하인과 주인, 아일랜드계 할머니가 말했듯이 단추도 이빨도 없는 사람과 돈을 가진 사람들로 나누어진 세계 안에서 자랐다.

미국인이었던 아이리스의 아버지는 철도와 사탕무로 큰 부를 쌓은 커팅가의 일원이었다. 아이리스의 할아버지와 종조부가 미국 최초로 사탕무를 정제했다. 커팅 집안은 뉴욕 도금 시대*의 배타적인 상류계에 들어갈 만큼 부유하고 훌륭한 가문이었다. 아이리스의 할아버지는 뉴욕식물원과 뉴욕공립도서관, 메트로폴리탄미술관과 메트로폴리탄오페라 등 대부분의 뉴욕 명문 기관 창립 위원이기도 했다.

커팅 가문이 소설《순수의 시대》에 나오는 상류사회에 속했다면 (작가 이디스 워튼과 가문끼리 아는 사이였다), 어머니 가문은 영국계 아일랜드 프로테스탄트 패권파**를 솔직하게 기록한 몰리 킨의 소설에서 튀어나온 것 같았다. 어른은 사냥용 말을 타고 아이들은 조랑말을 탔고, 개들이 그 뒤를 따랐다. 아이리스의 외할아버지는 데자르 경이었다. 그녀는 어렸을 때 킬케니의 집안 영지 데자르 코트에서 여름을 보냈는데《이미지와 그림자》에서 그곳을 "우리의 지상 낙원"[15]이라고 설명한다. 신사의 장서가 갖춰진 서재, 하인 휴게실, 블루벨이 피는 삼림지, 아이들의 천막이 있었던 신비로운 관목 숲, 채마밭 담 근처 햇살을 받아 잘 익은 복숭아. 아이리스는 아직 눈을 감고도 그곳을 돌아다닐 수 있다고 생각했지만 그녀가 회고록을 쓸

* Gilded Age: 1870년대 후반부터 1890년대 후반까지 미국 북부와 서부에서 경제가 급속히 성장한 시기.
** Anglo-Irish Ascendancy: 17~20세기에 사회 정치적·경제적으로 아일랜드를 지배했던 소수의 영국계 성공회파 지배 계급.

때는 이미 사라진 지 오래였다. 무솔리니가 권력을 잡은 해에 아일랜드공화국군*이 잿더미로 만들었던 것이다. 아이리스는 외할아버지에 대해 이야기하는 장에서 그가 얼마나 좋은 사람이었는지, 얼마나 예의가 바르고 과묵했는지 거듭 강조한다. 외할아버지가 아무리 훌륭하고 친절한 사람이었다 해도 그의 낙원이 다른 사람의 땅을 점유했고 다른 사람의 노동으로 유지되었다는 사실을 이해하지 못했던 것 같다. 자선은 양쪽 집안 조부모의 전통이었고, 아마도 근원을 깊이 파 내려가 보면 변명의 여지가 없었을 부富를 더 훌륭한 것으로 만들려는 끊임없는 시도였다.

라 포체에 정원을 만들 수 있었던 것은 아이리스의 친할머니 덕분이었다. 할머니는 약 10킬로미터 떨어진 너도밤나무 숲속의 샘에서 물을 끌어 저택에 공급하는 수도관을 신혼부부에게 선물했다. 아이리스는 수돗물이 나오자마자 건축가 친구 세실 핀센트와 함께 언덕에 정원을 만들기 시작했고 자금이 허락하는 한도에서 담으로 둘러싸인 푸릇푸릇한 정원을 한 칸 한 칸 만들어갔다. 두 사람은 아주 오래전부터 알고 지냈다. 핀센트는 적어도 피렌체에 사는 영국인들 사이에서는 이탈리아 르네상스 정원에 영국의 아트 앤 크래프트를 기발하게 가미하는 우아한 해석으로 유명했다. 그는 아이리스의 어머니 시빌을 위해서 빌라 메디치에 정교한 정원을 복원했다. 빌라 메디치의 정원은 남아 있는 이탈리아 르네상스 정원 중 가장

---

* IRA: 영국의 식민지 지배에서 독립하기 위해 싸운 아일랜드 무장 저항 조직.

오래된 곳이었고, 밀턴이 피렌체에 오래 머무르던 당시에 직접 가 보았을 가능성도 없지 않다. 밀턴은 1638년을 피렌체에서 보냈는데, 아마도 이 여행에서 영감을 받아 영국 정원보다 당시 이탈리아 정원에 훨씬 가까운 원시림 같은 에덴을 그려냈을 것이다.

라 포체의 정원은 가장자리에 회양목을 심은 화단으로 잔디밭을 둘러싸면서 아주 단순하게 시작했다. 중앙에는 석조 돌고래로 장식한 분수를 놓았다. 아이리스의 아들 지아니는 그곳에서 개구리 태엽 장난감을 가지고 노는 것을 좋아했다. 1930년대 초에는 담으로 둘러싸인 정원들과 여객선의 갑판처럼 언덕을 따라 점차 낮아지는 꽃 정원, 실용적인 채마밭, 장미와 등나무가 타고 오르는 퍼걸러*, 꽃이 핀 마르멜로와 원종 장미 밑에 나팔수선화와 블루벨 같은 구근 식물을 심은 야생적인 삼림 정원까지 갖췄지만 실망스럽게도 블루벨은 진흙에서 잘 자라지 못했다. 핀센트는 산책로와 테라스, 난간을 넣어 설계하고 회양목과 트래버틴**으로 살아 있는 구조를 만들었고 아이리스는 튤립, 붓꽃, 달리아, 스위트피 그리고 무엇보다도 향기로운 빨간 장미 등 영국 종묘장에서 대량 주문한 꽃으로 장식했다. 사적인 공간이자 생각하고 걷고 친구들과 이야기를 나누는 공간이었다. 아이리스는 할머니에게 보낸 편지에 "내 꽃들의 사랑스러움에 푹 빠졌다"[16]고 썼다.

---

* pergola: 덩굴식물이 타고 올라가도록 만들어놓은 아치형 구조물.
** travertine: 온천에서 만들어지는 석회암으로, 이탈리아에서는 건축 재료로 쓰인다.

당시 아이리스가 정원만 가꾸었다고 생각하는 것은 옳지 않다. 그녀는 영지에 학교를 세웠고 가난한 사람들을 돕고 싶다는 도러시아 같은 환상을 털어놓았던 친구 콜린 매켄지와 불륜 관계를 맺었다. 그러나 안토니오가 그들의 편지를 발견하면서 두 사람의 관계는 갑작스럽게 끝났다. 아이리스는 아들과 놀면서 즐거운 시간을 보냈지만 그 외에는 본인도 그렇게 자랐듯이 유모가 아들을 돌보았고, 거의 끊임없이 유럽 이곳저곳을 돌아다니며 파티와 저녁 식사와 개막 공연에 참석해 몽롱한 시간을 보냈다. 그리스의 섬과 베네치아 그랜드 호텔에 머물고, 로마에서 리턴 스트레이치와 버너스 경 같은 작가들과 함께 차를 마시고, 프랑스 고산 계곡 모리엔에서 스키를 즐겼다. 바로 이 마지막 여행에서 지아니가 병에 걸렸고 58일 뒤 수막염으로 죽었다.

그녀가 "완전히 텅 빈 세상 같기만 하다. 그렇지 않은 척할 수가 없다"[17]라고 표현했던 이 어마어마하고 헤아릴 수도 없는 상실로 인해 중대한 시기가 새로 시작되었다. 아이리스는 1930년대에 전기를 두 권 쓰고, 또 다른 연인을 만들고, 잉글랜드로 영영 돌아갈 뻔했다. 그러다 세상에서 무슨 일이 일어나고 있는지 드디어 알아차리기 시작했다. 친구들이 스페인에서 독재자 프랑코와 맞서 싸우고 있었다. 아이리스조차도 무솔리니가 아비시니아*에서 일으킨 전쟁이 얼마나 사악한 행위인지 모르는 척할 수 없었다. 1939년 8월 말,

---

* Abyssinia: 에티오피아의 옛 이름.

그녀는 안토니오와 함께 스위스 루체른으로 가서 토스카니니가 지휘하고 유대인 피난민으로 구성된 오케스트라가 연주하는 음악회에 여러 번 참석했다. 마지막 연주는 바그너의 〈신들의 황혼〉이었다. 그날 밤 호텔에서 라디오를 통해 러시아가 독일과 불가침조약을 맺었다는 뉴스가 흘러나왔다. 외국인들이 루체른을 물밀듯 빠져나가기 시작했다. 아이리스가 안토니오와 함께 차를 타고 국경을 넘자마자 그들의 뒤에서 차단봉이 내려갔다. 다음 날 독일이 폴란드를 침공했고, 1939년 9월 3일 영국과 프랑스가 독일에 선전포고를 함으로써 전쟁이 선포되었다.

브리튼 전투*가 시작됐을 때 아이리스는 임신 8개월이었다. 그녀는 로마의 작은 병원에서 베개 밑에 숨겨둔 라디오를 통해 전투 소식에 귀를 기울였다. 또한 돔 위에 뜬 달을 바라보며 런던을 생각했고 그곳에 사는 사랑하는 사람들에게 무슨 일이 일어나고 있을지 상상했다. 아기는 8월 1일 태어났다. 그해 가을 아이리스는 이탈리아 적십자에 취직해서 전쟁 포로의 소재를 파악하는 일을 했다. 그 후 2년 동안 그녀는 평일에는 로마에서 지내고 주말 중 일을 쉴 수 있을 때는 갓 태어난 딸 베네데타와 함께 라 포체에서 보냈다. 이러한 생활 방식이 이어지다가 1943년 1월 30일, 나중에 《발 도르차의 전쟁》이라는 제목으로 출간될 일기를 쓰기 시작했다. 아이리스는 아이 방의 책들 사이에 일기장을 숨겨놓았다가 보석, 선전물과 함

---

* Battle of Britain: 1940년 런던 상공에서 벌어진 영국과 독일의 전투.

께 양철 상자에 넣어 정원에 묻었다. 이것은 매우 특별한 기록이다. 차분하고 냉정하고 가끔은 냉소적이지만 마지막 부분에서는 침략과 점령, 해방 그리고 그에 따른 가슴 아픈 모든 변화를 아주 오싹하게 설명한다.

• • •

오리고 부부가 모범적인 지주였을지 몰라도 두 사람과 그들이 도우려 애쓰던 농민들의 차이는 절대적이었다. 그러나 전쟁이 시작되자 그 경계가 사라지기 시작했다. 특히 정원은 더욱 열린 공간이 되어 아이리스와 그녀의 절친한 친구들뿐만 아니라 더 많은 사람들의 피난처 역할을 했다. 《발 도르차의 전쟁》은 라 포체에 피난민 아이들이 도착하는 것으로 시작한다. "당황한 새끼 부엉이처럼… 무척 작고 졸린 일곱 명의 아이들"[18]이다. 제노바에서 온 아이들로, 집이 폭격을 당해서 지난 두 달 동안 가족과 함께 음울한 지하 터널에 갇혀 살았다. 전부 영양실조로 비쩍 마른 상태였다. 정신적 충격을 받은 아이도 분명 여럿 있었다. 1월 10일, 토리노에서 여자아이 여섯 명이 더 왔다. 결국 라 포체에 피난민 아이들이 23명 모여 유치원에서 지내면서 장미 정원에서 놀고 분수에서 물놀이를 했다.

봄 내내 연합군이 이탈리아 여러 도시를 폭격했다. 오리고 부부는 1930년대에 라 포체에서 약 1.5킬로미터 떨어진 카스텔루치오 성을 샀는데 5월 3일 이탈리아가 대부분 요크셔 출신인 영국인 포로 50명을 수용하기 위해 이 성을 징발했다. 아이리스는 신중한 태도를 유지해야 더 많은 도움을 줄 수 있음을 알았기에 포로에게 접근하지 않았다. 그녀는 다시 아이를 가졌지만 점점 더 많아지는 일상적인 임무와 뉴스에 몰두했기 때문에 일기장에서는 임신에 대해 거의 언급하지 않는다. 1943년 6월 9일에 역시 로마에서, 이번에는 공습이 잠시 멈춘 사이에 둘째 딸이 태어났다. 아이리스는 병원 침대에서 폭격 소리에 귀를 기울이는 것이 너무 불안했고 다리를 절단한 젊은 비행사의 비명을 들으며 출산했다고 적었다.

로마는 식량이 부족했지만 꽃을 파는 가판대에는 장미와 붓꽃, 마돈나 릴리가 한가득이었다. 정치범들이 체포되었고 이번에는 아이리스도 그들에 대해서 일기장에 기록했다. 7월 10일에 연합군이 시칠리아에 상륙했고, 다음 날 아이리스 가족은 정원에서 둘째 딸 도나타의 세례식 축하 파티를 열었다. 로마가 폭격을 당했다. 7월 25일에 라디오에서 무솔리니가 사임했다는 보도가 나왔지만 그들은 하루 지나서야 소식을 들었다. 아이리스는 이렇게 썼다. "큰 짐을 덜었다. 문이 열렸지만 이제 어디로 이어질까?"[19] 8월 4일에 독일 장교들이 처음으로 라 포체에 나타나 "정원 소로를 짓밟았다".[20] 아이리스가 정원에서 아이들과 술래잡기를 하고 있을 때 더 많은 독일군이 나타났다. 아이리스의 생일이었고, 독일군은 정식 건배를 제안했다.

8월 17일, 발 도르차에 첫 폭격이 있었고 9월 3일에는 연합군이 본토에 상륙했다. 연합군과 이탈리아의 휴전은 아름답고 고요한

9월 8일 아침에 이루어졌고 다음 날 연합군이 살레르노에 상륙했다. 아이리스는 연합군이 로마 근처에 상륙하기를 바랐었지만 그럴 경우 독일 전선이 북쪽으로 올라가면서 자신들의 상황이 매우 악화될 수 있음을 깨달았다. 그녀는 카스텔루치오까지 걸어가 영국인 전쟁 포로들에게 이제 사실상 자유의 몸이라는 소식을 전하며 즉시 도망치라고 했다. 9월 10일이 되자 약 15킬로미터 떨어진 키우시가 독일군에 점령당했다. 전화선이 끊겼다. 우편도, 버스도, 신문도 없었고 그들을 세상과 연결해 주는 것은 라디오뿐이었다. 아이리스와 안토니오는 휘발유와 밀, 감자, 치즈, 와인을 땅에 묻었고 자동차 타이어도 떼어내 숨겼다. 독일군이 로마를 점령했다는 소식이 들려왔다. 탈출에 성공할 확률이 시시각각 줄어들고 있었기 때문에 오리고 부부는 독일군이 들이닥치기 전에 영국 포로들을 피신시키는 것이 좋겠다고 판단하고 영지 중에서도 특히 외딴 농장에 나누어 숨겼다.

저택 주변 숲에는 이탈리아 탈영병들이 우글거렸고 탈출한 연합군 포로는 더욱 많았다. 아이리스는 그들에게 정원 문을 활짝 열어주고 누구든 식량을 요청하거나 길을 물으면 도움을 주었다. 이처럼 오리고 부부는 거의 모두 파시스트를 지지했던 이탈리아 지주들과 무척 다르게 행동했다. 로마 북쪽 이탈리아 전역은 이제 독일 계엄령의 영향권이었다. 9월 12일 BBC에서 세인트 폴 대성당의 종소리가 들렸고, 아이리스는 아이러니하게도 이것이 연합군이 이탈리아에서 거둔 '승리'를 기념하는 종소리였다고 썼다. 9월 16일에는 24시간 뒤부터 영국인 전쟁 포로에게 음식이나 피난처를 제공하는 사람은 독일 계엄령에 따라 처벌한다는 공지가 발표되었다. 9월 21일에는 보상이 추가되었다. 영국인 전쟁 포로 한 명을 생포하거나 포로의 소재에 대한 정보를 제공하면 1800리라를 준다는 내용이었다. 9월 26일에 피렌체, 피사, 베로나, 볼로냐가 연합군의 폭격을 받았고 신규 명령에 따라 적군을 숨겨주거나 돕는 자에게는 사형이 선고되었다. 그러는 내내 독일의 강제노동 수용소로 끌려가는 겁에 질린 이탈리아 소년들이 기차를 가득 채우고 있다는 보고가 이어졌다.

숨어 지내는 영국인 전쟁 포로들은 점차 심각한 문제가 되었다. 동네에 그들의 존재를 아는 사람들이 많았고, 9월 28일에는 독일인 장교 두 명이 찾아와서 안토니오에게 포로를 신고하라고 경고했다. 신고하면 포로는 어떻게 되느냐고 묻자 아마 독일의 수용소로 보내질 것이라는 대답이 돌아왔다. 그날 밤 안토니오와 아이리스는 침실에서 어떻게 해야 할지 의논했다. 독일인 장교들이 아직 그들의 집에 있었다. 오리고 부부는 새벽에 서둘러 나가서 포로 대장 나이트 중사에게 상황을 알리며 조심시켰고, 나이트는 오리고 가족을 연루시키지 않고 탈출할 계획을 세웠다. 아이리스는 그에게 마지막 남은 초콜릿과 지도를 주었다.

10월 4일 오리고 부부는 상자 32개에 리넨과 담요, 은식기를 넣고 라벨을 붙인 다음 벽 속에 봉인했다. 몬테풀치아노에서 반파시스트주의자들이 잡혀가고 있었다. 11월 3일 로마의 게토에서 유대인들이 강제로 이송됐다. 다락이나 지하실에 숨어 있는 사람들은 세폴티 비비sepolti vivi, 즉 생매장당한 사람들이라 불렸다. 11월 8일 첫눈이 왔다. 이제 모든 일이 힘들어질 것이다. 아이리스는 아이들과 놀아주고, 낡은 침대보와 커튼 안감으로 옷과 기저귀를 만들고 양탄자로 슬리퍼를 만드는 등 수도 없이 많은 일을 했다.

아이리스가 어린 시절을 보냈으며 메리 공주가 신혼여행 때 빌려 쓸 정도로 사랑스러웠던 빌라 메디치가 징발당했다. 그녀는 그 정도 일로 마음 아파할 처지가 아니었지만 그래도 제일 귀한 가구를 철거하고 거실을 노란 벽지로 봉해도 좋다는 허가를 받았다. "지금까지 익숙했지만 이제 독일군으로 가득한 방을 하나하나 돌아다니면서 이것이 무언가의 끝이라는 강한 예감이 들었다. 이 집이, 이러한 생활 방식 자체가 끝났다. 이제 두 번 다시 예전과 같지 않을 것이다."[21] 피렌체에서는 사람들이 굶주렸고 어디를 가든 유대인과 반파시스트주의자가 추방당한다는 소식이 들렸다. 집으로 돌아오니 영지의 젊은 남자들이 독일군의 징집을 피해 달아나는 중이었다. 아이리스는 정원사의 아들 아디노가 아버지에게 작별 인사를 하려고 몰래 돌아왔다가 낮 동안 정원에 숨어 있었음을 알아차렸다. 그녀가 정원사 지지에게 "무척 어리석은 행동"[22]이었다고 책망하자 그는 주저앉아 울음을 터뜨렸다. 독일 당국은 징집을 거부한 신병의 아버지들을 체포하기 시작했다.

11월 27일에 아이리스는 그날의 도망자 목록을 작성하기로 마음먹고, 정원 문 앞으로 계속 찾아오는 사람들을 기록했다. 이탈리아 군인, 영국인 포로, 절박하고 궁핍한 피난민. 그중 한 명은 악성빈혈이 너무 심해 시에나의 병원으로 보냈다. 그들은 장화나 지도, 붕대, 따뜻한 옷, 신발, 가끔은 독일군이 떠나고 집으로 돌아갈 때까지 할 일을 달라고 간청했다. 강제수용소에서 도망친 군인 두 명, 오리고 부부가 외딴 수도원에 숨을 곳을 마련해 준 유대인 가족 하나. 피렌체에서는 고문받는 사람들도 있었다. 아이리스는 매일 힘든 계산을 해야 했다. 얼마나 많은 사람을 도와야 하는지, 위험을 얼마나 무릅쓸 것인지, 도우려는 행위로 인해 누가 위험에 빠지는지. 그녀는 이렇게 썼다. "삶이 중세 방식으로 돌아가고 있다. 바깥세상과 점점 더 단절되면서 우리는 식량을 생산하고, 실을 잣고, 양모를 직접 짜는 방법뿐만 아니라 아이들을 가르치고, 환자를 돌보고, 지나가는 사람에게 피난처를 제공하는 법을 배워야 한다."[23] 그해 말이 되자 라 포체 주변 밤나무 숲에서 1000명쯤 되는 사람이 오리고 가족과 메차드리 농부들에게 의지하며 살게 되었다.

1944년 1월에는 독일 낙하산병 1000명이 키안치아노에 도착해 기름과 와인, 양을 징발했다. 독일군은 라 포체와 카스텔루치오 성에 병사 100명을 수용할 계획을 세웠다. 오리고 가족은 가구와 매트리스를 황소가 모는 짐차에 실어 가장 먼 농장으로 보냈다. 알고 보니 오리고 부부는 게릴라에게 자금을 제공하고 농부들에게 입대를 권한다는 의심을 받아 나치에게 사찰당하고 있었다. 연합군은 로마에서 약 50킬로미터 떨어져 있었다. 오리고 부부는 아이 방에 라디오를 숨겨놓고 이제는 금지된 BBC 방송을 들었다. 게릴라들, 즉 바버리가 어울렸던 남프랑스의 마키와 비슷한 이탈리아 저항군이 숲에서 지내면서 외딴 농장이나 몬테 아미아타 산의 비밀 캠프에서 야영했다.

그해 겨울의 한 장면은 당시 아이리스의 삶의 양극단을 잘 보여준다. "아침 식사 쟁반에서 보모의 쪽지를 발견했다. '어젯밤에 파시스트 한 명을 죽이고 어깨에 총상을 입은 남자가 왔어요. 어떻게 해야 할까요?'"[24] 그녀는 사람들의 목숨을 구하고 있었지만 여전히 하인이 쟁반에 아침 식사를 담아서 가져다주는 마르케사marchesa(후작부인)였던 것이다. 어느 게릴라 소년이 인플루엔자로 죽어서 사람들이 그녀의 아들 지아니가 묻힌 작은 성당에서 미사를 드릴 때 아이리스는 게릴라들이 소설 속의 산적처럼 언덕 위에 서 있는 것을 눈치챘다. 날이 저문 뒤 게릴라들이 내려와 소년의 무덤에 꽃을 놓았다. 아이리스는 게릴라를 지원했지만 게릴라는 종종 독일군을 무모하게 공격하고 약탈해서 그녀를 화나게 만들었다. 그러면 농부와 마을 사람들이 보복을 당할 수밖에 없었기 때문이다.

4월 12일에 아이리스는 정원 덱체어에서 빈둥거리는 낯선 영국인 포로 두 명을 발견했다. 손님들은 보통 겁에 질리기 마련인데 그들은 자신만만했고, 여기까지 오는 길에 오리고가로 피신하라고 말하는 사람이 많았다며 아이리스에게 조심하라고 경고했다. 그달에 독일군은 병사 300명과 장교 여덟 명, 말 800마리가 지낼 곳이 필요해서 카스텔루치오와 라 포체를 징발하려고 했다. 게릴라들이 꾸준히 숲으로 들어왔다. 파시스트 신문은 아이리스를 비난했다. 독일

비행기가 뿌리는 전단지에는 반역자를 도우면 어떻게 되는지 적혀 있었다.

6월 3일에는 새벽부터 황혼까지 도로에서 폭격 소리와 기관총 소리가 끊임없이 들려왔다. 6월 5일에 연합군이 로마에 입성했고, 독일군은 카스텔루치오와 학교를 접거했다. 피난민 아이들이 저택으로 이동했다. 차고와 안뜰에 독일 적십자 트럭이 가득 들어왔고 지친 운전사들이 커피와 음식을 요구했다. 6월 9일은 도나타의 첫 번째 생일이었다. 아이들을 위해 정원에서 파티를 열었고, 머리 위로 비행기가 날아다니는 가운데 이인삼각 달리기를 했다. 다음 날 밤 아이리스는 정원으로 나가 양철 트렁크에 서류를 넣고 땅에 묻었다.

전선이 가까워지면서 이상한 장면들이 연출된다. 그들이 정원에서 연극 〈잠자는 숲속의 미녀〉 리허설을 하고 있을 때 무장 군인이 쳐들어와서 아이들에게 독일 민요 〈오 탄넨바움〉을 부르라고 명령한다. 오리고 부부는 게릴라에 합류해 달라고 요청받고, 게릴라들은 안토니오에게 해방 후 이 지역의 시장이 되어달라고 부탁한다. 안뜰은 아직도 독일군이 가득하고, 그들이 세탁실에서 알몸으로 씻는 동안 게릴라들은 지하 창고에 몰래 들어가 와인을 가져간다. 자정에 아이리스와 안토니오는 정원을 산책한다. "이상한 광경이다. 모든 아치 뒤에, 나무나 덤불 아래 숨겨둔 자동차들에 잠든 병사들이 가득하고 사이프러스 묘목을 아무렇게나 잘라서 위장해 놓았다…. 우리는 묘하게 동떨어진 느낌으로 그 사이를 걸어 다니면서 이곳과 아무 상관 없는 과거의 유령이 된 기분을 느낀다.”[25]

　이제 그들은 〈백설공주〉를 리허설하는 중이다. 전선이 어딘지 물을 필요도 없다. 그들이 바로 전선이니까. 독일 낙하산병 대대가 와서 자물쇠를 따고 매트리스와 아이리스의 선글라스 등을 훔친다. 농장에 사는 세 소녀가 강간당한다. 군인들이 아이리스에게 새로운 무기로 잉글랜드를 폭격 중이고 런던은 이미 파괴되었다고 말한다. 아이리스는 연합군이 도착하고 폭격이 시작되면 피난민 아이들을 어디에 숨겨야 제일 안전할까 끊임없이 생각한다. 숲속의 참호에? 지하 창고에? 소 한 마리가 남아 있어서 그동안 아기들에게 우유를 먹일 수 있었지만 이제 달아나 버렸다. 세실 핀센트가 지은 흙벽 뒤에 기관총이 있고, 도로에는 지뢰가 매설되어 있다. 정원에서 포탄이 터진다.

　아이리스는 부엌에서 아이들에게 줄 우유를 끓이며 일기를 쓴다. 포탄이 떨어지는 숲에서 밤을 보낸 외진 농가 사람들 60명을 포함해 모두가 지하 창고에 숨어 있다. 폭격이 잠시 멈추고 독일군이 그들에게 떠나라고 명령한다. 겁에 질린 사람들이 기저귀를 가득 실은 유아차와 식량이 든 바구니를 챙겨서 즉시 떠난다. 아이리스의 여행 가방에는 그녀와 안토니오의 속옷, 신발, 비누, 오데코롱, 파우더, 시계, 지아니의 사진이 들어 있다. 그들은 지뢰가 매설된 도로에서 달린다기보다 비틀비틀 걷는다. 날씨가 무척 덥고 덮지도 않은 시체들이 널부러져 있다. 비행기가 돌아오자 그들이 밭에 엎드린다. 무리가 나뉜다. 몇몇은 키안치아노를 향하고 오리고 가족과

60명은 몬테풀치아노를 향해 계속 걸어간다. 아이들 28명이 겨울 외투를 들고 걸어가고 아기도 넷 있다. 네 시간 동안 걸은 끝에 마을 성벽 밑에서 휴식을 취한다. 갑자기 사람들이 달려와 그들을 맞이한다, 그들이 도와주었던 게릴라와 피난민의 익숙한 얼굴들도 보인다.

연합군이 몬테풀치아노에 도착할 때까지 일주일이 걸린다. 독일군이 게릴라 대원 한 명을 총살한 다음 가로등에 며칠이나 매달아 놓아서 다들 구역질을 한다. 라 포체 정원이 폭격당했다는 소식이 들려온다. 그런 다음 연합군이 도착하고, 아이리스는 어느새 "꿈같은 파티"[26]에서 영국 장교들과 와인을 마시며 비스킷을 먹고 있다. 알고 보니 이들과 공통된 친구들이 있다. 다음 날, 아이리스가 데자르 코트 블루벨 꽃밭에서 같이 놀았던 사촌 울리크가 등장한다.

7월 1일, 아이리스는 장교 차량을 타고 마침내 라 포체로 돌아왔다. 정원은 충격적이었다. 온통 포탄 구멍과 참호투성이였고 부서진 물건 파편이 흩어져서 너저분했으며 매트리스가 갈가리 찢기고, 아이리스의 개인적인 편지와 사진도 흩어져 있었다. 레몬나무는 화분에서 뽑혀 시들었다. 꽃을 사랑하고 아들을 위해 위험을 감수했던 정원사 지지는 포탄을 맞은 주검으로 도랑에서 발견되었다. 실내에 들어가니 썩은 고기와 인간의 분뇨로 악취가 났다. 화장실은 전부 막혔고 도처에 깨진 유리 조각과 부서진 가구가 흩어져 있었으며 그녀의 책이 찢겨 사방에 놓여 있었다. 농가는 15채가 파괴되었다. 앞으로 할 일이 헤아릴 수 없을 만큼 많았지만 그래도 이제 전쟁이 문 앞에서 물러갔다. 그해 여름, 아이리스는 편지에 이렇게 적었다. "다시 **앞날**을 기대할 수 있다는 것이, 좁아지는 것이 아니라 넓어지는 지평선을 보는 것이 얼마나 이상한지…. 정원은 대부분 콩과 콜리플라워지만 담에 아직 재스민이 있고 곡식 사이에 아직 개똥벌레가 남아 있었어."²⁷

• • •

아버지는 둘째 주를 동생 집에서 보내고 자기 집으로 돌아갔다. 우리는 간병인과 청소부를 구하려고 했지만 아버지는 도움을 전부 거절했다. 아버지가 베스 샤토 종묘장에서 멀지 않은 곳에 살았기 때문에 나는 월말에 아버지를 만나 점심 식사를 했다. 시공이 끝나려면 멀었지만 식재를 슬슬 시작해야 했다. 지난가을 나는 옐로 북이라고도 하는 내셔널 가든 스킴NGS을 위해 6월에 정원을 개방하겠다고 말했다. NGS는 자선 단체를 위한 기금을 모으고자 전국의 개인 정원 3000곳을 개방하는 행사를 조직하는데, 대부분 간호와 돌봄 관련 단체들이고 퇴역 군인이 정원사로 재교육받도록 지원하는 단체도 하나 있다.

우리 정원이 부활했다. 마크가 살던 시절에는 이 집 정원이 늘 옐로 북에 올라갔으므로 나는 그를 자랑스럽게 해주고 싶었다. 찾아야 할 식물이 많았기 때문에 아버지와 같이 소시지롤을 하나씩 먹은 다음 종묘장으로 갔다. 첫 번째 과제는 '벤튼 올리브'를 찾는 것이었다. 그런 다음 나는 손수레에 응달을 좋아하는 식물을 잔뜩 실었다. 녹빛의 디기탈리스와 대상화, 아네모네 네모로사와 풀사틸라 불가리스, 이리스 팔리다와 선갈퀴. 나는 다이어리에 흥미로운 컴프리 두어 포기라고 덧붙였는데, 이것이 나중에 얼마나 파괴적인 결과를 가져올지 그때는 몰랐다. 그리고 신기한 연노랑색 컵 모양 꽃 덕분에 좋아하게 된 텔리마 그란디플로라와 옅은 라일락색 꽃고비도 담았다. 아버지가 지난 몇 주 동안 보살펴줘서 고맙다며 멜리안투스를 한 포기 사주었고, 우리는 마지막으로 차를 마시고 팬케이크를 먹은 다음 최근에 암울하게 꼬인 소송에 대해서 의논했다.

다음 날 나는 일기장에 적어둔 대로 식재를 시작했다. 아침 9시부터 오후 4시까지 몇 시간이 걸렸다. 가을에 뿌린 가축분 비료와 판지가 마법을 부려 흙이 윤택하고 묵직해져서 작년의 가느다란 갈색 설탕 같은 흙과 전혀 달랐다. 나는 짙은 빨간색 마르타곤 릴리도 여기저기 심었다. 다음 날 인부들은 비계를 해체하고 수리가 끝난 아치에 마지막 벽돌을 한 줄 쌓아 작업을 마쳤다. 나는 그 부분을 클레마티스와 보라색 마크로페탈라, 종 모양의 섬세한 꽃을 피우는 노란색 탕구티카로 가릴 생각이었다. 정원은 이미 새들의 노래로 가득했다. 그날 오후 차를 몰고 헤일즈워스로 가니 들판이 연녹색으로 반짝였고 나무와 공기는 따뜻하고 흐릿한 파란색이었다. 우크라이나에서 들려오는 소식과 괴상한 대조를 이루며 봄이 오고 있었다.

신문에 아이리스의 일기장에 나오는 이야기와 똑같은 사진들이 가득했다. 폭격당한 도시들, 때로는 아이를 업거나 배낭에 넣은 개를 업고 옷과 빵이 쌓인 유아차를 밀며 국경을 넘는 지친 사람들. 아이리스는 급하게 라 포체를 비우느라 개집에 있던 개들을 깜빡 잊고 데려가지 않았다. 몬테풀치아노로 가다가 들판에서 휴식을 취할 때 그 생각이 떠올라 견딜 수가 없었다. 그들이 집으로 돌아와 보니 포인터종 사냥개 알바가 분수에서 죽어 있었다. 그런데 악취 나는 집으로 들어가자 소파 아래 검은 그림자가 보이더니 잠시 후 그녀의 푸들 감볼리노가 기어 나오는 것이 아닌가. 겁을 먹고 비쩍 말랐고 귀가 안 들렸지만 살아 있었다.

《발 도르차의 전쟁》이야기는 순수한 영웅담이지만 슬픈 결말이 있다. 책은 아이리스가 전쟁 포로와 게릴라를 돕기 위해 너무나 많은 위험을 감수한 소작농 메차드리의 "인내와 고난, 근면함과 뛰어난 임기응변"[28]에 헌사를 바치며 끝난다. "묵묵하고 부지런한 그들은… 갓 만든 무덤과 잔해가 된 집을 뒤로하고 익숙하고 고된 일상의 노동으로 돌아간다. 땅에 다시 생명을 줄 사람은 바로 그들이다."[29] 그녀는 전쟁의 공포 속에서 옛 계급 장벽이 드디어 무너지고 새로운 '지역' 연대가 생겼다고 생각했다. 그러나 20년 뒤 아이리스가 《이미지와 그림자》를 쓸 때에는 이 관계가 악화되었다. 아이리스는 소작농의 금욕과 영원한 고통에 대해 찬사를 보냈지만 소작농은 그것이 절대 영원하다고 생각하지 않았다. 그들은 디거스와 마찬가지로 변화를 원했으며 특히 메차드리아 체제의 변화를 바랐다. 전쟁이 끝나자마자 라 포체의 거의 모든 농부는 아이리스가 "명령에 따르면 금방 자신들이 일구는 땅을 갖게 되리라 약속하는 새로운 독트린"[30]이라고 비꼬는 것에 찬성했다.

오래전 굿윈 밤비가 파리에서 잉글랜드로 가져왔던 뜨거운 단어가 발 도르차까지 전해졌다. 농부들은 밀 수확에서 자신들의 몫을 50퍼센트에서 53퍼센트로, 또 57퍼센트로 인상하기 위해 싸웠다. 지주들은 인상을 거부하면서 그렇게 하면 영지를 개선할 만큼 이익이 남지 않는다고 주장했다. 많은 영지가 한 번도 개선된 적이 없다는 사실은 염두에 두지 않았다. 파업이 시작되었고 쫓겨난 소작인들은 자기 가족이 몇 세기 동안이나 살던 집을 떠나지 않겠다고 저항했다. 아이리스는 근본적으로 보면 소통의 문제가 아닐까, 계급 장벽 때문에 사람들이 서로 솔직하게 터놓고 이야기하지 못하는 것이 아닐까 생각했다. 그녀는 항상 사람을 개인으로 보는 쪽을 선호했는데, 이것은 아이리스의 매력이기도 하지만 한편으론 그녀의 작품을 읽기 괴로운 이유이기도 하다. 아이리스는 아무리 친절하거나 의도가 선해도 수많은 사람의 생계가 달린 땅을 한 사람이 소유하는 것이 체제상으로나 심지어는 근본적으로 잘못되었을지도 모른다는 생각을 이해하지 못했다.

처음에는 전후 이탈리아 정부가 넓은 영지를 분할하여 그곳을 일구는 농부들이 농지를 구매할 수 있도록 하는 토지 반환 정책을 실시할 것처럼 보였다. 그것은 라 테라 아이 콘타디니*라는 말로 간단

---

* La terra ai contadini: 이탈리아어로 '농민에게 땅을'이라는 뜻.

하게 표현한 꿈이었다. 하지만 실제로는 유럽 전역에서 일어난 일이 이탈리아에서도 똑같이 일어났다. 사람들은 농지를 떠나 도시로 이주했고, 농업은 새로운 인구 격감기에 접어들었다. 라 포체의 다음 이야기는 30년이 지난 후에야 아이리스의 딸 베네데타가 정원과 그 역사에 대한 호화로운 삽화 책을 펴내면서 전해졌다. 그녀는 오리고 자매가 땅의 3분의 1을 팔면서 메차드리가 그토록 분개했던 "험악한"[31] 시기가 끝났다고 설명했다. 국가가 땅을 사들여 협동조합으로 운영했다. 처음에는 기존 메차드리가 운영했지만 그들이 "슬프게도… 관리 부실과 경험 부족으로 파산"[32]하자 사르디니아 목동들로 구성된 협동조합이 운영을 맡았다. 발 도르차 지방자치체 다섯 곳이 국립공원을 조성했고, 이번에는 농업이 아니라 관광을 통해 새로운 번영이 찾아왔다. 농부들이 목숨 걸고 게릴라와 포로를 숨겨주었던 많은 농가가 고급 빌라로 바뀌었고, 라 포체는 결혼식이나 세례식, 사진 촬영을 위해 임대할 수 있게 되었다.

나는 아버지가 집으로 돌아가고 얼마 지나지 않은 어느 날 밤, 녹색 소파에 앉아 있다가 텔레비전에서 보았다. 길쭉한 황토색 저택, 방패의 마름모꼴처럼 줄지어 늘어선 푸릇푸릇한 회양목 산울타리. 틀림없는 라 포체였다. 초부유층에 대한 드라마에서 라 포체의 정원에 파티가 준비되어 있었고, 다음 날 가족 중 하나가 결혼식을 올렸다. 사람들이 경계 화단 사이에서 샴페인잔을 든 채 돌아다니고 테라스에 올라가며 서로의 귀에 악독한 말을 퍼부었다. 헬리콥터와 전용기를 타고 온 사람들, 무한한 돈을 가진 사람들. 입이 헤벌어졌다. 극 중 막내아들은 독일군이 총기를 설치했던 흉벽 너머로 술을 던졌다. 전쟁은 이겼지만 아부 와드가 했던 말과는 달랐다. 세상의 주인인 평범한 사람들은 언제쯤 열쇠를 손에 넣을까?

8

모두의 정원이라는 꿈

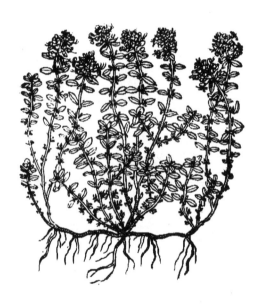

튤립이 피어 보라색 달구지국화와 연파랑색 물망초 무더기 위에서 둥둥 떠다닌다. 목련은 성장盛裝을 했다. 5월이 되자 8시 31분이면 빛이 빠져나가고 무화과나무 밑에서 탁한 파란색 붓꽃이 핀다. 내 일기장에 거듭된 기록에 따르면 나는 매일 저녁 정원을 쉽게 떠나지 못했다. 이언의 정원은 드문드문 진행 중이었다. 연못을 만들 자리에 깔끔하게 벽돌을 댄 구멍만 몇 달째 자리를 지키고 있었다. 그러던 어느 날 두 남자가 와서 그곳을 유리섬유로 덮었고, 그것이 굳어야 물을 넣을 수 있었다. 며칠 뒤 내가 런던에서 돌아와 보니 연못 주변에 둥글게 밑돌이 깔려 있었다. 포장 전 단계였다. 나는 멍청하게도 높이를 미처 확인하지 못했다. 살짝 움푹 들어간 정원을 상상했지만 다음 날 아침 인부들이 널빤지를 깔기 시작하자 경계 화단보다 약 7센티미터 높은 무대처럼 되어 있었다. 아, 하지만 너무 늦었다. 그렇게 열심히 계획을 세웠는데.

물론 결국에는 괜찮았다. 돌이 아름다워 보였다. 리스와 두 명의 제이미가 뜨거운 햇볕 속에서 에로스를 제자리로 옮겼다. 나는 몇 달 동안 비계와 굴착기에 눌려 있던 화단에서 저녁 내내 모르타르와 돌, 깡통, 못, 끈을 몇 양동이나 파냈다. 우리는 6월 11일에 NGS를 위해 정원을 개방하기로 했다. 고작 한 달 남았는데 정원의 이쪽 부분은 아직 식재가 반밖에 안 끝났다. 나는 근처 종묘장을 계속 왔다 갔다 하면서 여러 종류의 니코티아나와 붓꽃 그리고 저항할 수 없었던 흰 코스모스를 몇 트레이 가져왔다. '벤튼 올리브'와 아버지가 사준 멜리안투스를 심고 다른 화단에서 제비꽃, 헬레보어, 노란 웨일스 양귀비 한 무더기를 옮겨 심었다. 아직 끝내지도 않았지만 그 안에 들어가면, 특히 혼자일 때면 정말 마법 같았다. 너무나 조용하고 사방이 닫혀 있고, 새들이 끊임없이 찾아오고, 등나무 향기가 떠다녔다. 해가 질 때 마지막으로 보러 다시 갔더니 이언의 서고 문 앞에서 두꺼비가 흐릿한 빛을 받아 눈을 깜빡거리며 목을 울리고 있었다.

5월 13일 전기공이 서고 조명을 연결하러 왔을 때 연못에 물을 채울 수 있도록 펌프의 플러그를 연결해 달라고 부탁했다. 몇 시간 뒤 제이미가 기념으로 수돗물을 틀어보라며 나를 데리러 왔다. 연못에 물이 넘칠 듯 차오르자 공간이 내가 생각지도 못하게 변했고, 새로운 요소가 신비로운 중력을 발휘했다. 다음 날 아침, 나는 아주 일찍 일어나서 혼자 정원을 어슬렁거렸다. 장미의 붉은색과 흰색 잎 다섯 개를 짜맞춘 튜더 로즈 문양과 무척 비슷해 보이는 흰 꽃이 활짝 피어 모과나무를 뒤덮었다. 나는 관목 몇 그루를 가볍게 자르면서 모든 것에 뚜렷한 형태를 주려고 했다. 같은 날 우리는 연못 식물을 심었다. 존 클레어가 호스 블롭이라고 불렀던 동의나물, 노란 꽃창포와 물여뀌. 수련을 화분 헛간에서 발견한 우유통에 넣어 연못에 담글 때 팔에 물이 닿는 시원한 느낌이 좋았다. 그리고 여름이든 겨울이든 향기로움을 즐기기 위해 사르코코카 콘푸사 앞에 이리스 팔리다를 심었다. 경계 화단에서 채광벌이 구멍을 팠고, 그 후 온실에서 펠라르고늄에 물을 주다가 쏜살같이 질주하는 쥐를 보기도 했다.

모든 것이 자신을 앞서서 3월은 5월 같았고 이제 5월이 되니 한여름 같았다. 장미, 델피늄, 루피너스, 작약이 다 피었고 붓꽃은 거의 끝났다. 비가 온 뒤 장미 경계 화단은 화려한 살구색, 분홍색, 와인색 등 짙은 빨간색으로 가득했다. 6월이 되면 무엇이 남아 있을지 아무도 모른다. 내가 할 수 있는 것은 아무것도 없다, 저 수수께끼 같은 시계를 절대 늦출 수 없었다. 나는 서고 계단 옆에 폭스테일 로즈메리를 심었는데, 우스터 칼리지의 내 친구 사이먼에게서 훔친 아이디어였다. 우스터 칼리지에는 계단에서 안뜰로 폭스테일 로즈메리가 늘어져 형광 파란색의 깃털 같은 꽃을 비죽 내밀었다. 내 일기장은 점점 더 혼란스러워지는 할 일 목록으로 가득했다. 작업을 하나 마칠 때마다 새로운 일이 두 개는 생기는 것 같았고 정신없이 식물을 심고 정리하는 일은 끝이 없었다. 내가 2년 동안 해온 작업이 끝나가고 있었다. 내가 만든 정원이 마크의 취향보다는 좀 더 야생적일지도 모르지만 나는 마크의 정원에서 어느 하나도 소홀히 하거나 대충 생각하고 싶지 않았다. 나는 스스로에게 엄하게 썼다. 화분으로 시선을 분산시키고, 시든 장미는 잘라내고, 최선을 바라자.

NGS 정원의 중심은 홍차다. 우리는 옛 마구간과 이어진 뜰에서 차를 대접할 계획이었지만 아직 인부들이 일하는 중이었다. 결국 정원 개방 일주일 전에야 인부들이 짐을 싸서 나갔다. 나는 뜰을 깨끗하게 쓸었고 호스와 손수레, 커다란 장미 화분을 이언의 짐수레에 실어 쿵쿵거리며 계단 위로 올리면서 뜻밖의 즐거운 오후를 보냈다. 이언이 테이블 옮기는 것을 도왔고, 나는 에오니움과 펠라르고늄 화분을 드디어 온실에서 해방시켜 꺼내왔다. 하루가 끝날 때쯤 나에게는 몇 년은 아니더라도 몇 주 동안 꿈꾸었던 제대로 된 뜰이 생겼다. 나는 퇴비통을 다시 쓸 수 있게 된 것이 너무 신나서 그 안으로 뛰어들 뻔했다.

앞으로 사흘, 앞으로 이틀. 우리가 도끼로 뾰족하게 만든 말뚝에 표지판을 달아야 했다. 이언은 케이크 15개와 컵케이크 48개를 만들었고 장식을 전부 자기가 하겠다고 고집을 부렸다. 우리는 마을 회관에서 테이블 두 개와 커다란 상자 가득 든 도자기, 찻주전자 두 개를 빌렸고 은행에서 잔돈을 한 자루 바꿔왔다. 나는 잔디를 깎고, 눈에 보이는 시든 것을 전부 자르고, 그 대가로 벌에 쏘였다. 첫 양귀비가 피었다. 짙은 진홍색에 꽃잎이 둘쑥날쑥해서 핑킹가위로 자른 것 같았다. 그날 저녁, 나는 여름 첫 박쥐를 보았다. 인부들이 마침내 마지막 보수 작업을 끝냈다. 그들이 마지막으로 한 일은 뜰의 문 위에 편자 두 개를 못으로 박는 것이었다. 서고 정원에 흰 네덜란드 붓꽃이 잔뜩 피었고 내가 심은 적도 없고 샀다는 기록도 없는 흰색 마르타곤 릴리도 같이 피었다. 어쩌면 마크의 유령이 불쑥 찾아온 것일지도 몰랐다.

이제 나는 날씨가 따뜻하고 고요하기를, 하늘이 새파랗기만을 기도했다. 정원은 문제 하나 없이 완벽해 보였다. 즉 색과 향이 풍성하고 야생적이었다. 나는 우리가 가진 의자를 전부 꺼내서 사람들이 어울리기 좋게 몇 자리로 배치했다. 목련 그늘 아래 벤치도 있고 개암나무 옆에 줄무늬 덱체어들도 있었다. 부모님이 두 분 다 왔다. 내 친구 레베카와 샘은 밀짚모자를 맞춰 썼다. 그들이 첫 시간에 차를 담당하기로 했고 그다음은 마거릿과 로레인이었다. 10시 50분에 나는 아무도 안 올 것이라고 확신했지만 10시 55분이 되자 대문 앞에 사람들이 담소를 나누며 줄을 서기 시작했다. 나는 롤페이퍼 티켓과 잔돈 상자를 챙겼다. 정원이 다시 열렸다.

• • •

아마 내 생애 최고의 날이었을 것이다. 정원에 그토록 많은 사람들이 모여 대화를 나누고 편안한 시간을 보내는 모습을 보는 그 느낌만으로도 그랬다. 온종일 파티 같았다. 잠시 들어와 본 사람들은 몇 시간이나 머물렀다. 그중 수십 명은 전에 와본 적이 있는 사람들이거나 마크의 옛 친구들이었다. 그들은 차 마시는 자리와 대문 사이를 오가는 나를 붙잡고 마크가 살던 시절에 정원이 어땠는지 설명했다. 연못 정원에서 파나마모자를 쓴 남자는 마크가 시싱허스트에서 일했으며, 구석의 흰 무화과나무는 비타 색빌웨스트가 마크에게 준 것이라고 알려주었다. 그는 마크가 지베르니* 재건 작업에도 참여해서 모네의 그림 속 꽃을 복원하기 위해 각각 무슨 꽃인지 힘들게 알아냈다고도 했지만 나중에 내가 지베르니 측에 연락해서 물어봤더니 그들은 영국 정원사가 참여한 적이 없다고 말했다. 그날 하루가 저물 무렵 나는 마크에게 부끄럽지 않게 해냈다는 느낌이 들었다. 물론 아마추어로서. 나는 경계 화단을 마크처럼 아찔할 정도로 완벽하게 만들지는 못하지만 최선을 다했다.

이것으로 완전히 끝날 수도 있었지만 비가 오지 않았다. 나는 3월에도 비가 별로 안 와서 땅이 건조해질까 봐 안절부절못했었다. 나는 4월에 아직도 비가 오지 않는다고 썼고 5월에는 올해는 너무 건조하다라고 썼다. 이스트 앵글리아는 잉글랜드에서 가장 건조한 지역이다. 연간 강수량이 다른 지역의 절반 정도밖에 안 되고 환경부는 이 지역을 10년 넘게 '심각한 물 부족'으로 분류했다. 5월 중순이 되자 나는 노래진 잎과 축 처진 식물을 기록했다. 6월은 위험했고, 7월 20일 일기는 세계의 종말처럼 음울하다. 이틀이나 사상 최고 기온을 기록했다. 링컨셔에서 40.3도를 기록했고 서퍽의 기록은 36도였다. 활주로가 휘어 공항이 폐쇄되었고 햇빛이 샹들리에 때문에 모이면서 어느 학교에 불이 났다. 기사를 보니 대공습 이후 그 어느 때

---

* Giverny: 프랑스 북부의 마을로, 클로드 모네의 집과 정원으로 유명하다.

보다 화재 출동이 많았다고 했다.

그날 오후, 나는 정원을 돌아다니며 속상한 마음으로 점검을 했다. 모란 세 그루가 시들시들했고 수국 잎은 햇볕에 말랐으며 잔디가 따뜻했는데, 그건 상관없었다. 문을 열자 열기가 얼굴을 강타했다. 나는 잉글랜드에서 이런 날씨를 겪어본 적이 없었다. 벌과 쥐들을 위해 잔 받침에 물을 담아 내놨다. 오디가 시시각각 익었지만 뽕나무는 타격을 입어 아픈 것 같았다. 끝부분이 마르고 잎이 축 처졌다. 아홉 시에 더운 비가 살짝 왔다. 자두나무 아래 작은 풀밭에 새끼 개구리들이 있었고 메뚜기가 내 손으로 뛰어올랐다. 어린 시절에 많이 봐서 다리로 차는 모습이 익숙했지만 메뚜기를 보는 것은 정말 오랜만이었다.

그날 신문에는 바닷새가 떼죽음을 당했다는 기사와 서퍽에 사이즈웰 C 원자력발전소 건설 허가가 났다는 반갑지 않은 소식도 있었다. 계획 시찰단은 허가를 거부하도록 권고했지만 받아들여지지 않았다. 사이즈웰은 민스미어 조류 보호구역 옆, 우리가 수영했던 곳이다. 그곳에 수십 년 동안 원자력발전소가 있었지만 관련된 전력회사 EDF 측이 물 공급 계획을 마련하지 못했다는 사실이 드러나면서 새로운 발전소 건설 계획은 거부당했다. 사이즈웰 C는 원자로와 사용후핵연료를 식히기 위해 하루에 식수 200만 리터가 필요했고, 건축 기간에는 하루 350만 리터가 필요했다. 그 지역 지하수로는 공급할 수 없었기에 약 30킬로미터의 수송관을 설치해 웨이브니강에서 물을 끌어오려던 계획은 강의 유량을 유지하기 위해 수자원회사의 취수 허가량이 60퍼센트로 감축될 예정이라는 사실이 드러나면서 배제되었다.

　일반적인 상황에서라면 계획 시찰단의 거부 권고로 마무리되었겠지만 국무장관이 그 결정을 뒤집었다. 정부 결정문에는 이렇게 적혀 있었다. "국무장관은 이 문제에 대해 검토 기관의 결정에 동의하지 않으며 영구적인 물 공급 전략의 불확실성이 제안된 개발 승인을 거부할 만큼 영구적인 장애물은 아니라고 생각한다."[1] 6주 뒤 국무장관 쿼지 콰텡은 재무장관에 임명되었지만, 그로부터 38일 후 달러 대비 파운드 가치가 기록적으로 떨어지고, 주택 담보 대출 이자율이 높아지고, 정상화에 몇 년이나 걸릴 경제 위기를 초래했다는 이유로 해임된다. 그것은 너무나 오래 지속된 현실 부정이었고, 그해 여름 내가 보는 곳마다 그 참혹한 결과가 나타났다.

　8월이 되자 잉글랜드는 공식적인 가뭄에 돌입했다. 가뭄은 10월까지, 심지어는 다음 해까지 지속될 전망이었다. 비가 오지 않는 그 몇 주 동안 나의 지배적인 감정은 일종의 무기력한 공포였다. 식물들이 죽어나갔고, 아직은 수돗물이 나왔으므로 내가 선택하면 물을 줄 수는 있었다. 그것이 불러올 결과와 매일 말라가는 강물을 무시하기로 선택하기만 한다면. 템스강 수원이 8킬로미터 하류로 내려갔다. 우리가 물을 마구 쓰는 것이 진짜 정신 나간 짓처럼 느껴졌다. 10년이나 20년 후에 돌아보면 한때 그것이 그토록 평범하고 정상적인 행동이었다는 사실을 믿기 힘들 것 같았다. 나는 월버스윅에서 수영하면서 더니치 근처 지평선에서 뭉게뭉게 피어오르는 연기를 보았다. 누군가의 밭에 불이 났다. 기차를 타고 가다 보면 화재 현장이 보였고, 검게 그을린 땅과 그루터기가 눈에 들어왔다. 소가 뜯을 풀이 없었고 농부들은 이미 겨울에 쓸 먹이를 소진 중이었다. 나는 정원에서 죽은 두꺼비를, 그런 후에는 둥지에서 밀려나 죽은 새끼 갈까마귀를 발견했다.

8월 17일 야외 물 사용 금지령이 발표되었다. 나는 이미 몇 주 전부터 쓰지 않고 있었다. 정원에 물을 줄 수가 없었다. 내 땅을 다른 땅보다 중요하게 생각할 수가 없었지만 내가 아끼는 식물이 죽는 모습을 보는 것도 못할 짓이었다. 땅이 햇볕에 구워져서 돌처럼 딱딱해졌기 때문에 물이 그냥 흘러버렸고, 내가 식물 사이를 정리한 곳은 더 심했다. 이제 날이 시원하게 흐려지고 하늘에 회색 베일 같은 구름이 얇게 깔렸지만 비가 토양에 스며들려면 몇 주 걸린다. 비타 색빌웨스트의 무화과나무조차 허덕였고 열매가 마르고 분이 났다. 반면에 오디 수확은 대단했다. 우리는 복도에 핏자국 같은 발자국을 자꾸 냈다. 나는 어느 식물이 살아남았는지, 지금처럼 물을 줘서는 여름을 견디지 못할 식물은 무엇인지 계속 목록을 작성했다. 선갈퀴, 아스트란티아, 뿔남천, 알케밀라 그리고 새로 심은 것들. 스트레스 때문에 장미에 까만 점이 생겼고 달리아는 꽃이 피었지만 쪼글쪼글하고 형태가 일그러졌다. 이제 거의 모든 나무에 가지마름병이 생겼고, 뽕나무버섯이 핀 라발 산사나무는 거의 뼈대만 남았다.

어쩌면 처음부터 다시 시작해야 할지도 몰랐다. 가뭄에 맞추어 식재를 전부 다시 하거나 모래 같은 토양이 수분을 조금 더 유지하도록 뿌리덮개를 3센티미터가 아니라 30센티미터로 해야 할지도 모른다. 기사를 수십 편은 읽었는데 전부 다 빗물받이 통을 마련하라고 권장했지만 용량이 200리터밖에 안 됐다. 물뿌리개 40개 분량. 며칠이면 바닥날 것이고, 그러고 나면 비도 안 오는 타는 듯한 몇 달은 어떻게 할까? 나는 원래 목욕을 좋아했지만 이미 한참 전에 포기했다. 빗물 저장 탱크를 살펴보았다. 런던에서는 아무도 가뭄에 대해서 이야기하지 않았지만 모든 광장에서 나무가 죽어갔고 잎이 불붙은 것처럼 타들어갔다.

그 기간에 가장 무서웠던 것은 정원이 이기심의 또 다른 표현이 되어가는 것을 지켜보는 일이었다. 정원은 원래 세상의 더욱 해로운 충동에 맞서는 곳, 세상의 우선순위에서 벗어나 다른 생명체를 더욱 배려하는 피난처였지만 이제는 공동의 비용으로 누리는 개인의 사치가 되었다. 내가 환경 운동을 하던 시절, 정원 가꾸기는 인생을 보내는 가장 좋고 가장 덜 해로운 방법 같았다. 약초 공부를 하기로 결정한 것도 식물을 키우는 것이 윤리적으로 가장 무방한 일이라고 확신했기 때문이었다. 하지만 나는 정원이 동시에 많은 것이 될 수 있음을 깨닫기 시작했다. 이기적이면서 이타적이고, 열려 있지만 닫힌 곳.

나는 이 무서운 시기에 밀턴의 친구이자 동료이며, 아마도 밀턴의 처형을 막아주었을 앤드루 마벌의 정원 시들을 읽기 시작했다. 마벌은 아직 젊었던 20대 후반이나 30대 초반에 불안정한 영국 내전의 마지막 몇 년을 보내며 이 시들을 썼다. 당시 그는 시골에 은둔하여 요크셔의 넌 애플턴 하우스에 살았고, 올리버 크롬웰로 교체되기 전까지 원두당 군대를 이끌었던 퇴역 장군 토머스 페어팩스 경의 딸 메리 페어팩스의 가정교사로 일하고 있었다.

시 〈풀 베는 사람들〉은 정원과 그것이 인간의 삶에서 차지하는 위치의 극심한 이중성을 표현한다. 나는 그의 시들을 여러 번 읽었지만 그 뜨겁고 불행한 몇 주 동안에는 무척 다르게 다가왔다. 내가 가장 좋아하는 시는 정원을 사치스럽고 유혹적인 인간에 의한 자연의 타락이라고 풍자적으로 설명하는 〈풀 베는 사람 대 정원〉이었다. 장미는 "이상한 향"[2]으로 스스로를 타락시키고, 흰 튤립은 처음으로 볼연지를 바르는 소녀처럼 "뺨에 줄 긋는" 법을 배운다. 인간은 야생식물과 재배식물을 접붙여 금지된 혼합식물을 만들어내고 열매를 맺지 못하는 이상한 잡종을 생산한다. 그것은 정원을 성적이고, 비정상적이고, 위험하고, 이중적이고, 이국적인 것으로 보고 정원의 식물들은 사악한 요술쟁이의 요술에 걸리고 약에 취한 것으로 보는 기괴한 시각이다.

그는 먼저 네모난 정원에

죽어서 멈춘 공기를 가두었고

정원을 위해 더 맛 좋은 땅을 반죽하자

정원은 그것을 먹으면서 감각을 잃었다.[3]

여기서 마벌은 단단히 비꼬고 있다. 네 편의 연작시 〈풀 베는 사람들〉의 화자는 계략을 끊임없이 의심하는 불만 많은 시골 사람으로, 다른 시에서는 사랑스러운 줄리아나에게 거절당한 상처로 인해 악담을 퍼붓는다(이 화자는 〈풀 베는 사람 데이먼〉에서도 비슷한 태도를 보이다가 실수로 자기 낫에 베인다. 나는 잔디를 깎을 때 "풀 베는 사람이 베였다"⁴라는 구절을 떠올리며 종종 웃었다). 동시에 이 구절은 내가 정원의 탐욕을 어떻게 생각하기 시작했는지 잘 보여주었다. 더 맛 좋은 땅. 토탄지에서 추출해 포대에 넣어 아마존 물류 센터에서 밴으로 운송하는 토탄, 컴퓨터가 정한 일정에 따라 감시를 받으며 쉴 시간도 먹을 시간도 없이 일하는 기사들. 우리의 의도가 아무리 선하더라도 우리가 사는 물건 하나하나에 숨어 있는 보이지 않는 비용.

물론 마벌의 시에 〈풀 베는 사람들〉처럼 타락한 정원만 나오는 것은 아니다. 마벌은 정원을 퇴폐한 욕망의 장소로만 보여주는 것이 아니라 피난과 환희의 장소이자 전쟁에 대한 올바른 대안으로 제시한다. 이 모든 작품의 정점은 은둔과 사색에 대해서 복잡하고 다층적으로 논의하는 시 〈정원〉이다. 정원에서 보내는 마법 같은 시간을 이 시의 중간 연보다 잘 표현한 문학작품은 없을 것이다. 여기서 식물은 이상하게도 화자보다 더욱 활동적이고 시간은 마법에 걸린 것처럼 행이 거듭될수록 느려지다가 결국 뚝 멈춘다.

여기에서 내가 얼마나 느릿느릿 살아가는지!

잘 익은 사과가 머리맡에 떨어지고
포도 덩굴의 맛 좋은 포도송이들이
내 입가로 와서 으깨져 와인이 된다.
승도복숭아와 신기한 복숭아가
저절로 내 손에 들어오고
지나가다가 멜론에 발이 걸려 비틀거리고
꽃들에게 빠져 풀밭에 쓰러진다.[5]

이 시에서 정원은 은둔의 장소, 기쁨과 휴식의 장소, 아마도 모든 동물 중에서 인간만이 물질계와 동시에 점유하는 상상 속 비밀스런 우주로 통하는 문이 된다. 몇 년 앞서 토머스 브라운이 썼듯이 인간은 보이는 세상과 보이지 않는 세상에서 동시에 살아가는 "위대하고 진정한 양서류"[6]이다. 여기서 마벌은 같은 생각의 다른 버전을 시도한다. 그의 정원은 아직 만들어지지 않은 것들을, "머나먼 다른 세상들"[7]을 꿈꾸는 장소이다. 이는 에덴이라는 행복한 정원 국가와 비교될 수밖에 없지만, 또한 죽음이 분명 존재하고 시간이 흐르는 타락 이후의 세계이다. 해시계에 종종 새겨지는 마지막 연에서는 정원 자체가 시계가 되고 꽃이 벌의 도움을 받아 시와 분을 가리킨다.

시계로서의 정원이라니, 얼마나 아름다운 이미지인가. 정원의 시간은 우리가 사는 일반적인 시간과 다르다. 손목시계나 아이폰 잠금화면에서 반짝이는 숫자와도 다르다. 그것은 예측 불가능하게 움직이면서 가끔은 아예 멈추기도 하고, 부패와 비옥함이 길고 구불구불한 나선처럼 말려서 항상 순환적으로 진행된다. 시계로서의 정원에 주목하는 것은 시간과 다른 관계에, 선형적이 아니라 원형적인 관계에 들어간다는 의미이며 또한 반복해서 등장하는 정거장 중 하나가 죽음임을 인정한다는 의미이다. 나는 몇 달 전 일기장에 에트 인 아르카디아 에고*라고 썼다. 이제 세상의 종말처럼 주변에서 식물들이 죽어가는 가운데 내가 죽음과 정원의 관계를 완전히 잘못 이해했다는 생각이 서서히 들기 시작했다. 지금까지 나는 정원이 봉인된 성소이고 역병과 전쟁이 들끓는 외부 세상으로부터의 피난처라는 개념을 거부하면서도 좋은 정원은 죽음이 없는 정원, 계속해서 완벽한 상태의 정원이라는 생각을 내면화했다. 하지만 그 무엇도 가능하지 않았다. 정원은 항상 죽음과 함께 춤추고 있었다. 정원은 절대 에덴을 복제할 수 없다. 밀턴의 표현처럼 "화려한 색채가 섞이고"[8] 사과가 꽃을 피우는 동시에 열매를 맺는 풍요로운 낙원 에덴을 결코 복제할 수 없다. 지금까지 내내 나는 이 교훈을 거부하면서 더없는 완벽함을 좇았고, 식물이 갈색으로 변하거나 마르면 실패한 기분이 들었다. 시각적 환상을 유지하는 것이 내 일인 것 같았고, 죽음의 증거를 모두 지워내지 못하면 정원이 좋아 보일 수 없을 것 같았다.

---

* Et in arcadia ego: '아르카디아에도 나는 있다'라는 뜻의 라틴어로, '나'는 죽음을 의미한다.

얼마나 이상한 일인지. 이것은 에덴의 더욱 사악한 유산, 즉 영원한 풍요로움에 대한 환상이었다. 나는 그것이 사실 독이 든 과실임을 깨닫기 시작했다. 생태적으로 가장 해로운 인간의 행동은 대부분 비영구성과 쇠퇴를 거부하고 항상 여름을 고집하는 것과 관련 있다. 영구적인 성장, 끊임없는 비옥함, 영원한 산출, 즉각적인 쾌락, 최대 이익, 노동의 외주화, 오염된 흔적을 보이지 않게 감추기. 국무장관이 발전소에 쓸 물이 없다는 사실을 받아들이지 않으려 한 것은 이러한 마음가짐의 전형이었고 가뭄은 그 결과였다. 이제 그 모든 것이 우리를 따라잡고 있었다. 정원에 죽음의 존재를 받아들이는 것은 기후변화라는 강행군을 받아들이는 것이 아니다. 그것은 휴식이나 회복 없는 영원한 생산성이라는 환상을 거부하는 것이다. 그것은 금방 갚을 수 없는 거액의 비용을 주고 산 환상이며, 들판은 불타고 나무는 돌처럼 변하는 끝없는 여름을 연다.

• • •

8월 말에 처음으로 비다운 비가 왔다. 마크가 《메마른 정원》이라는 책을 썼다는 사실이 그제야 생각났다. 더 일찍 찾았으면 좋았을 것을. 과거의 그가 이미 예상된 지금 이 순간을 향해 차분히 이야기하는 듯했다. 이 책은 1994년에 출간되었다. 그 당시에도 서픽은 건조한 지역이었고, 모래땅에서 정원을 가꾼다면 특히 더 힘들었다. 마크는 물이 보존해야 하는 귀한 자원이라고 말한다. 그는 이중 전략을 쓴다. 유기 물질을 더한 다음 토양이 수분을 유지하도록 뿌리 덮개를 덮고, 특히 메마른 환경에 적합한 식물을 이용한다. 나는 두 방법을 모두 알았지만 그토록 깊이 생각하며 설명한 것을 읽으니 무척 설득력이 있었다. 나는 그가 제안한 목록을 열심히 연구했다. 시스투스, 플로미스, 쑥, 로즈메리, 헬리안툼, 원래 모래에서 자라는 로사 루고사까지. 아이리스 오리고처럼 나는 델피늄을, 어쩌면 장미까지 일부 포기해야 할지도 몰랐지만 앞으로 인간이 일으키는 기후변화로 인해 더 뜨겁고 건조해질 여름을 견딜 수 있는 식물도 있었다.

낮이 짧아지고 그림자가 길어지면서 정원은 가을마다 그랬듯이 다시 생생하게 살아났다. 풍성하고 잘 익은 느낌이었지만 이상하게 경계심이 들었다. 시클라멘이 돌아왔고 뒤이어 콜키쿰이 피었다. 이제 시계가 익숙하게 똑딱거렸다. 나는 자갈에 뿌릴 접시꽃 씨앗을 모았다. 시든 꽃송이는 지갑을 닮았고 그 안에 작고 검은 동전이 잔뜩 들어 있다. 죽었다고 생각했던 식물들이 되살아나 비와 시원해진 날씨 덕분에 거대하게 자랐다. 나머지 서재 화단은 보드지와 가축분 비료로 뿌리덮개를 덮었다. 작은 개구리가 돌아왔다. 아버지에게서도 좋은 소식이 들려왔다. 집을 지킬 방법이 있을 것 같았다. 나는 아버지가 무척 기뻐할 줄 알았지만 자기가 살기에는 너무 크고, 다른 곳으로 이사할 준비가 됐다는 말에 깜짝 놀랐다. 정원은 어떻게 하느냐고 묻자 아버지는 일흔다섯 살이니 하나 더 만들 수 있을 것 같다고 말했다.

아버지의 결의에 감명받은 나는 연못 정원에 식물을 다시 심을 때가 됐다고 결론을 내렸다. 연못 정원이 혹서에 제일 약했기 때문에 우리가 이 집에 들어온 이후 8월만 되면 불모의 땅 같아 보였다. 화단은 이미 오래전에 더욱 흉악한 식물들, 특히 카르둔과 파란색 삐죽삐죽한 꽃을 피우는 절굿대가 차지했고, 흙은 유기물이 절실하게 필요했다. 지난겨울에 표토 뿌리덮개를 덮었지만 문제는 해결되지 않았다. 하지만 나는 너무나 많은 식물들, 무엇보다 구근식물을 그대로 두고 싶었기 때문에 더 본질적인 해결책을 실천할 엄두가 나지 않았다. 문제를 정말로 해결하려면 식물을 다른 곳으로 옮기고 정원을 다시 만들어야 했다, 벅찬 작업이었다. 하지만 나는 마크의 에세이에서 그가 딱 20년 전에 똑같은 필요성을 인정한 것을 발견하고 기운을 얻었다.

나는 몇 주 동안 식재 계획을 짜면서 이미 거기 있는 식물을 이용하는 동시에 뜨겁고 건조한 여름을 견딜 수 있는 새로운 식물 몇 가지를 더해서 사계절 내내 흥미로운 경계 화단을 디자인하려고 했다. 이번에는 완벽함이라는 환상을 쫓지 않았다. 내가 원하는 것은 연속성이었다. 태피스트리처럼 짜맞춰져서 새로운 식물이 자라 기존 식물을 자연스럽게 대체하는 식물들의 군락을 만들고 싶었다. 나는 마크와 크리스토퍼 로이드에게서 영감을 받았다. 로이드는 그레이트 딕스터의 정원을 만든 사람으로, 수석 정원사 퍼거스 개럿과 함께 경계 화단에서 연속성의 예술을 개척했다.

이스트 서식스에 위치한 그레이트 딕스터의 정형식 정원은 내가 지금까지 본 것들 중에서 미적으로 가장 눈부시고 풍요로운 걸작이다. 그레이트 딕스터는 최대의 장식 효과를 염두에 두고 식재했고, 머리가 어지러울 정도로 색채와 형태가 뒤섞여 시간이 흐르면서 크기와 광경이 놀라울 정도로 변화한다. 2006년에 로이드가 사망한 후 퍼거스는 인공 비료와 살충제를 전혀 쓰지 않고 더 자유로운 정원을 만들었다. 그곳에 수없이 많은 생명체가 사는 듯했기 때문에 팬데믹 전에 딕스터 팀이 포괄적인 생물 다양성 조사를 의뢰했다. 부지는 6에이커밖에 안 되지만 삼림지, 목초지, 연못과 초원 등 여러 다양한 요소로 구성되어 있다. 이 모든 지역의 생물 다양성이 이례적으로 높은 것으로 드러났다. 조사에 참가한 생태학자들은 이런 식으로 정원을 조사할 가치가 있을까 의문을 가졌지만 놀랍게도 생물 다양성이 가장 풍성한 곳은 정형식 장식 정원이었다. 한 해 동안 긴뿔벌과 흰배채광벌 등의 희귀한 종을 포함해 영국 벌 종의 40퍼센트, 다수의 새, 나비, 나방, 전국적으로 희귀한 거미와 무척추동물이 관찰되었다.

무척 흥미롭게도 아름다움과 풍성함을 위해 설계된 정원이 많은 종에게 알맞은 환경을 제공한다는 사실이 밝혀졌다. 빽빽한 경계 화단이 자연의 식생 연속을 흉내 내며 먹이를 끊임없이 제공했고, 식물 다양성 덕분에 수많은 종이 서식할 수 있었다. 몇몇 구역은 방치한 채 거의 손대지 않았지만 또 일부 구역은 정기적으로 손보았는데, 대공습 이후 그토록 풍성한 서식지가 되었던 런던의 폭격지와 똑같았다. 나이 많은 나무와 썩어가는 목재는 저절로 없어지지 않고 새들이 둥지를 틀거나 딱정벌레와 천공성 해충*이 사는 서식지를 제공하여 눈에 보이지 않지만 우리 삶을 지탱하는 생태 그물망에서 필수적인 부분이 되었다. 뽕나무버섯이 생긴 라발 산사나무를 베어서 태울 필요 없이 그 자리에 남겨 죽은 나무를 먹고 사는 위태로운 유기체에게 서식지를 제공할 수 있다니 좋은 소식이었다.

그것은 이기적인 정원의 정반대였다. 퍼거스가 말했듯이 "한때 문제의 일부로 여겨졌던 정원을 이제는 해결책의 일부로 볼 수 있다".[9] 관점을 바꾸기만 하면 된다. 정원의 죽은, 또는 죽어가는 식물을 멋진 그림을 망치는 추한 요소로 보거나 잡초와 곤충을 정원에 속하지 않는 침입자로 생각하는 대신 너무 작아서 보이지 않는다 하더라도 에너지가 웅웅거리는 살아 있는 태피스트리의 구성 요소라고 이해할 수 있다. 동시에 인간이라는 요소가 아예 빠질 필요도 없다. 더욱 엄격한 재야생화** 모델과 달리 여기에는 정원사가 반드시 필요했다. 정원을 다른 형태의 생명체에게 그토록 매력적인 곳으로 만든 것은 정원사의 미학적 이상, 그들의 작업, 무엇을 더 키우고 무엇을 제거할지 그들이 내린 결정이었다.

이런 식으로 정원을 보는 시각은 닫힌 공간이라는 정원의 위상 또한 변화시킨다. 정원은 사적이고, 친밀하고, 무척 개인적이면서 동시에 활짝 열린 곳이 될 수 있다. 이와 같이 더욱 야생적이고 풍성

---

\* boring insect: 하늘소 등과 같이 식물체에 구멍을 뚫고 들어가 생육하는 해충.

\*\* rewildering: 인간이 훼손한 자연 생태계를 복원하는 것.

하게 운영되는 각각의 정원은 더욱 큰 네트워크의 일부가 된다. 이 네트워크는 수많은 손이 다 같이 만든 퀼트, 제각각 다르지만 전부 생태계를 유지하고 지탱하는 정원과 공원, 텃밭, 발코니, 길가를 아우르며 도시와 마을을 뒤덮는 퀼트이다. 이것은 내가 그동안 찾아 헤매다가 처음으로 만난 유토피아였다. 이곳에서 자기표현과 미의 추구는 공공을 해치는 것이 아니라 공공에 진정으로 기여했다.

그렇다고 해서 대규모 토지 재분배가 필요 없다거나, 정원 접근권을 개선하고 모든 도시와 모든 공공 주택 프로젝트에 정원을 반드시 포함시킬 필요가 없다는 뜻도 아니다. 오히려 그렇게 해야만 한다. 내가 그레이트 딕스터를 보면서 상상한 것은 반짝이는 사무실 건물과 고급 고층빌딩이 아니라 윌리엄 모리스가 살구나무 과수원을 중요하게 여기고, 엔델 스트리트에 장미를 심고, 켄싱턴을 숲으로 만들면서 생각했던 문화에 더 가까웠다. 새로운 공항 대신 공원, 고속도로 대신 텃밭, 공공 자원에 대한 대규모 재투자, 정원이 도서관과 병원처럼 우리 모두의 삶을 가능하게 만든다는 이해. 우리가 생존하려면 다양한 생명을 지탱하는 정원이 어디에나 만들어져야 하고, 정원이 개인의 영역이 아니라 모두가 중요하게 지키는 공공 재산이 되어야 하는 동시에 개인의 창의력을 꽃피울 수 있는 친밀하고 자유로운 특성을 그대로 가져야 한다.

나는 훨씬 더 쾌활한 마음가짐으로 연못 정원 작업을 시작했다. 이제 10월이라서 시원해졌고, 최근에 비가 와서 땅이 축축했다. 매일 아침 나는 장비를 챙겼다. 정원용 퇴비와 20리터짜리 화분 여러 개, 갈퀴, 소형 갈퀴, 모종삽, 전지가위로 가득한 손수레. 어마어마한 작업이었고, 지금까지 내가 했던 것 중에 가장 강도 높은 노동이었다. 나는 간직하고 싶은 식물을 전부 파내 화분에 옮겨 심으면서 큰 식물은 흙이 붙은 채로 심고 작은 식물은 흙을 털어내 퇴비 속에 다른 식물과 같이 넣었다. 모든 식물의 뿌리를 보니 정말 흥미로웠다. 달구지국화는 탄력 있는 해파리 같았고, 알케밀라는 손으로 쪼갤 수 있는 커다란 조각으로 되어 있었으며, 메디움초롱꽃은 디기탈리스처럼 아주 섬세한 솜털 같았다. 울새가 지렁이라도 나올까 기대하며 내 작업을 지켜보았다. 노란 무화과나무 잎과 보라색 투구꽃의 조합이 너무 생생해서 머리가 어지러웠다. 그 주가 끝날 때쯤 나는 100개가 넘는 식물을 구출해 화단을 치우고 나서 다시 심을 수 있도록 우물의 아카시아 아래 작은 종묘장을 만들었다. 블루벨과 파랗고 아름다운 실라를 포함해 크기가 제각각인 구근식물이 수백 포기 있었다. 나는 구근식물도 화분에 심으며 몇 주만 버텨주기를 바랐다.

주문했던 클레어 오스틴 장미가 10월 19일에 도착했다. 나는 마크가 추천했던 식물을 잔뜩 골랐다. 후드를 뒤집어쓴 듯한 연보라색 꽃이 피는 플로미스 투베로사, 비슷하지만 노란색 꽃이 피는 플로미스 루셀리아나가 있었다. 에링기움 '펜 블루'와 아킬레아 '핑크 그레이프프루트', 많은 은쑥과 게라니움 상귀네움 '세드릭 모리스'도 있었다. 나는 저면을 위해서 짙은 파란색 니젤라 '미스 지킬' 씨앗과 딕스터의 긴 경계 화단에 높이 피어난 페룰라 코무니스와 베르바스쿰 올림피쿰 씨앗도 샀다. 윌리엄 모리스를 위해서 그가 케이니 오이스터라고 불렀던 애스터를 샀다. 전부 가을에 심기 좋은 9센티미터짜리 화분에 담겨왔다. 나는 안뜰에 화분을 늘어놓고 키가 큰 것들은 뒤쪽에 놓았다.

11월 8일에 매트는 생장력이 뛰어난 절굿대와 키나라 중에서 제일 깊이 뿌리 내린 것들을 대부분 뽑아내 각각 한 덩어리만 남겼다. 그는 투구꽃과 장미만 남기고 다 뽑은 후 땅을 갈면서 진흙과 모래가 섞인 토양이라 자기가 바랐던 것보다 훨씬 좋다고 말했다. 나는 다음 날 아침 8시 30분부터 손수레로 가축분 비료를 열다섯 번, 부엽토를 네 번 날랐다. 그리고 저절로 씨가 퍼지도록 가볍게 뒤집었다. 그런 다음 작업할 때 참조하려고 내가 직접 그리고 색칠한 배치도를 네모난 회양목에 붙여놓고 식물을 심기 시작했다. 옮겨 심은 식물들은 죽지 않고 환상적인 새 뿌리를 내렸다. 나는 식물의 회복 속도가 내 생각보다 빠르다고 계속 되뇌어야 했다. 모든 작업을 끝내니 3시 30분이었다. 커피를 한 잔 마셨을 뿐 점심은 아예 건너뛰었다. 나는 일기장에 **튤립, 구근식물, 자연 파종 식물은 내일**이라고 적었다. 이언은 집을 비웠다. 나는 지저분한 조거팬츠에 고무창 신발을 신고 7시에 다시 정원으로 나가서 구출해 낸 메디움초롱꽃과 프림로즈를 심은 다음, 옮겨온 구근을 전부 심고 새로 산 구근도 잔뜩 심었다. 새로 산 마리에타 튤립, 글라디올루스 비잔티누스, 알리움 스파이로케팔론이 화단을 밝은색 시냇물처럼 만들어줄 것이다.

나는 드디어 마지막 식물을 심고 흙을 다진 후 연못 가장자리에 앉아서 한참 동안 바라보았다. 여기 있던 거의 모든 식물이 전보다 좋은 상태로 돌아왔다. 앞으로 며칠 동안 비가 올 예정이었다. 달리아가 까매졌고 떨어진 목련 잎이 경계 화단에 쌓였다. 나는 책을 다 썼을 때만 느끼는 기진맥진한 만족감을 느꼈다. 항상 할 일이 있고 바꿔야 할 것이 있겠지만, 드디어 내 정원을 만들어냈다. 내 정원에는 박쥐와 두꺼비와 벌, 들쥐, 쥐, 갈까마귀, 칼새가 잔뜩 있고 심지어 물고기를 훔쳐 먹은 백로도 있다. 정원은 내 것이지만 내 것이 아니었다. 나는 정원의 흙을 팠고, 두더지도 흙을 팠다. 둘의 효과도 똑같았다. 정원을 정리하고 싶은 마음도 여전히 들긴 했다. 가능한 곳에서 질서를 만들어냄으로써 걱정을 덜고 싶었다. 아마 늘 조금쯤은 그렇게 할 것이다. 하지만 나는 조금 지저분한 경계 화단이 완벽한 화단보다 훨씬 비옥하다는 사실을 마침내 이해했다. 개암나무 아래 나뭇가지와 죽은 나뭇잎 껍질에 나름의 아름다움이 있음을, 흙이 마르지 않게 보호하고 미생물의 활동에 양분을 제공하고 원추리의 새로운 녹색 싹을 키운다는 것을 이제 알았다. 생명을 만들어내는 죽음, 우리가 타락했다는 증거. 어쩌면 그것이 낙원보다 나았다.

• • •

나는 정원에서 며칠 빈둥거리며 봄에 심어놓은 것을 즐기고 싶었지만 마지막 구근을 심자마자 일 때문에 이탈리아에 가야 했다. 밀라노를 시작으로 토리노, 베네치아를 거쳐 늦은 오전 로마행 기차를 탔다. 밀턴의 젊은 시절 여행과 경로는 같지만 속도는 몇 배나 빨랐다. 각 구간이 몇 주가 아니라 몇 시간밖에 안 걸렸다. 나는 팬데믹 이후 이탈리아에 간 적이 없었다. 로마역에 도착한 나는 친퀘첸토 광장에 갔다. 오래전부터 보고 싶었던 정원이 있었는데 서두르면 문을 닫기 전에 들어갈 수 있었다.

11월치고는 따뜻해서 사실 외투가 필요 없었다. 금송金松이 햇빛을 받아 바늘 같은 초록색 잎이 금빛으로 변했다. 나는 모퉁이에서 길을 건너 급류처럼 흐르는 자동차들 사이로 뛰어들어 팔라초 마시모의 로마국립박물관까지 걸어갔다. 제2차 세계대전 때 육군병원으로 쓰던 곳이었다. 내가 가고 싶은 곳은 3층에 있었다. 전시실에는 열네 살쯤 되는 남자애뿐이었는데, 격자무늬 셔츠 차림이었고 아이의 옆 검정 가죽 벤치에 배낭이 놓여 있었다. 나는 아이가 내 존재를 원하지 않으며 내가 아이의 사색을 방해하고 있음을 느꼈다.

아이는 정원에, 채색 정원 한가운데 서 있었다. 2000년 전 아우구스투스 황제의 아내 리비아를 위해 만들어진 것이다. 이 프레스코 화들은 기원전 36년에 로마 외곽 프리마 포르타의 빌라 리비아 지하 식당을 장식하며 손님들에게 바깥에서 진짜 식물과 나무에 둘러싸여 식사하는 듯한 환상을 맛보게 했다. 폼페이에서도 비슷한 방이 발견되었는데, 장미와 화란국화, 너무 잘 익어서 가지에 매달린 채 쪼개진 무화과로 장식되어 있었다. 19세기에 빌라 리비아가 발굴되면서 이 놀라운 식당이 발견되었지만 1944년에 폭격으로 손상되었고, 전쟁이 끝난 뒤 프레스코화를 박물관으로 옮기기로 결정했다. 결국 채색 정원을 해체한 뒤 세척하여 이 전시실의 네 벽에 설치했다.

나는 나무에서 나무로 자리를 옮기며 놀랄 만큼 생생한 그림과 그 완전한 경험에 압도당했다. 레몬과 석류, 올리브나무 가지에 내려앉은 지빠귀. 아는 새, 모르는 새가 사방에서 월계수와 도금양 덤불 위로 날아다녔는데, 그중에는 황금방울새와 개똥지빠귀도 있었다. 풀밭에는 장미와 양귀비를 비롯해 데이지, 조팝나물, 페리윙클처럼 흔한 꽃도 있었다. 페리윙클은 내가 어렸을 때 수도원 정원에서 알아보는 법을 처음으로 배운 식물이었다. 물론 모든 식물이 동시에 꽃을 피우고 열매를 맺었다. 영원한 풍요로움. 낙원의 위험한 불꽃놀이.

여기저기 물감이 벗겨져서 풀밭, 울타리 그리고 그 너머 더 야생적인 지역에 빈 공간이 생겼다. 시간이 흐르면서 정원이 닳아 없어졌다. 전쟁과 폭탄, 새로운 종교, 새로운 정권을 극복하고 너무나 오래 버텼다. 틸가시나무 밑에 자고새가 앉아 있었다. 그것은 시간을 벗어난 정원, 시간을 거스르는 정원으로 계속 현재 시제를 차지하며 매번 새로운 방문객을 통해 미래에 스며들었다. 나는 정원이 어떻게 작동하는지, 어떻게 자연 파종하는지 이제 깨달았다. 라 포체, 프로스펙트 코티지, 크라나흐와 밀턴의 에덴 등 내가 어슬렁거렸던 모든 정원은 내가 정원을 어떻게 만들어야 할지 가르쳐주고 내 정원을 더욱 풍성하고 연결된 곳으로 만들어주었다. 직접 본 적은 없고 책에서만 읽은 정원들도 진짜 정원에서 보낸 시간만큼이나 확실히 나에게 양분을 주었다.

지도에서 에덴을 찾아봐야 소용없다. 에덴은 마음속에 존재하는 꿈이다. 비옥한 정원, 우리 모두에게 충분한 시간과 공간. 세인트 조지 힐, 벤튼 엔드,《에코토피아 뉴스》의 런던 등 에덴을 세우려던 불완전한 시도는 바람에 실려가는 씨앗과 같다. 런던의 폭격지에서 둥둥 떠다니다가 제일 거칠어 보이는 땅에 뿌리를 내리는 수만 개의 분홍바늘꽃 씨앗. 아무리 엄중한 예보를 내려도 그것을 막을 수 있을지 모르겠다. 그것은 가끔 단어 속에 보존된 채 겨울잠을 잔다. 14세기 작가 리처드 롤의《영국 시편》에 내가 무척 좋아하는 구절이 있다. 이 책은 닫힌 정원이라고 불리며, 잘 봉인되어 있고 모든 사과가 가득한 낙원이다. 하지만《정원의 기쁨과 슬픔The Garden Against Time》은 활짝 열려 넘쳐흐르는 정원이다. 모두의 정원이라는 그 이단적인 꿈. 그것을 가지고 나가서 씨앗을 털자.

# 감사의 말

책에 대해서 해야 할 감사 인사와 정원에 대해서 해야 할 감사 인사가 있다. 두 가지가 얽힌 인사부터 시작하자. 우리 정원의 사계절이 담긴 아름다운 삽화를 만들어주고 나에게 좋은 친구가 되어준 존 크레이그와 꽃에 대한 사랑이 나보다 큰 폴린 크레이그의 옆집에 살다니 나는 정말 운이 좋다. 그리고 너무나 애를 써서 정원을 탈바꿈시켜 준 매트 탠튼-브라운에게도 고마움을 전한다. 정원을 잘 지켜준 린과 존 월포드에게도 감사하다.

잉글랜드에서는 에이전트이자 친구인 레베카 카터에게, 그리고 특히 뛰어난 편집자 메리 마운트와 끝없이 안심시켜 주는 질리언 피츠제럴드-켈리, 엄청나게 멋진 표지 디자인을 만들어준 스튜어트 윌슨, 마법 같은 텍스트 디자인을 해준 린지 내쉬, 코너 허친슨, 엘로이즈 우드, 꼼꼼한 니컬러스 블레이크를 비롯해 피카도르 출판사의 모두에게 감사한다.

미국에서는 역시 에이전트이자 친구인 PJ 마크에게, 그리고 특히 날카로운 질문을 던져준 질 비알로스키와 일을 진행해 준 드류 웨이트먼을 비롯한 노튼 출판사의 모두에게 감사한다.

나의 문의에 대답해 주고 조사를 도와주거나 내가 보고 싶었던 정원에 들어가도록 도와준 사람들에게 고마움을 전한다. 영국도서관, 임페리얼 전쟁박물관, 런던도서관(특히 클레어 벌리너), 로스토프트 아카이브, 왕립원예협회, 서픽 문서보관소, 테이트도서관 및 아카이브, 워버그도서관 직원분들께 감사한다. 벤튼 엔드를 보여준 정원박물관의 크리스토퍼 우드워드와 매트 콜린스, 벨테인 축제를 열어준 올리 화이트헤드에게 감사의 마음을 전한다. 퍼거스 개럿을 비롯해 그레이트 딕스터의 모두와 처음 나를 그곳에 데려간 메어 보스위스에게도 인사를 전한다. 프로스펙트 코티지에 대해서는 어맨다 윌킨슨, 하워드 술리, 고故 키스 콜린스에게 도움을 받았다. 라 포체를 소개한 세라 맥크로리와 마이클 시오피에게도 고마움을 전한다. 주스트 디퓌트와 플랑탱 모레투스 인쇄박물관은 마음씨 좋게도 제러드의 《약초 의학서》에 나오는 것과 똑같은 목판화를 제공해 주었다. 옥스퍼드 우스터 칼리지의 사이먼 백낼에게도 감사의 마음을 전한다. 닉 컬리넌과 메리 비어드는 우연히도 빌라 리비아 정원의 현재 위치를 알려주었다. 그리고 마크 루머리에 대한 질문에 대답해 준 레이디 캐럴라인 브로이스, 루퍼트 엘레이, 로저 글래드웰과 친구들, 다이애나 하워드, 존 몰리, 캐럴 리, 리 메이휴, 피터 맨소프, 존과 어맨다 서트럴, 리처드와 리타 워커에게 감사 인사를 전하고 싶다.

내셔널 가든 스킴과 그들의 굳센 작업에, 특히 제니 리브와 마이클 콜스에게 고마움을 전한다. 개방 정원 팀의 로레인과 마거릿 스트로거, 리베카 메이 존슨, 샘 존슨-슐리에게 감사한다.

나와 정원과 낙원에 대해서 이야기를 나누고, 아이디어에 대해 토론하고, 제안하고, 계속 다른 이야기를 환기시켜 주고, 초고를 읽어준 친구들에게 특히 감사 인사를 전한다. 찰리 포터에게 내가 얼마나 감사하는지 말로 담아낼 방법이 없다. 늘 켜져 있는 아름다운 불씨가 되어준 리처드 포터에게 감사한다. 샹탈 조페는 힘든 일을 함께 해주었다. 프랜시스카 시걸은 일곱 번째로 스프레드시트 작업을 맡아주었을 뿐만 아니라 나를 챙겨주었다. 나는 세라 우드 덕분에 더욱 야심 차게 상상력을 발휘할 수 있었다! 그리고 줄리아 블랙번, 소피 데이비드슨, 닉 데이비스, 브라이언 딜런, 진 해나 에델스테인, 톰 데 그룬발트, 필립 호어, 로런 존 조지프, 에밀리 라바지, 릴리 스티븐스, 캐럴 빌리어, 매트 울프 모두에게 크나큰 사랑과 감사를 전한다.

이 책의 씨앗은 〈업저버〉를 위해 쓴 에세이였다. 댄 프랭클린이 나에게 선집 《서퍽 갈랜드》에 정원에 대한 에세이를 써달라고 했고, 에이미 셜록은 〈월드 오브 인테리어〉에 실을 벤튼 엔드에 대한 글을 부탁했으며, 테아 레나르두치는 〈타임스 리터러리 서플먼트〉에 나의 유토피아적인 과거에 대해서 써달라고 했다. 모두 감사를 전한다.

가족에게도 감사를 전한다. 드니즈 랭, 키티 랭, 트리샤 머피 그리고 특히 아버지 피터 랭에게 감사 인사를 하고 싶다. 아버지는 정원에 대한 열정을 물려주었고 어쩌면 본인이 원하는 것보다 더 많이 이 책에 등장했다.

그리고 물론, 늘 곁에 있어준 문헌 관리 책임자 이언 패터슨에게 감사를 전한다. 이것은 당신을 위한 책과 사과입니다.

## 1. 꿈의 장소

1 John Gerard, *The Herball, or Generall Historie of Plantes* (A. Islip, J. Morton and R. Whitakers, 1633 [1597]), p. 741.

2 *Ibid.*, p. 741.

3 John Milton, ed. Barbara K. Lewalski, *Paradise Lost* (Blackwell, 2007), p. 66.

4 Mark Rumary, in Alvilde Lees-Milne and Rosemary Verey, eds., *The Englishman's Garden* (Penguin, 1985), p. 120.

5 Lanning Roper, 'An Ingenious Cottage Garden', *Country Life* (11 April 1974), p. 872.

6 Mark Rumary, in Alvilde Lees-Milne and Rosemary Verey, eds., *The Englishman's Garden*, p. 121.

7 Toni Morrison, *PBS News Hour* (9 March 1998).

8 Derek Jarman, *Modern Nature* (Century, 1991), p. 207.

9 *Ibid.*, p. 77.

10 Ian Hamilton Finlay, in Robert Gillanders, *Little Sparta* (Scottish National Portrait Gallery, 1998).

## 2. 밀턴과 이브의 정원

1 William Shakespeare, *Richard II*, Act 3, Scene 4.

2 William Shakespeare, *Hamlet*, Act 1, Scene 2.

3 Virginia Woolf, *To the Lighthouse* (Penguin, 2000 [1927]), p. 151.

4 Mark Rumary, in Alvilde Lees-Milne and Rosemary Verey, eds., *The Englishman's Garden*, p. 121.

5 Thomas Browne, *Hydriotaphia and The Garden of Cyrus* (Macmillan, 1929), p. 83.

6  Evelyn Waugh, *Brideshead Revisited* (Penguin, 1962), p. 163.

7  Thomas Ellwood, *The History of the Life of Thomas Ellwood* (J. Phillips, 1791), p. 212.

8  Joe Moshenska, *Making Darkness Light* (Basic Books, 2021), p. 3.

9  Thomas Ellwood, *The History of the Life of Thomas Ellwood*, p. 212.

10  John Milton, *Paradise Lost*, p. 63.

11  *Ibid.*, p. 13.

12  *Ibid.*, p. 46.

13  *Ibid.*, p. 64.

14  *Ibid.*, p. 90.

15  *Ibid.*, p. 96.

16  *Ibid.*, p. 97.

17  *Ibid.*, p. 98.

18  *Ibid.*, p. 101.

19  *Ibid.*, p. 109.

20  *Ibid.*, p. 222.

21  *Ibid.*, p. 227.

22  *Ibid.*, p. 223.

23  Andrew Marvell, 'The Garden', *The Poems of Andrew Marvell* (Pearson, 2003), p. 158.

24  John Milton, *Paradise Lost*, p. 228.

25  John Evelyn, *The Diary of John Evelyn* (Oxford University Press, 1959), p. 412.

26  Rose Macaulay, *John Milton* (Gerald Duckworth & Co., 1957), p. 118.

27  John Milton, *Paradise Lost*, p. 176.

28  *Ibid.*, p. 130.

29  John Evelyn, *Fumifugium, or The Inconvenience of Aer and Smoak of London Dissipated* (W. Godbid, 1661), p. 5.

30  John Milton, *Paradise Lost*, p. 189.

31  *Ibid.*, p. 332.

## 3. 풍경에 숨은 권력

1  Tony Venison, 'Mark Rumary: Someone You Knew', *The East Anglian Garden Group, Newsletter 101*, December 2010.

2  W. G. Sebald, *Rings of Saturn* (The Harvill Press, 1998), p. 265.

3  *Ibid.*, pp. 261~262.

4  Diana Athill, *Alive, Alive Oh!* (Granta, 2015), p. 19.

5  *Ibid.*, pp. 23~24.

6 Horace Walpole, *On Modern Gardening*(Pallas Athene, 2004), p. 27.
7 *Oxford English Dictionary.*
8 Horace Walpole, *On Modern Gardening*, p. 59.
9 Joseph Spence, *Anecdotes, Observations and Characters of Books and Men, Collected from the Conversation of Mr. Pope and Other Eminent Persons*(W. H. Carpenter, 1820), p. 144.
10 *Ibid.*, pp. 42~43.
11 Theodore Roethke, *Selected Poems*(Library of America, 2005), p. 111.
12 John Clare, ed. Eric Robinson and David Powell, *John Clare By Himself*(Carcanet, 2002), p. 34.
13 *Ibid.*, p. 4.
14 *Ibid.*, p. 5.
15 *Ibid.*, p. 11.
16 *Ibid.*, p. 13.
17 *Ibid.*, p. 38.
18 *Ibid.*, p. 162.
19 Karl Marx, *Kapital*, Vol. 2(Dent, 1934), p. 803.
20 George Orwell, *The Complete Works of George Orwell*, Vol. XVI(Secker & Warburg, 1986), p. 336.
21 E. P. Thompson, *The Making of the English Working Class*(Pelican, 1968), p. 239.
22 John Clare, *John Clare By Himself*, p. 40.
23 John Clare, ed. Margaret Grainger, *The Natural History Prose Writings of John Clare* (Clarendon Press, 1983), p. 207.
24 John Clare, *John Clare By Himself*, p. 41.
25 John Clare, ed. Eric Robison et al., *Poems of the Middle Period, 1822-1837*, Vol. 5 (Clarendon Press, 2003), p. 107.
26 John Clare, ed. Mark Storey, *The Letters of John Clare*(Oxford University Press, 1985), p. 380.
27 John Clare, ed. Margaret Grainger, *The Natural History Prose Writings of John Clare*, p. 193.
28 *Ibid.*, p. 193.
29 *Ibid.*, p. 195.
30 *Ibid.*, p. 216.
31 *Ibid.*, p. 234.
32 John Clare, *John Clare By Himself*, p. 36.
33 John Clare, ed. Mark Storey, *The Letters of John Clare*, p. 600.
34 John Clare, *Poems of the Middle Period*, Vol. 5, p. 6.

**35** John Clare, *John Clare By Himself*, p. 263.

**36** John Clare, ed. Mark Storey, *The Letters of John Clare*, p. 654.

**37** *Ibid.*, p. 657.

**38** *Ibid.*, p. 654.

**39** Jonathan Bate, *John Clare: A Biography* (Picador, 2004), p. 516.

**40** John Clare, ed. Mark Storey, *The Letters of John Clare*, p. 656.

**41** *Ibid.*, p. 664.

**42** *Ibid.*, p. 665.

**43** John Clare, ed. Margaret Grainger, *The Natural History Prose Writings of John Clare*, p. 346.

**44** John Clare, ed. Mark Storey, *The Letters of John Clare*, p. 677.

## 4. 식민지 개척자의 공허

출처가 밝혀지지 않은 미들턴가에 대한 모든 정보는 서퍽 문서보관소에 보관된 미들턴가와 영지에 관한 광범위한 서류에서 가져왔다.

**1** John Clare, *By Himself*, p. 36.

**2** Elizabeth Donnan, *Documents Illustrative of the Slave Trade to America*, Vol. 1 (Carnegie Institution of Washington, 1930), p. 92.

**3** *Ibid.*, p. 92.

**4** Peter Wilson Coldham, *American Wills Proved in London, 1611~1775* (Genealogical Publishing, 1992), pp. 166~167.

**5** Robin Blackburn, *The Overthrow of Colonial Slavery, 1776-1848* (Verso, 1988), p. 7.

**6** W. G. Sebald, *Rings of Saturn*, p. 194.

**7** Harriott Horry Ravenel, *Eliza Pinckney* (Charles Scribner, 1896), p. 54

**8** *Ibid.*, p. 54.

**9** Captain John Smith, *Advertisements for the Unexperienced Planters of New-England, Or Anywhere, Or, The Pathway to Erect a Plantation* (W. Veazie, 1865 [1631]), p. 22.

**10** *Ibid.*, p. 21.

**11** *Ibid.*, p. 21.

**12** John Milton, *Paradise Lost*, p. 103.

**13** *Ibid.*, p. 248.

**14** *Ibid.*, p. 248.

**15** *Ibid.*, p. 191.

**16** *Ibid.*, p. 264.

**17** *Ibid.*, p. 31.

**18** *Sotheby's Shrubland Hall* (Sotheby's & Co., 2006), p. 12.

**19** Jane Austen, *Mansfield Park* (Oxford University Press, 1970 [1814]), p. 47.

20  *Ibid.*, p. 50.

21  *Ibid.*, p. 178.

22  HA93/M3/20, Middleton Archive, Suffolk Archive.

23  HA93/M3/23, Middleton Archive, Suffolk Archive.

24  *Sotheby's Shrubland Hall*, p. 17.

25  James Bentley and Nikolaus Pevsner, *The Buildings of England, Suffolk: East* (Yale University Press, 2015), p. 489.

26  Fanny Kemble, *Journal of a Residence on a Georgian Plantation* (Bandanna Books, 2015 [1863]), p. 38.

27  Mildred E. Lombard, 'Contemporary Opinions of Mrs Kemble's Journal of a Residence on a Georgia Plantation', *The Georgia Historical Quarterly*, Vol. 14, No. 4, December 1930, pp. 335-343.

28  *Ibid.*, pp. 335-343.

29  Sarah Hopkins Bradford, *Harriet Tubman: The Moses of Her People* (Corinth Books, 1961), p. 53.

## 5. 젊은 날의 유토피아

1  Thomas Frost, *Forty Years' Recollections: Literary and Political* (Sampson Low, Marston, Searle and Rivington, 1880), p. 70.

2  Barbara Taylor, *Eve and the New Jerusalem* (Virago, 1983), p. 180.

3  *Ibid.*, p. 175.

4  *Ibid.*, p. 176.

5  William Morris, *Selected Writings* (G.D.H. Cole, 1948), p. 68.

6  Gerrard Winstanley, ed. Christopher Hill, *The Law of Freedom and Other Writings* (Penguin, 1973), p. 77.

7  *Ibid.*, p. 89.

8  Andrew Hopton, ed., *Digger Tracts* (Aporia, 1989), pp. 31-32.

9  William Morris, *The Collected Works of William Morris*, Vol. 22 (Cambridge University Press, 2012), p. 91.

10  *Ibid.*, p. 90.

11  William Morris, ed. Norman Kelvin, *The Collected Letters of William Morris*, Vol. I (Princeton University Press, 1984), p. 459.

12  William Morris, ed. Norman Kelvin, *The Collected Letters of William Morris*, Vol. II, Part B (Princeton University Press, 1987), p. 572.

13  William Morris, *Selected Writings*, p. 188.

14  Fiona MacCarthy, *William Morris: A Life for Our Times* (Faber, 1994), p. 169.

15  William Morris, *Selected Writings*, p. 655.

16  William Morris, *The Collected Works of William Morris*, Vol. 22 (Cambridge University Press, 2012), p. 49.

17  William Morris, *Selected Writings*, p. 658

18  *Ibid.*, p. 659.

19  *Ibid.*, p. 659.

20  John Clare, ed. Eric Robinson and David Powell, *The Early Poems of John Clare, 1804-1822*, Vol. 1(Clarendon Press, 1989), p. 46.

21  *Ibid.*, p. 47.

22  *Ibid.*, p. 47.

23  John Clare, *John Clare By Himself*, p. 162.

24  William Morris, *Selected Writings*, pp. 147~148.

25  William Morris, ed. Norman Kelvin, *The Collected Letters of William Morris*, Vol. II, Part A, p. 248.

26  E. P. Thompson, *William Morris: Romantic to Revolutionary* (Merlin Press, 1977), p. 249.

## 6. 데릭 저먼의 에덴

1  Mark Rumary, in Jill Norris & Ann Banister, eds., *How Does Your Garden Grow?* (Wolsey Press, 2000), p. 11.

2  Stella Gibbons, *Cold Comfort Farm* (Penguin, 1938), pp. 213-215.

3  Derek Jarman, *Modern Nature*, p. 4.

4  *Ibid.*, p. 9.

5  *Jubilee*, dir. Derek Jarman (1978).

6  Tony Peake, *Derek Jarman* (Little, Brown, 1999), p. 17.

7  Derek Jarman, *Modern Nature*, p. 22.

8  *Ibid.*, p. 28.

9  *Ibid.*, p. 45.

10  *Ibid.*, p. 57.

11  *Ibid.*, p. 38.

12  Derek Jarman, *At Your Own Risk* (Vintage, 1993), p. 20

13  Derek Jarman, *Dancing Ledge*, p. 63.

14  Derek Jarman, *Modern Nature*, p. 84.

15  *Ibid.*, p. 23.

16  *Ibid.*, p. 25.

17  Derek Jarman, *derek jarman's garden* (Thames & Hudson, 1995), p. 12.

18  *Ibid.*, p. 12.

19  Derek Jarman, *Modern Nature*, p. 61.

**20** John Gerard, *The Herball*, p. 51.

**21** *Ibid.*, p. 51.

**22** Nicholas Moore, *The Tall Bearded Iris* (W. H. & L. Collingridge, 1956), p. 79.

**23** Gwyneth Reynolds and Diana Grace, eds., *Benton End Remembered: Cedric Morris, Arthur Lett-Haines and the East Anglian School of Painting and Drawing* (Unicorn Press, 2002), p. 151.

**24** Derek Jarman, *Modern Nature*, p. 114.

**25** *Hansard*, Vol. 521, 3 December 1953.

**26** 'Lord Montagu of Beaulieu', *The Times*, 1 September 2015.

**27** Ronald Blythe, *The Time by the Sea: Aldeburgh 1955–1958* (Faber, 2013), p. 203.

**28** *Ibid.*, p. 4.

**29** *Ibid.*, p. 130.

**30** *Ibid.*, p. 36.

**31** Beth Chatto, 'Sir Cedric Morris, Artist-Gardener', *Hortus* No. 1 (Spring 1987), p. 15.

**32** Ronald Blythe, *The Time by the Sea*, p. 209.

**33** *Beautiful Flowers and How To Grow Them*, dir. Sarah Wood (2021).

**34** Derek Jarman, *Modern Nature*, p. 310.

## 7. 전쟁과 꽃

**1** John Milton, *Paradise Lost*, p. 233.

**2** Rose Macaulay, *The World My Wilderness* (Collins, 1950), p. 53.

**3** *Ibid.*, p. 253.

**4** Eliot Hodgkin, Imperial War Museum, Second World War Artists Archive, File Number: GP/55/407.

**5** *Ibid.*.

**6** William Shakespeare, *Cymbeline*, Act 4, Scene 2.

**7** Abu Waad, *The Last Gardener of Aleppo*, Channel 4 News (2016).

**8** *Ibid.*.

**9** Iris Origo, *Images and Shadows* (Pushkin, 2017 [1970]), p. 272.

**10** Caroline Moorehead, *Iris Origo: Marchesa of Val d'Orcia* (Allison & Busby, 2004), p. 115.

**11** Iris Origo, *Images and Shadows*, p. 292.

**12** *Ibid.*, p. 295.

**13** Julia Blackburn, *Thin Paths: Journeys In and Around an Italian Mountain Village* (Vintage, 2012), p. 70.

**14** *Ibid.*, p. 71.

15 Iris Origo, *Images and Shadows*, p. 83.

16 Caroline Moorehead, *Iris Origo*, p. 195.

17 *Ibid.*, p. 208.

18 Iris Origo, *War in Val d'Orcia* (Jonathan Cape, 1951), p. 19.

19 *Ibid.*, p. 49.

20 *Ibid.*, p. 57.

21 *Ibid.*, p. 120.

22 *Ibid.*, p. 122.

23 *Ibid.*, p. 127.

24 *Ibid.*, p. 164.

25 *Ibid.*, p. 215.

26 *Ibid.*, p. 246.

27 Caroline Moorehead, *Iris Origo: Marchesa of Val d'Orcia*, p. 332.

28 Iris Origo, *War in Val d'Orcia*, p. 252.

29 *Ibid.*, p. 253.

30 Iris Origo, *Images and Shadows*, p. 338.

31 Benedetta Origo, Morna Livingstone, Laurie Olin and John Dixon Hunt, *La Foce: A Garden and Landscape in Tuscany* (University of Pennsylvania Press, 2001), p. 46.

32 *Ibid.*, p. 47.

## 8. 모두의 정원이라는 꿈

1 https://infrastructure.planninginspectorate.gov.uk/wp-content/ipc/uploads/projects/EN010012/EN010012-011164-SZC-Decision-Letter.pdf [현재 접속 불가].

2 Andrew Marvell, 'The Mower Against Gardens', *The Poems of Andrew Marvell*, p. 133.

3 *Ibid.*, p. 133.

4 *Ibid.*, p. 139.

5 *Ibid.*, p. 157.

6 Thomas Browne, ed. Geoffrey Keynes, *The Works of Sir Thomas Brown*, Vol. 1 (Faber, 1928), p. 45.

7 Andrew Marvell, *The Poems of Andrew Marvell*, p. 157.

8 John Milton, *Paradise Lost*, p. 95.

9 Fergus Garrett, 'How Great Dixter astounded ecologists', *Gardens Illustrated*, 30 July 2020.

# 참고문헌

## 1. 꿈의 장소

Gerard, John, *The Herball, or Generall Historie of Plantes* (A. Islip, J. Morton and R. Whitakers, 1633)

Jarman, Derek, *Modern Nature* (Vintage, 1992)

Lees-Milne, Alvilde and Rosemary Verey, eds., *The Englishman's Garden* (Penguin, 1985)

Norris, Jill and Anne Bannister, eds., *How Does Your Garden Grown: An Anthology of Suffolk Gardens* (The Wolsey Press, 2000)

## 2. 밀턴과 이브의 정원

Anon., 'Entry of King Charles II into London on his Restoration, May 29, 1660', *The European Magazine and London Review*, Vol. 37 (The Philological Society, January 1800)

Browne, Thomas, *Hydriotaphia and The Garden of Cyrus* (Macmillan, 1929 [1865])

Campbell, Gordon and Thomas N. Corns, *John Milton: Life, Work and Thought* (Oxford University Press, 2008)

Delumeau, Jean, *History of Paradise: The Garden of Eden in Myth and Tradition* (University of Illinois Press, 2000)

Ellwood, Thomas, *The History of the Life of Thomas Ellwood* (J. Phillips, 1791)

Empson, William, *Milton's God* (Chatto & Windus, 1961)

Hill, Christopher, *The World Turned Upside Down: Radical Ideas During the English Revolution* (Penguin, 1975)

——, *The English Revolution 1640: An Essay* (Lawrence and Wishart, 1979[1940])

——, *Milton and the English Revolution* (Verso, 2020[1977])

Knott, John Ray, 'Milton's Wild Garden', *Studies in Philology*, Vol. 102, No. 1, Winter 2005, pp. 66~82

Lehrnman, Jonas, *Earthly Paradise: Garden and Courtyard in Islam* (Thames & Hudson, 1980)

Leslie, Michael, ed., *A Cultural History of Gardens in the Medieval Age* (Bloomsbury Academic, 2016)

Macaulay, Rose, *Milton* (Gerald Duckworth & Co., 1957[1934])

McColley, Diane, *A Gust of Paradise: Milton's Eden and the Visual Arts* (University of Illinois Press, 1993)

Marvell, Andrew, ed. Nigel Smith, *The Poems of Andrew Marvell* (Pearson, 2003)

Michel, Albin, *Eden: Le jardin medieval a travers l'enluminure XIII-XVI siècle* (Bibliothèque nationale de France, 2001)

Milton, John, ed. Barbara K. Lewalski, *Paradise Lost* (Blackwell, 2007)

Moshenska, Joe, *Making Darkness Light: The Lives and Times of John Milton* (Basic Books, 2021)

Moynihan, Elizabeth, *Paradise as a Garden In Persia and Mughal India* (Scolar Press, 1980)

Parkinson, John, *Paradisi in Sole, Paradisus Terrestris* (Metheun, 1900[1629])

Pepys, Samuel, ed. by R. C. Latham & W. Matthews, *The Diary of Samuel Pepys: Volume One*, 1660(Bell & Hyman, 1970)

Schulz, Max F., *Paradise Preserved: Recreations of Eden in Eighteenth and Nineteenth Century England* (Cambridge University Press, 1985)

Tigner, Amy, *Literature and the Renaissance Garden from Elizabeth I to Charles II: England's Paradise* (Thames Scolar Pres, 1980)

Walpole, Horace, *On Modern Gardening* (Pallas Athene, 2004 [1771])

Waugh, Evelyn, *Brideshead Revisited* (Penguin, 1962)

Woods, May, *Visions of Arcadia* (Aurum, 1996)

## 3. 풍경에 숨은 권력

Athill, Diana, *Alive, Alive, Oh! And Other Things That Matter* (Granta, 2015)

Barrell, John, *The Idea of Landscape and the Sense of Place, 1730-1840: An Approach to the Poetry of John Clare* (Cambridge University Press, 1972)

Bate, Jonathan, *John Clare: A Biography* (Picador, 2005 [2003])

Brown, David and Tom Williamson, *Lancelot Brown and the Capability Men* (Reaktion Books, 2016)

Clare, John, ed. Margaret Grainger, *The Natural History Prose Writings of John Clare* (Oxford University Press, 1983)

———, ed. Mark Storey, *The Letters of John Clare* (Oxford University Press, 1986)

———, ed. Eric Robinson and David Powell, *The Early Poems of John Clare* (Oxford University Press, 1989)

———, ed. Eric Robinson and David Powell, *John Clare: By Himself* (Carcanet Press, 2002)

Darby, H. C. ed., *A New Historical Geography of England* (Cambridge University Press, 1973)

Ewart Evans, George, *The Farm and the Village* (Faber & Faber, 1969)

Floud, Roderick, *An Economic History of the English Garden* (Allen Lane, 2019)

Hartog, Dirk van, 'Sinuous Rhythms and Serpentine Lines: Milton, the Baroque, and the English Landscape Garden Revisited', *Milton Studies*, Vol. 48, 2007, pp. 86~105

Hoskins, W. G., *The Making of the English Landscape* (Penguin, 1971 [1955])

Hunt, John Dixon and Peter Willis, eds., *The Genius of the Place: The English Landscape Garden 1620-1820* (Paul Elek, 1975)

Mahood, M. M., *A John Clare Flora* (Trent Editions, 2016)

Mayer, Laura, *Capability Brown and the English Landscape Garden* (Shire Books, 2011)

Richardson, Tim, *The Arcadian Friends: Inventing the English Landscape Garden* (Transworld, 2007)

Sebald, W. G., trans. Michael Hulse, *The Rings of Saturn* (The Harvill Press, 1998)

Symes, Michael, *The English Landscape Garden: A Survey* (Historic England, 2019)

Thompson, E. P., *The Making of the English Working Class* (Penguin, 1968)

Thornton, R. K. R., 'The Flowers and the Book: the Gardens of John Clare', *John Clare Society Journal* No. 1, July 1982, pp. 31~45

Walpole, Horace, *On Modern Gardening* (Pallas Athene, 2004)

Ward, Colin and David Crouch, *The Allotment: Its Landscape and Culture* (Faber, 1988)

Willis, Peter, ed., *Furor Hortensis: Essays on the history of the English Landscape Garden in memory of H.F. Clark* (Elysium Press, 1974)

Wilson, Richard and Alan Mackley, *Creating Paradise: The Building of the English Country House 1660-1880* (Hambledon and London, 2000)

## 4. 식민지 개척자의 공허

Allen, David, 'Daniel Browninge of Crowfield: A Little-Known High Sheriff of Suffolk and the Stowmarket Assizes of 1695', *Suffolk Archaeology and History*, Vol. 39, Part 1, 1997

Austen, Jane, *Mansfield Park* (Oxford University Press, 1970 [1814])

Bell, Malcolm, *Major Butler's Legacy: Five Generations of a Slaveholding Family* (University of Georgia Press, 1989)

Bentham, William, *The Baronetage of England, or the History of the English Baronets, and Such Baronets of Scotland, as are of English Families* (Miller, 1805)

Bettley, James and Nikolaus Pevsner, *The Buildings of England, Suffolk: East* (Yale University Press, 2015)

Blackburn, Robin, *The Overthrow of Colonial Slavery, 1776-1848* (Verso, 1988)

Bushman, Richard L., *The Refinement of America: Persons, Houses, Cities* (Alfred A. Knopf, 1992)

Chorlton, Thomas Patrick, *The First American Republic, 1774-1789* (AuthorHouse, 2012)

Coclanis, Peter A., *The Shadow of a Dream: Economic Life and Death in the South Carolina Low Country, 1670-1920* (Oxford University Press, 1989)

Coldham, Peter Wilson, compiler, *American Wills Proved in London, 1611-1775* (Genealogical Publishing, 1992)

Deitz, Paula, *Of Gardens* (University of Pennsylvania Press, 2010)

Donnan, Elizabeth, *Documents Illustrative of the History of the Slave Trade to America, Vol. 1* (Carnegie Institute of Washington, 1930)

Doyle, Barbara, Mary Edna Sullivan and Tracey Todd, eds., *Beyond the Fields: Slavery at Middleton Place* (University of South Carolina Press, 2009)

Dusinberre, William, *Dem Dark Days: Slavery in the American Rice Swamps* (Oxford University Press, 1996)

Evans, J. Martin, *Milton's Imperial Epic: Paradise Lost and the Discourse of Colonialism* (Cornell University Press, 1996)

Greene, Jack P., Rosemary Brana-Shute and Randy J. Sparks, eds., *Money, Trade and Power: The Evolution of Colonial South Carolina's Plantation Society* (University of South Carolina Press, 2001)

Harper-Bill, Christopher, Carole Rawcliffe and Richard G. Wilson, eds., *East Anglia's History: Studies in Honour of Norman Scarfe* (Boydell Press, 2002)

Hopton, Andrew, ed., *Digger Tracts* (Aporia, 1989)

Kemble, Fanny, *Journal of a Residence on a Georgian Plantation* (Bandanna Books, 2015[1863])

Lombard, Mildred E., 'Contemporary Opinions of Mrs Kemble's Journal of a Residence on a Georgia Plantation', *The Georgia Historical Quarterly*, Vol. 14, No. 4, December 1930, pp. 335~343

Mintz, Sidney W., *Sweetness and Power: The Place of Sugar in Modern History* (Viking, 1985)

Sotheby's, *Shrubland Hall* (Sotheby's & Co., 2006)

Stoney, Samuel Galliard, *Plantations of the Carolina Low Country* (Dover Publications, 1989[1938])

Trinkley, Michael, Natalie Adams and Debi Hacker, 'Landscape and Garden Archaeology

at Crowfield Plantation: A Preliminary Investigation', Chicora Foundation, Research
Series 32, June 1992

Williamson, Tom, *Humphry Repton: Landscape Design in an Age of Revolution* (Reaktion
Books, 2020)

## 5. 젊은 날의 유토피아

Baker, Derek W., *The Flowers of William Morris* (Barn Elms, 1996)

Brailsford, H. N., ed. Christopher Hill, *The Levellers and the English Revolution*
(Spokesman, 1976)

Frost, Thomas, *Forty Years' Recollections: Literary and Political* (Sampson Low, Marston,
Searle and Rivington, 1880)

Hardy, Dennis, *Alternative Communities in Nineteenth Century England* (Longman, 1979)

Hunt, Tristram, *The English Civil War at First Hand* (Penguin, 2011[2002])

MacCarthy, Fiona, *William Morris: A Life for Our Times* (Faber, 1994)

Marsh, Jan, *William Morris & Red House* (National Trust Books, 2005)

Morris, William, *Selected Writings* (G.D.H. Cole, 1948)

———, *The Collected Letters of William Morris*, ed. Norman Kelvin, Vols. I-IV (Princeton
University Press, 1984~1996)

Morton, A. L., *The English Utopia* (Lawrence and Wishart, 1969)

Rees, John, *The Leveller Revolution: Radical Political Organisation in England,
1640-1650* (Verso, 2017)

Rodgers, David, *William Morris at Home* (Ebury Press, 1996)

Taylor, Barbara, *Eve and the New Jerusalem: Socialism and Feminism in the Nineteenth
Century* (Virago, 1983)

Thompson, E. P., *William Morris: Romantic to Revolutionary* (Merlin Press, 1977)

Winstanley, Gerrard, ed. Christopher Hill, *The Law of Freedom and Other
Writings* (Pelican, 1973)

## 6. 데릭 저먼의 에덴

Blythe, Ronald, *At the Yeoman's House* (Enitharmon Press, 2011)

———, *The Time by the Sea: Aldeburgh 1955-1958* (Faber, 2013)

Gibbons, Stella, *Cold Comfort Farm* (Penguin, 1938)

Jarman, Derek, *Dancing Ledge* (Quartet Books, 1984)

———, *At Your Own Risk* (Hutchinson, 1992)

———, *Chroma* (Century, 1994)

———, *Smiling in Slow Motion* (Century, 2000)

———, with photographs by Howard Sooley, *derek jarman's garden* (Thames & Hudson,

1995)

Melville, Derek, *Derek Melville's Carols* (Mark Rumary, 2001)

Moore, Nicholas, *The Tall Bearded Iris* (W. H. & L. Collingridge, 1956)

Peake, Tony, *Derek Jarman* (Little, Brown, 1999)

Reynolds, Gwyneth and Diana Grace, eds., *Benton End Remembered: Cedric Morris, Arthur Lett-Haines and the East Anglian School of Painting and Drawing* (Unicorn Press, 2002)

St Clair, Hugh, *A Lesson in Art & Life: The Colourful World of Cedric Morris & Arthur Lett-Haines* (Pimpernel Press, 2019)

## 7. 전쟁과 꽃

Bardgett, Suzanne, *Wartime London in Paintings* (Imperial War Museum, 2020)

Blackburn, Julia, *Thin Paths: Journeys In and Around an Italian Mountain Village* (Vintage, 2012)

Butler, A. S. G., *Recording Ruin* (Constable, 1942)

Fitter, R. S. R., *London's Natural History* (Collins, 1945)

Gardiner, Juliet, *The Blitz: The British Under Attack* (Harper Press, 2010)

Hobhouse, Penelope, 'The Gardens of the Villa La Foce', *Hortus* Vol. 3, Autumn 1987

Hughes-Hallett, Lucy, *The Pike* (Fourth Estate, 2013)

LeFanu, Sarah, *Rose Macaulay* (Virago, 2003)

Macaulay, Rose, *The World My Wilderness* (Collins, 1950)

Moorehead, Caroline, *Iris Origo: Marchesa of Val d'Orcia* (Allison & Busby, 2004)

Origo, Benedetta, Morna Livingstone, Laurie Olin and John Dixon Hunt, *La Foce: A Garden and Landscape in Tuscany* (University of Pennsylvania Press, 2001)

Origo, Iris, *War in Val d'Orcia* (Jonathan Cape, 1951)

———, *Images and Shadows: Part of a Life* (Pushkin, 2017 [1970])

Patterson, Ian, *Guernica and Total War* (Profile, 2007)

Richards, J. M., ed., *The Bombed Buildings of Britain* (The Architectural Press, 1947)

Ward, Lawrence, *The London County Council Bomb Damage Maps 1939–1945* (Thames & Hudson, 2015)

## 8. 모두의 정원이라는 꿈

Atkins, William, 'On Sizewell C', *Granta 159: What Did You See?*, Spring 2022

Lloyd, Christopher, *Succession Planting for Adventurous Gardeners* (BBC Books, 2005)

Marvell, Andrew, *The Poems of Andrew Marvell* (Pearson, 2003)

Rumary, Mark, *The Dry Garden* (Conran Octopus, 1994)

# 도판 목록

# 식물 용어 목록

식물 용어 중 학명은 이탤릭으로 표기하여 구분하였다.

금잔화 calendula
기는미나리아재비 creeping buttercup
김의털 fescue
까치밥나무 ribes
꼭두서니 madder
꽃고비 polemonium
꽃무 wallflower
꽃사과 crab apple


---
ㄴ
---

나르시수스 포에티쿠스 *Narcissus poeti-*
　　*cus*
나르키수스 키클라미네우스 *Narcissus*
　　*cyclamineus*
나무 아네모네 tree anemone
나무딸기 bramble
나선형 회양목 box spiral
나팔수선화 daffodil
낙엽송 larch
난초 orchid
납매 wintersweet
냉이 shepherd's purse
너도밤나무 beech, copper beeche
넓은잎연리초 everlasting sweet pea
네글렉타 Neglecta
네덜란드 붓꽃 Dutch iris
네리네 nerine
넥타로스코르둠 시쿨룸 *Nectaroscordum*

*siculum*
노란꽃창포 yellow flag
노랑뿔양귀비 horned poppy
노랑수선화 jonquil
노루귀 hepatica
녹조 algal green
뉘 데테 Nuit d'Eté
느릅나무 elm
니겔라 love-in-the-mist
니겔라 Nigella
니코티아나 nicotiana
니코티아나 타바쿰 *Nicotiana tabacum*
니포피아 kniphofia, red-hot poker


---
ㄷ
---

단풍나무 sycamore
달구지국화 knapweed
달리아 dahlia
달맞이꽃 evening primrose
달맞이장구채 white campion
담쟁이덩굴 ivy
대나무 bamboo
대상화 Japanese anemone
대즐러 Dazzler
더니치 장미 Dunwich rose
덩굴금어초 climbing snapdragon
덩굴장미 rambling rose
데이드림 Daydream

데이지 daisy

델피늄 delphinium

도금양 myrtle

독말풀 thorn-apple

돌나물 sedum

돌미나리 hemlock

돌부채 bergenia

돌스 미뉴에트 Doll's Minuet

동백 camellia

동의나물 *horse blob*, marsh marigold

둥굴레 solomon's seal

드럼스틱 알리움 drumstick allium

들갓 charlock

등나무 wisteria

디기탈리스 foxglove

디안투스 카리오필루스 *Dianthus caryo-
phyllus*

딱총나무 elder

---

## ㄹ

라넌큘러스 ranunculus

라바테라 tree mallow

라발 산사나무 Lavalle hawthorn

라벤더 lavender

라일락 lilac

라임나무 plume

라즈베리 raspberry

라티루스 오도라투스 *Lathyrus odoratus*

러셀 하이브리드 Russell Hybrid

런던 로켓 London rocket

레몬 lemon

레몬 밤 lemon balm

레이디 반 에이크 Lady Van Eijk

레이디 튤립 lady tulip

레이디 플리머스 Lady Plymouth

로드 부트 Lord Bute

로사 x 칸타브리기엔시스 *Rosa x canta-
brigiensis*

로사 갈리카 *Rosa gallica*

로사 루고사 *Rosa rugosa*

로사 루브리폴리아 *Rosa rubrifolia*

로사 문디 *Rosa mundi*

로사 콤플리카타 *Rosa complicata*

로잰 Rozanne

로제 오피시오날리스 *Rose officionalis*

로즈레 드 라예 Roseraie de l'Haÿ

로즈메리 rosemary

롬바르디 포플러 Lombardy poplar

루멕스 크리스푸스 *Rumex crispus*

루벤자 Rubenza

루피너스 lupin

리걸 백합 regal lily

리난투스 yellow rattle

리부드로스 소나무 Liboudros pine

릴리 플라워드 튤립 lily-flowered tulip

## ㅁ

마그놀리아 그란디플로라 *Magnolia grandiflora*

마그놀리아 소울랑게아나 *Magnolia x soulangeana*

마담 알프레드 카리에르 Madame Alfred Carrière

마돈나 릴리 Madonna lily

마르멜로 quince

마르타곤 릴리 martagon lily

마리에타 Marietta

마리에타 튤립 Marietta tulip

마치 바이올렛 March violet

마크로페탈라 macropetala

만수국아재비 wild marigold

많은 은쑥 silvery artemisia

매리골드 tagete

매발톱 aquilegia

매자나무 barberry

머메이드 Mermaid

머위 coltsfoot

멀레인 mullein

메꽃 bindweed

메디움초롱꽃 Canterbury bells

메리 바너드 Mary Barnard

멜리안투스 melianthus

모란 tree peony

모린 Maureen

목련 magnolia

목향장미 banksia rose

몰리 더 위치 Molly the witch

무스카리 muscari

무화과나무 fig

문주란 crinum lily

문라이트 걸 Moonlight Girl

물망초 forgetmenot

물여뀌 water plantain

물푸레나무 ash

미국담쟁이덩굴 Virginia creeper

미스 지킬 Miss Jekyll

미시즈 스테이플턴 Mrs Stapleton

미시즈 신킨스 Mrs Sinkins

미시즈 조지 다윈 Mrs George Darwin

민들레 dandelion

민트 mint

## ㅂ

바네사 벨 Vanessa Bell

박 gourd

발라드 Ballard

백합 lily

버닝 엠버스 Burning Embers

버들잎 배나무 weeping pear

버베나 아스타타 *Verbena hastata*

버지니아 풍년화 witch hazel

벚꽃 cherry blossom

벚나무 cherry

베고니아 begonia

베르바스쿰 올림피쿰 *Verbascum olympi-cum*

벤튼 나이젤 Benton Nigel

벤튼 메니스 Benton Menace

벤튼 붓꽃 Benton iris

벤튼 아폴로 Benton Apollo

벤튼 올리브 Benton Olive

벤튼 코딜리어 Benton Cordelia

벤튼 페어웰 Benton Farewell

별꽃 chickweed, stitchwort

별꽃아재비 gallant soldier

병꽃풀 ground ivy

보라십자화 dame's rocket

보리지 borage

부들레이아 buddleia

북수스 셈페르비렌스 *Buxus sempervirens*

분홍바늘꽃 rosebay willowherb

분홍색 브롬턴 스토크 pink Brompton stock

붉은장구채 red campion

붓꽃 iris

브런즈윅 Brunswick

블랑 두블르 드 쿠베르 Blanc Double de Coubert

블랙손 blackthorn

블랙커런트 blackcurrant

블러드 레드 Blood Red

블러싱 뷰티 Blushing Beauty

블루 엔사인 Blue Ensign

블루벨 bluebell

비부르눔 르히티도필룸 *Viburnum rhyt-idophyllum*

비부르눔 카를레시이 *Viburnum carlesii*

비스 레몬 Bees' Lemon

비파나무 loquat

빙카 마요르 *Vinca major*

뽕나무 mulberry

뽕나무버섯 honey fungus

뿔남천 mahonia

---
ㅅ

---

사과나무 apple

사르코코카 콘푸사 Christmas box

사이프러스 cypress

사초 sedge

사카룸 오피시나룸 *Saccharum offici-narum*

사탕무 sugar beet

산미나리 ground elder

산사나무 hawthorn

산사나무꽃 may

산톨리나 santolina

산호붓꽃 foetid iris

살갈퀴 vetch

삼색제비꽃 heartsease

새턴 Saturn

샐비어 salvia

샤보 Chabaud

서양모과나무 medlar

서양자두 bullace

서어나무 hornbeam

서커프 Surcouf

서향 daphne

석류나무 pomegranate

선갈퀴 woodruff

세드릭 모리스 Cedric Morris

셜리양귀비 Shirley poppy

소나무 pine

소리쟁이 curly dock

쇼팽 월계수 Chopin laurel

수국 hydrangea

수레국화 cornflower

수련 water lily

수선화 narcissus

수염 붓꽃 bearded iris

숲바람꽃 wood anemone

슈롭서 라스 Shropshire Lass

스노드롭 snowdrop

스위트피 sweet pea

스카비우스 scabious

스키미아 skimmia

스킬라 루실리아이 *Scilla luciliae*

스킬라 시베리카 *Scilla siberica*

스태그혼 오크 staghorn oak

스테파노티스 stephanotis

스텔라리아 메디아 *Stellaria media*

스펜서 믹스 Spencer mix

스프링 뷰티 Spring Beauty

승도복숭아 nectarine

시계꽃 passionflower

시더나무 cedar tree

시베리아 붓꽃 siberian iris

시스투스 cistus, rock rose

시클라멘 cyclamen

시클룸 알리움 Sicilian honey garlic

시티 오브 밴쿠버 City of Vancouver

식나무 spotted laurel

실라 scilla

쐐기풀 nettle

쑥 artemisia

---

## ㅇ

아까시나무 robinia tree

아네모네 네모로사 *Anemone nemorosa*

아네모네 블란다 *Anemone blanda*

아네모네 코로나리아 *Anemone coronaria*

아룸 이탈리쿰 *Arum italicum*

아르부투스 arbutus

아몬드나무 almond tree

아스트란티아 astrantia

아스포델루스 asphodel

아우리쿨라 auricula

아일랜드 주목 irish yew

아카시아 acacia

아케비아 퀴나타 *Akebia quinata*

아킬레아 *Achillea*

아틀라스 양귀비 Atlas poppy

아티초크 artichoke

아프리카 제비꽃 African violet

안젤리카 angelica

알리숨 alyssum

알리움 allium

알리움 스파이로케팔론 *Allium sphaero-cephalon*

알제리 붓꽃 Algerian Iris

알카나 alkanet

알케밀라 lady's mantle

애슈비 Ashby

애스터 aster

앰비션 Ambition

야생 딸기 alpine strawberry

양귀비 opium poppy, poppy

양배추 cabbage

양지꽃 potentilla

엉겅퀴 thistle

에로스 Eros

에링 기움 *Eryngium*

에스텔라 라인벨트 Estella Rijnveld

에오니움 aeonium

에우포르비아 카라키아스 *Euphorbia characias*

에케베리아 echeveria

에키움 echium

영춘화 winter jasmine

오노니스 restharrow

오리오마르기나타 *Aureomarginata*

오크나무 oak

오피시날리스 Officinalis

옥스퍼드 금방망이 Oxford ragwort

옥잠화 hosta

올드 퍼메인 Old Permain

요크 앤 랭커스터 York and Lancaster

우단동자 rose campion

우엉 burdock

운향풀 rue

울페니 *wulfenii*

원종 장미 Species Roses

원추리 day lily

월계수 bay, laurel

월드 프렌드십 World Friendship

웨일스 양귀비 welsh poppy

웰드 weld

위저드 오브 오즈 Wizard of Oz

윈터 퀴닝 Winter Queening

윗드러프 sweet woodruff

유럽밤나무 sweet chestnut

유럽소나무 Scots pine

유럽오리나무 black alder

유카 yucca

윤엽왕손 herb true-love

이리스 웅귀쿨라리스 *Iris unguicularis*

이리스 팔리다 *Iris pallida*

이리스 플로렌티나 *Iris florentina*

인동 honeysuckle

인동덩굴 lonicera

일 드 프랑스 Ile de France

일본 도깨비쇠고비 Japanese holly fern

쥐털이슬 enchanter's nightshade

쥐풀꽃 jumping jack

지빠귀 blackbird

지중해 등대꽃 Mediterranean spurge

진달래 azalea

짚신나물 agrimony

---

ㅈ

자두나무 plum

자이언트 시더 giant cedar

자주군자란 agapanthus

작약 peony

장미 rose

재스민 jasmine

전나무 fir

전호 cow parsley

절굿대 echinops

접시꽃 hollyhock

제라늄 geranium

제라늄 실로스테몬 *Geranium psilostemon*

제비고깔 lark-spur

제비꽃 violet

조팝나물 hawkweed

좀개구리밥 duckweed

주름 붓꽃 plicata iris

주목 yew

줄무늬 작약 striped peony

중국닭의덩굴 Russian vine

---

ㅊ

참취 Michaelmas daisy

창질경이 ribwort plantain

천수국 marigold

청나래고사리 shuttlecock fern

층층나무 cornus

치노독시아 chinodoxia

칠레 글로리 바인 Chilean glory vine

침엽수 conifer

---

ㅋ

카네이션 carnation

카르둔 cardoon

카마그 Carmargue

칼세올라리아 calceolaria

캐나다 개망초 Canadian fleabane

캐츠헤드 Catshead

컴프리 comfrey

케이니 오이스터 Chaynee oyster

케일 kale

코릴루스 아벨라나 *corylus avellana*

코스모스 cosmos

코이시아 choisya

코크스크루 헤이즐 corkscrew hazel

코페아 아라비카 *Coffea arabica*

코페아 카네포라 *Coffea canephora*

콘토르타 Contorta

콜리플라워 cauliflower

콜키쿰 colchicum

콩배나무 ornamental pear

크라운 임페리얼 crown imperial

크로커다일 Crocodile

크로커스 crocus

크리스마스 로즈 Christmas rose

큰까치수염 loose-strife

큰엉겅퀴 scotch thistle

클레마티스 clematis

클레어 오스틴 Claire Austin

키나라 cynara


### ㅌ

타게테스 파툴라 *Tagetes patula*

타락사쿰 오피시날레 *Taraxacum officinale*

타임 thyme

탕구티카 tangutica

털가시나무 holm oak

텔리마 그란디플로라 *Tellima grandiflora*

투구꽃 aconite, monkshood

투베로사 붓꽃 widow iris

툴리파 클루시아나 *Tulipa clusiana*

튜더 로즈 Tudor rose

티베트 벚나무 Tibetan cherry


### ㅍ

파르마 제비꽃 parma violet

파슬리 parsley

파이어 킹 Fire King

파인애플 브룸 pineapple broom

파파베르 솜니페룸 *Papaver somniferum*

팡틴 라투르 Fantin Latour

패랭이꽃 pink

퍼디난드 피처드 Ferdinand Pichard

페룰라 코무니스 *Ferula communis*

페리윙클 periwinkle

페퍼민트 peppermint

펜 블루 Pen Blue

펠라르고늄 pelargonium

펠리시테-페르페튀에 Félicité-Perpetué

폐장초 pulmonaria

포틀랜드 장미 Portland rose

포플러 poplar

폭스테일 로즈메리 foxtail rosemary

폭스테일 릴리 foxtail lily

폴 셔러 Paul Scherer

폴리안터스 Polyanthuse

폼폼 달리아 pompom dahlia

풀명자 japanese quince

풀사틸라 불가리스 *Pulsatilla vulgaris*

프랑스 국화 oxeye daisy

프로뱅 Provins

프리틸라리아 fritillary

프리틸라리아 페르시카 *Fritillaria persica*

프리틸라리아 피레나이카 *Fritillaria pyrenaica*

프린스 에드워드 오브 요크 Prince Edward of York

프림로즈 Primrose

플라타너스 plane tree

플레이밍 스프링 그린 Flaming Spring Green

플로레 플레노 Flore Pleno

플로미스 phlomis

플로미스 루셀리아나 *Phlomis russeliana*

플로미스 투베로사 *Phlomis Tuberosa*

플록스 phlox

플룸바고 plumbago

피튜니아 petunias

핑크 그레이프프루트 Pink Grapefruit

핑크 스파이어 Pink Spires

---
ㅎ
---

한련 nasturtium

할미꽃 *pulsatilla*

해바라기 sunflower

해캄 blanket weed

향기제비꽃 sweet violet

허브 베니트 wood avens

헤더 heather

헬레니움 helenium

헬레보어 hellebore

헬리안툼 helianthum

헬마 Helmar

호그위드 hogweed

호랑가시나무 holly

호박 squash

호헤리아 hoheria

화란국화 feverfew

화살나무 euonymus

화이트커런트 white-currant

회양목 box

회향풀 fennel

흰붓꽃 orris

흰털박하 hore-hound

히드랑게아 아스페라 *Hydrangea aspera*

히드랑게아 페티올라리스 *Hydrangea petiolaris*

히비스커스 Hibiscus

히솝 hyssop

히스 heath

히아신스 hyacinth

The Garden Against Time

정원의 기쁨과 슬픔

초판 1쇄 발행 2025년 2월 24일

**지은이** 올리비아 랭
**옮긴이** 허진
**발행인** 김형보
**편집** 최윤경, 강태영, 임재희, 홍민기, 강민영, 송현주, 박지연
**마케팅** 이연실, 송신아, 김보미  **디자인** 송은비  **경영지원** 최윤영, 유현

**발행처** 어크로스출판그룹(주)
**출판신고** 2018년 12월 20일 제 2018-000339호
**주소** 서울시 마포구 동교로 109-6
**전화** 070-5038-3533(편집) 070-8724-5877(영업)  **팩스** 02-6085-7676
**이메일** across@acrossbook.com  **홈페이지** www.acrossbook.com

한국어판 출판권 ⓒ 어크로스출판그룹(주) 2025

ISBN 979-11-6774-192-9  03800

**만든 사람들**
**편집** 홍민기  **교정** 박선미  **디자인** 송은비  **조판** 정은정